W0178867

Safeta Obhodjaš
Scheherezade im Winterland

Safeta Obhodjaš

Scheherezade im Winterland

ROMAN
Aus dem Bosnischen
von Brigitte Kleidt

Melina-Verlag

1. Auflage
© 1998 by Melina-Verlag, Ratingen
Alle Rechte vorbehalten
Šeherezade u zemlji dubokih zima (unveröffentlicht)
© 1997 by Safeta Obhodjaš

Die Deutsche Bibliothek – CIP-Einheitsaufnahme

Obhoðaš, Safeta:
Scheherezade im Winterland : Roman / Safeta Obhodjaš. Aus dem
Bosn. von Brigitte Kleidt. - Ratingen : Melina-Verl., 1998
Einheitssacht.: Šeherezade u zemlji dugih zima <dt.>
ISBN 3-929255-41-3

Melina-Verlag, Am Weinhaus 6, D-40882 Ratingen
Telefon: 02102/9594-0; Telefax: 02102/9594-33
http://www.melina-verlag.de
e-mail: redaktion@melina-verlag.de
Übersetzung, Gestaltung, Satz: Dr. Brigitte Kleidt, Wuppertal
Foto der Autorin: Helga Kammann, Wuppertal
Korrektorat: Elisabeth Manzke, Essen
Gesamtherstellung: MA-TISK, Maribor, Slowenien

ISBN 3-929255-41-3

Die traditionellen Geschichten, die mir meine Schwiegermutter Alija jahrelang erzählte, waren für mich eine unerschöpfliche Schatzkammer, in der ich immer neue Themen und Gestalten für meine Prosa fand. Dieses Buch widme ich ihrem Andenken; es ist die einzige, wenn auch verspätete Möglichkeit, die mir bleibt, um meine Dankbarkeit auszudrücken.

Die Zeit des Kometen

Ihre ersten Buchstaben schrieb Nadira auf ein Brett, das mit feinem Sand bestreut war. Kurz zuvor hatte sie dieses Brett wie so oft gemeinsam mit Milana, ihrer gleichaltrigen Freundin, die in derselben Straße wohnte, als Wippe benutzt. Der Bruder ihrer Mutter, Taib Karalić, half ihr beim Ziehen der Linien. Er wischte die falschen Bögen und Striche wieder weg, erneuerte die Sandschicht und führte Nadiras kleine, rauhe Finger mit seiner großen, zärtlichen Hand, um ihr die Fertigkeit, wie der Stift zu halten sei, schnellstmöglich beizubringen. Als das Mädchen den letzten Buchstaben des Wortes ›Muslim‹ nach dem Diktat des Onkels hinmalte, kam ihre Mutter, Ifeta, mit einem Eimer in den Hof, wie immer in Eile. Sie rannte zu dem Sandhaufen, schippte Sand in den Eimer und lief wieder zurück, ohne auf Bruder und Tochter zu achten. Nadiras Vater, Dervo, rief schon ungeduldig und schimpfte, weil das Wasser für den Mörtel fehlte. In dieser Woche widmete er seine Maurerkünste dem eignen Haus; das Betonfundament für einen Anbau hatte er unlängst gegossen; nun begann er mit dem Aufmauern der Ziegel. Seine Frau Ifeta mußte ihm zur Hand gehen, und wie jeder Meister war er stets unzufrieden mit der Geschwindigkeit und Geschicklichkeit seiner Helfer.

»Ifeta«, sprach der Bruder seine Schwester an, als sie zum zweiten Mal Sand holte. »Habt ihr das Mädchen in der Schule angemeldet?« fragte er sie und ignorierte dabei die Plackerei, die allen Mitgliedern der großen Familie ein gemütliches Zuhause bescheren sollte.

»Du hättest dir wirklich keinen besseren Moment für so eine

7

Frage aussuchen können!« Noch nie, seit er ihre Gastfreundschaft in Anspruch nahm, hatte sie ihren Bruder derart angefahren. Sein mauernder Schwager wurde weiß vor Zorn, als erschöpfe dieser Unsinn, wie er nur von einem Stadtmenschen kommen konnte, endgültig seine Geduld, die durch dessen mehrmonatigen Aufenthalt schon arg strapaziert war.

»Du Bücherwurm, hör auf, im Sand herumzukritzeln, und schaff Ziegel herüber, es ist langsam an der Zeit, daß du was tust für dein Abendessen!« brüllte er. Man konnte es noch drei Häuser weiter hören. Sogar seine Mutter, die sonst gern über den Bruder der Schwiegertochter lästerte, ermahnte ihn, dem Tratsch in der Nachbarschaft keine Nahrung zu geben.

Taib leistete der Aufforderung Folge, ließ Nadira allein weiterschreiben und schleppte mit der Trage Ziegelsteine. Aber am Abend, während er sein erarbeitetes Abendessen aß, stellte er die Frage wieder. Ob seine Nichte diesen Herbst in die erste Klasse käme? Nadira wartete mit klopfendem Herzen auf die Antwort der Eltern. Seit ihr der Onkel den Zauber des Lesens und Schreibens nahegebracht hatte, hegte sie nur noch einen Wunsch: Sie wollte so bald wie möglich in die Schule gehen. Die Mutter massierte mit schmerzverzerrtem Gesicht ihr Handgelenk mit einer Rheumasalbe und wies ihren Bruder mit einer Geste auf Dervos mürrische Miene hin.

»Bei meinem Glauben«, beteuerte Taib, »ich habe noch nie ein verständigeres Kind gesehen. Sie kann schon alle Buchstaben und liest ganze Wörter ohne Stottern. Es wäre eine Sünde, sie nicht umgehend in die Schule zu schicken.«

»Was hast du heute nur, warum reitest du auf dieser Schule herum«, seufzte Ifeta. »Sie ist noch klein, erst fünfeinhalb, und der Weg zur Schule ist weit. Dieses Jahr müssen wir Rasim in die erste Klasse schicken, er ist eineinhalb Jahre älter als sie. Du siehst doch, daß wir anbauen; wir haben nicht genug Geld, um beide einzuschulen.«

Der Maurer Dervo betrachtete seine Tochter und sah nichts Besonderes, ein gewöhnliches Mädchen mit zerzausten Zöpfen, übergroßen Augen und riesigem Mund in einem langen, vom

Sand schmutzigen Kleid. Wenn sie so klug war, wie der Schwager sagte, warum mußte er ihr dreimal sagen, daß sie ihm etwas bringen solle, warum begriff sie oft nicht, was er von ihr wollte. Ihm bedeutete es nichts, daß ein kleines Mädchen von fünfeinhalb Jahren Lesen und Schreiben gelernt hatte. Bildung hatte seiner Überzeugung nach noch niemandem Glück gebracht, auch seinem Gast nicht, der dem Tod gerade noch mal von der Schippe gesprungen war.

»Komm, werter Schwager, du hast dein ganzes Leben gelernt und gelesen, das hat dir doch nur den Verstand verdreht. Deswegen hast du jahrelang hinter Gittern gelebt, versteckt wie eine Maus. Ich sag ja nicht, daß du nicht klug wärst, nur, was hat es dir gebracht. Seit Monaten verkriechst du dich bei mir, ißt mein Brot und fragst nicht mal, wie ich es verdiene.«

In Dervos Worten lag kein Vorwurf, er wollte auf diese Weise seinem Schwager die praktische Seite des Lebens erklären. Taib verstand das auch und fühlte sich angesichts dieser einfachen Denkweise schuldig und kleiner als eine Ameise. Ihn schmerzte sein Leben als ›Kellermaus‹ ebenso wie die mehrmonatige Gastfreundschaft seines Schwagers. Er, der ehemalige Zagreber Student, zu seinem Unglück mit Mitgliedern der ›Jungen Muslime‹ befreundet, war dem Mann seiner Schwester aufrichtig dankbar. Dervo hatte ihn davor bewahrt, noch länger in den feuchten Katakomben unter seinem Elternhaus in Sarajevo gefangenzusitzen, hatte ihn ins Dorf geholt. Hier wurde er dank der Zuwendung seiner Schwester und der frischen Luft wieder gesund und kräftig. Hier faßte er, während er sich physisch erholte und der Schmerz in den Lungen nachließ, allmählich wieder Vertrauen zu sich selbst und zu der Tatsache, daß der große Besen, der die anderen Mitglieder der jungmuslimischen Intellektuellenorganisation ins Gefängnis fegte, ihn offenbar links liegen ließ. Nun bereitete er sich darauf vor, den Schutz von Dervos Haus zu verlassen, nach Sarajevo zurückzukehren und dort Arbeit zu suchen. Mit ihrem Geplauder hatte das Mädchen seine Lebensfreude wieder geweckt, und mit ihrer Bereitschaft, sich von ihm unterrichten zu lassen, seine langen, leeren Tage ausgefüllt. Daher spürte er das Bedürfnis, etwas für die Kleine zu tun, die ihm den Frühling und Frühsommer hindurch Gesellschaft geleistet hatte. Die Aufmerksamkeit und die Aufnahmefähigkeit dieses Kindes verblüfften ihn; er konnte kaum glauben, daß sein Unterricht, begonnen aus purer Langeweile, solche Ergebnisse erzielt hatte. Gestern hatte er sie in die Speisekammer geführt und sich die Wörter auf den Tüten und Schachteln von Dervos Vorräten vorlesen lassen. »Ich weiß, was das hier ist, in diesem Sack, hier steht Kleie, hier Zucker, und in diesem Paket ist Pflanzenfett.« Sie hüpfte vor Begeisterung und genoß sein Lob. Heute hatte sie ihm bewiesen, daß sie Wörter auch nach Diktat schreiben konnte, nur bei den längeren hatte sie ihn um Hilfe gebeten.

»Was grübelst du so lange, ich habe doch recht!« holte ihn der Schwager in die Gegenwart zurück.

»Mein lieber Herr Dervo, so einfach ist es nicht. Ich weiß, daß es Leute geben muß, die Mauern errichten, aber es muß bei Gott auch solche geben, die ihren Kopf zum Denken benutzen. Der Verstand regiert, Kraft taugt nur für grobe Arbeiten.«

»Der Verstand regiert! Daß ich nicht lache! Solche wie du regieren nicht eher, als daß der Wein an Weiden wächst«, feixte der Maurer.

»Du magst recht haben; unter den Muslimen in Bosnien gibt's nicht viele, die mehr als ihren persönlichen Gewinn im Blick haben. Du gehörst auch zu denen, die nicht über den Tellerrand gucken. Wenn du deine Kinder in die Schule schickst, damit sie etwas lernen, werden sie anders denken. Dieses Mädchen wird dir, wenn sie zwanzig ist, sagen, daß ich im Recht war.«

Maurer Dervo hob seine buschigen, grauen Augenbrauen. Hätte ihm der Schwager gesagt, daß sein Sohn Rasim eines Tages klüger sein würde als er, möglich, daß er das geschluckt hätte. Aber daß ein Mädchen ihm einst sagen sollte, was richtig war, eine solche Hirnverbranntheit ertrug er nicht. Er erwiderte dem Schwager, er vertraue nur auf seiner Hände Arbeit, und wenn Taib noch länger unter seinem Dach weilen wolle, so möge er zunächst mal Mörtel mischen und Ziegel schleppen lernen. Wenn

10

nicht, der Weg in die Stadt stehe sperrangelweit offen, solle er doch dahin gehen, wo sein Verstand regiere.

Ifeta war vor lauter Müdigkeit auf der Bank eingedöst; sie hörte nicht, was Dervo zu ihrem lieben Bruder sagte. Deswegen war sie am nächsten Morgen ziemlich überrascht, als Taib seinen Rucksack packte. Er beruhigte sie, er ginge nicht, weil er beleidigt oder wütend sei, sondern weil es an der Zeit sei, daß er etwas arbeite. Sicher hatte ihn keiner seiner Freunde bei den Verhören verraten, denn sonst hätte die Regierung schon Himmel und Hölle in Bewegung gesetzt, um ihn zu finden. Sie hatten ihn bis jetzt nicht verhaftet, das bedeutete gewiß, daß er nicht auf ihren Listen stand.

Nadira saß auf dem Brett, auf dem sie am Tag zuvor geschrieben hatte, und erstickte fast an ihrem Schluchzen. Er tröstete sie, versprach ihr die schönsten Bilderbücher, Bleistifte, Mal- und Schreibhefte. Er gab seiner Schwester noch einmal den Rat, das Mädchen jetzt schon in die Schule zu schicken. »So ein verständiges Kind ist selten«, bat er, »laß sie lernen, wenn wir sie richtig anleiten, kann sie …« Hier hielt er inne und dachte nach. »Sie kann sogar Studienrätin werden.« Eine andere wichtige Beschäftigung für ein kluges Mädchen fiel ihm nicht ein. Seine Schwester Ifeta sah ihn verdutzt an, hatte er nicht mitbekommen, was ihr Mann vom Lernen und In-die-Schule-Gehen hielt? Es war ihr recht, daß der Bruder ging, er hatte schon für genug Wirbel und Aufruhr in ihrer Familie gesorgt. Sie gab ihm ihrerseits ein paar Ratschläge, er solle sich, sobald er sich im elterlichen Haus eingerichtet habe, eine bescheidene und fleißige Braut suchen, es sei an der Zeit, für die reifen Jahre vorzusorgen.

Nadira begleitete den Onkel auf den hohen Berg bis zu der Stelle, an der die Straße zum Bahnhof abzweigte, und dort, am Scheideweg, schrieb sie seinen Namen in den Staub. Und er versprach ihr, daß sie nach Abschluß der Grundschule bei ihm in der Stadt wohnen könne, falls sie das Gymnasium besuchen wolle. Er wünschte sich, einen Sohn zu haben, so klug wie Nadira. Ihm fiel gar nicht auf, daß der Wunsch ein bißchen schief wirkte.

Nadira wurde erst ein Jahr später eingeschult, lernte zuvor aber noch die kyrillische Schrift, denn die ersten Bilderbücher, die der Onkel schickte, waren damit geschrieben. Sie bestaunte nicht nur die Buchstaben und enträtselte ihre Bedeutung, auch die Zeichnungen mit hübschen Häuschen, fröhlichen Kindern und ihren lachenden Eltern versetzten sie in Verwunderung. Diese Eltern wollten offenbar nichts anderes, als ihren Sprößlingen eine glückliche Kindheit zu bieten. Wenn Nadira die Bilderbuchidylle betrachtete, war sie ganz sicher, daß sie in die falsche Familie hineingeboren worden war.

Von der Mutter hatte sie früh erfahren, daß die Ehe ihrer Eltern auf Dummheiten zurückging, die Mutter war durch kommunistischen Druck, der Vater durch eine Wette hineingeschlittert. Deswegen fand Nadira, daß der weißhaarige, oft jähzornige Maurer und Anstreicher Dervo nicht ihr Vater und seine griesgrämige Mutter nicht ihre Oma sein konnten. Wenig hatte sie mit dem Jungen und dem Mädchen gemein, die ihr Bruder und ihre Schwester sein sollten. Sie wollte so anders wie möglich sein. Wenn ihr die Mutter auftrug, auf die kleine Schwester aufzupassen, wunderte sie sich jedesmal, daß dieses blonde, langweilige, biestige Geschöpf mit ihr verwandt sein sollte. Wann immer sie dieser Wirklichkeit entfliehen wollte, versteckte sie sich im Zimmer und holte ihren ›Schatz‹ aus einer Schachtel: die Bilderbücher und Hefte, die sie von Onkel Taib bekommen hatte. Dort gab es vielerlei, von Pinocchio über sprechende Tiere bis zum guten Drachen, der unter seinen Flügeln einen ganzen Schwarm Kindergeschichten beherbergte ... Sie lernte die Märchen auswendig, wiederholte sie für sich und ergänzte sie bei diesen Wiederholungen mit eigenen Ideen. Die Märchen veränderten sich in ihrem Kopf allmählich und verloren den Bezug zu dem, was in den Bilderbüchern stand. ›Schau, ich kann mir ja Geschichten ausdenken‹, dachte Nadira, verwundert und erfreut ob der neu entdeckten Fähigkeit. Sie erfand immer wieder Neues, aber es brachte ihr nichts Gutes. Nicht nur, daß man ihr nicht glaubte, sie habe auf dem Schulweg eine Python gesehen oder daß auf dem Bach Boote trieben oder daß sie einen Schmetterling, grö-

12

ßer als eine Schwalbe, gefangen habe. Man nannte sie vielmehr eine Lügnerin oder beschränkt und lehrte sie so, ihre Geschichten für sich zu behalten. Sie durfte auch über das Gelesene nicht allzu viel reden, denn Leser wurden in dieser Gegend mißtrauisch beäugt.

Bereits in der dritten Klasse genügte ihr der ›Schatz‹ nicht mehr, und sie besorgte sich Bibliotheksbände. Am liebsten mochte sie die Reihe ›Lastavica‹. Auf dem Heimweg las sie das geliehene Buch an und riskierte dabei blutige Zehen oder abgeschabte Schuhspitzen, um herauszufinden, wie interessant es war. Es fiel ihr sehr schwer, daß sie die Bücher zu Hause verstecken mußte.

An diese Zeit, in der sie lesend die Welt entdeckte, dachte sie auch später noch gern zurück. Eine Woche war sie mit Kindern vom anderen Ende der Welt zusammen, die nächste verbrachte sie irgendwo in Europa oder Rußland, in der dritten rannte sie mit dem Schwarzen Nobi durch die afrikanische Savanne. Damals erfuhr sie, daß es Sklaverei gegeben, daß man Menschen gefangen und wie halbwilde Tiere verkauft hatte. Mit der ›Grauen Möwe‹ segelte sie über die Ozeane zum fernen Amerika, kehrte aber nicht sofort zurück, sondern schipperte bis zu den Eiswüsten der Eskimos. Sie verschlang Geschichten von kleinen und großen Partisanen, ergötzte sich an diesen Helden, dachte sich selbst einen kleinen Partisanenkurier aus, einen, der Unglücklichen half, ganze Partisaneneinheiten oder verwundete Kämpfer rettete und Flüchtlingskindern etwas zu essen brachte. Sie bedauerte sehr, in diesem winzigen Dorf bei Pale zu wohnen, in dem das ganze Jahr über nichts passierte außer ein paar Hochzeiten, dem Gezeter streitender Frauen oder dem Radau von halbwüchsigen Burschen, die beweisen wollten, daß sie der Fuchtel ihrer Eltern entronnen waren. Sie hatte keine Ahnung, was sozialistischer Realismus oder Idealismus waren, welch blühende Lügen sich die kommunistischen Gauner ausdachten, über die ihr Papa so oft schimpfte. Ihr tat es nur leid, daß sie nicht solche Kumpel hatte wie das Mädchen aus dem russischen Buch ›Timur und seine Schar‹. ›Wäre mein Bruder Rasim wenigstens ein bißchen wie Timur‹, bedauerte sie; schade, daß er gar kein Interesse aufbrachte für den fünfzackigen Stern, die Spielerei der Pioniere oder gar für ihre Versuche, ihm die Wunder der Bücher zu erklären.

So verlief ihre Kindheit zwischen Phantasie und der Langeweile der Provinz. In der siebten Klasse war sie körperlich ausgewachsen, aber immer noch verträumt wie ein kleines Mädchen, das nicht begriff, warum ihr die Mutter verbot, kurze Röcke und enge Blusen zu tragen. Die Großmutter erklärte ihr, sie müsse sich nun schämen, dem Vater, dem Bruder und den Nachbarn ihre nackten Beine und ihre Oberweite zu zeigen. Da sie für diese Ermahnung keinerlei Verständnis erkennen ließ, vertiefte die Oma ihre Erklärung und sagte, daß Frauen immer auf der Hut sein müßten, man wisse nie, was in den Köpfen der Männer vorginge. Nadira fand den Hinweis komisch und letztlich sinnlos; sie konnte sich nicht vorstellen, was ein männliches Geschöpf an ihren stämmigen Beinen und den mickrigen Brüsten finden könne. Aber sie trug gehorsam lange Röcke und zugeknöpfte Blusen, wollte sie doch diesen Moralpredigten entgehen.

Kurz nach Beginn des siebten Schuljahres halste ihr Draginja Milunović, die Muttersprache unterrichtete, eine große Arbeit auf. Die ›Lastavica‹-Bibliothek ließ großmütig verkünden, ein Preis solle den treuesten ›Lastavica‹-Lesern zuerkannt und damit zugleich die Kreativität der Jüngsten angeregt werden. Nadira ahnte allenfalls, was Kreativität sein könnte, aber daß man diesen Preis nicht wie in einer Lotterie gewann, sondern sich erarbeiten mußte, erkannte sie ohne viel Phantasie. Er lag so außerhalb aller Wahrscheinlichkeit, daß sie die Augen aufriß und die Lehrerin angaffte, als diese vor der ganzen Klasse mit dem Finger auf sie zeigte.

»Komm, Literatin«, wandte sich die Lehrerin Draginja zum ersten Mal mit dem Spitznamen an sie, unter dem sie an der Schule bekannt war. »Wenn du dich ein bißchen anstrengst, kriegst du den Preis. Du mußt den Inhalt von fünf Bänden aus der ›Lastavica‹-Bibliothek mit eigenen Worten wiedergeben und bis zum 30. Mai an die Adresse … schicken. Wenn du gute Nacherzählungen ablieferst, kannst du fünfzehn Tage Sommerurlaub bei Split gewinnen, für nicht ganz so gute erhältst du 50, für passable 25 Bücher aus der Bibliothek …«

Nadira wurde erst rot und dann weiß und fühlte, wie Schweiß ihre Baumwollbluse durchtränkte. Warum gerade sie? Woher sollte sie wissen, wie man Bücher nacherzählt? Es stimmte ja, daß sie immer etwas schrieb, abschrieb, hinzuschrieb, aber das war doch nur Spaß. Nadira fand es schade, daß sie nie ein Gedicht zustande brachte, so hübsche kleine Reime, die einem aus der Feder flossen. Wenn sie eine Erleuchtung behelligte, manche nannten das eine Inspiration, schabte ihr Stift über die Seiten der Hefte, bis eine lange Geschichte von einem Morgen in ihrem Dorf, über diesen Satansbraten von Bruder oder Omas stets verschlossene Brauttruhe herauskam. Die Lehrerin heftete ihre Arbeiten oft ans Schwarze Brett im Schulflur, manche waren, auf die Hälfte zusammengekürzt, in der ›Kleinen Zeitung‹ erschienen. Aber einen Preis hatte sie bisher für keinen ihrer Texte bekommen. Nur das Etikett der Verrückten hatten sie ihr eingebrockt, man lachte sie auch dann aus, wenn sie die Geschichte nicht erfunden hatte. Sie hatte schon mitbekommen, wie schwer es war, in der Provinz, zwanzig Kilometer außerhalb von Sarajevo, nicht den Erwartungen zu entsprechen.

»Nein, Frau Lehrerin, ich bin sicher, da hat euch jemand angelogen, für das Schreiben bekommt man doch keine Preise. Ich weiß nicht, fünf Bücher, was soll ich machen, wenn mich der Papa plötzlich mit fünf Büchern erwischt«, lamentierte Nadira, böse auf die Lehrerin, weil sie ausgerechnet auf sie verfallen war.

Die Lehrerin Draginja lachte, und ihr Lachen hallte durch die Betonmauern der Schule.

»Halt, Nadira, halt, du faßt die Bücher zusammen wie sonst die Schullektüre. Ich weiß, daß du es kannst, ich werde es dir nicht verzeihen, wenn du kneifst; du kriegst dann ganz sicher eine schlechtere Note am Ende des Schuljahres.«

Natürlich konnte Nadira es nicht riskieren, im muttersprachlichen Unterricht eine schlechtere Note zu bekommen, und die

Lehrerin Draginja war für sie eine Respektsperson. Sie war die erste Frau aus der Umgebung, die in der Großstadt ihr Abitur geschafft und danach studiert hatte. Man erzählte sich, daß sie nebenher weiter studierte und Studienrätin werden wollte, nach des Onkels Überzeugung auch Nadiras zukünftiger Beruf.

Es blieb nichts anderes übrig, als die Aufgabe zu übernehmen. Schließlich sollte ihr die Lehrerin dabei helfen, sich ins Gymnasium oder die Lehrerschule einzuschreiben. Den ersten Preis schrieb sie sofort ab; ihre Eltern hatten ihr nicht mal erlaubt, an dem Klassenausflug nach Sarajevo teilzunehmen, und würden ihr sicher keine Reise ans ferne Meer gestatten. Überdies konnte sie weder schwimmen, noch hatte sie einen Badeanzug. Aber der zweite oder dritte Preis, 50 oder 25 Bücher … Das durfte man sich nicht entgehen lassen, dafür hätte sie auch fünf mal fünf Bücher zusammengefaßt. Was für ein Glück, in die Sommerferien zu gehen, während derer die Schulbibliothek geschlossen war, und einen Berg eigener Bücher zu haben! Sie vergaß ganz, daß das Lesen nie ohne Geschimpfe und Striemen abging, denn vertieft ins Lesen überhörte sie, daß die Mutter nach ihr rief, eine durstige Kuh brüllte oder die Hühner im Garten scharrten.

Sie begann unverzüglich mit der Arbeit und fand fünf Bücher, drei in der Schulbücherei, zwei besorgte ihr die Lehrerin aus Sarajevo. Manche Bände hatte sie zuvor schon in Händen gehalten, aber das Lesen war die einzige Tätigkeit, bei der sie Wiederholungen nicht störten. Zu Hause versteckte sie alle unter ihrem Bett, denn ihr Papa würde einen Wutanfall bekommen, wenn er fünf Bücher auf einmal sah – ihm würde bestimmt übel davon.

Tagsüber heimlich und nachts mit einer Gaslampe flogen ihre Augen über die Seiten. Innerhalb von fünfzehn Tagen hatte sie alle Geheimnisse der Helden entdeckt, sich mit ihnen ausgetobt, mit ihnen gelacht und geweint, und am Schluß war sie ihrer überdrüssig. Sie sehnte sich nach eigenem Spielen und Lachen, und in der Schule wurden noch andere Dinge als die Muttersprache geprüft.

Sie verstaute die Bücher wieder unter dem Bett und vergaß sie. Aber die Lehrerin vergaß sie nicht.

»Literatin, wie geht die Arbeit voran, was hast du schon geschrieben?« fragte sie eines Morgens vor dem Unterricht.

»Naja, so, ich, hm, ich hab schon alle gelesen«, stotterte Nadira und machte sich so klein wie möglich. Am liebsten wäre sie unter die Bank gekrochen.

»Falsch. Du mußt dir Buch für Buch vornehmen, das hab' ich vergessen, dir zu sagen. Wenn du die ersten zwei fertig hast, gib sie mir, ich will sie durchsehen.«

Nadira stöhnte den ganzen Tag. Ja, sie hatte sich Geschichten ausgedacht, manchmal die Mutter belogen, vor allem, wenn diese sich mit der Rute in der Hand vor ihr aufbaute, aber sie hatte noch nie ein Versprechen gebrochen. Sie hatte es versprochen und mußte ihr Versprechen halten, basta. Das Lesen konnte sie zu Hause verheimlichen, aber das Schreiben?

Noch am selben Nachmittag setzte sie sich hin. Das erste Buch handelte von einer fliegenden Karawane, genauer von einem Schwarm Wildgänse, die auf ihrem Flug nach Süden verzweifelt um ihr Leben kämpften. Unterwegs rangen sie mit Sturmwinden, Schnee, Hunger, Jagdlust … Die erste Nacherzählung machte ihr Spaß, dank der Ruhe im Haus schrieb sie sie in einem Zug. Der Vater saß mit ein paar Kumpel in einem Lokal, die Mutter besuchte mit der jüngeren Schwester Verwandte, der Bruder spielte mit seinen Freunden, dem Fohlen und ihrem struppigen Hund, auf der Wiese beim Fluß. Die Großmutter hatte Kopfschmerzen und blieb in ihrem Zimmer.

Als alle wieder zu Hause waren, lagen die vollgeschriebenen Blätter in einer Kiste. Die Mutter war böse auf den Vater, weil er das Geld in der Kneipe gelassen hatte und direkt nach seiner Heimkehr, besoffen lallend, auf der Küchenbank eingeschlafen war. Wahrscheinlich vergaß sie darüber, Nadira wegen des nicht gespülten Geschirrs zu schelten. Es war ein ruhiger Abend in ihrer Familie, aber aus Erfahrung wußte sie, daß dann immer etwas im Busch war. Diesmal kam es erst am nächsten Tag heraus, als der Vater wieder nüchtern war und die Mutter die Gelegenheit nutzte, ihm alles an den Kopf zu werfen, was er in letzter Zeit verbrochen hatte. In ihrer Gegend gab es wenig Frauen, die sich mit ihrem Gatten brüsten konnten; man konnte den Eindruck haben, daß ihr Vater noch einer der besten war. Überall hieß es, Dervo sei ein Mann, der Wort hielt, ein ehrbarer Hausherr, der sich kein Geld lieh oder in den Geschäften anschreiben ließ, im Gegenteil, er borgte anderen. Man sagte, er habe ein gutes Gemüt, denn er schlage oder beleidige seine Frau nicht und habe keinen Streit mit seinen Freunden. Daß er einmal in drei Monaten sturzbesoffen war und keinem gestattete, ihn zu beleidigen, das nahm ihm niemand übel, das gehörte zur Ehre eines Mannes, und daran konnte keiner etwas Schlechtes finden. Der Vater genoß ungeheure Autorität in der Familie, verbreitete Furcht und Zittern, so daß Nadira seine Anwesenheit als Bedrohung empfand. Er züchtigte die Kinder nur selten; sie wußten, was sie nicht tun durften. Wenn irgend etwas ohne sein Wissen gekauft wurde, dann mußte es gut versteckt werden. Er wußte natürlich nicht, was sie tagsüber in seiner Abwesenheit trieben, und er schnüffelte auch nicht im Haus, in den Schränken und Truhen herum. Aber seiner Mutter entging nichts. Sobald einer etwas anstellte oder ihr nicht gehorchte, drohte sie: »Wartet nur, sobald Dervo nach Hause kommt, sag ich's ihm. Wer nicht hören will, muß fühlen.« Selten machte sie die Drohung war, aber sie wirkte immer. Mehrmals hatte jedes der Kinder des Vaters Zorn und seine Prügel zu spüren bekommen, und die Angst vor neuerlichen Schlägen saß ihnen in den Knochen.

Die Mutter hatte den Vater geheiratet, weil zwei Jahre nach der Befreiung ein Erlaß herauskam, nach dem alle Mädchen in Arbeitsbrigaden organisiert und zu Arbeitseinsätzen herangezogen werden sollten. Sie stammte aus einer strenggläubigen Familie, die fünfmal am Tag betete, jeden Ramadan fastete und zu Kurban-Bajram den größten Schafbock schlachtete. Man erzählte sich, daß im Hof der Karalićs einst Derwische zusammengekommen waren und Ifetas Vater, Nadiras Großvater, in seinen besten Jahren ihren Kreis angeführt hatte und mit bloßen Füßen über glühende Kohlen lief. Die Frauen, ihre Mutter und die Schwestern, hatten bis vor kurzem noch den Umhang, der den ganzen Körper verhüllte, und einen Gesichtsschleier getragen, da kam die Anordnung der Kommunisten heraus, daß sich die achtzehnjährige Ifeta, Nadiras Mutter, und die zwanzigjährige Munira, Mutters ältere Schwester, freiwillig zu Aufschüttarbeiten für einen Bahndamm melden mußten. Eine Eisenbahnlinie sollte durch Zentralbosnien gebaut werden. Zum Glück war Muniras Verlobter mit einem früheren Hochzeitstermin einverstanden, und auch für Ifeta wurde ein Bewerber gefunden, der Witwer Dervo aus einem Dorf bei Pale. Er gab später zu, daß er sich auf diese Brautschau nur eingelassen hatte, weil er, ein wenig angetrunken, mit seinen Zechkumpanen gewettet hatte, er könne trotz seiner beinah vierzig Jahre und obwohl er Witwer war ein Mädchen aus einer der besten städtischen Familien heiraten.

Ifeta war so erzogen, daß sie schon den Gedanken kaum ertrug, einen ganzen Sommer lang außerhalb ihres Geburtshauses, praktisch in der Fremde, zu leben und mit Männern fremden Glaubens und fremder Sitten in Baracken zu hausen. Später sagte sie oft, sie habe von zwei Übeln das schlimmere gewählt, die Ehe mit einem Menschen, mit dem sie vor der Hochzeit keine drei Worte gewechselt hatte. Aber daran ließ sich nichts mehr ändern, und so schickte sich Ifeta mit der Anpassungsfähigkeit bosnischer Frauen drein, bekam Kinder mit Dervo, zog sie groß, ertrug die Schwiegermutter, hielt ihr neues Zuhause in Ordnung und pflegte sorgfältig die Beziehungen zu ihrer eigenen Familie. Sie übernahm die Überzeugung ihrer Schwester und ihres Bruders, daß die Kinder zur Schule gehen müßten, und sie war stolz auf ihre Tochter, in deren Zeugnissen stets ausgezeichnete Zensuren prangten. Aber sie war auch unglücklich wegen ihres Sohnes Rasim, der sich mit Ach und Krach von Klasse zu Klasse hangelte. Sie wünschte, er wäre wie ihr Bruder Taib, nicht wie ihr Mann Dervo. Sie achtete darauf, dies nicht zu oft vor der Schwiegermutter und ihrem Gatten zu äußern, weil die immer mit den Worten reagierten: »Und warum hast du nicht einen feinen Herrn geheiratet, sondern dich auf den Witwer Dervo gestürzt? Fehlt dir was in unserm Haus, auch wenn es kein Herrenhaus ist?« Nadira wuchs zwischen diesen beiden Extremen auf, zwischen den Sitten der Stadt und denen des Dorfes, und sie wußte nicht, wohin sie gehörte. Hätte jemand sie um ihre Meinung gefragt, sie hätte geantwortet: ›Gibt es nicht ein Drittes, mir gefällt weder die väterliche noch die mütterliche Seite.‹ Die Bücher zeigten ihr, daß es dieses Dritte gab, aber die den Bedürfnissen der sozialistischen Demagogie angepaßte Erziehung war der Entfaltung eigenständigen Denkens nicht eben förderlich. Sie verstand damals noch nicht, was um sie herum wirklich vorging, bemerkte nicht, daß zwischen den Schößlingen des europäischen Bürgergeistes trübe, schwere Traditionen, Religionen, versteckte Nationalismen angeschwemmt wurden. Die Schößlinge konnten sich nicht so recht entwickeln, denn über diese ganze balkanische Mischung stülpte sich die große Glocke der Ideologie, der es trotz zahlreicher Experimente und Formen dann doch nicht gelang, die Welt zu verbessern.

Nadira folgte trotz der übermächtigen Autorität des Vaters ihrem Instinkt, ihren innersten Bedürfnissen. Den Inhalt der ›Lastavica‹-Bände nachzuerzählen, bedeutete ihr ungeheuer viel; sie lebte darin auf. Am folgenden Tag nahm sie keine Rücksicht auf die Atmosphäre im Haus, und die Angst vor dem Vater trat zurück. Sie setzte sich an den Tisch, der in einer nicht ganz so hellen Ecke stand, und faßte das zweite Buch zusammen.

Draußen war schlechtes Wetter, mitten im Frühling fiel Schnee, und die ganze Familie war zu Hause, der Vater verkatert und mürrisch, die Mutter finster wie eine Gewitterwolke. Nur in diesem Zustand ertrug der Vater Schelte, und die Mutter ließ sich die Chance nicht entgehen, ihren über Monate hin angesammelten Unmut loszuwerden. Da sie jedesmal bei Adam und Eva anfing, mußten alle zum Wer-weiß-wievielten-Male anhören, wie sie nur so blöd gewesen sein konnte, nicht zum Arbeitseinsatz zu gehen, hatte doch die Hochzeit mit ihm ihr Leben zerstört. Er schnaubte bloß und sah finster zu ihr hin.

Nadira war ganz in ihre Nacherzählung vertieft; das Buch handelte von mutigen Pionieren. Wie viele andere Kinder ihrer Generation verschlang sie gierig die bunten Lügen von Branko

Ćopić und glaubte, auf der Welt lebten nur Märchenonkel und Helden mit Taubenherzen, Mädchen mit großen, dunklen Augen und Jungen, die in diese Mädchen verliebt waren. In der Schule brachte man ihnen bei, wenigstens den besseren Schülern, daß sie den Kommunisten dankbar sein müßten, weil diese sie aus der Finsternis der Vergangenheit befreit und ihnen die Tür zum Paradies aufgestoßen hätten, in dem Brüderlichkeit und Einheit blühten, Mittel gegen die balkanische Seuche des Nationalismus. Nadira war Branko Ćopićs Geschichte nicht üppig genug, und sie dichtete seinen Helden noch ein paar gute Eigenschaften an, lobte sie in den Himmel, wie ihre Oma es nannte. Die fertigen Blätter legte sie neben sich und übersah, daß ihr Bruder sich in die dunkle Ecke geschlichen und unter dem Tisch versteckt hatte. Und plötzlich, wups, grabschte er die Seiten, kreischte aufgeregt und kletterte auf einen Stuhl, damit sie ihn nicht zu fassen bekam. Sie heulte halblaut auf und hüpfte ein paarmal hoch, aber seine langen Arme waren außer ihrer Reichweite.

»Laßt mich euch vorlesen, was unsere Literatin zierlich verfaßt hat.« Der Bruder konnte vor Lachen kaum reden.

»Gib ihr das zurück!« fauchte ihn die Mutter an.

Der Vater erhob sich und spitzte die Ohren, damit ihm nur ja nichts entging.

Der Bruder begann, ihre Sätze laut vorzulesen, und sie wäre am liebsten im Boden versunken. Dabei störte sie weniger, daß sie es mit der Heimatliebe arg übertrieben hatte, denn das fiel ihr gar nicht auf, vielmehr fürchtete sie sich vor dem verzerrten Gesicht des Vaters, das nichts Gutes verhieß. Je länger ihr Bruder las, desto wütender wurde dessen Miene, als würde er persönlich aufs Schlimmste beleidigt.

»So einen Dreck bringen die euch in der Schule bei! Das merkst du dir alles und wiederholst es auch noch.« Der Vater griff sich an den Kopf. »Dervo, du bist ein Idiot, warum läßt du solche Narren aus ihnen machen. Wo graben die bloß die ganzen Partisanen und Kommunisten aus? Das war doch nicht mehr als eine Handvoll, und die lagen immer im Hinterhalt. Schau dir doch an, wie sie herrschen. Keiner traut mehr seinem eigenen

Bruder, daß der ihn nicht bei der Staatssicherheit anzeigt. Uns nehmen sie den Lohn weg und bereichern sich übler als jeder Patron vor dem Krieg.«

Zwischen seinem Zorn und dem Gestotter ihres Bruders konnte sie ihm nicht klarmachen, daß sie in der Schule noch was anderes als die Pionier- und Partisanengeschichten lernte, auch Geographie und Mathematik, Fremdsprachen …

»Ungezogener Bengel, gib ihr das zurück, es ist doch ihre Lektüre«, bettelte die Mutter mit furchtsamer Stimme; sie ahnte, daß die Situation eskalieren konnte.

»Ich pfeif’ auf ihre Lektüre, auf sie und dich!« brüllte der Vater. »Im Haushalt hat sie noch rein gar nichts gelernt, ich hab’ sie nie beim Ausziehen von Strudelteig gesehen. Schau dir mein Hemd an, ein Riesenloch ist auf dem Rücken, das hat sie beim Bügeln hineingebrannt … Du mit deiner Schule, immer nur Schule, als würde sie die Schule heiraten! Bücher, Bücher, die schnappt ja über bei all den Lügen!«

»Und dir hat der Schnaps den Verstand geraubt!« Diesmal gab die Mutter nicht klein bei, mit aller Kraft verteidigte sie die Zukunft ihrer Tochter. »Wenn der liebe Allah es will, wird sie eines Tages Lehrerin wie Frau Draginja, vielleicht sogar am Gymnasium. Sie wird nicht wie ich immer nur bedienen müssen.«

Daraufhin kam die Großmutter – die Nana, wie die Mutter des Vaters von der Schwiegertochter und den Kindern in dieser Gegend meist genannt wird – aus ihrem Zimmer und widersprach der Mutter gewohnheitsmäßig.

»Warum sorgst du nicht für Ruhe, immerzu brütest du ein Unglück aus … Schämt ihr euch nicht, die ganze Nachbarschaft hört euch. Du schwätzt schlimmer als jede Klatschbase. Was soll’s, wenn mein Sohn trinkt, er hat nicht dein Geld versoffen, es ist nicht deine Mitgift. Wenn du Käse verkaufst, dann weil er eine Kuh hat, und er sorgt für ihr Futter. Es gehört ihm, und er kann’s ausgeben, wie er will. Du sollst auf die Kinder aufpassen und für ihn sorgen. Er arbeitet viel, er muß sich mal zerstreuen.«

»Und ich, was ist mit meiner Zerstreuung?« seufzte die Mutter und wischte sich mit dem Zipfel ihres Kopftuches die Augen.

22

»Deine Zerstreuung sind die Kinder und das Haus. Wenn's dir nicht paßt …«

»Ach, Mutti, hör auf«, meinte der Vater versöhnlich; vielleicht fühlte er sich schuldig, weil er das Geld ausgegeben hatte, das er sonst seiner Lebensgefährtin für ihre weiblichen Bedürfnisse überließ. Es gehörte zu ihren Aufgaben, das Ansehen seines Hauses zu fördern; deswegen kaufte sie von dem Geld Geschenke für Wöchnerinnen, Bräute und Bräutigame unter den weiteren Verwandten oder Kleinigkeiten wie Lippenstift oder Creme für sich selbst. »Und du, Schulmädchen, holst mir zur Strafe ein Bier, aber plötzlich!«

»Nein, sie geht nicht für dich Bier kaufen«, trumpfte die Mutter auf und umarmte die Tochter. »Soll dein Sohn gehen, der ist wie du, Schulversager … Sie ist mein Goldstück. – Mein Herzchen, lern fleißig in der Schule, damit du nicht an so Nichtsnutze gerätst wie ich«, flüsterte sie ihr ins Ohr.

Nadira riß sich von der Mutter los, sprang hoch, um dem Bruder den Text zu entreißen, und schubste ihn unglücklich vom Stuhl. Er prellte sich die Schulter, sie wurde dafür von der Nana geschlagen, und der Vater warf ihre Nacherzählung von den mutigen Pionieren in den Herd. Dieser Vorfall verleidete ihr die Sache, tagelang mochte sie sich nicht wieder daran setzen.

Sie wäre ohnehin nicht dazu gekommen, denn um diese Jahreszeit gab es viel Arbeit im Garten, und Mutter und Großmutter wetteiferten darin, wer sie zuerst rief. »Laß uns Zwiebeln setzen, Furchen für die Gurken ziehen, die Küche ist seit drei Tagen nicht gewischt worden.« Großmutter verfiel auf die Idee, mit ihrer alten, wackeligen Singer-Maschine Pyjamas zu nähen, und Nadira mußte daneben stehen und den Faden ins Nadelöhr bugsieren. Dann bekam die Schwester die Masern, und man befahl ihr, bei ihr zu bleiben. Als das ausgestanden war, stieg ihr die Frühlingssonne zu Kopf, und sie konnte den Rufen der Freundin vor dem Hoftor nicht widerstehen. Die Tage schmolzen dahin wie der Schnee im Südwind, zehn Tage vor Ablauf der Frist hatte sie erst drei Nacherzählungen fertig.

Am liebsten hätte sie sich versteckt und die Schule geschwänzt. Der Preis war nicht mehr wichtig, nur, wie konnte sie die Lehrerin so enttäuschen? Hätte Frau Draginja doch nur die Aufgabe, die sie ihr anvertraut hatte, vergessen!

Aber nein, Frau Draginja fragte nach, wo die Nacherzählungen denn blieben? Nadira konnte nicht ausweichen, sie gab ihr die verknitterten Seiten.

»Nur drei!« zürnte sie und überflog rasch die schrägen Buchstaben von Nadiras Handschrift. »Aber das ist gut, ausgezeichnet, es wäre schade, wenn du es nicht wegschickst. Ich schließe dich in der Bibliothek ein und lasse dich erst heim, wenn du das nächste Buch fertig hast. Und morgen nimmst du dir das letzte vor.«

Zum ersten Mal allein in der Bibliothek! Sie sog den wunderlichen Geruch von Leim und altem Papier ein und betrachtete die Bücher. Sie geriet in Versuchung, zwei zu stehlen, ›Robinson Crusoe‹ und ›Heidi‹, steckte sie sogar in ihren Ranzen, stellte sie aber wieder an ihren Platz, weil sie Gewissensbisse plagten.

Eine Stunde verlor sie mit dem Durchstöbern der Regale, dann erst setzte sie sich hin, um zu schreiben. Sie kritzelte drei Blumen an den Rand des Papiers, und nun kamen die Sätze ganz von allein. Aber sie war nicht zufrieden, weil es ihr nicht gelungen war, jene hübschen Sätze über die Kriegserlebnisse von Titos Pionieren zu wiederholen, die sie zu Hause schon geschrieben und die ihr Vater in den Herd geworfen hatte. Jetzt noch hörte sie sein Geschrei: ›Ha, komische Lügen, ha, wie die euch anlügen!‹

Als sie nach dem letzten Punkt wieder zu sich kam, merkte sie, daß ihre Beine und ihr Rücken in dem kalten Raum halb erfroren waren und die Sonne tief im Westen stand. Schon längst hätte sie zu Hause sein müssen.

Draußen lehnte sie an einer Säule, um sich ein bißchen aufzuwärmen und in die Wirklichkeit zurückzufinden. Aber wenig später winkte ihr der Bruder schon aus der Ferne zu und brüllte: »Was machst du, Mutter ist außer sich vor Sorge.«

Leider verpuffte die Sorge, kaum daß man ihrer zu Hause ansichtig wurde, statt dessen zischte die Rute und Mutters Zorn. Zum Glück kam die Nana angelaufen und zog die Mutter weg, so daß sie mit zwei Hieben und einer Ohrfeige davonkam. Natürlich mußte sie lügen, um ihren langen Aufenthalt in der Schule zu rechtfertigen. Sie erzählte, sie habe der Lehrerin beim Ordnen der Bücher helfen müssen. Mutter und Großmutter übertrugen ihren Zorn auf die Lehrerin, aber dieser verblaßte bereits ein wenig, denn Draginja genoß in ihrem Haus hohes Ansehen.

Schließlich bildeten ihre Nacherzählungen einen beachtlichen Berg Papier. Wieder wußte sie nicht weiter, denn er paßte nicht in die Kuverts, die es auf der Post zu kaufen gab. Sie drehte und wendete, faltete und knautschte die Blätter ... Es gelang ihr, den Haufen in den Umschlag zu stopfen, aber nicht, die Lasche zuzukleben.

Zwei Tage verstrichen, die Frist für das Versenden der Arbeiten war abgelaufen, und sie schleppte noch immer den offenen Umschlag in ihrem Ranzen herum und hätte ihn sicher niemals abgeschickt, hätte die Lehrerin nicht nachgefragt, ob sie ihn per Einschreiben aufgegeben habe. Sie zog ihn aus der Schultasche, legte ihn auf den Tisch und brach in Tränen aus.

»Es geht nicht«, schluchzte sie, »ich kriege ihn nicht zu.«

»Ach, Nadira, Nadira, wie kannst du nur so dumm sein?!« fuhr die Lehrerin sie an, nahm die Blätter und rauschte aus der Klasse.

Glücklich, dieser Sorge ledig zu sein, vergaß Nadira augenblicklich die ganze Angelegenheit. Es war die Zeit vor den großen Ferien, und selbst die eifrigsten Schüler erfaßte die Sehnsucht nach dem Sommer und dem Faulenzen. Die guten Zensuren im Klassenbuch waren noch nicht sicher, die schlechten lauerten unter dem Katheder und drohten, sich auch auf Nadiras Seite zu heften. Diesen Frühling hatte sie sich ziemlich mit Landkarten gequält, Indien mit Indonesien, China und Indochina verwechselt, und die japanische Insel Kiuschu oder so ähnlich verfolgte sie bis in den Schlaf. Tagelang bemühte sie sich vergebens um eine gute Geographienote.

In der letzten Woche vor den Ferien rief man sie ins Büro des stellvertretenden Direktors. Als sie die Nachricht erhielt, schlotterten ihr die Knie, sie schaffte es kaum die Treppe hinunter.

Sofort dachte sie an ihren Bruder. ›Du Satansbraten!‹ schimpfte sie vor sich hin. ›Was hast du jetzt wieder angestellt? Ein Fenster zerbrochen, dich mit den Kerlen aus der Siebten gekloppt oder wieder mal der Geschichtslehrerin bewiesen, daß das im Lehrbuch nicht stimmt, sondern das, was der Papa erzählt?‹

Sie pochte zaghaft an die Tür, steckte die Nase ins Büro und stand vor dem versammelten Kollegium. So schlimm war es?! In ihrer Angst sah sie nicht, daß alle sie anlächelten und ihr die Hand hinhielten, um zu gratulieren. »Der erste Preis, zum ersten Mal in der Geschichte der Schule bekommt jemand so einen Preis. Herzlichen Glückwunsch zu dieser angenehmen Überraschung.«

Sie begriff noch immer nicht, was sie von ihr wollten, der Groschen fiel erst, als die Lehrerin Draginja ›Lastavica‹ sagte und ihre guten Arbeiten erwähnte. ›Bücher, ich kriege Bücher!‹ schoß ihr durch den Kopf, nur um einen Moment später in heftige Enttäuschung umzuschlagen. Keine Bücher – fünfzehn Tage Sommerurlaub in Split mit Kindern aus allen Gegenden ihres Landes, die ebenfalls einen ersten Preis gewonnen hatten. Das war kein Vergnügen für sie, in die ferne Stadt dürfte sie ohnehin nicht, die Bücher hingegen wären zu ihr gekommen und hätten ihr die Sommerferien verschönt. Sie durfte dem Vater nichts vom Preis erzählen, weil sie sich ohne seine Erlaubnis darum beworben hatte. Wenn sie gewußt hätte, daß man den ersten Preis ausgerechnet ihr geben würde!

Die Benachrichtigung über den Preis steckte im Ranzen, und die Schultasche wog schwer wie ein Stein. Sie hatte Magenschmerzen, als hätte sie unreifes Obst gegessen. Zu Hause bekam sie keinen Bissen hinunter. Um zu vergessen, was passiert war, stürzte sie sich in die Arbeit, fegte den Hof, jätete das Zwiebelbeet, und die Großmutter wunderte sich sehr, warum ihre Enkelin plötzlich so fleißig war, daß sie sogar Dinge tat, die man ihr nicht aufgetragen hatte.

Nachdem der erste Schock abgeklungen war, erschien ihr dieses Split und dieses Meer immer verlockender. Wie konnte sie die väterliche Unnachgiebigkeit überlisten? Ihn jetzt fragen, ob sie die Nacherzählungen wegschicken dürfe, und ihm zehn

Tage später sagen, daß sie den ersten Preis bekommen habe. Nur wenn er gutgelaunt und ein wenig verkatert nach Hause kam, konnte man etwas bei ihm erreichen. Sie beschloß, eine Gelegenheit abzupassen, vielleicht hatte er in zwei, drei Tagen gute Laune.

In der Dämmerung, gerade als sie den Glaszylinder reinigte und die Lampe anzündete, kam die Mutter in die Küche, außer Atem und verschreckt.

»Dein Bruder sagt, du hättest einen Preis bekommen«, wisperte sie, damit die Großmutter auf der Veranda nichts hörte.

»Hab ich«, heulte Nadira los, holte den Zettel aus der Schultasche und hielt ihn der Mutter hin. Diese überflog die Zeilen mehrmals, legte dann die Hand auf den Mund, und ihre Augen wurden vor Angst rund und groß. »Mein Kind, was hast du da wieder angestellt?! Erzähl bloß dem Vater nichts, der bringt uns beide um. Hundert Mal hab ich dir schon gesagt, du sollst nichts tun, ohne zu fragen, du weißt doch, wie er ist. Wenn's die Nana hört, die erzählt's ihm bestimmt, und ich muß es ausbaden.«

Nadira versteckte den Zettel unter der Matratze und verabschiedete sich von ihrem Preis. Sie wußte aus Erfahrung, daß Vaters Zorn, egal was die Kinder anstellten, immer zuerst auf Mutters Haupt niederging, und sie wollte nicht, daß es diesmal aufgrund ihrer Unüberlegtheit passierte.

Und dennoch kam es genau so. Ein Bursche kam in die Schule und ein Mädchen, und sie unterhielten sich mit ihr; sie hatte schon von Journalisten gehört, verstand aber nicht, warum sie sie über ihr Schreiben ausfragten und ein Bild von ihr aufnahmen. Das begriff sie erst, als jemand das Lokalblatt mit in die Schule brachte, und ihr Foto prangte darin. Damit war das Versteckspiel vorbei, unvermeidlich, daß der Vater diese Seite unter die Nase gehalten bekommen würde.

Im großen und ganzen sorgte dieser Preis für ziemliche Aufregung in ihrer Familie, sie und die Mutter mußten dafür bezahlen, aber später war es doch zu ihrem Nutzen. Der Vater sah das Bild und reagierte genau so, wie es die Mutter vorhergesehen hatte. Er kam am frühen Abend nach Hause und riß bereits auf der Veranda den Gürtel aus der Hose.

»Nadira, Tochter, komm her zu deinem Vater und erkläre mir, wer dich fotografiert und ohne meine Erlaubnis ans Meer schickt?!« Er ließ den Gürtel gegen die Zarge schnalzen und trat gegen den Wassereimer, daß es durch die ganze Gasse hallte. Seine Mutter beruhigte ihn, bat, keinen Lärm vor den Nachbarn zu veranstalten und rügte nebenher die Schwiegertochter, die Kinder mit ihrem dauernden Gerede von der Schule zum Ungehorsam gegen den Vater zu erziehen.

Nadira und ihre Mutter retteten sich auf den überdachten Balkon und verbrachten dort mehrere Stunden, bis sich der Vater beruhigte und einschlief und ihnen der Bruder die Tür öffnete, damit sie hereinkonnten. Die Mutter zitterte und wiederholte in einem fort: »Oh, Nadira, Nadira, das ist deine Schuld. Ich hab dir doch gesagt, daß du nichts tun sollst, ohne vorher zu fragen.«

Vielleicht hatte einer der Nachbarn etwas der Lehrerin Draginja zugetragen oder diese kam von selbst drauf, jedenfalls redete sie mit dem Vater und dämpfte seinen Zorn. Sie erzählte ihm, was für eine kluge und begabte Tochter er habe, daß er auf sie sehr stolz sein könne und daß er mit seiner Tochter der Stolz der ganzen Schule und der Gemeinde sei. Er konnte gar nicht anders, er mußte seine Zustimmung geben, daß sein Wunderkind ans Meer fuhr.

Und wirklich entwickelte ihr jähzorniger Papa Stolz auf sie. Er zeigte sogar seinen Kollegen jenes Bild in der Zeitung und lobte sich, weil er ihr die Bücher gekauft habe. Klar, daß keiner sagen durfte, daß er sich das aus den Fingern sog.

Am Abend betrachtete er sie von allen Seiten, befühlte ihr Haar und ihre Wangen, musterte ihre Gesichtszüge, als wolle er sich vergewissern, daß das tatsächlich sein Kind war.

»Du meine Güte.« Er mußte sich wirklich wundern. »Was es nicht alles gibt auf der Welt. Für diese Lügenmärchen, die ich in den Herd geworfen habe, hast du einen Preis bekommen? Wer kann so abgedreht sein, ihn dir zu geben, lieber Gott.«

»Sie wird Studienrätin.« Mutters Gesicht glänzte vor Stolz,

obwohl sie hustete und schwitzte, weil sie sich auf dem Balkon erkältet hatte. »Sie soll ruhig lernen, Gott hat's ihr gegeben. Hätt' mein Vater mich doch in die Schule gehen lassen.«

»Bei Gott, dann hätt' ich dich bestimmt nicht geheiratet«, warf der Vater ein. »Was soll ich mit 'ner gebildeten Frau.«

Die Mutter sah ihn nur an und nähte weiter an dem Kleiderbesatz.

Nadira fuhr ans Meer, mit dem Schiff von Ploče nach Split, lernte schwimmen, sah das erste Aquarium ihres Lebens, bewunderte Meštrovićs Skulpturen in dessen Galerie … Sie erkannte etwas sehr Wesentliches in diesen Ferien, etwas, das ihr späteres Leben begleitete: Sie verstand, was Kunst bedeutete. Die ganze Zeit betreute eine Frau aus Belgrad die Gruppe von fünfzehn Jugendlichen aus allen Teilen Jugoslawiens. Sie schrieb Kindergedichte und trug diese vor. Danach erklärte sie sehr geistreich und lebhaft, was Talent, Eingebung, Schreiben hieß, warum diese abgedrehten Schriftsteller, Maler und Bildhauer für die Kultur eines Landes wichtig waren. Nadira stand mehrfach im Zentrum der Aufmerksamkeit, weil zwei ihrer Geschichten, bei denen das Thema frei gewählt werden durfte, zu den besten gekürt wurden. Langsam, ganz allmählich verstand sie, was ihr da widerfuhr, begriff endlich, was Schöpfertum ist, und viele Dinge, die sie von der Lehrerin Draginja gehört hatte, wurden ihr nun klar. Sie schwor sich, sich nie wieder für dieses Bedürfnis zu schreiben zu schämen, und wenn sie alle in der Schule und ihrem Viertel für verrückt erklären sollten.

Nach dieser Reise vertiefte sich Nadiras Gefühl, daß sie nicht in die Familie gehörte, in die sie heineingeboren war. Und sie brachte noch ein Mitbringsel heim: den Entschluß, eines Tages selbst Bücher zu schreiben.

Die Dichterin sagte damals etwas, was Nadira noch nicht verstehen konnte: Sie habe ihre Leidenschaft fürs Schreiben mit einem einsamen Leben bezahlt. In ihrem Land gebe es wenig Frauen, die für die Kunst lebten, denn das gesellschaftliche Klima sei dem abträglich, und die Tradition ersticke weibliches Talent, vernichte es, noch bevor es sich entwickeln könne.

Erst ein Jahrzehnt später wurde Nadira klar, was die Dichterin hatte sagen wollen.

Nadiras geistige Entwicklung verlief völlig unabhängig von ihrer Familie, und ihr Gespür für Realität litt darunter. Ihr kam gar nicht in den Sinn, daß der Malermeister Dervo, von dem sie nicht recht glauben mochte, er sei ihr Vater, mit Mauern und Kalkbrennen sie und die ganze Familie ernährte und sie von dieser Arbeit ziemlich gut lebten. Und sie war felsenfest davon überzeugt, daß sie auf gar keinen Fall wie ihre Mutter Ifeta Stütze einer wohlgeordneten muslimischen Familie werden wollte.

Nach dem ersten Literaturpreis veränderte sich des Vaters Haltung ihr gegenüber, er erwähnte das Heiraten als einzige Zukunftsperspektive nicht mehr, gab dem Drängen seiner Frau nach und stattete ihrem Bruder Taib einen Besuch ab, jenem Onkel, der Nadira Schreiben und Lesen beigebracht hatte. Taib Karalić lebte in dem Haus, das er von den Eltern geerbt hatte und das in einer Straße hinter der Sarajever Baščaršija lag. Als Chef der Buchhaltung einer großen Fabrik war er weit von dem Beweis entfernt, daß der Verstand regiere. Er hatte spät geheiratet, so daß seine Söhne noch klein, nicht einmal schulpflichtig waren. Er erinnerte sich seines Versprechens, das er seiner Nichte einst gegeben hatte, und war bereit, sie bei sich aufzunehmen, sobald sie ins Gymnasium kam. Dervo nahm das Angebot an, stellte aber die Bedingung, daß Nadira in der Familie des Onkels streng beaufsichtigt würde. Das Mädchen freute sich so sehr, daß man ihm den sehnlichen Wunsch, eine höhere Schule zu besuchen, erfüllte, daß es nicht so recht bedachte, was ›unter strenger Aufsicht‹ bedeutete. Und auch wenn Nadira es erfaßt hätte, hätte ihr das wenig geholfen, die Regeln standen fest, ohne daß sie etwas daran hätte ändern können.

Onkel Taib und Vater Dervo klärten rasch die Bezahlung von Unterkunft und Essen und daß Nadira übers Wochenende und in den Ferien heim nach Pale fahren sollte. Dann wandten sie sich ihr zu, erklärten ihr, daß sie dem Onkel gehorchen müsse wie ihrem Vater und des Onkels Frau Faketa wie ihrer Mutter.

»Schwager«, verkündete Dervo. »Ihr habt mich überzeugt,

daß ich meine Tochter in die höhere Schule schicken muß, denn sie soll einen besonderen Verstand haben. Mir kommt sie zwar nicht so klug vor, und ich wundere mich, warum sie im Zeugnis lauter Einsen hat. Ihre Lehrerin Draginja hat mir in den Ohren gelegen, mein Kind habe eine besondere Begabung. Keine Ahnung, was das für eine Begabung sein soll, sicher sind das Hirngespinste von Müßiggängern, aber ich will nicht, daß ihr später auf mich schimpft, weil ich den Schulbesuch nicht erlaubt habe. Meine Frau hat ihr Herz daran gehängt, daß ihre Tochter Studienrätin wird. Ich hab's erlaubt, soll sie in die Schule gehen, solange sie will, wenn sie auf die schiefe Bahn gerät, kommt sie mir nicht mehr ins Haus. Ihr, mein lieber Schwager, meine liebe Schwägerin, müßt aufpassen, daß das nicht passiert.«

Onkel und Tante bekamen noch ein paar Anweisungen von ihrem Vater. Es war Nadira verboten, im Dunkeln unterwegs zu sein, tabu waren ›Hurentreffen‹, des Vaters Wort für Tanzveranstaltungen und sie durfte nicht an Schulausflügen teilnehmen. Zum Kino äußerte sich der Vater nicht, wahrscheinlich hatte er es vergessen. Während er seine Verbote aussprach, wandte er sich mehr an Faketa als an den Onkel. Er spürte wohl, daß sie der bessere Hüter von Tradition und weiblicher Zucht war. Von seinem Schwager wußte er, daß er sich bei all den alten arabischen und türkischen Büchern schon längst von der Wirklichkeit entfernt hatte.

Nachdem die Männer das Ihre, das Wichtige, gesagt hatten, blieb den Frauen noch das Besprechen der Kleinigkeiten. Sie äußerten nicht klar und deutlich, was sie dachten, sondern richteten sich nach dem, was die andere ihrer Meinung nach dachte oder denken könnte, und deswegen behandelten sie sich mit übertriebener Liebenswürdigkeit. Die Tante sah auf Nadiras Mutter mit der Verachtung der Städterin herab, glaubte, daß sie durch ihre Heirat mit einem ungebildeten Arbeiter ihre städtischen Wurzeln eingebüßt hätte. Und die Mutter wollte unbedingt beweisen, daß sie sich im Gegenteil die Vornehmheit ihrer eigenen Familie bewahrt und an ihre Tochter weitergegeben habe. Die Mutter verlegte sich auf die Taktik des Schwächeren, beschwor ihre Tochter, daß von ihrem Betragen in des Onkels Haus ihr Ansehen bei der ganzen Familie und dem Viertel, in dem sie aufgewachsen war, abhing. Nicht nur ihr Ansehen, auch ihr Leben, denn der Vater würde sie beide umbringen, wenn Nadira Schande über sie brächte. Nadira spürte, wie sie zwischen Mutters realen und Faketas geheuchelten Ängsten eingeklemmt wurde.

Die Frau ihres Onkels hielt alle Fäden ihrer Freiheit in der Hand. Wann immer das Mädchen versuchte, diese Fäden zu lockern, ergoß sich Faketas Mißmut in Form von Gardinenpredigten. Mindestens einmal monatlich mußte Nadira sich anhören, daß bei allem, was sie falsch mache, sie nicht nur über sich selbst, sondern über die ganze Familie Unheil bringe. Die Familie des Bruders ihrer Mutter habe schließlich die Verantwortung für sie, müsse sich um sie kümmern und sie erziehen. Nadira wußte ganz genau, daß diese Frau ihren ungehobelten Vater verachtete, und doch schlug sie die Hände zusammen und behauptete: »Ich würde dich auf den Korso lassen, ganz bestimmt würde ich das tun. Aber wie soll ich dann unserem guten Herrn Dervo unter die Augen treten? Du weißt, was er uns gesagt hat! Weißt du, was es bedeutet, fremder Leute Kinder aufzunehmen und für sie verantwortlich zu sein? Wenn ich gewußt hätte, daß das so viele Sorgen mit sich bringt, ich hätt's um nichts in der Welt getan!«

Der neugierigen Nadira, die die Stadt für sich entdecken wollte, erschienen Haus und Hof des Onkels düster, einsam und weit weg von allem Aufregenden, das in der Stadt vor sich ging. Besonders ihre in Haushaltsdingen ungeschickten Hände forderten Faketas Kritik heraus. Sie erklärte, keine Frau könne ihrer Bestimmung entgehen; selbst mit einer guten Ausbildung sei es ihr Schicksal, zu heiraten, Kinder zu bekommen und großzuziehen. Nadira begriff schnell, daß es für sie von Vorteil war, wenn sie Arbeiten, die ihr Faketa auftrug, möglichst gründlich verpfuschte. Es machte ihr nichts aus, wenn sie sah, daß die Tante ein Hemd des Onkels, das sie schon gebügelt hatte, noch einmal bügelte oder das gespülte Geschirr noch einmal spülte. Sie wußte, daß Faketa sie kein zweites Mal damit behelligen würde und ihr mehr freie Zeit zum Lesen bliebe. Die Stimme der Mutter in ihr raunte natürlich, sie solle sich schämen, aber ihre eigene innere Stimme posaunte, daß sie nicht so denken müsse wie die Mutter oder die Tante. Wenn sie erwachsen war, würde sie sicher nicht so leben wie diese, sie würde ein Diplom erwerben und arbeiten gehen und für diese stumpfsinnigen Hausarbeiten eine Zugehfrau bezahlen. Weiter dachte sie nicht, wenn sie an ihre Zukunft dachte. Jeder Tag brachte neue Wünsche. Hätte sie doch ins Kino gehen und den Film sehen dürfen, von dem ihre Klassenkameradinnen sprachen, oder in die Theatervorstellung, deren Plakate in der Stadt an jeder Ecke hingen. Doch davon trennten sie Faketas Verantwortung, Mutters Angst und Vaters Anweisung.

Wer weiß, wann sie all diese Verbote übertreten hätte, wenn nicht Faketas Schwester Zineta in ihr Leben getreten wäre. Die beiden hatten sich unmittelbar vor Nadiras Ankunft heftig gestritten und waren böse aufeinander, versöhnten sich aber ein halbes Jahr später bei einer Familienfeier. Nadira konnte sich damals nicht erklären, wie die langweilige, dumme Faketa so eine aufregende Schwester haben konnte. Als sie zum ersten Mal zu Besuch kam, war Zineta gekleidet wie ein Mannequin auf dem Titelblatt eines Modemagazins. Ihr enger Rock bedeckte knapp das Knie, sie trug glänzende Sandalen, eine Bluse mit Schleife und eine Brosche aus Elfenbein und Silber, das lange, rot gefärbte Haar hielt eine Spange zusammen, sie war geschminkt, wirkte verschmitzt und flatterhaft. Eine unergründliche Energie durchdrang sie und zog Nadira wie ein Magnet an.

Faketa freute sich nicht sonderlich über den Besuch ihrer Schwester, wußte sie doch, daß deren bloßes Erscheinen genügte, um ihre Ordnung zu stören. Zineta spürte, was sie in dem unerfahrenen Mädchen aus der Provinz auslöste; sie richtete ihre ganze Aufmerksamkeit auf Nadira, fragte sie, was sie lese, was sie in der Schule am meisten interessiere, ob sie sich nach der Schule an der Fakultät einschreiben wolle. Nadira strahlte und wollte unbedingt zeigen, daß sie das Interesse dieses ungewöhnlichen Gastes verdiente. Ihre Antworten kamen stotternd und unvollständig, aber aufrichtig; es war deutlich, daß sie keinen engen Bezug zur Wirklichkeit hatte, aber sich in der Art eines unerfahrenen Kindes ihre Gedanken über das, was sie sah, las und erlebte, machte. Zineta hörte neugierig zu und staunte, woher dieses ungewöhnliche Geschöpf in das Haus ihrer tödlich langweiligen Schwester kam. Faketa entfachte ein Störfeuer und versuchte, das Gespräch in ihre Bahnen zu lenken.

»Zina, morgen gehe ich wahrscheinlich in die Stadt einkaufen, ich brauche Jersey für ein neues Kleid. Ich habe mich schon in den Geschäften umgeschaut, in dem Laden neben Markale haben sie neue Ware; die Farbe gefällt mir, gelb, aber so wie Honig … Hast du das zufällig gesehen?«

»Bist du in einer AG?« Zineta, die sich auf Nadira konzentrierte, reagierte nicht auf die Frage ihrer Schwester. Sie setzte sich von der Couch in einen Sessel, weil ihr Faketas Kopf die Sicht auf das Mädchen versperrte.

»Ja, in der Literatur-AG«, antwortete Nadira und wurde rot, weil sie annahm, daß sie nicht wie eine Städterin redete. Sie sah auch nicht wie eine Städterin aus, mit runden, roten Backen, hüftlangen Zöpfen, langem Rock, buntem Baumwollblüschen, Pickeln auf Stirn und Kinn und zu großen, ungeschickten Händen.

»Warum gerade die?« wunderte sich Zineta.

Faketa stellte ein Täßchen mit Kaffee vor die Schwester und maß sie mit zornigem Blick.

»Warum hast du dir die Haare so rot gefärbt, schwarz stand dir besser. Und dein Rock ist zu kurz, liebe Güte, der reicht kaum über deinen Hintern. Da hast du ein Handtuch, leg das über deine Beine, hoffentlich kommt Taib nicht so bald aus der Moschee zurück. Es ist eine Schande, daß du vor meinem Mann so herumläufst. Warum ziehst du dich nicht anständig an, wenn du mich besuchst, du brüskierst mich …« Faketa bedeckte rasch Zinetas nackte Knie.

Nadira wußte nicht recht, wie sie ihre Teilnahme an der Literatur-AG erklären sollte. »Ich habe immer geschrieben, schon in der Grundschule. Lehrer Seelborger sagt, ich sei begabt. Er gibt mir ein Thema, und ich schreibe so, wie ich es für richtig halte, und es kommt immer etwas Gutes heraus.« Sie beendete den Satz ganz ruhig, frei von ihrer anfänglichen Aufgeregtheit.

»Und woher weißt du, wie du es angehen mußt?« hakte Zineta verblüfft nach.

»Keine Ahnung, es kommt von selbst, aus meinem Kopf. Ich höre die Sätze und schreibe sie auf.«

»Komisch, ich habe früher Gedichte geschrieben, aber mir hat niemand erzählt, was ich schreiben muß. Ich habe mich gequält und dann aufgegeben. Sicher eine Frage des Talents.« Zineta lachte schallend, mit der Sicherheit von jungen Frauen, die bereits eine gewisse Lebenserfahrung haben.

»Zineta, was ist?« Faketa war beleidigt, weil ihre Schwester nicht reagierte. »Ich habe gehört, daß du dich wieder mit deinem Freund gestritten hast.«

»Ich habe mich nicht mit ihm gestritten, sondern ihn verlassen!«

»Du ihn oder er dich?«

»Hör damit auf, ich bitte dich! Kein Wort mehr von diesem Blindgänger Muftić, er ist von so einer erstickenden Langeweile. Aber dein Gast hier ist interessant. Warum hast du mir nicht gesagt, daß sie so klug ist?«

»Ich finde sie nicht klug, was immer sie macht, ich muß hinterhersein.« Faketa mochte es gar nicht, wenn man Nadira lobte.

»Du verstehst dich wirklich nur auf deine Hausarbeit.«

»Und du bist eine alte Jungfer. Du bist siebenundzwanzig Jahre alt, das war deine letzte Gelegenheit zu heiraten!« bestürmte Faketa die Schwester.

»Laß mich in Ruhe, er ist nicht mein Typ und damit basta.«

»Er hat ein Geschäft, man sagt, die Arbeit gehe ihm leicht von der Hand.«

»Sein Geschäft kann man nicht mit meinem Studium vergleichen!« Zineta wandte sich von der Schwester ab und betrachtete Nadira aufmerksam. »Zeig mir doch mal, was du schreibst, ich will sehen, was dir deine Stimme zuflüstert.«

Nadira unterhielt sich zum ersten Mal über das, was in ihrem Kopf vorging, wenn sie schrieb oder nachdachte.

»Nein, mir flüstert niemand etwas zu, ich weiß nur, welchen Satz ich nehmen muß, er liegt fertig in meinem Hirn. Wie er dahin kommt, weiß ich nicht. Ich gehe zum Beispiel hoch auf die Dachterrasse und …«

»Und was siehst du?« unterbrach sie Zineta neugierig.

»Frauen, Kinder, Männer, und ich überlege, was sie miteinander reden.« Nadira brach der Schweiß aus. Sie dachte, daß sie ihre geheime Fähigkeit niemandem zeigen dürfe, fürchtete, sie dadurch zu verlieren.

»Was bringt dir das alberne Geschwätz von diesem Kind. Zina, nimm Vernunft an, etwas Besseres als Irfan Muftić kriegst du nicht. Ich sag's dir! Hör' wenigstens einmal auf mich, ich hab' nicht studiert, aber ein bißchen Lebenserfahrung.« Faketa wies auf ihr hübsches, ordentliches Haus.

»Ich brauche deine Erfahrungen nicht, ich will meine eigenen machen. Ich habe das Vater und Mutter gesagt, ich sage es auch dir, laßt mich in Ruhe … Die Geschichte mit Muftić ist vorbei«, protestierte sie ohne Zorn und wandte sich wieder Nadira zu. »Warst du mal im Theater?«

Nadira schüttelte den Kopf, die Tante erlaubte es ihr nicht mal, als der Lehrer mit der ganzen Literatur-AG ins Theater ging. Sie hätte dieses Stück wahnsinnig gern gesehen; in jeder Pause stand sie in der Schule vor dem Plakat mit der geschminkten, halbnackten Sarajever Schauspielerin Edela. Nadira wußte die Namen der Mitwirkenden und des Regisseurs auswendig. Zum ersten Mal wurde in Sarajevo ein Drama aufgeführt, das die Probleme von Jugendlichen im dekadenten Westen beschrieb, der an seiner Unmoral erstickte. Das hatten sie in einer Jugendzeitschrift gelesen, und der Lehrer hatte anschließend erklärt, diese Kritik sei im Geiste der Parteirichtlinien und der reinen sozialistischen Gesellschaft geschrieben. Seelborger hatte betont, daß die Vorstellung dennoch nicht verboten worden war: Die Sarajever Jugend, so erklärte er spöttisch, gestärkt von freiwilligen Jugendarbeitseinsätzen und Titos Vision einer lichten Zukunft, könne so den Wert des eigenen Systems im Vergleich zu dem kranken Geist jener Länder, die nicht das Glück hatten, von der Sonne des Sozialismus gewärmt zu werden, ermessen. Wieder ernsthaft mahnte er, sie sollten diese Phrasen vergessen und nur auf den künstlerischen Wert der Vorstellung achten. Nadira durfte nicht mit den anderen in den Tempel der Kunst, denn Faketa beharrte darauf, daß ein muslimisches Mädchen nichts Unanständiges sehen dürfe. Auf Nadiras Insistieren drohte sie, es dem Vater zu melden, und der würde ihr den weiteren Schulbesuch sicher untersagen. Das jedoch wollte das Mädchen auf keinen Fall riskieren.

»Soll ich dich mit in ›Amok‹ nehmen?« Unfaßbar, Zineta erriet ihren sehnlichsten Wunsch. Nadira nickte bloß und sah sie dankbar an. »Ich besorge uns Karten«, flüsterte Zineta.

Faketa gab sich nicht so leicht geschlagen, Zineta mußte ihr erklären, warum sie den Heiratskandidaten, den man so mühevoll für sie gesucht hatte, ablehnte. Irfan Muftić war vielleicht keine Schönheit, aber er hielt sich gut, war ein angesehener Mann mit Vermögen, einem Haus, einem Geschäft, und obendrein baute er sich ein Wochenendhäuschen in Pale.

»Kein Wochenendhäuschen, eine Villa«, antwortete Zineta verächtlich und warf das Handtuch von ihren Knien.

»Woher weißt du das?« Faketa sprang überrascht auf.

»Vor zwei Wochen hat er eine paar Leute dahin eingeladen, mich auch.«

»Und was hat dich so geärgert?«

»Der Plan für das Haus ist schlecht«, grinste Zineta höhnisch.

»Ach, du Närrin, warum mußt du einen immer so erschrekken«, tat Faketa plötzlich sanft. »Wußte ich doch, daß du es gar nicht so meinst und uns zum besten hältst.«

»Wenn du noch mehr solchen Blödsinn redest, dann will ich nichts mehr von dir wissen!« Zineta stand behende auf, sie wollte gehen, bevor sie sich wieder mit ihrer Schwester stritt.

»Zineta, du tust mir leid, wenn du dich nicht besinnst …«

»Nadira, meine Schwester Faketa ist unverbesserlich. Du bist ein kluges Mädchen, sieh dich vor, daß sie dich nicht mit diesem faulen Zauber ansteckt … Mein besorgtes Schwesterlein, laß es mich erklären. Irfan Muftić wollte seine erlesene Gesellschaft beehren, und ich sollte, so hatte er sich das wenigstens gedacht, Bosnischen Fleischtopf und Aščikaduner Keulchen zubereiten. Ich sagte ihm, ich wisse nicht, wie das ginge, deswegen kochten die Frauen seiner Freunde, und die Männer grillten und spielten Karten. Ich sollte den Abwasch übernehmen.« Zineta sprach gedämpft; es fiel ihr sichtlich schwer, eine so dumme Geschichte erklären zu müssen.

»Hast du etwa nicht gespült?« fragte die ältere Schwester und sah die jüngere mit angehaltenem Atem an, in der Hoffnung, nicht das Schlimmste hören zu müssen.

»Nein, ich hatte mir doch gerade die Fingernägel manikürt und frisch lackiert.«

Faketa hatte sich halb erhoben, aber als die Schwester diesen Satz aussprach, sank sie, tief getroffen von der Unheilsbotschaft, aufs Sofa zurück.

»Jetzt wird mir klar, was du angestellt hast! Deswegen schwor seine Mutter, daß du ihr nicht ins Haus kommst. Ich verstehe dich nicht, warum zerstörst du deine Zukunft wegen deiner Krallen?!«

Zineta stand in der Mitte des Zimmers, die Hände vors Gesicht geschlagen, und ihre Schultern zuckten vor Lachen. Nadira sah, daß ihre Nägel weder lackiert noch übertrieben gepflegt waren. Sie verstand nicht, warum die Tante völlig aus dem Häuschen war und ihre Schwester sich vor Lachen schüttelte.

»Die Hoffnung, daß dein kümmerliches Hirn endlich mal anfängt zu arbeiten, ist wirklich vergebens.« Zineta hörte unvermittelt auf zu lachen und sah die Schwester traurig an; in ihren Augen standen Tränen. »Ich denke, es ist besser, wenn du dich nicht mehr um den Täschner Muftić bemühst. Ich brauche ihn nicht, ich habe keine Lust, die Sonntage in seinem Wochenendhaus in Pale zu verbringen, seine Freunde zu bewirten und die Hälfte des Tages, strahlend vor Zufriedenheit, Kochtöpfe zu scheuern. Ich muß meine Magisterarbeit schreiben.«

Taib kam nach Hause, und die Schwestern brachen ihre Auseinandersetzung ab. Faketas Mann grüßte seine Schwägerin sehr liebenswürdig und vernehmlich: »Akschamhajrula«, sie antwortete mit dem altertümlichen »Allahraziola«.

»Ja, meine Liebe, grüße Mutter und Vater.« Faketa hatte es plötzlich eilig, die Schwester hinauszukomplimentieren. »Sag Mutter, daß ich ihr diesen ganz teuren Jersey für das Kleid kaufe. Morgen gehe ich in die Stadt.«

Taib bat Zineta, noch nicht aufzubrechen; er unterhielt sich gern mit ihr. Sie setzte sich wieder und bedeckte sittsam ihre Knie mit dem Handtuch. Nadira fiel auf, daß ihr Gesichtsausdruck sich verändert hatte, die Bosheit fehlte, die sie ihrer Schwester gegenüber an den Tag gelegt hatte. Sie schätzte ihren Schwager offenbar.

»Wie schön und klug der Imam in der Beg-Moschee heute gepredigt hat. Man hört ihm selbst mit knurrendem Magen gern zu«, begann der Onkel begeistert.

»Worüber? Wovon kann ein Hodscha so verständig reden?« Die Frage war neugierig und spöttisch zugleich.

»Über die Hidschra des Propheten Mohammed von Mekka nach Medina. Er hat uns viele Details erklärt, die ich vorher nicht gesehen habe.«

Dieses Thema interessierte die junge Frau nicht. Sie erhob sich, zog eine ihrer Sandalen an und verharrte so, mit einem Fuß auf dem hochhackigen Absatz, mit dem anderen auf Zehenspitzen balancierend.

»Ich dachte, er hätte über die Verfassungsänderung gepredigt, die die Regierung bald verabschieden wird.« Es war ungewöhnlich, eine junge, hübsche, gepflegte Frau so ernsthaft reden zu hören. Ihr Ausdruck war angespannt, fast zornig. »Taib, wir leben im zwanzigsten Jahrhundert, und wir leben in Jugoslawien, in dem wir eine gewisse Sicherheit gefunden haben. Es steckt mitten in einer Zerreißprobe, man muß es retten. Mekka und Medina, das ist so weit weg. Uns helfen keine Predigten in der Moschee. Wir müssen hier, wo wir leben, anerkannt werden.«

»Das mußt du mir nicht sagen, ich weiß es nur zu gut«, antwortete der Onkel leise.

»Warum redest du dann ständig von Dingen, die vor anderthalb Jahrtausenden geschehen sind? Hier ist mein Land, das ist mein Leben.«

»Wir dürfen unsere Geschichte nicht vergessen.«

»Sie hat uns vergessen. Ich gehe jetzt, ich werde ja verrückt, wenn wir davon reden.«

Nadira begleitete Zineta zum Hoftor, wollte sie gerne noch ein wenig festhalten und erzählte ihr von der Schule. Beide erschraken, als ein Mann aus dem Schatten trat und langsam auf sie zukam. Das Licht der Straßenlaterne fiel auf ihn, Nadira erkannte den Nachbarn Muftić. Zineta mochte nicht hören, was er ihr zu sagen hatte, kehrte in den Hof zurück und wartete darauf, daß er sich wieder trollte. Da er hartnäckig stehenblieb, nahm sie den Weg durch den Garten und verließ ihn auf der anderen Seite. »Zina, ich möchte dir etwas sagen«, bat er von der Straße her, und Nadira bedauerte ihn.

Später, als sie den Täschner Muftić haßte, bereute sie das tausendfach.

Sie kehrte ins Haus zurück, der Onkel aß in der Küche zu abend, die Tante bereitete sich auf das Nachtgebet vor. Nadira wußte, daß sie das lange letzte Gebet des Tages immer dann betete, wenn sie etwas Unangenehmes erlebt hatte.

Auch dem Onkel schmeckte das Abendessen nicht, er kaute bedächtig, in Gedanken versunken.

»Bei Gott, Frau, ich denke, das hat sie von ›ihm‹, das sind sicher ›seine‹ Worte. Auf so was kommt sie nicht von selbst, daß Jugoslawien durch eine Zerreißprobe geht. Oder daß die Geschichte uns vergessen hat.«

»Ich verstehe nicht, was sie damit sagen will«, antwortete Faketa, während sie Wasser in die Kupferkanne goß, um sich für das Gebet zu reinigen.

»Es sagt eine ganze Menge, und wenn sie es von ›ihm‹ hat, dann ist es auch so, denn ›er‹ ist ein hohes Tier, er weiß, was vorgeht. Verfassungsänderungen, wie können sie aussehen? Ich habe davon in der Zeitung gelesen. Ob sie die Risse wieder kitten oder wenigstens verhindern, daß sie weiter aufreißen?« Der Onkel dachte laut.

»Was redest du da, ich versteh kein Wort?!« giftete Faketa.

»Schade, daß wir deine Schwester nicht aufgehalten haben, ich hätte gern alles gewußt, was ›er‹ sagt. Ich bin sicher, daß sie es von ›ihm‹ hat.«

Nadira sah, daß ihr Onkel sehr beunruhigt war, die Sanftmut und Ruhe, mit der er aus der Moschee gekommen war, waren verflogen. Und Nadira dachte, daß diese Städter wirklich komisch und ihre Beziehungen kompliziert waren. Wer mochte dieser ›er‹ sein, der durch Zineta Unruhe und Sorge in des Onkels Haus verbreitete. War ›er‹ so schrecklich, daß man seinen Namen nicht aussprechen durfte?

Zineta brachte, wie versprochen, Neues in Nadiras Alltag. Schon in der folgenden Woche gingen sie ins Theater. Faketa hatte die Schwester im ersten Moment abgeschmettert, ihr erklärt, das Mädchen sei in ihre Verantwortung gegeben.

»Vertrau mir, ich verderbe sie nicht, ich bringe ihr nur bei, ihren Kopf selbständig zu benutzen.«

Eben davor fürchtete sich Faketa, aber Zineta erklärte ihr, daß nicht alle Frauen zu bequemen und gemütlichen Hausfrauen taugten, versprach, Nadira vor halb zehn zurückzubringen, und verschwieg wohlweislich, daß sie in ›Amok‹ gingen, sondern dachte sich eine harmlose Kindervorstellung aus. Nadira lernte daraus, daß man nicht immer die Wahrheit sagen durfte; kleine Lügen öffneten Türen, vor denen die größte Wahrheit machtlos blieb.

Nadira schwebte förmlich ins Theater und verließ es mit hängenden Flügeln. Die Vorstellung hatte ihr gar nicht gefallen, die für ihr Talent hochgerühmte Schauspielerin Edela deklamierte ihre Monologe furchtbar schrill, und das Mädchen, das sie spielte, war eine Hexe, ein Biest mit wunderschönem Körper, der Männern Willen und Verstand raubte. Sie wollte Geld, verführte einen ehrbaren Familienvater, später, nachdem sie das Geld hatte, lief sie Amok, verführte den Sohn und brachte den Ärmsten dazu, seinen Vater zu erschießen. Den Gefängnisarzt flehte sie an, das Kind in ihrem Bauch zu töten.

»Ist es möglich, daß die Mädchen im Westen so verdorben und unanständig sind?« fragte sie Zineta, als sie in die Straßenbahn stiegen.

»Ach nein, das ist nur ein schlechtes Theaterstück von einem Weiberfeind. Wahrscheinlich findet er's schade, daß die Hexen nicht mehr auf den Scheiterhaufen der Kirche brennen. Nicht mal unser Krleža behandelt seine Frauengestalten so unbarmherzig«, antwortete diese. »Schade um die Zeit, die wir mit diesem Unsinn vertrödelt haben.«

Nadira mochte nicht zugeben, daß sie nicht wußte, was dekadent bedeutete; warum jemand Frauen haßte, blieb ihr allerdings auch schleierhaft, erst recht, warum man sie auf Scheiterhaufen verbrennen sollte. ›Hat Zineta das allein herausgefunden, oder hat ›er‹ ihr gesagt, wie es im dekadenten Westen zugeht?‹ fragte sie sich und spürte deutlich, daß sie geistig noch nicht reif genug war, um mit dem, was da in ihr Leben einbrach, fertigzuwerden. Sie beneidete Zineta um diesen ›er‹, der ihr all das erklären konnte, und schwor sich, bald selbst so einen klugen Mann zu finden, der ihr alles beibringen konnte. Aber nicht so einen wie ihren Onkel. Der beschäftigte sich die meiste Zeit mit seinen Büchern und redete nur von dem, was er in dieser toten Welt entdeckte: Was orientalische Denker einst dachten, was Mohammed, der Prophet, vor oder nach der Verkündung des Korans getan hatte, welche Schlachten für die Bewahrung des Islam geschlagen wurden. Häufig zählte er Bosniaken auf, die in Istanbul weilten, als die Türkei noch ein mächtiges Reich war. Ihre Landsleute übten in dieser Stadt viele Berufe aus, waren Dichter, Philosophen, Glaubenslehrer, hohe Staatsbeamte. ›Zineta hat recht, er redet nur von der Vergangenheit‹, dachte Nadira. Seine Vorträge fand sie langweilig, aber sie traute sich nicht, ihn zu fragen, ob Bosniaken auch in Paris, London oder Wien berühmt waren. Dieses Istanbuler Reich war doch schon längst untergegangen.

Nadira hatte nicht die Geduld, auf ›ihn, den Allwissenden‹

zu warten; sie nutzte jede Minute, die sie mit Zineta verbrachte, um Fragen zu stellen und Antworten zu ergattern. Als sie später in reifen Jahren über diese Zeit nachdachte, taufte sie sie ›Epoche des Kometen‹. Zinetas Erscheinen in ihrem Leben empfand sie nach vielen Jahren noch als gleißendes, aber rasch verlöschendes Licht. Sie tauchte unverhofft auf und blieb wegen des Alters- und Erfahrungsunterschiedes sehr fern; in ihrer Erinnerung war sie jedoch der erste starke Funken Wirklichkeit, die erste Ahnung von der Vielschichtigkeit und dem Nuancenreichtum der menschlichen Psyche. Aber ihr Aufleuchten war zu kurz, als daß sich diese Ahnung zu wirklichem Wissen hätte verfestigen können.

Im Vergleich zu Zineta waren Nadiras Altersgenossinnen langweilig. Ihre Gedanken kreisten um ewig gleiche Themen und Wünsche: Wie man sich ein Kleidungsstück aus Triest beschaffen oder in der Diskothek ›Sloga‹ mit der Sarajever Kopie einer Hollywoodschönheit tanzen könne. Diese Imitate von Größen aus der weiten Welt prahlten mit einer neuen Vespa oder dem alten VW-Käfer von ihren Vätern, was sie in den Augen der Mädchen noch anziehender machte. Nadira war von diesem Treiben wegen der väterlichen Verbote ausgeschlossen und hatte das Gefühl, daß sie ein dichter Paravent von ihrer Generation trennte. Die meisten Klassenkameradinnen standen ihre ersten Liebesoperetten durch, wünschten sich nichts sehnlicher, als auszusehen wie Gina, Liz, Silvana oder Brigitte. Nadira fand ihre Gespräche sterbenslangweilig – welcher der ›Pfauen‹ im Haus der Jugend besser küsse, besser tanze – und betrachtete das ganze Getue als Theaterstück, in dem sie nicht mitspielte, weil sie als einzige keine Rolle bekommen hatte. Aber gierig sog sie die Ausdünstungen aus dem Kessel der Stadt ein, in dem die Lebenslust der in den vierziger und frühen fünfziger Jahren Geborenen brodelte. Es war die Zeit, in der fleißige Polizisten des Volksregimes die letzten bourgeoisen Blutsauger einsperrten, Ausgeburten des Volkes, ehemalige Diener der Monarchie oder Faschisten. Die Älteren nannten die Jüngeren die ›glückliche Generation‹, denn sie bekamen alles auf einem Silbertablett gereicht, eine kostenlose Ausbildung, sozialistisch fundiert, alle Ideen zu Phrasen und Parolen geronnen, die Religion fortgespült von der Welle des Atheismus. Sie mußten nur lernen, ein bißchen Spaß haben und ab und zu die ältere Generation loben, die ihnen alle Antworten gab, noch bevor sie die Fragen gestellt hatten.

Die Jungen in ihrer Klasse waren nicht viel interessanter als die Mädchen. Auch sie bildeten Cliquen, je nachdem, ob sie vom Dorf, aus einer Kleinstadt oder direkt aus der Stadt kamen. Die Stadtschönlinge imitierten James Dean und seine Kumpanen aus ›… denn sie wissen nicht, was sie tun‹ oder Marlon Brando, stolzierten in Jacken und Jeans aus Triest herum, natürlich nur, wenn ihre Väter mehr verdienten, als zum nackten Überleben nötig war. Sie waren noch zu jung, um sich auf Veranstaltungen in den Jugendhäusern mit hübschen Begleiterinnen zu schmücken oder die ungezogene Gans, die ihre Aufforderung zum Tanz zurückwies, zu schlagen. Nadira war sprachlos, als sie erfuhr, daß mancher Junge ein Mädchen, das ihm einen Korb gab, mit einer Ohrfeige belohnte. ›Mir passiert so was bestimmt nicht, mich fordert eh' keiner zum Tanzen auf‹, dachte sie. Keiner ihrer Klassenkameraden brachte auch nur einen Funken Interesse für sie auf. Dann allerdings entdeckten sie, daß sie rot wurde, wann immer ein Lehrer sie direkt ansprach oder sich jemand unerwartet an sie wandte. Sie verpaßten ihr den Spitznamen ›Rosamunde‹, und Milan, ein Flegel aus dem Romanija-Gebirge, verkürzte das auf ›Rosa‹. So hießen Kühe mit rostfarbenem Fell.

Nun, dieser Milan aus Sokolac, den Lehrer Seelborger neben sie gesetzt hatte, verdarb ihr fast jeden Schultag. Sie wußte nicht, was schlimmer war, sein Gestank nach Knoblauch, sein grober Romanija-Akzent oder sein ›Rosa-Muh‹, wenn ein Lehrer sie aufrief. Bei Klassenarbeiten spickte er in ihren Heften, und wenn sie abgefragt wurde, flüsterte er ihr falsche Informationen zu. »Bitte, Milan, iß doch nicht Knoblauch zum Frühstück, du stinkst wie ein Bauer«, wagte sie einmal zu fragen. »Warum nicht, der ist doch gesund«, antwortete er. »Du miefst nach Fett aus einem türkischen Basar«, gab er zurück. Und setzte noch eins drauf, indem er sie mit ›Rosa-Muh‹ aufzog. Die Klassenkameraden aus der Stadt fanden das toll, mit dem Ergebnis, daß jedesmal, wenn sie aufgerufen wurde, irgendeiner leise muhte. Bei Nadira führte das zu einer seelischen Blockade; die Angst, vor Publikum zu reden, begleitete sie bis in ihre reifen Jahre.

Wie die Schüler waren auch die Lehrer höchst unterschiedlich. Die Geschichtslehrerin unterrichtete in der Überzeugung, daß die Welt von der Prähistorie bis zum Ersten Weltkrieg, als im ›Mütterchen Rußland‹ die ersten Kommunisten an die Macht kamen, elend und unglücklich war und immer am Abgrund stand. In der Steinzeit lebte man noch am besten, denn damals arbeiteten alle Stammesmitglieder soviel sie konnten und bekamen von der Gemeinschaft soviel, wie sie für ihren Lebensunterhalt brauchten. »Jeder nach seinen Möglichkeiten, jedem nach seinen Bedürfnissen«, rief sie mit donnernder Stimme und montenegrinischem Akzent. »Das ist der Kern des Kommunismus, nicht wahr.« Der Kunstgeschichtslehrer war nicht viel besser; wenn man ihrer beider Unterricht zusammennahm, kam heraus, daß die Welt ein Paradies wäre, hätten vor Christi Geburt Kommunisten regiert. Dann wären nicht verschiedene Religionen und Nationen entstanden, keine Hexen in Europa verbrannt worden, Humanismus und Renaissance nicht außer Kontrolle geraten, die Türken nicht auf den Balkan vorgedrungen. Die einzig bedeutsame Kunstsammlung der Welt war die Eremitage in Leningrad. Nadira lernte gern Russisch und las die Werke der russischen Klassiker, aber die Vorträge der Lehrer und die ihres Onkels vom Orient und den gelehrten Bosniaken genügten ihr nicht. Ihr Blick und ihre Neugierde richteten sich ganz von allein auf den nach kommunistischer Einschätzung dekadenten Westen.

Glücklicherweise hatten sie einen gebildeten und eigenständigen Lehrer, dem Erzählungen von Goethe und Tolstoi gleichviel galten und der sein Augenmerk auf den Wert dieser Werke richtete und darauf, wie sie die Kultur beeinflußten, der sie entstammten. Wenn er redete, vergaß Nadira den Knoblauchgestank, den ihr Banknachbar Milan verströmte. In den Stunden der Literatur-AG erweiterte sie ihre Kenntnisse über Autoren und Werke und merkte sich seine häufig wiederholten Hinweise zur Entstehung literarischer Schöpfungen. »Du bist belesen und hast die Gabe zu beobachten, das mußt du pflegen und entwickeln«, sagte er wiederholt zu ihr. Er wollte ihr Selbstvertrauen geben, rief sie häufig auf und bat um ihre Meinung zu einem Text. Das fiel der Klasse auf, und prompt lief das Gerücht um, Seelborger sei in die Rosa-Muh verknallt. Damals ahnte sie zum ersten Mal, wie grob Menschen in Wirklichkeit sind.

Einmal erwähnte sie Zineta gegenüber den Lehrer Bernard Jurišić und erfuhr von ihr, wie dieser Mann, den sie für einen feinen Herrn hielt, zu seinem Spitznamen ›Seelborger‹ gekommen war. Er hatte an der theologischen Fakultät in Zagreb studiert, sich jedoch noch vor dem Abschluß wieder dem weltlichen Leben zugewandt. Dabei hatte ein Fräulein aus einer Zagreber Intellektuellendynastie die entscheidende Rolle gespielt. Er verließ Zagreb und wurde in Sarajevo Lehrer. Zineta wußte nicht, ob er die Dame geheiratet hatte. Nadira ergänzte die Geschichte mit ihrer romantischen Ader: Sicher hatte sich die junge Frau von Familie und gesellschaftlicher Stellung losgesagt und war ihrer großen Liebe nach Sarajevo gefolgt. Sie gab ihr Erbe ohne Bedauern auf, und er entsagte ohne Reue dem Schutz der Kirche. Sie waren glücklich, daß sie einander liebten, und lebten von seinem schmalen Lehrergehalt. Daß es sehr schmal sein mußte, sah man an seiner Kleidung. So sauber seine Hemden waren, so gut gebügelt seine Hosen sein mochten, das konnte nicht darüber hinwegtäuschen, daß die Ränder ausgefranst und die Kragen gewendet waren.

Damals lag Nadiras Begeisterung für Pioniere schon hinter ihr, Bücher und Filme über Helden und Partisanen ließen sie kalt. Dennoch hegte sie noch immer die Überzeugung, daß in ihrem Land für immer das Gute über das Böse gesiegt habe und es künftigen Generationen anheimgestellt sei, dieses Gute zu bewahren und schön auszugestalten. Ihre Überzeugung wankte nicht, obwohl die Worte Zinetas und des Onkels deutlich genug darauf hinwiesen, daß es einfach nicht wahr war. Sie hatte in ihrer geistigen Entwicklung den Punkt erreicht, in dem man die

Menschen in Fortschrittliche und Rückständige einstuft. Zineta und der Literaturlehrer gehörten zu den Fortschrittlichen, während Vater Dervo und Faketa bei den Rückständigen landeten. Bei ihrem Onkel und der Mutter war die Entscheidung nicht so einfach, bei dem Onkel immerhin noch leichter, denn er bemühte sich nur um die Geschichte und Kultur eines Volkes, dem sie angehörten und von dem man in der Schule nichts erfuhr. Er mischte sich nicht in ihre persönlichen Angelegenheiten und verbot ihr nicht, mit Zineta auszugehen. Ihre Mutter hingegen durfte nichts davon erfahren; sie hätte sich garantiert Sorgen gemacht, ihre Tochter könnte auf die schiefe Bahn geraten.

Für Nadira war es am wichtigsten, daß sie durch Zineta der Friedhofsruhe in des Onkels Haus entfliehen konnte. Was bisher undenkbar war, wurde plötzlich möglich. Kaum daß sie die Schwester der Tante in den Hof treten sah, sauste Nadira auf ihr Zimmer, um sich anzuziehen, und wenn Faketa zu ihren Tiraden ansetzte, stopfte Zineta ihr rasch das Mundwerk. »Du vergräbst dich freiwillig in deinem Haus, und ich respektiere deine Entscheidung, aber ich werde nicht zulassen, daß du Nadiras Jugend zerstörst. Frag Taib, er denkt wie ich.« Der Onkel äußerte seine Meinung zwar nicht, verbot aber auch nichts, so daß das Hoftor, auf das sie vor kurzem noch um ein Astloch herum ein Auge gemalt hatte, für Nadira plötzlich weit offen stand.

Was für ein Vergnügen, all die Filme aus den Metropolen zu sehen, was für eine Genugtuung, vor der Klasse sagen zu können, daß sie im Kino gewesen war. Sie hatte nicht nur ›Fieber im Blut‹, ›Das Haus auf dem Berg‹, ›Ein Platz an der Sonne‹ gesehen, sie wagte sogar, ihre Meinung darüber zu äußern. Das war nicht so ganz in Ordnung, denn letztlich entpuppte sich Zinetas Denken als Quelle ihrer Ansichten. Nadira wußte, daß Zinetas Äußerungen klug und originell waren und sie sich damit nicht blamieren würde. So gewann sie ihre Sicherheit zurück. Die Klassenkameraden wunderten sich über die Veränderung, kannten sie doch eine zitternde, errötende Nadira, die ihnen mit ihrem stotternden Lesen und Reden auf die Nerven ging, und jetzt stand eine Nadira vor ihnen, die zwar mit geröteten Wangen, aber spontan abschätzte, was in einem Film innovativ und was bloße Imitation war. Sogar die Klassenerste Sabrina, Tochter eines Arztes und einer Musiklehrerin, spitzte die Ohren, als Nadira über den Film mit Brigitte Bardot über einen Kriegsheimkehrer redete.

»Der bietet eine völlig männliche Sicht der Nachkriegszeit. Der Mann ist der Held im Kampf, er meistert extreme Situationen, aber er kann diese Rolle nicht rechtzeitig abstreifen. Im Frieden weiß er dann nicht, wohin mit sich; er ist an ein normales Leben nicht gewöhnt. Der Frieden bedeutet für ihn eine tragische Niederlage, wenn er keine Frau findet. Die Frau ist diejenige, die mit Geduld und Liebe aus dem tötenden Krieger den Menschen, der in Friedenszeiten paßt, den zärtlichen Liebhaber, Familienvater und fleißigen Erneuerer der Gesellschaft formt.«

Die meisten ihrer Klassenkameradinnen starrten Nadira bloß an; sie hatten gar nicht mitbekommen, daß dieser langweilige französische Streifen so etwas auf die Leinwand brachte, weil sie nur darauf geachtet hatten, wie Brigitte Bardot ihren berühmten Mund verzog und ihre sexy Klamotten trug. Nadira fragte sich nicht, was sie gesehen hätte, wenn Zineta nicht neben ihr gesessen hätte; ihr schien, sie selbst habe diese Schlußfolgerungen gezogen. Sie war tief verletzt, als sie in der Mathematikstunde ein Zettel von Sabrina erreichte mit der Frage: »In welcher Zeitung hast du ›deine‹ Meinung über ›Ruhekissen‹ gelesen?«

»Finde sie und lies selbst«, antwortete sie auf demselben Zettel. »Wenn du dir Kleider nach Schnittmustern aus der ›Burda‹ nähst und dir die Fingernägel lackierst, hältst du dich für die Klügste der Welt.« Nicht zum ersten Mal gerieten sie beide aneinander. Nadira bedauerte das im Grunde. Obwohl sie Sabrina unduldsam, fast feindselig behandelte, wollte sie unter allen Mädchen in der Klasse ausgerechnet diese hochmütige Göre zur Freundin haben. Sie wagte nicht, der selbstsicheren Städterin zu zeigen, daß sie ihr sympathisch war. Wann immer sie an Sabrina dachte, erfüllte sie Neid. Es genügte, daß diese in der Klasse ihren Vater, den Chirurgen, oder ihre Mutter, die Pianistin, erwähnte, um den Abstand zwischen ihnen ins Unermeßliche wachsen zu lassen.

Niemand in der Klasse hätte Sabrina je ›Rosa-Muh‹ genannt, und das schmerzte Nadira am meisten.

Nun verstärkte sich die Rivalität. Sabrina hatte als erste den Film ›Das Haus auf dem Berg‹ gesehen und erzählte den Inhalt so, daß man deutlich spürte, wie sehr sie das Elend der schönen südländischen Dame bewegte, »deren Mann tot und deren Sohn weit weg war«. Nadira stand daneben und äußerte ihre Meinung, die von Zineta stammte. »Der Film lohnt sich nicht, das ist bloß ein mittelmäßiges amerikanisches Melodram.« Sabrina entgegnete, man sollte gefühllosen Dorfgänsen das Kino verbieten, weil sie eh' nichts rafften. Nadira konnte nicht zugeben, daß sie selbst am Ende des Films den Tränen nahe war und Zineta sich deshalb über sie lustig gemacht hatte.

Schnell zeigte sich, daß Zineta nicht immer gut zurechtgemacht und fröhlich war, daß auch sie ihre Launen hatte und sich mitunter vernachlässigte. Als sie sich wie verabredet trafen, um die ›Amerikanische Tragödie‹ zu sehen, erschien Zineta niedergeschlagen und mit eingetrockneter, vermutlich noch vom Vortag stammender Schminke. In einem ihrer Strümpfe war eine Laufmasche, ihr Parfum roch abgestanden, kein bißchen angenehm. Sie hatten Logenplätze, und Zineta verschlief, bequem in den Sessel gekauert, die halbe Vorstellung. Sie erwachte erst, als der Held gerade in dem Moment, in dem die Verwirklichung seines Traumes in greifbare Nähe rückte, den Boden unter den Füßen verlor. Diesen Teil verfolgte sie aufmerksam und brummelte etwas vom amerikanischen Rechtswesen.

Nadira interessierte sich nicht für dieses System, sie fragte sich, warum Zineta so verändert war.

»Ich habe den Film schon gesehen, ich bin nur deinetwegen hergekommen, weil ich weiß, daß das Kino für dich so wichtig ist wie die Luft zum Atmen«, erklärte sie, als sie an einem Tisch vor dem Eiscafé saßen. »Aber ich denke, es wäre besser, wenn du das Buch lesen würdest, nach dem der Film gedreht wurde. Dann kannst du vergleichen, was im Film gut dargestellt ist und was nicht. Daraus kann man eine Menge lernen.«

Es war ihnen schon zur Gewohnheit geworden, nach der Vorführung auf ein Eis oder einen Kuchen ins ›Egipat‹ zu gehen. Nadira nannte die Eisdiele ihren ›Lernort‹. Es war ihr bewußt, daß sie sich dort wie ein unersättlicher Jungvogel im Nest verhielt. Mit ihren Fragen glich sie einem hungrigen Vögelchen, das den Schnabel aufsperrt; sie wartete darauf, daß Zineta ihr einen interessanten, originellen Gedanken in den Schlund stopfte, aus dem sie später eine Brücke zu neuen Erkenntnissen bauen konnte. Deswegen war sie enttäuscht, daß Zineta ihr an diesem Tag keine Lernbissen in den Rachen warf, statt dessen nachdenklich und griesgrämig dasaß, als ginge ihr alles um sie herum auf die Nerven. Nadira hätte gern ein Eis gehabt, sie schielte dauernd zum Nachbartisch hinüber, wo ein Junge eine große Portion aß.

»Soll ich die Bedienung rufen?« fragte sie ängstlich, als ihr das Schweigen lästig wurde.

»Schön, daß du endlich den Schnabel aufsperrst«, versetzte Zineta barsch. »Es wird langsam Zeit, daß du dich auf deine eigenen Fähigkeiten besinnst und nicht nur drauf wartest, daß dir alles fertig vorgesetzt wird.« Zineta senkte ruckartig den Kopf, weil ihre geröteten, müden Augen die Reflexion der Sonne im Schaufenster gegenüber nicht ertrugen.

Nadira bestellte zwei Portionen Eis, aber dann blieb ihr der erste Löffel beinah im Hals stecken.

»Weißt du, eine deiner Eigenschaften erstaunt mich wirklich«, sagte Zineta unvermittelt zu ihr. »Das ist dein hemmungsloses Schmarotzertum. Allerdings muß ich zugeben, daß du ein ausgezeichnetes Gedächtnis hast«, fuhr sie sanfter fort. »Du merkst dir Wort für Wort, was ich sage, so daß ich meine Gedanken selbst dann noch wiedererkenne, wenn ich sie aus fremdem Mund höre.«

Nadira kapierte nicht, wovon sie redete, der Spott ihrer älteren Freundin verletzte sie. Sie machte sich klein, zog den Kopf zwischen die Schultern, als erwarte sie eine Ohrfeige und keine Erklärung.

»Ich war vor kurzem bei einer Freundin in Grbavica, sie wohnt in der Leninstraße. Ihre Schwester war auch da, ein Grünschnabel wie du. Plötzlich fing sie an, über den Film ›Ruhekissen‹ zu reden. Ich erfuhr, was ich schon wußte, daß es nämlich um ›eine typisch männliche Vorstellung von Frauen geht, die die Rolle übernehmen, aus dem Mörder im Krieg einen Mann für Friedenszeiten zu machen‹. Ich hab nichts dazu gesagt, mich später ein bißchen erkundigt und bekam heraus, daß ihr zwei in dieselbe Klasse geht. Da war mir dann klar, wieso ich meine eigenen, wenn auch leicht verzerrten Gedanken hörte.«

Die Geschichte heiterte Zineta ein wenig auf, man sah, daß es ihr gefiel, wenn die Mädchen untereinander ihre Gedanken austauschten.

»Aber wenn du mich nachplapperst, tu ein bißchen was von dir dazu, sei kein Papagei. Laß mich hören, was du von dem, was du gesehen hast, und von meinem Kommentar denkst.«

Nadira wurde bis über beide Ohren rot, das Eis lief ihr das Kinn hinab.

»Nun gaff' mich nicht an wie ein Kalb«, Zineta wurde böse. »Hast du dir denn was dabei gedacht? Oder hast du darauf gewartet, daß ich für dich denke?«

»Nein, ja, ich habe selbst gedacht. Du redest sicher von Kämpfern, die nicht Partisanen oder Kommunisten waren, in Ländern, in denen ein rüder Kapitalismus herrscht. Titos Kämpfer wußten, daß sie gegen den Faschismus kämpften, für die Freiheit unseres Landes, für Brüderlichkeit und Einheit. Sie waren nach dem Krieg froh über die Freiheit und daß sie in Ruhe das Land aufbauen konnten.« Nadira war stolz, weil sie so kluge Schlüsse zog. »Und die Genossinnen halfen ihnen, ihre sozialistischen Ideale zu verwirklichen.«

Zineta starrte sie mit offenem Mund an, sie erfaßte nicht gleich, welche Dummheiten ihr da entgegenschlugen. Dann legte sie sich die Hand auf die Stirn, als wolle sie den Schmerz im Kopf dämpfen.

»Ich habe vergessen, was ihr in der Schule lernt. Jetzt hast du einen hübschen Wirrwarr im Kopf.« Sie streichelte ihr die Wange. »Du tust mir leid, ich weiß, wie das ist, ich habe das gleiche durchgemacht.« Zineta betrachtete sie mitleidig, und Nadira begriff überhaupt nichts. »Es war ein Fehler, daß ich deine Jugend und deine Unerfahrenheit vergessen habe, ich habe mit dir wie mit einer Gleichaltrigen gesprochen.«

Zineta bestellte einen Kaffee, weil sie das Eis nicht mochte. Dann spann sie ihren Gedanken weiter.

»Aber wenn wir schon bei den Soldaten sind, die sind nach einem Krieg überall gleich. Wenn sie an der Macht sind, benutzen sie diese als ihre ärgste Waffe. Natürlich hat mancher Soldat im Krieg Ideale, aber kaum, daß der Frieden ausbricht, sind die auch schon beim Teufel. Einen solchen Kämpfer tröste ich nun schon seit Jahren, ich weiß, wovon ich spreche. Aber das, was ich dir jetzt erzähle, darfst du nicht weitersagen. Das ist nicht so harmlos wie meine Meinung über Filme.«

Nadira bekam große Ohren, glücklich, doch noch zu ihren Lernhappen zu kommen, obwohl sie die Bedeutung von Zinetas Worten nicht voll erfaßte.

»Und wer ist es?« rutschte ihr heraus.

»Das darfst du noch nicht wissen, du erfährst es zu gegebener Zeit. Ich habe ›ihm‹ von dir erzählt, ›er‹ hat mir gesagt, ich soll mich um dich kümmern, damit ich dich vor der Provinz und der Čaršija bewahre. Er denkt, daß unsere muslimischen Intellektuellen erst noch heranwachsen müssen. Aber lassen wir das, das ist nichts für dich, du mußt noch viel lernen, schau zu, daß du dir so viel wie möglich aneignest. ›Er‹ ist eigentlich ein kluger Mann, nur von dieser Revolution besessen. Er sieht einfach nicht, daß man mit Erziehung und einem guten Rechtssystem mehr erreicht als mit den besten revolutionären Idealen. Jammert, daß die Revolution gescheitert ist, weil nichts von dem, wofür er angeblich vier Jahre lang geblutet hat, verwirklicht wurde. Er war tödlich beleidigt, als ich ihm sagte, daß ihm im Krieg höchstens die Blasen am Hintern geblutet haben, weil er damals im Stab und deswegen bei Märschen oder Rückzügen immer zu Pferd war. Ihn beleidigt auch, daß seine Genossen und Mitkämpfer die Revolutionsideale verraten haben und sich bereichern, daß sich die Balken biegen. Aber darüber redet er nur mit mir, wälzt einen Teil seiner Enttäuschung auf mich ab und hält am nächsten

Tag schon schwungvolle Reden und erklärt den arbeitenden Massen, daß es zu Titos Vorstellungen von der Selbstverwaltung keine Alternative gibt.« Zinetas Lebhaftigkeit verschwand, sie wirkte sehr müde. Schweigend trank sie ihren Kaffee, klagte dann, daß ihr der Abschluß ihrer Magisterarbeit schwerfiele, weil sie darin das bürgerliche Recht scharf angreifen und die überlegene Gerechtigkeit ihres sozialistischen Systems beweisen müsse. Sie sei weder blind noch blöd genug, um die Sinnlosigkeit solcher Theorien zu übersehen.

Für Nadira waren diese Erklärungen böhmische Dörfer, sie fand es schade, daß Zineta nicht mehr von ›ihm‹ erzählte. Das roch stark nach einer heimlichen, ungewöhnlichen Liebe, und damals träumte sie von genau so einer großen Liebe. Sie schloß die Augen und wünschte sich, als Erwachsene in ähnlich starken Lebenszusammenhängen zu stehen wie ihre Freundin jetzt.

Zineta stöhnte, weil sie wieder ins ›Rathaus‹ gehen mußte, dort war die Bibliothek von Sarajevo untergebracht, in der ein Berg Material auf sie wartete, den sie bis morgen durchlesen müsse. Es tat ihr leid, daß sie sich die nächsten zwei Wochen nicht sehen konnten. »Daß du mir nichts von dem annimmst, was Faketa erzählt; meine Schwester verwechselt das Jahrhundert, in dem sie geboren wurde«, gab sie Nadira beim Abschied mit auf den Weg. Nadira ging traurig, weil sie sich lange nicht sehen würden, Richtung Sarači.

Sie sah auf die Uhr, sie hatte noch fast vierzig Minuten Zeit. Sie hatte es nicht eilig, in die Langeweile bei Onkel und Tante zurückzukehren, darum ging sie langsam und betrachtete die Schaufenster. Am längsten stand sie vor Schuhgeschäften mit den neuesten Modellen in der Auslage. Ihr gefielen Sandalen mit Riemchen und hohen Absätzen, die überhaupt nicht an ihre breiten Füßen paßten. Ein hoffnungsloser Fall, ihr war die Freude, solch hübsche Schuhe mit glänzenden Schnallen zu tragen, auf immer verwehrt. Für sie gab es bäuerische Mokassins ohne Absatz. Sie hatte einmal gelesen, daß man Nasen operieren und schmaler machen konnte, hätte ihr die Natur doch eine bucklige Nase beschert statt dieser großen Füße.

So niedergeschlagen, unzufrieden mit sich selbst, mit ihrer Unwissenheit und ihrem Aussehen, stolperte sie über den Täschner Muftić, der von seinem Laden nach Hause gehen wollte.

»Na, Kleine, hast du keine Angst, in der Dunkelheit herumzulaufen?« wandte er sich unverhofft an sie. Sie fand, er habe exakt den Akzent eines Sarajevers aus der Čaršija, der Altstadt mit all ihren muffigen Traditionen.

»Wieso Dunkelheit, die Laternen sind noch nicht mal an«, antwortete sie rasch und ging auf die andere Straßenseite. Sie wollte weg von ihm; die Tatsache, daß Zineta ihn nicht ertrug, hatte sie angesteckt. Er folgte ihr, machte sich angeblich Sorgen, sie könne sich, unerfahren wie sie war, verlaufen.

Sie gingen ein paar hundert Meter schweigend, sein Rauchen störte sie sehr und hinderte sie am Denken. Dann begann er, sich mit seinem Haus in Pale zu brüsten.

»Das Haus ist groß, aber der Grundriß taugt nichts«, antwortete sie, als sie vor ihrem Hoftor standen.

»Wie willst du das wissen, du hast es doch gar nicht gesehen. Der Grundriß stammt von einem Architekten. Bei mir ist alles vom Feinsten«, gab er an. »Willst du dich davon überzeugen? Komm am Samstag mit nach Pale, du wirst Bauklötze staunen, was ich mir für eine Villa hinstelle.«

Nadira ging Zinetas Geschichte mit dem Herd, dem Tongeschirr und den bosnischen Gerichten durch den Kopf, das verdarb ihr die Lust, Muftićs Wunder zu besichtigen.

Er hob dauernd den Arm, um etwas von ihrer Schulter zu wischen, und sie wich aus, als wolle er sie schlagen.

In diesem Moment öffnete Faketa das Tor, und ihr Gesicht leuchtete auf, als sie sah, wer Nadira heimbegleitet hatte.

»Irfan, Irfan, was treibst du dich vor unserem Hof herum«, selbst ihre Rüge klang wie ein Willkommen.

»Wie kann ich widerstehen, du ziehst groß, was ich brauche«, lachte er, und es hörte sich verdammt danach an, als ob die beiden sich mehr als gut verstanden.

»Du alter Kater, das Küken in meinem Hof ist zu jung«, schalt Faketa.

»Ich bin nicht so alt, als daß ich nicht warten könnte, bis es ausgewachsen ist.« Es klang nach einem Wortspiel, und Nadira ahnte kaum, daß es mit ihr zu tun hatte. Sie flüchtete, ohne dem Täschner auf sein ›Allahimanet‹, diesen traditionellen türkischen Gruß, zu antworten.

»Wie aufmerksam von ihm, dich nach Hause zu begleiten«, sagte die Tante später zu ihr. »Es ist an der Zeit, daß du dich für Männer interessierst. Was soll das, daß du wie Zineta ständig in Bücher guckst. Mach es nicht wie sie, die Lernerei hat ihr den Verstand verdreht, jetzt ist sie zu alt, die will keiner mehr.«

»Dieser dumme Täschner hat sich mir aufgedrängt, das hat nichts mit Flirten zu tun«, wies sie Faketa ab, traute sich aber nicht zu sagen, daß sie unbedingt wie Zineta sein wollte. Dann ging sie in ihr Zimmer und dachte über das nach, was sie im ›Egipat‹ von der Freundin gehört hatte.

Nadira kannte von ihrem Elternhaus her Bajram nicht als besonderen Tag und wußte nicht, daß an diesem Fest die Seele eines Muslims Frieden finden und sich mit sich und der Umgebung aussöhnen soll. Die Verstocktheit ihres Vaters Dervo zeigte sich darin, daß er weder Versöhnung noch Verzeihung anstrebte und für Rituale nichts übrig hatte. Er war kein Kommunist, behauptete nicht, daß es keinen Gott gäbe, nur, daß er die Pflichten eines Muslims nicht erfüllen könne. Er wolle Allah nicht täuschen, indem er zu Bajram die Moschee besuche. Als ihm Nadiras Mutter wegen seines wüsten Lebens und seiner Ungläubigkeit Vorhaltungen machte, winkte er bloß ab. »Wenn das, was ich tue, Gott nicht gefällt, werde ich mich ihm und niemandem sonst gegenüber rechtfertigen. Wenn ich sündige, dann bewußt, ich werde nicht um Vergebung betteln. Ich bin nicht wie die, die lügen, was das Zeug hält, alle übers Ohr hauen, jeden Tag saufen, fluchen und sich schlagen und dann im Ramadan und zu Bajram in die Moschee rennen, um das alles beim Hodscha abzuladen.« Mutter konnte ihn nie dazu bewegen, daß er einen

Hammel als Opfertier, den Kurban, schlachtete, denn er fand, keiner seiner Vorfahren hätte ein solches Opfer verdient. »An den Großvater kann ich mich nicht mehr erinnern, mein Vater hat mir nichts hinterlassen, also bin ich ihm auch nichts schuldig. Meinem Sohn Rasim habe ich die Basis für ein gutes Leben geschaffen, soll er selbst entscheiden, ob er später nur zu Bajram an mich denkt oder jedesmal, wenn er das Haus betrachtet, das ich für ihn gebaut habe.«

So wurde Bajram bei Nadira zu Hause nur von den Frauen gefeiert, die Großmutter nähte den Enkeln neue Kleider, die Mutter buk Kuchen, große Bleche mit Baklava und Hurmašica, und las in der Nacht vor Bajram laut den Koran. Allerdings betete sie nicht nur vor dem Feiertag den Koran, sondern jedesmal, wenn sie etwas bedrückte oder sie bedauerte, daß sie so weit weg von der Stadt wohnte mit diesem hartherzigen Mann. Nadira schüttelte ein unbestimmtes Gefühl der Rührung, wenn sie sah, wie sich die Mutter auf dieses Ritual vorbereitete. Sie badete zuerst, kämmte die Haare und legte sich den gestickten Gebetsschal mit golddurchwirkten Spitzen aus ihrer Mädchenzeit auf den Kopf. Dann kniete sie auf einem kleinen Fell, breitete vor sich ein Seidentuch auf der Bank aus, legte den Koran darauf und öffnete ihre Lieblingssuren. Zuerst sagte sie »Bismi llahi r-rahmani r-rahimi«, dann erhob sich ihre wunderbar melodische Stimme, die auch die dicken Mauern ihres Hauses durchdrang. Die Nachbarn öffneten ihre Fenster, um sie besser zu hören. Solange Nadira klein war, fragte sie immer: »Mama, warum singst du?« »Mein Seelchen, ich singe nicht, ich bete, wie es uns die Bula Fočakovka in der Koranschule gelehrt hat. Wenn es hier eine Koranschule gäbe, würde ich dich dorthin schicken.« Die Mutter hatte versucht, Nadira in ihre Kunstfertigkeit einzuweisen, aber das Mädchen war die Tochter ihres Vaters. Es wollte ihr einfach nicht in den Kopf, die Melodie war zu schwer für sie. Sie behielt nicht einmal den Rhythmus kindlicher Abzählreime und wurde von der Lehrerin aus dem Schulchor ausgeschlossen. So war auch der Mutter bald klar, daß man das Krächzen der Tochter niemals in wohlklingendes Beten verwandeln konnte, und sie ließ die Finger davon. »Es ist besser, du merkst dir in der Schule, was man dich lehrt, das ist wichtiger«, sagte sie ihr. »Dadurch hast du eine bessere Zukunft. Aber mir bleibt kein anderer Trost als dieser.«

Onkel und Tante waren sehr enttäuscht, als sie nach Nadiras Ankunft begriffen, daß sie nicht eine Sure konnte und so gut wie keine Kenntnisse des Islam mitbrachte. »Ach, mein Taib, was ist uns denn da ins Haus gekommen?« Faketa war tief getroffen. »Die Engel werden uns fliehen, wenn sie merken, was für ein unwissendes Geschöpf unter unserem Dach haust.«

Der Onkel stimmte ihr nicht zu, die Engel blieben bei denen mit guter Seele, auch wenn sie nicht wußten, wie man betet. Er erzählte eine Geschichte von einem Jungen, der vor langer, langer Zeit, als der Islam gerade nach Bosnien kam, an der Reichsstraße eine Schafherde hütete. Gelehrte Leute aus Istanbul zogen vorbei; der Junge sah, wie sie sich mit Wasser reinigten und dann beteten. Er wollte ihnen nacheifern und tat es auch, jeden Morgen und jeden Abend betete er fleißig, aber da er kein arabisches Gebet kannte, murmelte er statt dessen in seiner Sprache: »Schwarzes Schaf, weißes Schaf«. Andere gebildete Menschen kamen vorbei und staunten, daß ein junger Kerl in der bosnischen Wildnis zu dem lieben Allah, dem Allmächtigen, betete. Sie baten ihn, den Text laut herzusagen, und er wiederholte schamrot sein »schwarzes Schaf, weißes Schaf«. Die gebildeten Leute lachten ihn nicht aus, sondern erklärten ihm, wie man betet, mit welchen Worten man sich auf dem Gebetsteppich verneigt. Er glaubte, daß er sich alles gemerkt habe, aber als er es wiederholen wollte, hatte er alles vergessen. Die gebildeten Leute waren schon weitergezogen, er rannte hinterher, damit sie es ihm noch einmal zeigten. Er lief und lief und kam an einen Fluß, den sie mit ihren Pferden schon durchquert hatten. Sie winkten ihm vom anderen Ufer aus. Er konnte nicht hinüber, schrie aus vollem Hals, daß er vergessen habe, was sie ihm beigebracht hätten. Plötzlich versiegte das Wasser, das Flußbett trocknete aus, und er konnte mühelos mit drei Sprüngen auf die andere Seite zu seinen Lehrern hüpfen. Die standen still, stumm vor Staunen. »Ich habe vergessen, was ihr mich gelehrt habt, zeigt es mir noch einmal«, bat er, aber sie senkten nur die Köpfe, beschämt von der Gnade, die er bei Gott errungen hatte. »Geh zu deinen Schafen und bete wie bisher, Allah hat erkannt, wie groß dein Vertrauen in ihn ist, du stehst in seiner Gnade.«

Nadira hatte gespannt zugehört, ebenso, wie sie den anderen Märchen des Onkels über Gut und Böse, von lichten und finsteren Stellen in der menschlichen Seele gebannt lauschte. Sie glaubte das Wunder mit dem trockenen Flußbett nicht, nahm an, daß jemand einen Wall gebaut und das Wasser gestaut habe. Das Gebet des Hirten prägte sich ihr tief ein; wann immer sie im Bett lag, wegen der vielen Gedanken nicht einschlief und sich aufs Schafe zählen verlegen mußte, stellte sie sich vor, daß neben einem schwarzen ein weißes Schaf über den Zaun sprang. »Schwarzes Schaf, weißes Schaf, schwarzes ...«

Bajram wurde im Haus des Onkels schön und feierlich begangen, und Nadira genoß die Vorbereitungen. Nur in dieser Zeit half sie gern beim Hausputz, beim Waschen und Bügeln der gestickten Kissen fürs Wohnzimmer. Dieser Raum war groß, geräumig, hell und zweigeteilt. In dem rein repräsentativen, oberen Bereich stand eine altertümliche gepolsterte Bank mit Spitzen und Überzügen aus Samt, es gab persische Teppiche, längliche, schmale Stickarbeiten, an Holzrahmen befestigt, einen kleinen, geschnitzten Tisch, zwei Truhen aus geflochtenem Rohr, verziert mit gehäkelten Kißchen und an der Wand Bilder von den Städten des Propheten, Mekka und Medina. Im unteren Teil des Wohnzimmers verteilten sich Couch, Sessel und Schrank, billige Möbelstücke, wie man sie damals in den Geschäften kaufen konnte. Auf einem Regal an der Wand zwischen zwei Fenstern stand das Radio. Vor allem seinetwegen liebte Nadira diesen Raum. Es war ein Fest für sie, wenigstens ein paar Minuten mit dem Radio allein zu sein und eine Musiksendung, eine Gedichtlesung oder eine Kollegstunde zu hören. Faketa drehte das Gerät mit, wie Nadira schien, besonderem Vergnügen ab, wenn sie merkte, daß die Nichte ganz ins Hören vertieft war. »So lernst du nie, was du im Leben brauchst«, sagte sie ihr und wiederholte oft, daß sie sich nicht nach dem richten dürfe, was ihr Zineta sage; wenn ihre Schwester gescheit wäre, hätte sie längst geheiratet und erzöge ihre eigenen Kinder.

Nadira begriff allmählich, was Zineta mit dem Wirrwarr in ihrem Kopf gemeint hatte, und sie war glücklich, daß wenigstens Zineta ihr sagen konnte, was gut war und was böse, was sie übernehmen und was sie von sich weisen sollte. Von ihr hatte sie erfahren, daß ›Faketa auf eine primitive Art die Tradition hütete‹, und das half ihr, bei den Gardinenpredigten der Tante die Ohren auf Durchzug zu stellen.

Nadira hatte bereits zwei Bajram-Feste im Haus des Onkels erlebt, zunächst Hadschi-Bajram, das Opferfest, dann Ramadan-Bajram, das Fest des Fastenbrechens, und jetzt war wieder Hadschi-Bajram an der Reihe. Eigentlich half sie nur beim Hausputz; Faketa vertraute ihr nicht genug, als daß sie ihr wichtigere Arbeiten überlassen hätte. Abends wusch und bügelte die Tante Anzug und Hemd, die ihr Gatte in der Moschee tragen würde, mit besonderer Sorgfalt. Am Morgen begleitete sie ihn bis zur Hoftür, lief dann schnell ins Haus zurück, kleidete die Söhne an, packte einen Korb mit Kuchen, Trockenobst und Limonade, zog ihr schönstes Kleid über und wartete, bis jemand ans Fenster klopfte, dem verabredeten Zeichen, daß die Frauen aus der Nachbarschaft mit ihren Gaben zur Moschee zogen und dort auf ihre Väter, Männer, Söhne und Brüder warteten, wenn sie nach dem Bajram-Gebet aus dem Gotteshaus strömten.

In ihrer Straße wohnten überwiegend Menschen, die der muslimischen Volksgruppe angehörten, dennoch blieben zwei Drittel der Häuser am Bajram-Morgen dunkel und die Tore verschlossen. Dort wohnten die Kommunisten und Atheisten, die sich von allem, was nach Glauben roch, fernhielten. Die einen glaubten tatsächlich nicht, andere wollten nicht von ihren Parteigenossen verwarnt werden, denn der kleinste Verdacht, gläubig zu sein, konnte verhindern, daß man eine Führungsposition bekam. Aufstiegschancen bemaßen sich nach moralischer Eignung, und die war nicht gegeben, wenn man am Bajram-Morgen der Moschee zu nahe kam. Nadiras Onkel hatte zweimal fast seinen

Posten als Leiter der Buchhaltung in der Metallfabrik verloren, weil er sich strikt weigerte, der Partei beizutreten. Einmal hatten sie ihn bereits entlassen und stellten ihn nur wieder ein, weil sie so schnell keinen anderen mit seinen Fähigkeiten fanden, einen, der mit solchem Geschick die Verluste in der Produktion auf dem Papier in Gewinne umstrickte. Der geschönten Zahlen wegen ließen sie ihn in Ruhe.

Diesmal war Hadschi-Bajram ganz anders als die zwei vorhergehenden Feste. Zehn Tage vor dem Feiertag hielt eine merkwürdige Angst und Anspannung Einzug ins Haus. Der Onkel ging nicht mehr zur Arbeit, sagte, er sei krankgeschrieben, zum ersten Mal, seit er eingestellt worden war. Nirgends fand er Ruhe, nicht einmal in seinem Zimmer, zwischen seinen Büchern, er lief im Hof auf und ab und stieg manchmal sogar auf die Bank beim Wasserhahn, um auf die Straße zu spähen, gerade, als erwarte er jemanden. Er zuckte jedesmal zusammen, wenn ein Auto vorbeifuhr. Sogar Faketa verlor ihre Lebhaftigkeit, erledigte die Vorbereitungen für Bajram widerwillig, zum ersten Mal ließ sie Nadira selbständig putzen. Das Mädchen konnte nach Belieben vorgehen, begann fünf Arbeiten gleichzeitig und brachte nicht eine zu Ende. Zuerst putzte sie das Fenster zum Balkon hin, dann klopfte sie den Teppich aus dem Wohnzimmer aus und holte anschließend das gute Geschirr aus der Kredenz. Während sie die feinen Porzellantassen spülte, zählte sie die Blumen darauf. Es waren fünf, und das erinnerte sie an ein Kinderlied, das sie in der Grundschule gelernt hatte. »Fünf Fackeln flammen und künden einem jeden, in unsern Landen kann's nur fünf Völker geben«, wiederholte sie dreimal laut und erschrak fürchterlich, als der Onkel plötzlich schrie: »Was redest du da?« Nie zuvor hatte sie gehört, daß er die Stimme erhob.

»Laß hören, welche Völker das sind!« Finsteren Gesichts erwartete er eine Antwort.

»Weißt du nicht, welche? Wenn man im Norden von Jugoslawien anfängt: Slowenen, Kroaten, Serben, Montenegriner, Makedonen … ja, das sind alle fünf.«

»Und welchem gehörst du an«, sein Blick wurde mitleidig. »Welchem der fünf gehörst du an?«

Faketa bat ihn zu schweigen, die Wände hätten Ohren. Sie lugte auf die Straße, als wolle sie sich vergewissern, daß niemand lauschte.

»Ich weiß nicht, wir sind Muslime, wir haben uns nicht entschieden.« Nadira begriff nicht, warum der Onkel sich so aufregte. »Sind wir denn ein Volk?«

Er winkte bloß ab, hatte keine Lust, Erklärungen abzugeben. Sie dachte, daß auch Dichter nicht allwissend sind, und verbesserte den Reim, sechs Fackeln flammen und künden einem jeden, in unsern Landen kann's nur sechs Völker geben. Nach diesem kurzen Wortwechsel lief der Onkel noch gehetzter durch den Hof und faßte dann einen Entschluß. Im Flur zog er Mantel und Schuhe an. Faketa war nahe daran, den Verstand zu verlieren, packte ihn am Arm und bettelte, er solle nicht dahin gehen, vielleicht wüßten die ja gar nichts von ihm, vielleicht habe sein Freund nichts gesagt.

»Ich bin doch nicht verrückt und gehe dahin.« Er war sogar seiner Frau gegenüber grob. »Ich fahre nach Pale wegen dem Kurban, ich habe dem Mann versprochen, daß ich heute wegen des Hammels vorbeikomme, mit Irfan im Auto.«

Faketa lief neben ihm her, um den Mantel auszuklopfen und die Baskenmütze zurechtzurücken. Sie fragte, wieviel Geld er brauche, und er antwortete, daß er den Bock schon bezahlt habe. »Wenn sie kommen, sag ihnen, daß ich mich, sobald ich zurück bin, selbst bei ihnen melde«, flüsterte er seiner Frau zu, und sie wiederholte mehrmals, daß sie zum lieben Allah beten werden, damit er alles zum Guten wende.

Den ganzen Nachmittag wartete Nadira mit Faketa; sie wußte nicht worauf und wagte nicht zu fragen. Die Stunden zogen sich, sie beendeten die begonnenen Arbeiten und warteten dann wieder, ohne etwas zu tun. Es wurde dunkel, die Glühbirnen am Minarett gingen an, die Nachbarn hinter ihrem Haus eröffneten mit doppeltgebranntem Birnenschnaps den Abend, und der Onkel war immer noch nicht zurück. Faketa wurden immer blasser, sie betete und blies um sich, wie es bei den Muslimen Brauch ist, um die Geister zu vertreiben; dann hatte sie auch dazu keine Kraft mehr. Ab und zu streichelte sie die Kinder, die auf der Couch eingeschlafen waren, und murmelte: »Meine Söhne, ihr werdet Waisen«. Nadira haßte sie für diese bösen Prophezeiungen, lief hinaus und schaute in der Hoffnung auf die Straße, Muftićs Auto wäre zu sehen und der Onkel stiege aus. Faketa verbot ihr das, weil die Nachbarn nicht merken durften, daß in ihrem Hof etwas vorging.

Eine volle Stunde nach dem Abendgebet hörten sie endlich, wie der Onkel, laut seufzend und »jarabi tobe stakvirullah, Allah möge verzeihen« brummelnd, auf der Veranda die Schuhe auszog. Seine Frau klammerte sich an ihn, als fürchte sie, er könne erneut fortgehen. Nadira lebte nun mehr als ein Jahr bei ihnen, aber dies war das erste Mal, daß sie sich in ihrer Gegenwart umarmten. Als er ins Zimmer trat, gaben seine Beine nach, er ließ sich in den Sessel fallen.

»Was war los, haben sie dich … haben sie dich geschlagen?« Faketa preßte mit zitternden Händen rasch eine Zitrone in ein Glas, der Saft tropfte auf den Tisch.

»Ach, meine Faketa, was mir passiert ist, ist schlimmer, als wenn sie mich verhaftet und geschlagen hätten. Was gibt es nicht für Menschen in diesem Land! Es ist ein Wunder, daß es nicht längst schon untergegangen ist.« Er trank die Limonade. »Das hätte mir der schlimmste Vlache nicht angetan, dieser Haiducke aus der Romanija, was mir dieser Gläubige, dieser muslimische Bruder getan hat.«

»Wo ist der Hammel?« schwante es Faketa plötzlich.

Der Onkel zog die Mütze über sein Gesicht, als schäme er sich vor Gott wegen dem, was ihm ein anderer angetan hatte. Nadira verstand, daß ein Bauer aus ihrer Heimat den Onkel um den Kurban-Bock gebracht hatte. Das war nichts Neues für sie, zu Hause hatte sie oft gehört, wie sich die Freunde des Vaters mit Betrügereien und Späßen auf anderer Leute Kosten brüsteten, das war ihre Art, sich ein schönes Leben zu machen. Der Onkel war angesichts solcher Niedertracht fassungslos und niedergeschmettert. Das Opfertier war ihm heilig, er nahm immer das größte und dickste, das er finden konnte, und bezahlte dafür jeden geforderten Preis. Sein Kurban wurde an die Ärmsten in der Familie und in der weiteren und näheren Nachbarschaft verteilt. Es waren immer Fleischstücke, von denen man zweimal ein gutes Mittagessen bereiten konnte.

Langsam, Satz für Satz, erzählte er, was ihm passiert war. Der Täschner Muftić hatte in Pale die fetteste Kurban-Herde aufgetrieben, und vor vierzehn Tagen waren sie gemeinsam dorthin gefahren und hatten die größten Tiere ausgewählt, ordentlich bezahlt und ihre Hörner mit grünen Bändern umwickelt, damit man wußte, daß sie ihnen gehörten. Sie hatten sogar für das Futter Geld gegeben, die Tiere würden ja noch fressen, bis sie sie abholten. Nie wäre er darauf gekommen, daß er getäuscht werden könne. Der Verkäufer, Avdić, versprach ihm sogar, den Kurban-Bock ein bißchen zu säubern und zu striegeln, damit er hübscher sei, wenn sie ihn durch ihre Gasse führten. Als sie heute in Avdićs Hof kamen, war er nicht zu Hause, und seine Frau zeigte ihnen den leeren Pferch und zwei kümmerliche Hammel mit ihren grünen Bändchen an den Hörnern. Auf ihre fassungslosen Schreie hin floh die Frau ins Haus und sagte ihnen vom Fenster aus, sie bekämen ihr Geld nicht zurück, schließlich sähen sie doch, daß das ihre Zeichen seien. Sie fügte hinzu, daß ihr Gatte sie anzeigen würde, weil sie ihn so frei von der Leber weg einen Betrüger nannten, er würde niemals betrügen, sondern ehrlich seiner Arbeit nachgehen, er wisse, daß er Wort zu halten habe. Wenn sie schon ein großes Tier haben wollten, sollten sie nicht so geizig sein und ordentlich was auf den Tisch legen. Der Onkel und Muftić streiften durch die Kneipen von Pale, weil sie den Betrüger finden und ihm den Hals umdrehen wollten. Sie hatten den Eindruck, als würden alle Leute, die sie nach Avdić fragten, hinter ihrem Rücken über sie lachen. Sie gaben es auf, gingen noch mal zu Avdićs Hof, aber diesmal war auch die Frau nicht mehr da, und so mußten sie unverrichteter Dinge wieder abziehen.

Während er das erzählte, zitterte die Stimme des Onkels vor

unterdrückten Seufzern. Er tat Nadira leid, und sie weinte ein bißchen, aber gleichzeitig höhnte in ihrem Kopf Vater Dervo: »Schau, schau, so kriegt mein Schwager also mit, daß dieses Land kein Paradies ist. Überzeugt ihr Städter euch ruhig davon, daß auch die Leute auf dem Land Grips in der Birne haben.«

Bei diesem Abwägen von Gut und Böse stand sie unbewußt auf des Vaters Seite. Der Onkel jammerte panisch wegen der Niedertracht der Menschen, er und seine Frau beteten zum lieben Allah, damit er sie nicht für schuldig befand, weil sie zu Bajram keinen Hammel opferten. Ihr Vater hätte es schweigend hingenommen, sich gut gemerkt und Monate oder Jahre später mit gleicher Münze heimgezahlt.

»Allah wird ihn dafür zur Rechenschaft ziehen«, sagte Faketa und bestätigte Nadiras Gedanken. »Wenn wir nur diese Sorge hätten!«

Der letzte Satz erinnerte den Onkel an die Sorge, die ihn seit Tagen umtrieb, so vergaß er den Ärger wegen dem Kurban und gab sich der Ahnung und Erwartung eines viel größeren Unglücks hin. »Daran dachte ich auch gerade«, antwortete er. »Wenn das nur schon ausgestanden wäre!« Während er sprach, hörte man ein Auto vor ihrem Haus.

An Bajram selbst bescherten ihr Tante und Onkel ein unerwartetes Geschenk, sie ließen Nadira einen vollen Nachmittag allein zu Hause. Da der, den sie erwarteten, nicht kam, besuchten sie Faketas Eltern. Als Nadira aus der Schule zurückkam, waren sie und die Kinder schon bereit zum Aufbruch. Faketa ermahnte sie noch, niemandem die Tür zu öffnen. »Wenn jemand anklopft, sag nur, wo wir sind und daß wir gegen Abend zurückkommen.« »Wenn sie bis jetzt nicht hier waren, werden sie an Bajram sicher nicht auftauchen«, fügte der Onkel hinzu.

Nadira war das alles egal, sie wollte nur, daß sie so schnell wie möglich gingen. Kaum, daß sie die Straße verlassen hatten, schaltete sie das Radio ein und suchte alle Sender nach Musiksendungen ab. Aber überall wurde geredet; sie war wütend, daß sie so ein Pech hatte. Jetzt, wo sie über das Radio verfügen konnte, gab es nichts Interessantes. Sie hörte Ausschnitte aus dem Roman eines Belgrader Schriftstellers. Zwei Kommunisten, ein älterer und ein jüngerer, unterhielten sich darüber, ob Parteibrüder Frauen bespringen dürften, die ihnen über den Weg liefen. Sie fand die Unterhaltung spaßig, ein paar Sätze später sagte der ältere Genosse, daß keiner die Ideen der Partei vertreten könne, der nicht steife Potentiale zwischen den Beinen hätte. Darüber mußte Nadira laut lachen, obwohl sie den Sinn nicht ganz erfaßte. Sie beschloß, Zineta zu fragen, was es genau bedeutete, wie männliche Steifheit und Parteiideologie zusammenhingen. ›Vielleicht ist es ja etwas Unanständiges, und ich blamiere mich damit‹, dachte sie. Nein, erst wollte sie das Buch finden und nachlesen, was darin stand, und anschließend Zineta fragen, ob sie es auch gelesen habe. Sie drehte den Sender weg und veranstaltete eine regelrechte Kaskade von Rhythmen und Tönen, sie konnte zwar keine Note singen, aber durchaus Musik genießen. Dann zog sie das Buch, das sie damals gerade heimlich las, aus ihrem Versteck im Schrank, eine Biographie des zwergwüchsigen, ewig betrunkenen Pariser Malers Toulouse-Lautrec. Mit seltsamer Bangnis verfolgte sie seine Irrungen in Paris, manchmal war sie der Stab, auf den er sich stützte, sie hielt ihn, während er über den Montmartre wankte, die Stufen der Freudenhäuser und Kabaretts erklomm, eine Droschke rief oder verließ. Sie stellte ihn sich vor, wie er mißgestaltet, in einem abgewetzten Hemd, den Fusel in Reichweite, vor seinen Leinwänden stand und gefallene Frauen und Tänzerinnen malte. Hätte sie ihn geliebt, sie hätte ihn nicht dem Suff überlassen. Dann klappte sie das Buch zu und malte sich aus, wie ihre erste Liebe sein würde; sie wünschte sich, daß sie intensiv, himmlisch, mitreißend wäre.

Nach dieser imaginären Parisreise hatte sie eine sehr heftige Auseinandersetzung mit sich: Hatte sie heute morgen die Aussöhnung mit Sabrina verpatzt oder nicht? Sie spielte die ganze Szene noch einmal in ihrem Kopf durch. Die aufgeblasene Mitschülerin war mit einer Schachtel herumgegangen und spendierte jedem in der Klasse eine Praline, weil ihr Vater eine große Fünfzimmerwohnung im Stadtzentrum bekommen hatte. Nur

Nadira hatte sie ausgelassen. Später tat es ihr leid, sie kam zu ihr und bot ihr zwei an, und zwar die in glänzendes Papier eingewikkelten. Nadira zitterte vor Freude, riß sich aber zusammen und schnitt Sabrina grob das Wort ab: »Iß sie allein, mich kannst du damit nicht kaufen.« Im selben Moment schoß ihr durch den Kopf, daß schließlich Bajram war und damit der Tag der Aussöhnung, aber es war zu spät, die beleidigte Sabrina war schon am anderen Ende des Klassenraums.

›Warum habe ich das getan?‹ fragte sich Nadira mit dem Gefühl, einen schweren Fehler begangen zu haben. ›Warum ertrage ich sie nicht? Weil sie eingebildet ist und alle beherrschen will? Oder weil ich sie beneide mit ihrer schlanken Figur, ihren kleinen Füßen, ihren hübschen Klamotten und angesehenen Eltern?‹

Bevor sie die Antwort fand, klirrte ein Steinchen ans Fensterglas. Und gleich darauf ein zweites. Nadira spähte verängstigt durch die Vorhänge. Es war aber nicht die befürchtete dunkle Macht, sondern nur der Täschner Muftić, der in seinem Bajram-Anzug mit weißem Hemd und neuer Krawatte Eindruck schinden wollte. Sie atmete auf und öffnete das Fenster.

»Der Onkel ist nicht zu Hause«, sagte sie und mußte innerlich lachen, weil ihr einfiel, daß auch Muftić in Pale übers Ohr gehauen worden war.

»Öffne die Tür und laß mich in den Hof.«

»Darf ich nicht, sie haben mir aufgetragen, daß ich niemandem aufmachen darf«, antwortete sie gleichmütig. Plötzlich fiel ihr ein, daß seine Mutter bei einem ihrer Besuche in Faketas Haus erzählt hatte, er sei in Paris gewesen. ›Er hat all die Straßen gesehen, durch die der Maler gegangen ist‹, dachte sie. ›Ich könnte ihn fragen, ob es eine Galerie gibt, in der seine Bilder und Plakate ausgestellt werden. Wie gern würde ich dahin fahren.‹

»Mach ruhig auf, Faketa wird deswegen nicht böse sein«, drängelte er.

»Ich muß lernen, ich hab morgen fünf Stunden in der Schule.«

»Komm, Mädchen, was willst du mit soviel Verstand. Schau

66

dir Zineta an, die lernt und lernt, und wie tief ist sie gefallen.«
Sein Gesicht war pure Bosheit.

›Rückständig wie Faketa und Papa‹, dachte Nadira und schloß
das Fenster. ›Zineta hat recht daran getan, daß sie ihn abwies.‹
»Was soll's, du gehst mir schon noch ins Netz«, sagte er, aber sie
hörte es nicht.

Sie entfachte Feuer, um Wasser für ein Bad aufzuwärmen,
das sie nehmen wollte, bevor die Hausherren zurückkamen. Einen Moment lang erfaßte sie Unbehagen, was wollte der Täschner
Muftić von ihr, warum wollte er partout in den Hof?

Zineta kam am dritten Bajram-Tag zu Besuch, ausgeschla-
fen, erholt, frisch geschminkt und mit neuen Strümpfen, flatterhaft und fröhlich wie früher. Ihr Bajram-Geschenk an Familie
Taib Karalić war außergewöhnlich, eine Nachricht, die mit dreitä-
giger Verspätung endlich Feiertagsstimmung ins Haus brachte.
Nadira schien, als hätte zwei Wochen lang eine riesige Hagel-
wolke vorm Fenster gestanden, die Schlimmeres als Donner und
Blitze enthielt. Und plötzlich, nach ein paar Sätzen von Zineta,
war die Wolke fortgeblasen wie ein Luftballon.

»Habt keine Angst, es ist vorbei«, erklärte sie, noch bevor sie
Bajram-Wünsche aussprach. Der Onkel hatte sich erhoben und
wollte sie begrüßen, aber nach diesem Satz setzte er sich wieder
und sah sie ungläubig an.

Sie schwiegen kurze Zeit, als warteten sie darauf, daß Zinetas
Frohmut die Ungewißheit aus dem Zimmer verscheuchte.

»Hat ›er‹ dir das gesagt?« Der Onkel wollte sicher sein.

»Ja, ›er‹ läßt dir sagen, daß du dich nicht verstecken mußt,
du brauchst keine Angst mehr zu haben.« Sie sah den Schwager
lachend und mitleidig an. »Alles ist ohne viel Aufsehen über die
Bühne gegangen, nur eine harmlose Untersuchung. Dein frühe-
rer Freund hat Befehl bekommen, außer Landes zu gehen. Man
will keinen Staub aufwirbeln und alte Versäumnisse in Ordnung
bringen.«

»Warum muß er das Land verlassen, warum darf er nicht nach
Hause?« Die Freude des Onkels war schon wieder getrübt.

»Nein, so ist es für alle besser, das muß vertuscht werden, jetzt darf nichts hochkommen. Es ist eine entscheidende Zeit für uns, und ›er‹ denkt, es wäre am besten ...« In diesem Augenblick erblickte Zineta im Halbdunkel der Küche Nadira, unterbrach sich mitten im Satz und dachte nach. »Taib, darf ich deiner Nichte ein paar Dinge erklären. Ich denke, sie sollte es von uns erfahren, unverfälscht; wir dürfen es nicht ihr überlassen, sich etwas zusammenzureimen oder bei anderen Erklärungen einzuholen. Da käme nichts Gutes heraus. Ich habe dir ja schon gesagt, daß sie überdurchschnittlich intelligent ist; wenn sie gut ausgebildet wird, kann sie es zu etwas bringen. Es wäre bestimmt besser, wenn wir ihr jetzt schon sagen, was sie erwartet.«

Der Onkel schwieg, und seine Miene war wie die Zinetas sehr ernst.

»Was sie erwartet?« Faketa teilte ihre Sorgen nicht. »Heirat, Kinderkriegen, Windeln waschen, Kochen, Aufräumen, Aufwarten, Begleiten.« Um nichts in der Welt wollte sie, daß eine Frau den seit Jahrhunderten eingefahrenen Weg verließ.

»Du hast recht.« Der Onkel hatte nachgedacht und stimmte seiner Schwägerin zu. »Es ist besser, wenn wir sie in alles einweihen, sie soll nicht zuviel Irrtümer begehen. Vielleicht schreibt sie später darüber, wenn sich ihr Talent zum Schreiben entwickelt hat. Das wäre wichtig für uns Muslime.«

»Mir wäre es wichtiger, wenn sie das gute Geschirr wieder so in die Kredenz räumen würde, wie sie es vorgefunden hat«, höhnte Faketa.

»Sei ruhig, wir streiten uns sonst wieder!« Zineta gingen ihre Einwürfe auf die Nerven. »Ich rede nicht mit dir, sondern mit deinem Mann.«

Der Onkel sah seine Frau vorwurfsvoll an, und Faketa schwieg. Sie wies Nadira mit einem Kopfnicken an, ihr beim Tischdecken fürs Abendbrot zu helfen. Jetzt, wo die Gefahr vorüber war, bedauerte sie, daß sie dieses Bajram kein Opfertier hatten. »Was Gott weiß erfahren auch die Menschen, in der ganzen Gasse wird man herumerzählen, daß dieser Lump in Pale uns übers Ohr gehauen hat. Und da ist Taib wirklich selbst schuld, ein gutmütiger Narr, der jedem traut. Ich hätte niemals im voraus bezahlt«, murrte sie, während sie das Fleisch vom Topf auf den Teller legte und diese auf den Tisch stellte. Beim Hin- und Hergehen schnappte Nadira Gesprächsfetzen von Zineta und dem Onkel auf, sie stritten erbittert, worüber ein muslimischer Autor zu schreiben hätte. Der Onkel hatte eine gelöste Zunge, seit er wußte, daß das Unheil wieder mal an ihm vorübergegangen war. Es zeigte sich, daß er viel über die vergangenen Zeiten nachdachte, viel über das, was die glücklichen Bosniaken in Istanbul auf Arabisch, Persisch und Türkisch schrieben, aber er verfolgte auch, was die Muslime in Bosnien und dem Sandschak in ihrer Muttersprache verfaßten. Ihm zufolge war es unverzeihlich, wenn sie sich von den Kommunisten beeinflussen ließen … Am wütendsten war er auf Skenderbeg Kulenović, der, so sah er es, Namen und Verstand an die Serben verkauft habe. Nicht nur er, auch viele andere! Das muslimische Volk sei kopflos, weil seine Intellektuellen nicht zu ihm hielten. Kaum daß sie ein bißchen Bildung hätten, würden sie entweder umgebracht oder auf die Seite der anderen gezogen. Zineta möge ›ihn‹ doch bitte von dieser Sicht der Dinge in Kenntnis setzen.

»Im Moment darf ich es ›ihm‹ gegenüber nicht erwähnen, aber ich denke, ›er‹ weiß es selbst, denn er sagte, daß wir uns, wenn man uns als Nationalität anerkennt, um eine Idee versammeln werden«, beruhigte ihn Zineta. Der Onkel drang in sie, ein Treffen zwischen ihm und ›ihm‹ zu vereinbaren, denn isoliert, wie ›er‹ sicherlich innerhalb der Führung sei, könne ›er‹ vieles nicht wissen.

»›Er‹ weiß eine Menge, aber ›er‹ denkt, daß wir nur innerhalb dieses Systems etwas erreichen können, und das auch nur dann, wenn die Führung sich entschließt, uns als Gegengewicht zwischen Serben und Kroaten einzusetzen. Ich denke, daß er mit seinen Mitstreitern auf dem besten Weg ist. Aber jetzt kann er sich nicht mit euch treffen, weil ihr den Glauben wie ein Banner vor euch hertragt. Du weißt, daß sich das der Staatssicherheit gegenüber nicht verheimlichen läßt. Und dann wäre alles hinfällig, was sie hinsichtlich unserer Anerkennung als Nationalität erreicht haben.«

Faketa gab ihnen zu verstehen, daß sie dieses Geschwätz unterbrechen und zum Abendessen kommen sollten. Nadira spürte, daß sich der Wirrwarr von Fragen ohne Antworten in ihrem Kopf verstärkte und verdichtete.

»Was hat ›er‹ gegen uns Gläubige?« fragte der Onkel zornig, nachdem er die ersten Bissen hinuntergeschluckt hatte.

»Nichts, nur ist es im Moment günstiger, wenn ihr euch zurückhaltet«, beschwichtigte Zineta. Bestimmt und konzentriert stellte sie Taibs Position gegen die jenes allmächtigen und allwissenden ›er‹. Für Taib war der Glaube Grundlage, Geist und Wesen bosnischer Muslime. ›Er‹ jedoch sei der Ansicht, daß nicht nur der Glaube, sondern auch Kultur und Lebensraum sie prägten, also auch die Tatsache, daß sie mit anderen Religionen und Nationen zusammen lebten. ›Er‹ denke, »daß wir Bosnier seien, denn Bosnien sei die eine Heimat und unser künftiger Name müsse davon abgeleitet sein«.

»Woher soll ich wissen, daß du die Wahrheit sagst, vielleicht gibst du ja seine Ansicht gefärbt wieder.« Auch der Onkel setzte nicht allzu viel Vertrauen in einen weiblichen Verstand.

»Warum sollte ich das tun? Um die Wahrheit zu sagen, ich denke genauso.« In Zinetas Stimme schlich sich Trotz.

»Warum kommt ›er‹ nicht zu uns und erklärt, was sie tun, dann könnten wir ihm das Unsrige dazu sagen.«

»Keine Sorge, ich trage ihm alles zu, was ich höre. Taib, wenn ich das bürgerliche Recht interpretieren kann, dann verstehe ich auch euch und was ihr sagt, egal, wie verwickelt das ist. Man kann nichts über Nacht erreichen. Man holt nicht in ein paar Jahren auf, was jahrhundertelang versäumt wurde«, betonte Zineta mit einer Prise Spott ihr Wissen.

»Ich will ihn sehen, sag ihm das, denkt euch was aus, damit es nicht publik wird«, insistierte er.

Er wiederholte es, als Zineta nach Hause ging. Sie verabschiedete sich von Nadira mit dem Versprechen, daß sie ihr beim nächsten Treffen alles ganz genau erklären würde.

Nadira half Faketa beim Abräumen und Spülen und ging dann in ihr Zimmer. Später kehrte sie zurück und hörte unabsichtlich eine scharfe Auseinandersetzung zwischen dem Onkel und seiner Frau. Faketa wollte den Gatten überzeugen, daß sie mit ihm gehen müsse, wenn er das ›hohe Tier‹ besuche.

»Was willst du da, du verstehst nichts von Politik«, wunderte er sich.

»Ich will auch nicht über Politik mit ihm reden, ich will ihn fragen, ob er sich scheiden lassen will oder nicht. Was fällt ihm ein, meine Schwester satt zu haben und sie sitzenzulassen?«

»Wie kannst du so darüber reden?«

»Mir blutet das Herz für meine Schwester. ›Er‹ hat sie verführt …«

Der Onkel versuchte, ihr zu erklären, daß das mit Verführung rein gar nichts zu tun hatte; Zineta sei seine Sekretärin und Mitarbeiterin, sie suche für ihn Material in Bibliotheken und sammele Informationen, aufgrund derer man die Muslime als Nation anerkennen mußte. Sie berichtete ihm, was ›normale‹ Muslime über diese Anerkennung dachten. Aus seinem Kabinett heraus sehe und höre er wenig.

»Ich weiß, er ist der Chef, reicht dem lieben Allah, Gott verzeihe mir die Sünde, bis zur Schulter, aber meine Schwester ist in aller Augen eine Hure. Ich kann kein Fest besuchen, ohne daß mich die Frauen fragen, wann Zineta heiraten wird, und es ist klar, an wen sie dabei denken.«

»Faketa, wenn du das bei Gott weißt, hör auf, von Dingen zu reden, die du nicht verstehst!« Der Onkel verlor die Geduld.

»Ich versteh's nicht, aber frag du ihn, was er mit meiner Schwester vorhat.« Faketa beharrte auf ihrer Meinung.

»Nein, ich werde ihn fragen, was aus uns wird, wenn man uns nicht anerkennt, ob wir das Ende dieses Jahrhunderts noch erleben werden, ich denke, das ist wichtiger als dein Geschwätz.« Der Onkel schob seine Frau zur Seite, die sich ihm in den Weg gestellt hatte, und ging rasch in sein Zimmer.

›Warum sollten wir nicht überleben? Keiner wird so verrückt sein und Atombomben werfen und so das ganze Land vernichten‹, dachte Nadira, als sie sich ins Bett legte und schlaflos Hunderte schwarzer und weißer Schafe zählte. ›Was hat der Onkel bloß, daß er manchmal solche Dummheiten von sich gibt ... Wann werde ich alles wissen so wie Zineta, sie weiß auf alles eine Antwort.‹

Innerhalb der nächsten Tage bemühten sich der Onkel und Zineta, ihr ein paar Lektionen beizubringen, die nicht im Geschichtsunterricht gelehrt wurden. Nadira gefiel, daß sie ein wenig im Mittelpunkt stand, andererseits ging es ihr auf die Nerven, denn ihr schien, daß sie auf diese Unterweisungen getrost verzichten konnte. Sie erfuhr, daß direkt nach dem Krieg eine Gruppe junger bosnischer Intellektueller sich in den ›Jungen Muslimen‹ organisierte. Sie wollten die Öffentlichkeit darauf hinweisen, daß nur sozialistische Verblendung das Bestehen eines autochthonen Volkes in Bosnien ignorieren konnte. Ihr Onkel hatte dieser Gruppe nicht direkt angehört, war aber mit zwei Mitgliedern befreundet gewesen. Die Tätigkeit der ›Jungen Muslime‹ wurde von der allmächtigen Staatssicherheit schnell aufgedeckt, die jungen Männer und Frauen verhaftet. Die Anschuldigungen waren die üblichen, Beschwörung der finsteren Mächte der Vergangenheit, nationalistische Umtriebe, Umsturzversuch der verfassungsmäßigen Gesellschaftsordnung, terroristische Aktivitäten, die Urteile schrecklich, viermal die Todesstrafe, lange Jahre Zuchthaus. Manche saßen aufgrund von Polizeierlassen ohne Gerichtsurteil hinter Gittern. Einige konnten sich verstecken. Der Onkel zog sich in den Keller des Elternhauses zurück und verbrachte dort ein paar Jahre, bis er eine schwere Bronchitis bekam. Ihr Vater Dervo holte ihn an die Sonne und überzeugte ihn davon, daß nicht einmal das Gefängnis schlimmer sein konnte als der feuchte Keller. Taib Karalić hatte Glück gehabt, sein Name war bei den Verhören nicht genannt worden, und so wagte er endlich, sich wieder in der Sarajever Čaršija zu zeigen. Ein Freund aus der Zagreber Studentenzeit hatte kein Glück gehabt, sein Name stand auf der Liste der Flüchtigen, und er lebte jahrelang versteckt im Haus einer Tante in

Bjelave. Keiner der Verwandten hatte den Ort verraten, obwohl Bruder, Schwester und sogar der Vater Monate im Gefängnis verbrachten, ohne daß eine Anklage gegen sie vorlag. Vor einem Monat, kurz vor Hadschi-Bajram, hatte einer der Nachbarn gesehen, wie er nachts im Garten herumlief und mit sich selbst redete. Er hatte das sofort der Polizei gemeldet. Daher rührte die Beunruhigung im Haus des Onkels, man fürchtete, daß dieser Freund bei den Verhören seinen Namen nennen würde. Zum Glück paßte es derzeit nicht ins politische Konzept, den Staub, der sich inzwischen auf der Geschichte mit den ›Jungen Muslimen‹ angesammelt hatte, aufzuwirbeln; ohnehin hatten die Hüter der nationalen Toleranz alle Hände voll zu tun mit den Versuchen der Kroaten, aus dem jugoslawischen Verband auszubrechen. Deshalb exportierte man des Onkels Jugendfreund, der während der Gefangenschaft im Haus der Tante zum Greis geworden war, zu Verwandten in der Türkei mit dem wohlwollenden Hinweis, nie mehr zurückzukommen.

Hätte Nadira nicht vor kurzem mit der Familie des Onkels zusammen die Angst und Warterei miterlebt, sie hätte gedacht, Zineta erzähle von einer anderen Zeit, von der Zeit des Königreichs Jugoslawien vor dem Zweiten Weltkrieg, das nach dem, was sie in der Schule lernte, für alle klugen und fortschrittlichen Leute Folterkammer und Gefängnis war. All das, was sie von der Freundin hörte, klang gleichzeitig vertraut und phantastisch. Sie war ein bißchen wütend auf ihre beiden ›Lehrer‹, weil sie den Glauben, den sie aus den Jugendzeitschriften hatte, zerstörten, den Glauben, daß in etwa zwanzig Jahren alle Völker in ihrem Heimatland Jugoslawen sein würden. Zinetas Forderung nervte sie: Sie solle etwas darüber schreiben, nur nicht die richtigen Namen nennen. Zineta erklärte ihr, das brauche sie in Zukunft sicher als schriftstellerisches Material. ›Die Themen interessieren mich nicht, das ist so langweilig‹, dachte Nadira. Sie hätte brennend gern erfahren, was da zwischen Zineta und ›ihm‹ war, wer recht hatte, Faketa oder der Onkel. Sie wünschte, die Freundin hätte ihr davon erzählt, schließlich konnten doch nur so ungewöhnliche Liebesgeschichten ihr schriftstellerisches Material sein. Aber ausgerechnet über das, was sie am meisten interessierte, schwieg sich Zineta aus.

Der Onkel langweilte sie noch mehr als Zineta. Ihm fiel plötzlich ein, daß er sein Wissen über die Geschichte Bosniens und des muslimischen Volkes weitergeben müsse, deswegen gab ihr die wesentlichen Teile seines umfangreichen Manuskriptes zu lesen. Es hatte noch keinen Titel, aber er war davon überzeugt, daß sein Lebenswerk eines Tages eine allumfassende Geschichte Bosniens werden würde. Nadira konnte nicht fassen, daß diese Seiten von ihrem Onkel stammten, den sie in die Rubrik ›fortschrittlicher Mensch‹ gesteckt hatte.

Das ganze Manuskript wimmelte von Heldentaten und gefallenen bosnischen Muslimen. Nach Ansicht des Onkels genügte es, daß an einer der Grenzen des großen Osmanischen Reiches die Kriegshörner ertönten, und schon sandte der Sultan den bosnischen Feudalherren den Befehl, sich mit soundsoviel bewaffneten Männern, Proviant und Dukaten am Sammelplatz einzufinden. Eine solche Aufforderung mußte man den bosnischen Adligen nicht zweimal zukommen lassen, glücklich, einem so großen Sultan dienen zu dürfen, eilten sie hin, um in russischen und ungarischen Sümpfen zu versinken, sich wie Sand in der arabischen Wüste zu verlieren oder in Gott weiß welchen Flüssen und Meeren zu ertrinken. Der Onkel beschrieb niemals Schlachten, die das Heer des Sultans verlor, nur die gewonnenen, die die Grenzen des Reichs gefestigt hatten, und er vergaß nicht, den Anteil der Söhne Bosniens an diesen Siegen hervorzuheben. Er übertrieb seine Beschreibung bosnischer Heldentaten und deren Beitrag zum Erhalt des Osmanischen Reiches derart, daß Nadira jedesmal, wenn sie das Manuskript zur Hand nahm, Ekel und Wut packte. ›Ich will ja was lernen, aber das ist wirklich zu nichts nütze‹, murmelte sie und übersprang viele Seiten.

In den Pausen zwischen den Schlachten beschäftigte er sich mit den Ämtern und Leistungen der Bosniaken weit außerhalb von Bosnien. Selten vergaßen sie ihre heimische Scholle, schickten den Baumeistern Satteltaschen voller Gold, damit sie in den bosnischen Provinzstädten Moscheen, Bibliotheken, Glaubensschulen, Brücken und Herbergen bauten. Die Stiftungen, Vakufs genannt, sollten ewiger Beweis ihrer edlen Gesinnung und ihrer Verbundenheit mit der Heimat sein. In diesen Ausführungen gedachte der Onkel sogar der bosnischen Frauen und berichtete von einer Ehre, die ihnen ein hoher türkischer Beamter widerfahren ließ. Dieser besuchte Ende des achtzehnten Jahrhunderts Sarajevo, um zu sehen, ob nicht noch ein paar Steuern aus den Leuten herausgepreßt werden könnten. In der Hinsicht war nicht viel zu holen, Sarajevos Adel lebte nicht in Palästen. Aber in den Gassen liefen Unmengen von Kindern herum, ihr Gelärme hörte man aus allen Höfen. »Wenn sonst nichts, so gibt Bosnien doch viele Soldaten«, sagte er zu seinem Begleiter. »Solange diese fruchtbaren Bosnierinnen Junge werfen, braucht sich der Sultan keine Sorgen zu machen, daß sich zuwenig Köpfe hinter den Bannern einfinden. Sie kriegen mehr Kinder, als wir rekrutieren können.« ›Mehr als wir in den Tod schicken können‹, übersetzte Nadira für sich.

Der Onkel erwähnte am Ende der Seite, daß sein Urgroßvater diesen türkischen Würdenträger begleitete, dieses Lob hörte und seinen Nachfahren weitergab. Nadira fand dieses Lob scheußlich, sie war so beleidigt, daß ihr von allem, was der Onkel geschrieben hatte, nur das im Gedächtnis haften blieb. Sie dachte daran, wie sie sich damals gefühlt hätte, wenn sie Söhne geboren hätte. Sie hätte sie neun Monate in sich getragen, die Geburtsschmerzen ausgehalten, die Furcht, daß sie eine Krankheit tötete, sie voller Liebe aufwachsen sehen, nur damit so ein Idiot in Istanbul sie in den Tod schicken konnte. ›Gott sei Dank, daß ich nicht früher geboren wurde, sondern jetzt in unserem schönen Sozialismus.‹ Kaum hatte sie das gedacht, traten ihr Szenen aus Partisanenfilmen vor Augen. ›Auch für diesen Sozialismus sind Söhne gestorben. Aber nicht umsonst, auch nicht für fremde Grenzen, sondern dafür, daß wir in Freiheit leben und uns entwickeln können. Mir ist egal, was Zineta erzählt und daß der Onkel seine Geschichte schreibt. Ich lebe in modernen Zeiten, jetzt sind wir alle gleich und gleichberechtigt, alle haben wir das Recht und die Pflicht, zur Schule zu gehen … Ich bin Muslimin, und ich weiß nicht, wann ich mich dafür entscheide, Jugoslawin zu sein. Ich weiß nur, daß ich nach dem Gymnasium studieren werde wie Zineta, ich werde nie von dem sprechen, was vergangen ist, sondern von dem, was uns erwartet.‹

Nadira beschäftigte sich nur kurz mit Zinetas Bericht und des Onkels Geschichte ihres Volkes; Rettung brachte ein unverhoffter literarischer Preis. Sie verdankte ihn ihrem Lehrer Bernard Jurišić, den die Schüler Seelborger nannten. Er hatte einen ganzen Berg Prosatexte eingesammelt, weil alle Teilnehmer der Literatur-AG einen Aufsatz zu dem Thema ›Jugend in einer freien Stadt‹ geschrieben hatten. Als die Nachricht eintraf, daß der ›Stadtrat der sozialistischen Jugend‹ anläßlich des Tages der Befreiung Sarajevos dieses Jahr einen Wettbewerb just zu diesem Thema ausschrieb, hatte Jurišić aus diesem Berg ihren Text herausgezogen und sie überredet, ihn hinzuschicken. Es war eine poetische Prosa, in einem Zug geschrieben, in einem inspirierten Schwung, den ein fast frühlingshafter Februartag ihr geschenkt hatte. Sie war in einer Pause entlang der Miljacka spaziert, vor ihr gingen zwei Mädchen aus einer höheren Klasse. Ihre Lackschuhe klapperten fröhlich über den Asphalt, sie kicherten und schwatzten lebhaft. Nadira überlegte, worüber die sorglosen Mädchen wohl plauderten, setzte sich in ihre Bank und schrieb die Sätze, die ihr einfielen, einfach auf. ›Ist ja nicht so schwer, Schriftsteller zu sein, das kommt ganz von selbst‹, dachte sie, als sie später zu Hause den Text ins Reine schrieb. Als sie den Preis bekam, wußte sie schon nicht mehr, was darin stand. Wieder waren alle stolz auf sie, Lehrer Jurišić, die Schule, der Onkel und Zineta. Sogar die hochmütige Sabrina schickte ihr auf einem Zettelchen Glückwünsche. Nadira bedankte sich nicht dafür.

Da Nadira den Text zweimal öffentlich lesen mußte, im Haus der Jugend und auf einer Festsitzung des Bundes der Kämpfer, übernahm Zineta die Vorbereitungen dazu. Faketa machte sich lustig, fragte, was die wichtigen Leute wohl sagen würden, wenn sie erführen, wessen Tochter da einen Preis bekommen hatte.

Vielleicht würde man ihn wieder zurückziehen, wenn man wüßte, daß der Maurer Dervo Smajić, der nicht mal seinen Namen schreiben konnte, der Vater war.

»Meine Liebe, Allah hat es so bestimmt, er fragt nicht danach, wohin sein Same der Begabung fällt. Er hat sie weder deinen Söhnen geschenkt noch mir, obwohl ich eine Begovica bin, sondern eben ihr, der Tochter von Dervo aus Pale.«

»Was für eine Begabung soll das bloß sein? Ist sie eine Wahrsagerin, weiß sie, was morgen sein wird?«

»Du bist zu blöd, um das zu begreifen.«

Der Onkel wies Faketa an, während der Arbeit den Mund zu halten. Aber kaum eine Minute später stritt er sich mit Zineta über Nadiras Text. Er saß im Sessel, während das Mädchen vorlas. Plötzlich sprang er auf und griff sich an den Kopf.

»Wie hast du die Mädchen in dem Text genannt?«

»Vedrana und Svjetlana«, stotterte sie begriffsstutzig.

»Warum sind sie nicht Musliminnen, Fatima und Samija? Warum nimmst du Namen von Andersgläubigen.«

»Ich weiß nicht, diese muslimischen Namen sind altmodisch, Vedrana und Svjetlana gefallen mir besser.«

»Ich geb' dir gleich altmodisch!« Der Onkel hatte sie nie zuvor angebrüllt, und sie sah ihn bestürzt an, ohne zu verstehen, was sie falsch gemacht haben könnte.

»Da hat man's, so sind sie, kaum daß sie angeblich was gelernt haben. Noch nicht den ersten Schritt Richtung Spitze getan, aber schon schämt ihr euch eurer Namen und eurer Herkunft!«

Zineta stand auf, um ihn zu beruhigen; Nadira hatte noch immer keine Ahnung, worum es eigentlich ging.

»Taib, die Zeiten haben sich geändert. Es ist jetzt nicht wichtig, worüber sie geschrieben hat, wichtig ist, daß sie den Preis bekommen hat, da wächst eine junge Schriftstellerin aus unseren Reihen heran«, sagte Zineta zu ihrem Schwager.

»Wenn sie so schreibt, kann man gut darauf verzichten. Will sie eine muslimische Autorin oder eine von ihnen sein?«

»Taib, ›er‹ denkt, daß es um so besser ist, je mehr Namen in der Kultur genannt werden. Hätte Nadira von Fatima und Samija geschrieben, hätte sie vielleicht nicht den ersten Preis bekommen.«

»Ach so läuft das! Mit diesen Preisen ziehen sie unsere Leute auf ihre Seite.«

»Er denkt ...« führte Zineta noch einmal ›seine‹ Autorität ins Feld.

»Was kümmert es mich, was er denkt! Das ist meine Nichte, sie lebt in meinem Haus. Ich werde nicht zulassen, daß sie wie die anderen Schriftsteller wird. Nimm doch all die Kinderbücher, die von ihnen geschrieben wurden, und was findest du darin? Muslime, die nicht gern in die Schule gehen, blöde Begs, die das Familienerbe verschleudern, dumme Hodschas, die Kinder schlagen, diensteifrige Mütterchen, die nie das Tageslicht sehen.« Der Onkel lief um den Tisch herum, wütend, weil Zineta ihm widersprach.

»Nun versteige dich nicht zu der Behauptung, daß all diese Schriftsteller lügen würden, daß es so was nie gegeben habe.« Zineta gab nicht klein bei.

»Natürlich hat es so was gegeben, aber es muß doch nicht nur das aufgeschrieben werden, und das andere, das Schöne, wird vergessen!«

»Welches Schöne meinst du, los, sag schon!«

»Ist es nicht schön, daß ich meine Nichte in meinem Haus aufnehme, damit sie zur Schule gehen kann?« Der Onkel sah Nadira direkt an.

»Natürlich ist das schön, sie wird darüber schreiben, wenn es an der Zeit ist.« Zineta senkte auf Faketas Drängen hin ihre Stimme. »Aber es bleibt ihrer schriftstellerischen Freiheit überlassen.«

»Nun, die Freiheit, über fremde Religionen und nicht über die eigene zu schreiben, lasse ich ihr nicht! Ich bin kein Nationalist, aber wenn meine Nichte begabt ist, dann überlasse ich sie ihnen nicht, sie soll die Unsere bleiben.«

Nicht zum ersten Mal mußte Nadira für ihr Schreiben büßen. Sie flüchtete in die Küche, plumpste neben dem Tisch auf den Fußboden und trocknete sich mit Faketas gestickter Decke die

Tränen. »Ich schwöre, daß ich nie wieder einen Preis will!« sagte sie laut genug, daß man sie im Zimmer hören konnte. »Ich hab' genug von diesen Preisen und von euch allen, ich will nichts mehr lernen.«

Zineta versuchte noch einmal, den Schwager davon zu überzeugen, daß es im Augenblick wichtiger sei, daß Nadira Smajić und niemand anderes den Preis bekommen habe. Man dürfe sie jetzt nicht mit diesen dummen Vorurteilen entmutigen; später würde sie schon von allein herausfinden, wo sie hingehöre. ›Ich werde Jugoslawin, bei meiner Mutter, sucht euch eine andere Muslimin, die über euch schreibt‹, dachte Nadira, und der Trotz trieb ihr wieder die Tränen in die Augen.

Der Onkel hatte sich bis zum Abendbrot ein wenig beruhigt, er sagte ihr, daß er ihr dies verzeihe, wenn sie später einmal über ihn als ›guten Onkel‹ schreiben würde.

›Du wirst schon sehen, was ich schreibe. Ich werde schreiben, wie dich das Schlitzohr Avdić hinters Licht geführt hat und du keinen Finger gerührt hast, um es ihm heimzuzahlen‹, dachte sie mit der vom Vater geerbten Bosheit.

Nachdem so die Vorbereitungen am ersten Tag mißraten waren, kam Zineta am nächsten Tag wieder; diesmal stand die Frage, was Nadira bei ihrem Auftritt anziehen solle, auf dem Programm. Faketa schleppte voller Stolz auf ihre Großzügigkeit mehrere Meter Georgette in einem grauenhaften Grün mit weißen Tupfen an. Der Stoff hatte mindestens fünf Jahre lang in ihrem Schrank gelegen, jetzt endlich bot sich die Gelegenheit, ihn an die Frau zu bringen. Dazu brachte sie ein altmodisches Rüschenkleid mit langen Ärmeln, offenbar wollte sie damit sagen, daß ein solcher Schnitt Nadira am besten stehen würde. Zineta reagierte entnervt und wurde dann böse.

»Meinst du, wir staffieren Nadira für eine Bauernhochzeit aus«, schnauzte sie die Schwester an. »Räum den Kram weg, sonst werfe ich ihn ins Feuer. Nadira ist eine künftige Schriftstellerin, eine Intellektuelle, sie kann doch nicht wie eine alte Tante auftreten.«

Dann ergriff sie die Initiative, entschied, von ihrem Geld

Nadira ein Kleid und Schuhe zu kaufen. Das Mädchen war jedoch zu stolz, um so ein Geschenk anzunehmen, sie hatte ein bißchen von ihrem Taschengeld gespart, das sie von den Eltern bekam. Dadurch wuchs sie ein wenig in den Augen der anderen. Zineta lief um sie herum, sah sie geringschätzig an. »Besonders gut bist du ja nicht gebaut, kurzbeinig, dicker Hintern, kleiner Busen, wir müssen was finden, mit dem man das kaschieren kann.« Nadira vertrug es nicht, ihre körperlichen Mängel so schonungslos offengelegt zu bekommen. Sie war sich ihrer längst bewußt, tröstete sich jedoch damit, daß es Wichtigeres gäbe als gut auszusehen. Jetzt begriff sie, daß sie ein häßliches, plumpes und lächerliches Geschöpf war. Wieder flüchtete sie sich in die Küche, setzte sich auf denselben Platz wie am Tag zuvor, aber diesmal konnte sie nicht einmal weinen. Gestern hatte sie ihren Peinigern etwas entgegensetzen können: Wenn ihr mich quält, werde ich eben Jugoslawin. Aber nichts konnte ihr größere Brüste und einen kleineren Po verschaffen. Zineta entschuldigte sich bei ihr, sie habe vergessen, daß ein junges Mädchen in ihrem Alter großen Wert auf sein Äußeres lege. Sie versicherte ihr, daß es nur kleine Mängel waren, die mit passender Kleidung leicht verschleiert werden könnten. »Laß mich in Ruhe!« Nadira nahm die Entschuldigung nicht an. »Ich geh nicht auf eine Bühne und lese meinen Text. Trag du ihn vor!«

»Benimm dich nicht wie ein Kind. Komm hoch, auf dem Linoleumboden verkühlst du dir die Blase, dann mußt du statt zur Lesung zum Doktor. Sieh mich an, mein Busen ist auch nicht groß, meine Taille ist fast gerade, aber ich trage eben Kleider, bei denen das nicht auffällt. Du lernst das schon noch. Überlaß es ruhig mir, in fünf Tagen erkennst du dich nicht wieder, dann können wir dich zu einem Schönheitswettbewerb anmelden. Zuallererst mußt du zum Frisör, damit du diesen Zopf los wirst.«

Nadira dachte daran, was Mutter und Vater wohl sagen würden, wenn sie ihr Haar abschneiden ließ, aber Zineta zog sie entschlossen vom Boden hoch und befahl ihr, sich fertig zu machen.

»Mach schnell, wir haben nicht so viel Zeit!«

Fünf Tage wurden in Nadiras neues Aussehen investiert, und

durch die ganze Hektik kam sie nicht dazu, ihren Text zu üben. Sie fuhren ans eine Ende der Stadt, um geschmuggelten Trevira aus Triest zu kaufen, und dann ans andere Ende zu einer berühmten Schneiderin. Zwei Tage liefen sie herum, um Schuhe zu suchen; kein Paar, das ihr gefiel, paßte zu ihren Füßen. Schließlich erstand sie Sandalen mit niedrigem Absatz, die am wenigsten drückten. Zu Hause wurden sie mit Milch und Creme eingeschmiert, damit das Leder weich wurde. Das Ergebnis dieser Torturen stellte sie zufrieden. Die Schneiderin war wirklich eine Zauberin, das Kostüm mit halblanger Jacke stand ihr gut, ebenso die kurzen Haare. Zineta kam noch einmal vorbei, um ihr alle dunklen Haare über den Lippen auszuzupfen und die Augenbrauen auszudünnen. Nadira konnte sich davon überzeugen, daß schönes Aussehen viel Zeit und Geld erforderte und nicht von selbst kam. »Siehst du«, erklärte Zineta, »gestern hast du wie eine Provinzlerin ausgeschaut und heute wie eine Städterin. Jetzt fragt keiner mehr, warum ausgerechnet du den Preis bekommen hast.«

Zineta täuschte sich. Als Nadira ins Haus der Jugend zu ihrer ersten Lesung trat, erwartete sie ein halblautes »Uaa«, dann regnete es die Kommentare ihrer Mitschüler und Mitschülerinnen.

»Junge, hat sich die Rosa-Muh in Schale geworfen!« »Hast du's gehört, sie hat den ersten Preis gekriegt, heut' muht sie von der Bühne 'runter.« »Ihr Onkel ist ein hohes Tier, deswegen hat sie den Preis bekommen!« »Sie ist viel hübscher geworden, die neue Frisur steht ihr gut.« »Die sieht immer noch wie eine Bäuerin aus.« Nadira erstarrte, Schweiß und Tränen mischten sich in ihrem Gesicht. Sie wandte sich der Tür zu, als wolle sie fliehen. Da kam Sabrina von der Bühne herunter und stand vor dem Schülerpulk. »Schämt ihr euch nicht?« überschrie sie die anderen. »Warum führt ihr euch wie Idioten auf? Warum habt ihr euch nicht um den Preis beworben, niemand hat euch verboten, etwas zu schreiben! Wahrscheinlich kennt ihr ja nicht mal alle Buchstaben. Liebe Nadira, ich beglückwünsche dich von ganzem Herzen, du vertrittst heute unsere Schule!«

›Was soll das bedeuten?‹ schoß es Nadira durch den Kopf, sie folgte Sabrina zur Toilette; die Klassenkameradin hielt rasch ein Taschentuch unter Wasser, drückte es aus und reichte es ihr, damit sie ihr Gesicht abwischen konnte. Sie sah sie mitleidig und verständnisvoll an.

»Beruhige dich, nur kein Lampenfieber. Du warst eben rot wie eine Ampel, und jetzt bist du total bleich. Atme tief durch und sag, sie gehen mich gar nichts an.«

»Ich kann nicht lesen, ich kann vor ihnen nicht lesen, das ist fürchterlich«, stotterte Nadira und zog die Jacke aus. Ihr war viel zu warm.

»Du mußt! Weißt du, mein Vater sagt, man darf niemals Schwäche zeigen. Warum auch nicht, dein Text ist toll, besser als alle anderen zusammen!« Sabrina redete, als wären sie schon immer die allerbesten Freundinnen. »Ich moderiere die Veranstaltung, ich muß dafür sorgen, daß alles glatt läuft ... Komm hinter die Bühne; ich will hören, wie du liest.«

Sabrinas Autorität wirkte; während Nadira las, hörte sie nur ein einziges, leises ›Rosa-Muh‹. Nicht nur die Energie der Mitschülerin ermutigte sie, sondern auch der festlich geschmückte Saal. Neben Fahnen und Schalen voll mit den ersten Frühlingsblumen gab es zahlreiche Banderolen mit Tito-Sprüchen, darunter insbesondere: ›Glücklich das Land, das eine solche Jugend hat!‹ Sie hatte das Gefühl, daß er damit sie persönlich meine, und so las sie, wenn auch mit zitternder und manchmal stotternder Stimme, laut und deutlich ihren Text.

Wieder gab ihr Sabrina Anlaß, neidisch zu werden; sie bewegte sich so selbstverständlich auf der Bühne, kündigte mit sicherer Stimme die Auftretenden an und begann mit Ćopićs Gedicht ›Auf der Straße nach Petrovac‹.

›Ich wirke neben ihr wie ein Dorftrampel‹, bemitleidete sich Nadira selbst und vergoß gleichzeitig Tränen über das sterbende Mädchen in Ćopićs Gedicht. Sie mußte immer weinen, wenn sie von Kindern las, die im Krieg umkamen.

Nach dieser Veranstaltung hatte Nadira keine Verschnaufpause. Bereits am nächsten Tag sollte sie auf der Festversammlung des Bundes der Kämpfer erneut lesen. Allein der Gedanke, vor leibhaftigen Partisanen Titos zu stehen, trieb Nadira den Angstschweiß auf die Stirn. Nach dem, was über sie geschrieben worden war, was die Redakteure von Radio Sarajevo über sie sagten und in Heimatliedern über sie gesungen wurde, glaubte Nadira, daß ihre Knie in der Nähe eines Revolutionärs ganz von allein nachgeben würden.

Der zweite Saal war noch festlicher geschmückt, die Wände frisch gekalkt, die Parolen auf saubere Stofftücher geschrieben, echte Tulpen in den Vasen. Ein richtiger Chor sang professionell den berühmten Schwur an Tito, daß das Volk niemals von seinem Weg abweichen würde. »Genosse Tito, wir schwören dir, Genosse Tito, wir geben dir unser Wort ...« Titos Kämpfer sangen mit, aber Nadira war von ihrem Aussehen enttäuscht. Sie wirkten kein bißchen wie Helden, sondern wie ganz gewöhnliche Menschen, jeder einzelne ähnelte jemandem, den sie kannte. Die ehemalige Aktivistin im antifaschistischen Untergrundkampf erinnerte sie an die streitsüchtige Tante Zada, die ihrem Mann in einer Kneipe einen Tritt in den Hintern verpaßt hatte. Der ältere Mann mit zwei Reihen Orden an der Brust sah aus wie der Opa, der bei ihr Zuhause die Obstbäume pfropfte. Ein anderer wedelte mit den Händen und wackelte mit dem Kopf wie Papa Dervo, er riß offenbar Witze über das Geschehen auf der Bühne. Nadira fand die Veranstaltung langweilig; sie machte sich einen Spaß daraus, zu jedem Tito-Kämpfer einen Doppelgänger zu finden. Ein ergrauter, gut angezogener Genosse, der wie ein feiner Herr ausschaute, ließ seinen Blick häufig über Nadira schweifen und lächelte sie freundlich an. Sie fragte sich, ob das der allmächtige ›er‹ sein könne, weil er sie ansah, als sei sie ihm bekannt.

Dieser Gedanke raubte ihr die Ruhe. Sie wollte besser als am Vortag lesen, stotterte aber wegen der vermeintlichen Anwesenheit von ›ihm‹ stärker. Lehrer Jurišić war enttäuscht, behauptete, sie habe mit ihrem schlechten Vortrag die Poesie des Textes zerstört. Sabrina verteidigte sie, Nadira lese schließlich zum ersten Mal vor einem Auditorium, kein Wunder, daß sie sich verhaspele. »Ich könnte auch nicht so sicher moderieren, wenn ich nicht Schauspielunterricht gehabt hätte.« Das klang schon eher nach

Sabrinas üblicher Selbstbeweihräucherung. Nadira bat sie, ihren Text noch einmal vorzutragen, und der Lehrer stimmte zu.

Eine Feier jagte die nächste, kaum war der Tag der Befreiung Sarajevos von der faschistischen Okkupation vorüber, stand der Erste Mai, der Tag der Arbeit, vor der Tür. Nachdem sie erkannt hatte, daß Revolutionäre ganz gewöhnliche Menschen waren, hatte Nadira das Interesse an kollektiven Feiern verloren. Sie wollte an diesem Tag nach Pale zu den Eltern, aber ihr Lehrer meinte, sie müsse an der Parade teilnehmen und das Transparent der Literatur-AG ihrer Schule tragen. Auf dem Schild waren offene Bücher und eine Nelke gezeichnet sowie die Parole: ›Sieg der Arbeiter – Inspiration junger Literaten‹. Nadira lief in der Kolonne mit und dachte darüber nach, wozu sie der Sieg der Arbeiter inspirieren könne. Mußte ein Schriftsteller auf seine Inspiration warten oder danach so lange suchen, bis er sie gefunden hatte? ›Sieg der Arbeiter! So könnte es gehen: Er arbeitet in einem Kabelwerk. Das Mädchen studiert, Tochter eines Professors, eines schändlichen Intellektuellen. Da bin ich mir nicht sicher, ich muß Zineta fragen, wie diese schändlichen Intellektuellen sind. Der Vater des Mädchens ist Professor, Parteimitglied, aber er erlaubt seiner Tochter nicht, mit einem Arbeiter zu gehen. Der Junge tut alles, um seinem Mädchen zuliebe dem Vater zu gefallen, arbeitet tags und lernt in der Nacht, holt das Abitur nach und will sich an der Uni einschreiben … Aber das ist kein Sieg der Arbeiter. Er muß Arbeiter bleiben und etwas erfinden, wie man die Kabel schneller aufwickeln kann. Das könnte ein Sieg der Arbeiter sein. Aber es wirkt ziemlich dumm, Liebe mit gewickelten Kabeln zusammenzubringen …‹

Weiter kam sie mit ihren Überlegungen nicht, die neuen Schuhe sorgten für Blasen. Am liebsten hätte sie das Transparent hingeschmissen und die Kolonne verlassen, aber das ging nicht, um sie herum waren nur Menschen, die vorwärts schritten und mit Donnerstimme riefen: »Es lebe Genosse Tito, es lebe die Partei, es lebe die Arbeit!« Nadira erfaßte panische Angst, daß sie wegknicken und von ihnen niedergetrampelt werden könne. Sie lief automatisch, steckte all ihre Energie in den Gedanken: ›Ich muß durchhalten, ich darf nicht hinfallen! Ich darf nicht hinfallen!‹ Zum Glück erreichte die Parade bald darauf ihr Ziel in der Tito-Straße; dort war hinter einem ewigen Feuer eine Bühne aufgebaut. Nadira zwängte sich durch die Menschenmenge und kletterte auf eine Mauer. Dort zog sie ihre Sandalen aus, die Druckstellen waren schon blutig gerieben.

›Diesen Ersten Mai vergesse ich bestimmt nicht mehr‹, dachte sie, während sie sich auf das Transparent stützte, um nicht von der schmalen Mauer zu fallen. Auf der Bühne verkündeten Bergleute ihre Siege. »Wir fördern jeden Tag einen Eisenbahnzug mehr Kohle, als die Norm verlangt« rief einer. »Und für wen?!« brüllte ein anderer. »Für das Volk! Für die Partei! Für Tito!« ›Nur daß eure Kohle mehr oder weniger aus Steinen besteht‹, dachte Nadira. Den letzten Winter hatte Faketa, wann immer sie Kohle im Herd nachlegte, den verwünscht, der sie abgebaut hatte. Nadira hatte geflucht, wenn sie die Asche auskehrte. Der Onkel hatte zwei Tonnen richtige Kohle bezahlt und eineinhalb Tonnen schwarze Steine bekommen. Sie hätten in der kalten Jahreszeit sicher im Haus gebibbert, hätte ihr Vater Dervo nicht zwei Wagen voller Buchenscheite angefahren. Nur leider konnte ihr Vater nicht ein gutes Werk tun und es dabei belassen, sondern er mußte entsprechend Wind um die Sache machen. Er vergaß, daß im Haus des Onkels nicht getrunken wurde, und verlangte lautstark von Faketa einen doppelten Schnaps, um sich aufzuwärmen. Er trat mit seinen Schuhen ins Wohnzimmer und hinterließ dicke Klumpen schmutzigen Schnees auf den Teppichen. Faketa heuchelte Dankbarkeit, er habe sie vorm Frieren bewahrt, aber kaum war er fort, sagte sie zum Onkel, daß diese Paljaner Bauern wirklich die schlimmsten wären, die man sich vorstellen könne. Und Nadira wußte, an wen sie dabei dachte.

›Die Leute verstellen sich und sagen nicht, was sie denken‹, dachte Nadira. ›Professor Seelborger schätzt die kommunistische Ideologie nicht und zwingt mich trotzdem, an der Parade teilzunehmen und dieses Transparent zu schleppen. Faketa schmeichelt Herrn Dervo, wie gut er sei, und hinter seinem Rükken schimpft sie ihn einen Bauern. Die da oben auf der Bühne rühmen sich, daß sie mehr Kohle fördern, als die Norm verlangt, aber in den Waggons landen schwarze Steine. Wenn ich von ihren Arbeitssiegen schreibe, dann darf ich nicht sagen, daß man mit dem Lignit den ganzen Winter lang nur friert.‹

Die Menschenmenge vor ihr zerteilte sich, der Zug löste sich auf, und Nadira konnte in eine Nebenstraße ausweichen. Sie setzte sich auf die Treppe zu einem vor kurzem neu gestrichenen Haus und betrachtete ihre Schuhe. ›Zu Hause nehme ich ein Messer und schneide euch in Stücke.‹ In ihr kochte der Zorn hoch, und sie schlug die Sandalen an die Mauer, um sie zu vernichten. Als ihr Zorn nachließ, erfaßte sie Trauer, weil so schöne Schuhe nicht an ihre bäuerischen Füße paßten. Sie überlegte, ob sie barfuß nach Hause laufen oder vor irgendeiner Eingangstür Hausschuhe klauen sollte.

Wieder wurde sie von Sabrina gerettet, denn Nadira hatte sich just vor ihrem Haus niedergelassen. Sie lachte sie nicht aus, als sie Nadiras blutige Füße sah, sondern sagte, das seien sicher einheimische Fabrikate; italienische Schuhe würden niemals drücken.

»Warum warst du nicht auf der Parade? Der Lehrer hat gesagt ...«

»Ich misch mich nicht unter den Pöbel, diese populistischen Veranstaltungen interessieren mich nicht. Komm mit zu mir, ich gebe dir meine Schlappen.«

Während sie hinter Sabrina die Treppe hochstieg, kam sich Nadira winzig vor. Sabrina konnte einfach alles, ohne Stottern moderierte sie Veranstaltungen, lehnte es ab, an Paraden teilzunehmen, trug italienische Schuhe, wohnte in einer Fünfzimmerwohnung mitten in der Stadt ... Konnte es so glückliche Mädchen auf der Welt geben?

»Komm ruhig herein«, ermutigte sie das glückliche Mädchen auf der Schwelle. »Die Eltern sind nicht daheim, Vater hat Dienst, und Mutter ist in Belgrad, um Prüfungen abzulegen. Und mein Bruder ist mit ein paar Freunden am Meer.«

Nadira war neugierig auf die berühmte Fünfzimmerwohnung.

Das Wohnzimmer war so groß, daß nicht mal das massive Stilmobiliar es erdrücken konnte. Die hohe Decke war mit Stuck verziert, ein mächtiger Kristallüster hing da, und der glänzende Parkettboden wurde von einem Perserteppich bedeckt. Nadiras sehnsüchtige Augen glitten über zwei Buchregale und eine Vitrine mit Radio und Plattenspieler, neben dem ein ganzer Berg Schallplatten lag.

»Es ist nicht alles Gold, was glänzt. Im Winter konnte man sich hier nicht aufhalten, weil es zu kalt war.« Sabrina wies auf den unansehnlichen Ölofen in der Ecke, versteckt hinter einer lackierten Spanplatte. »Ich hab mir so sehr ein enges, gemütliches Zimmer gewünscht, in dem es wenigstens warm ist. Mutter war böse, weil Papa keine kleinere Wohnung mit Zentralheizung in einem Neubau genommen hat. Er behauptet, diese Wohnungen hätten keine Seele. Aber jetzt haßt er es, wenn er Heizöl pumpen muß. Als im Bad das Rohr platzte, war er außer sich.«

Nadira sah flüchtig über die Schallplatten, es waren weder Volkslieder noch Schlager dabei. Mit klassischer Musik kannte sie sich nicht aus, in der Grundschule wurde das nicht unterrichtet, und in der Mittelschule hatte ihnen der Lehrer nichts beigebracht, er spielte während der Schulstunden nur Klavier, und das war für ihre ungeübten Ohren unerträglich. Die meisten Titel der Bücher im Regal kannte sie. ›Wem die Stunde schlägt‹, ›Vom Winde verweht‹, sogar Davičos ›Lied‹, aus dem sie jenen Ausschnitt in Radio Sarajevo gehört hatte. ›Zineta denkt, der liebe Allah habe mich besonders großzügig bedacht, weil er mir mein Talent gegeben hat. Aber jetzt wird mir klar, daß er der letzte Geizkragen ist. Was soll ich mit meinem Talent, wenn ich sonst nichts habe? Hätte er mir zu meinem Talent wenigstens die Hälfte von all dem, was Sabrina hat, gegeben.‹

»Wenn du willst, leihe ich dir das ›Lied‹. Ich finde es langweilig, unser ›Judenonkel‹ philosophiert in dem Roman einfach zu viel.«

»Woher weißt du, daß Oskar Davičo Jude ist?« wunderte sich Nadira.

»Vom Namen. So hießen auch die Juden, denen diese Wohnung vor dem Krieg gehörte … Komm mit, ich will dir was zeigen.«

Sabrina führte sie in ihr Zimmer, in dem eine große Vitrine aus dunklem Holz stand. Ein so wunderschönes Möbelstück hatte Nadira noch nie gesehen.

»Das gehörte sicher ihnen, wir haben es im Zimmer vorgefunden. Papa sagt, es war zu schwer für die Leute, die hier im Krieg geplündert haben.«

»Was ist aus ihnen geworden?« fragte Nadira flüsternd und dachte an das ›Tagebuch der Anne Frank‹, Erzählungen des Sarajever Arztes Isaak Samakovlija und Aussprüche der Mutter über ihre jüdischen Nachbarn, die im Krieg verschwunden waren, als hätte sie die Nacht verschlungen.

»Keine Ahnung. Mama sagt, sie seien nach Palästina gegangen, die Nachbarin behauptet, sie seien in Jasenovac umgekommen.«

Nadira jagte allein der Name dieses Lagers Schauer über den Rücken. Sie spürte, daß sie eine spezifische Empfindlichkeit für dieses Thema hatte, sie konnte nicht gleichgültig bleiben, wenn vom Schicksal der Juden in den Lagern die Rede war. Der Gleichmut, mit dem Sabrina ›in Jasenovac umgekommen‹ aussprach, verletzte sie.

»Vielleicht hatten diese Leute eine Tochter wie Anne Frank. Denkst du nie darüber nach? Ich hätte Angst, in so einem Zimmer zu schlafen. Vielleicht war es ihr Zimmer, und sie, ich meine ihr Geist, kommt nachts …«

»Ich wußte, daß du ein bißchen abgedreht bist, aber daß dir die Bücher so zu Kopf gestiegen sind, habe ich nicht geahnt. Was haben wir damit zu tun, daß früher einmal die Juden aus dieser Stadt gejagt wurden. Mir hat das ›Tagebuch der Anne Frank‹ gefallen, sie hat ihren ersten Orgasmus so bildlich beschrieben. Es tut mir leid, daß sie umgebracht wurde, aber wir sind nicht dafür verantwortlich.«

›Sie versteht auch nicht, was ich meine. Die Menschen können doch nicht einfach mit den Achseln zucken und sagen: Es tut mir leid, es geht mich nichts an.‹

88

»Was ist mit dir los? Glaubst du am Ende wirklich an Gespenster? Komm, wach auf, was kümmert uns die Vergangenheit, vor uns liegt eine aufregende Zukunft. In den Zeitungen steht, daß das Zeitalter der sexuellen Revolution anbricht.«

Nadira lachte, obwohl sie von dieser sexuellen Revolution noch nichts gehört hatte. Sabrina beschrieb ihr ihren Bruder, einen angenehmen Jüngling, mit blendenden Zähnen und glatt zurückgekämmten Haaren à la Hollywood.

»Und weißt du, wie sie ihn nennen. Denk nur, Žaki.«

Sabrina erzählte eine lustige Geschichte. Ihr Bruder war nach dem Großvater genannt worden, Mirzet. Die Großmutter war deswegen glücklich, aber die Mutter wurde halb verrückt, weil ihr Sohn wie ein alter Muslim heißen sollte. Sie nannte ihn Fedja. Fedja begann schon mit sechzehn Jahren, Mädchen zu erobern, und seine Freunde verpaßten ihm den Spitznamen Don Giovanni. Später kürzten sie es auf Žaki ab.

Nadira wußte nicht so recht, was sie von jemandem halten sollte, dem irgendein durchtriebener Fremder wichtiger war als der eigene Großvater. Die Freundin überzeugte sie, daß sie sich sicherlich in Žaki verlieben würde, noch kein Mädchen habe ihm widerstehen können.

»Die Möbel im Wohnzimmer, sind die auch von den Juden?« Das Bild des hübschen Jünglings konnte Nadira nicht auf andere Gedanken bringen.

»Sei nicht blöd, die hat Mutti von ihren bürgerlichen Eltern geerbt.«

»Deine Mutter ist keine Muslimin?« Nadira war völlig überrascht.

»Hab ich auch nie behauptet. Was dagegen?«

Nadira schüttelte den Kopf und fragte nach den versprochenen Hausschuhen. Sabrinas paßten ihr nicht, sie bekam welche von Žaki.

»Klasse, jetzt gehe ich in den Pantoffeln von Mirzet, Fedja, Don Giovanni, Žaki Fidahić nach Hause«, sagte sie, und die zwei kicherten los. Als sie die Tür öffnete, um zu gehen, küßte Sabrina sie auf die Wange und fragte sie, ob sie beide nicht Freundinnen sein könnten. ›Und morgen in der Schule sagt sie hinter meinem Rücken, ich sei eine dumme Pute.‹

»Komm nachher wieder und laß uns die Kleine Nachtmusik zusammen hören.«

»Ich kann nicht, sie erlauben mir nicht, nachts auszugehen. Ich muß um acht zu Hause sein«, antwortete sie, bereits im zweiten Stockwerk. Dort roch es nach Vanillekuchen.

Ihre neue Freundin krümmte sich vor Lachen.

»Die Kleine Nachtmusik ist ein Stück von Mozart, du kannst gern nachmittags kommen, man muß sie nicht im Dunkeln hören.«

»Dumme Pute, dumme Gans«, klapperten Žakis Schlappen, während sie mit schnellen Schritten durch die Straßen lief.

Zu Hause bei ihren Eltern war alles wie früher, nur ihre Ablehnung der Familie gegenüber war stärker. Des Vaters Lautstärke, seine Flüche und sein Gelächter waren ihr unerträglich und die Streitereien von Mutter und Großmutter um Kleinigkeiten strapazierten ihre Geduld. Sie verspürte Gelüste, sie anzubrüllen oder ihnen Pflaster über den Mund zu kleben. Sie verlangten zwar nicht von ihr, daß sie viel im Haushalt half, ließen ihr Zeit zum Lernen und Lesen. Aber sie konnte dort nicht lernen, ihre Konzentration verflüchtigte sich, sobald der Vater vom Hof aus die Nachbarn grüßte und sie mit groben, unflätigen Witzen provozierte. Die Mutter warf der Großmutter an den Kopf, sie sei ein alter Schnüffler und stecke ihre Nase in Dinge, die sie nichts angingen. »Solange ich lebe, bist du hier nicht die Hausherrin, ich habe in dieses Haus meine ganze Kraft gesteckt«, antwortete die Alte böse. »Wäre ich nicht gewesen, wäre schon längst alles unter deinen feinen Anverwandten aufgeteilt.« Nadiras Mutter zahlte es ihr mit gleicher Münze heim, beschrieb, wie ärmlich das Haus der Smajićs war, bevor sie Dervo geheiratet hatte, bewies, daß sie es mit ihrer Mühe und ihrem Fleiß bereichert habe. »Und du wirst nicht immer so gut zu Fuß sein, du gehst auch auf dein Ende zu. Wenn du krank wirst, wirst du mich bitten, daß ich dich hochhebe und wasche.« Nadiras Mutter fand Gefallen daran, daß die Schwiegermutter bald schon völlig von ihr abhängig sein würde. »O, lieber Allah, schick mich im Vollbesitz meiner Kräfte in die schwarze Erde«, wetterte die Oma darauf. »Mutti, was willst du dort mit deinen Kräften?« lachte Dervo vom Hof aus. »Du kannst dich dort mit niemand prügeln.« »Ich weiß, mein Sohn, daß dich die Frau auf ihre Seite gezogen hat. Hoffentlich schließt mir Gott die Augen, bevor ich eurer Fürsorge ausgeliefert bin.«

Die Mutter stand Nadira so fern wie alle anderen. Sie war ihr dankbar, weil sie sich für ihren Schulbesuch eingesetzt hatte, aber gleichzeitig war sie böse auf sie, weil sie ihr nur ihre guten Wünsche mitgeben konnte, Wünsche nach einem besseren Leben. Aber sie konnte der Tochter nicht zeigen, wie sie die Klippen des Lebens umschiffen konnte, ohne an ihnen zu zerschellen. Eine Zukunft, wie sie ihrer Tochter wünschte, ließ sich aber nicht erreichen, indem man ihr einerseits Flügel gab und sie andererseits mit dem Gewicht aller Vorurteile belastete, die in der Familie und ihrer Umgebung aufzutreiben waren. Ohne Zineta hätte sie nicht gewußt, wie sie die beiden Extreme in sich hätte verbinden können. Ihre mit Angst vermischte Unerfahrenheit hätte all die Hemmungen, mit denen sie die Mutter ins Gymnasium geschickt hatte, unmöglich lösen können.

Darum vermied Nadira jedes Gespräch mit ihr. Was die Mutter ihr zu sagen hatte, hatte sie schon unzählige Male gehört. »Geh nicht dahin, wo sich leichte Mädchen treffen. Verguck dich nicht in einen Jungen, der einer anderen Religion angehört. Dann nehmen wir dich sofort aus der Schule. Faketa beschwert sich bei mir, daß du faul bist und ungeschickt in der Hausarbeit. Warum beschämst du mich so?« Die Mutter freute sich über ihre Erfolge in der Schule und den Preis, brüstete sich damit vor den Nachbarn und fürchtete doch stets, ihre Tochter könne etwas anstellen, was den Zorn des Vaters heraufbeschwor und den guten Ruf zerstörte. Wann immer die Mutter den Mund öffnete, um ihr etwas zu sagen, fuhr Nadira sie an, das weiß ich doch schon, ich will nichts mehr davon hören.

Als Nadira an einem Abend nach Hause kam, fiel der Mutter

ein, daß sie schon lange nicht mehr den Koran gebetet hatte. Die Tochter achtete nicht auf das, was die Mutter tat, und suchte in dem alten Radio eine Musiksendung von Radio Zagreb. Sie hielt den Lautsprecher ans Ohr und verstand trotz des Rauschens, daß man den Frühling aus den ›vier Jahreszeiten‹ von Vivaldi spielen würde. Als die ersten Takte erklangen, las die Mutter die ersten Zeilen der ›Elhama‹. Beide hoben gleichzeitig protestierend die Arme, aber Nadira mußte nachgeben. Sie schaltete den Apparat aus und setzte sich mit einem Buch in die Ecke. ›Das ist eine schreckliche Familie, das gibt's kein zweites Mal, ich komm nicht mehr heim‹, grollte sie vor sich hin. Ein paar Minuten später besänftigte sie wie in ihrer Kindheit die Stimme der Mutter, obwohl diese nicht mehr so klar und rein war. Sie lehnte sich an den Tisch und hörte zu.

›Nun gut, sie hat nichts anderes‹, dachte sie und wartete geduldig, bis die Mutter fertig war. Dann schaltete sie schnell das Radio wieder ein, die Musik war zu Ende, dafür hielt eine schöne Männerstimme einen Vortrag darüber, daß Marx' und Hegels Philosophien die Grundlage des Marxismus bildeten. Marx habe mit seinem Genie berichtigt, was in Hegels Philosophie falsch war, dessen Ideen vom Kopf wieder auf die Füße gestellt. Die Stimme lobte zunächst Marx und Hegel und kritisierte dann letzteren, und am Schluß kam heraus, daß Hegel Marx falsch verstanden hatte. Nadira kannte die Theorie schon aus der Schule, aber durch diesen Vortrag verwirrte sich das, was sie für klar gehalten hatte, wieder. Sie wurde müde und schläfrig, aber die Mutter wollte mit ihr reden. Zuerst erklärte sie ihr, sie habe nur ihretwegen zum lieben Allah gebetet. Damit sie nicht irregeleitet werde und vom rechten Wege abkomme. Es könnte ja sein, daß sie sich verliebe und die Schule vernachlässige. Und nicht nur das, sie könnte sich in einen andersgläubigen Jungen verlieben.

»Mama, was ist mit dir, wovon redest du?« staunte Nadira, nichts schien ihr ferner als irgendeine Liebe. In ihrer Umgebung hatte sie noch niemanden erblickt, in den sie sich verlieben könnte, und die Jungen hatten auch kein Interesse an ihr gezeigt.

Die Mutter zählte ein paar Fälle aus Pale auf, muslimische

Mädchen, die sich betören ließen und mit fremden Männern in die weite Welt gezogen waren. Vor einer Woche hatte sich der letzte derartige Fall ereignet, Vildana, die einzige Tochter ihrer Bekannten Zahida, war mit einem serbischen Unteroffizier fortgelaufen. Sie hatte die Lehrerschule sausen lassen und war ihm sogar nach Serbien gefolgt, denn er mußte in Crna Trava seinen Dienst antreten, einem Ort an der bulgarischen Grenze. Ihre arme Mutter würde sie sicher nie wiedersehen. Sie tat ihr so leid. Zahida hatte tagsüber Büros geputzt und nachts für Gott und die Welt gestrickt, nur damit die Tochter in die Schule gehen konnte. Und kurz vor dem Diplom dann so etwas.

Nadira schwieg, sie konnte sich gar nicht vorstellen, daß die wunderschöne, hohe, schlanke Vildana, deren weiße Haut unter dunklem Haar schimmerte, eine der besten Schülerinnen der Lehrerschule, so etwas tun konnte. Womit hatte der Fremde sie verführt, wie hatte er sie dazu gebracht, sich von den Ihren loszusagen und mit ihm in diese düstere Grenzgegend zu ziehen. ›Die Literatur ist voller Geschichten von Mädchen, die der Liebe wegen ihre Familie verlassen. Auch Natascha Rostowa wollte mit diesem jämmerlichen Offizier flüchten … Aber sie liebte ihn nicht, sie wollte sich zerstören.‹

»Nadira, hörst du mir überhaupt zu?« Die Mutter erwartete eine Antwort.

»Hab keine Angst, Mama, mir ist die Schule wichtiger als alles andere.«

»Ich würde dich verfluchen, wenn du Schande über meinen lieben Bruder Taib bringst. Er hat dich wie ein eigenes Kind in seinem Haus aufgenommen.«

›Keine Sorge, Mama, ich werde über seine Güte schreiben‹, lachte Nadira in sich hinein, laut wiederholte sie, schwor fast, daß sie nichts tun würde, was ihre Mutter und ihren Onkel beleidigen könne.

Die Mutter wollte das Gespräch noch nicht beenden, sie wollte etwas über Zineta wissen. Sie fragte, ob diese oft zu ihrer Schwester Faketa komme und ob man wisse, warum sie der Täschner

Muftić verlassen habe. Nadira wollte darüber nichts erzählen, sie steckte die Nase in ihr Buch.

»Richte dich nicht nach Zineta«, fuhr die Mutter leise fort, damit sie der Vater im angrenzenden Zimmer nicht hören konnte. »Ich weiß nicht, warum sich Faketa mit ihr versöhnt hat, denn sie ist im Leben gestrauchelt und beschämt ihre Familie.«

›O, Mutter, du hast keine Ahnung, du bist total rückständig‹, dachte Nadira. ›Ohne Zineta würde ich im Haus des Onkels verwelken wie eine Blume ohne Wasser.‹

»Nun hört endlich auf, ich will schlafen!« rief der Vater, und Nadira eilte sich, ihm zu gehorchen und den endlosen Ratschlägen der Mutter zu entfliehen.

Am folgenden Tag fand in ihrem Hof die halbjährlich gegebene übliche Vorstellung mit dem Titel ›Kalbschlachten und Fleischverkauf‹ statt. Nadira fand das Ereignis manchmal mit all dem Getümmel und Durcheinander ziemlich interessant, auch wenn sie jedesmal, wenn das arme Kalb aus dem Stall in den Schuppen zum Schlachten gebracht wurde, ans andere Ende des Gartens flüchtete, dort den Kopf im Schoß vergrub und wartete, bis alles vorbei war. Diesmal verschlief sie diesen Teil, als sie aufwachte und frühstückte, war der Hof schon voller Frauen, und der Vater stand in der Rolle des allmächtigen Hausherrn hinter dem Hauklotz, zerteilte das Tier präzise und wehrte sich, wenn eine Kundin sich allzu sehr ereiferte. »Na, Alte, was willst du? Auch was aus der Keule. Nicht doch, mein Kalb ist kein Wunderkalb, es hat nicht zehn Hinterbeine. Schau, was für ein Stück ich dir abgeschnitten habe, wie Butter. Knochen, wo soll da ein Knochen sein? Wenn dir mein Fleisch nicht paßt, kaufe doch beim Metzger. Du kleine Dunkle, komm her, ich beiß nicht. Was hast du so fleckige Backen, wie ein Elsterei. Was sagst du, nein, das ist nicht falsch gewogen. Lüge doch nicht, Dervo schummelt nicht beim Wiegen, wir müssen alle eines Tages vor Allah treten. Niemand rettet den vor der Hölle, der mit der Waage betrügt. Hier hast du einen Knochen extra, koche der Schwiegermutter eine Suppe, aber misch kein Rattengift drunter. Soll sie noch leben, wer hütet sonst deine Kinder, wenn du dich in der Stadt rumtreibst und Kaffee trinkst. Komm, Täubchen, da hast du ein schönes Stück Rippe, brat's deinem Mann zum Abendessen, damit er's dir nachts schön besorgt im Bett ...«

›Mein Vater schwadroniert, als hätte er Schallplatten verschluckt!‹ dachte Nadira. ›Er verkauft das Kalb schon deshalb nicht dem Schlachter, weil er sonst nicht diese Vorstellung geben könnte. Faketa hat recht, wenn sie gewußt hätten, wer mein Vater ist, hätten sie mir niemals diesen Preis verliehen. Sobald ich mit der Schule fertig bin und Arbeit habe, komm ich nicht mehr hierher.‹

Die Frauen fanden das Geschwätz des Vaters witzig, sie kicherten und stichelten zurück. Er klagte, seine Ifeta sei in ein andres Bett geflüchtet, und die Frauen konnten kaum erwarten, daß er zweideutig spöttelte über das viele Gerede und die wenige ›Arbeit‹.

›Schau dir diese Elstern an, sind die widerwärtig‹, dachte Nadira und lugte aus dem Fenster. ›Die machen sich keine Gedanken über Clara Zetkin und Rosa Luxemburg und daß die für die Rechte der Frauen gekämpft haben. Da kaufen sie ein Stück Fleisch, manch eine auf Pump, stehen da rum und kreischen dummes Zeug. Wenn ich nicht in die Schule gehen würde, wäre ich genauso.‹

Die Frauen hatten es nicht eilig, nach Hause zu kommen, sie setzten sich auf die Bank und hechelten den neuesten Tratsch durch: Vildanas Flucht mit dem serbischen Unteroffizier. Die Frau, die der Vater Elsterei genannt hatte, jammerte am lautesten, daß gerade die schöne und kluge Vildana so einem Nichtsnutz in die Hände gefallen war. »Meine lieben Schwestern, ich habe ihn einmal gesehen, der schaut nach gar nichts aus, schwarz wie die Nacht, ich weiß nicht, womit er sie verführt hat. Hätte sie wenigstens einen Jungen aus gutem Haus genommen, meinetwegen andersgläubig, aber doch nicht diesen serbischen Lumpen!«

»Wenn meine Tochter so etwas macht ...« Dervo schlug heftig auf den Klotz, auf dem er das Fleisch zerteilte. »Ich würde sie überall suchen, ich hab sie in die Welt gesetzt, ich würde sie vernichten.«

»Was willst du, Vildana hatte keinen Vater, den sie fürchten mußte.«

Bei diesen Worten zog sich Nadiras Herz zusammen, sie entfernte sich vom Fenster, und gleichzeitig trauerte sie um Vildana. Sie wollte das Mädchen rechtfertigen, das sie nur oberflächlich gekannt hatte, sie waren oft mit demselben Zug nach Sarajevo gefahren. Aber ihr fiel keine Rechtfertigung ein, sie spürte nur Mitleid, als wäre sie jung aus dem Leben geschieden. In Nadiras Phantasie war Vildana nicht fortgegangen, um mit diesem Mann in einer anderen Welt zu leben. Sie stellte sich vor, sie sei auf einen hohen Felsen geklettert, von oben gesprungen und für immer in einer Schlucht verschwunden. ›Ich erzähle Zineta davon, mal sehen, was sie dazu sagt.‹ Bei allen Fragen, auf die sie keine Antwort wußte, war Zineta ihre Rettung.

Sie trat wieder ans Fenster, jetzt drehte sich die Diskussion um die Frage, ob Eifersucht die männliche Form der Liebe sei und ob die Frauen die Schläge ihrer eifersüchtigen Ehemänner brauchten, um glücklich zu sein. Fatima, eine dunkelhäutige Frau mit feurigen Augen, bekannt für ihren stolzen Hüftschwung und den permanenten Streit mit ihrem Mann – er verdächtigte sie ständig, sie betrüge ihn, während er arbeite –, erzählte eine nette Geschichte von süßer weiblicher Rache für den ewigen Vorwurf einer nichtexistierenden Schuld. In ihrer Nähe lebe ein eifersüchtiger Mann, und die Art, wie sie lachte, machte klar, daß ihn alle hier kannten. Er hatte seine Frau eingesperrt, festgebunden, geschlagen, wenn sie einen anderen auch nur auf der Gasse grüßte. Sie litt, duldete jahrelang, und dann dachte sie sich etwas aus, wie sie ihn zum Gespött machen könne. Eines Abends schüttete sie Mehl auf den Tisch und begann, Brotteig zu mischen. Mitten in der Arbeit jaulte sie lauthals auf, sie müsse ganz dringend auf die Toilette. Er zog ihr die Pluderhose aus, denn ihre Arme waren mit dem Teig verschmiert, und sie rannte aus dem Haus und verschwand im Dunkeln. Er wartete und wartete, nach fünfzehn Minuten war seine Frau immer noch nicht zurück. Zweifel überfielen ihn, und er ging hinaus, um sie zu suchen. Im Hof und in der Nähe des Hauses war sie nicht. Er hörte sie im Garten kichern und ging dorthin. »Was lachst du, Verrückte?« brüllte er. »Ich lach über dich, denn du konntest mich nicht bewahren. Mein Liebhaber hat mich im Heu erwartet, und du hast mir die Hosen dafür heruntergelassen.«

»Was erzählt ihr da, solche Blödmänner sind wir nicht«, wehrte Dervo beleidigt ab. »Aber du, schöne Fatima, flüstere mir mal zu, welches Stück du willst, das Schwanzstück oder lieber einen Schwanz in der Hose?«

»Schämst du dich nicht, graue Haare auf'm Kopf und nichts als Unsinn darin«, gab die Nachbarin ernst zurück und verlangte ein Stück Fleisch mit den Nieren. »Heut wird der Kohl richtig fett!«

›Es ist ihnen egal, daß der Mensch das Weltall erobert hat. Und völlig gleichgültig, ob sie als Volk anerkannt werden oder nicht. Sie tragen sich bei den Unentschiedenen ein und leben weiter wie vor hundert Jahren. Was kann ich über solche Menschen schreiben? Nichts, ich werde niemals über sie schreiben.‹

Sie dachte an Sabrina und all das, was die Freundin von Geburt an hatte. ›Warum bin ich mit dieser Herkunft gestraft?‹

Als sie wieder in die Stadt fuhr, mußte sie das Kalbsfell mitnehmen, das am nächsten Tag einem Gerber verkauft werden sollte. Sie lehnte es zunächst ab, aber dann versprach die Mutter, sie dürfe die Hälfte des Erlöses behalten und Sachen kaufen, die sie brauche. Sie stimmte zu, aber nachdem sie einen Kilometer gegangen war, war die Haut des Tieres so schwer, daß sie in Versuchung geriet, sie ins nächste Gebüsch zu werfen. Sie schaute in die Tasche, die Mutter hatte ihr noch mehr aufgedrängt, neben dem Fell gab es Zwiebeln, Salat und sogar Käse darin. ›Du blöde Nadira schleppst alles, was sie dir aufdrängen, und Faketa wird doch nicht mit dem zufrieden sein, was ich mitbringe.‹ Alle hundert Meter stellte sie die Tasche ab, um die Hand auszuruhen. Wie oft hatte sie, solange sie in die Grundschule ging, auf diesem Weg die Milch abgestellt, die sie für die Mutter zu den

Kunden brachte. Von dem dafür erhaltenen Geld kaufte sie im Supermarkt die Lebensmittel, die dem Vater zufolge Luxus waren. Mehl, Salz, Zucker, Fett und Seife fand er unerläßlich, aber Kaffee, Zuckerwürfel, duftende Seife, Waschmittel, frauliche Kleinigkeiten, das stand niemals auf seinem Einkaufszettel. ›Auch als Kind bin ich diese Straße immer vollbepackt gegangen. Es war nicht so schwer. Papa würde jetzt sagen, die Stadt hätte mich hochnäsig werden lassen. Bis zum Bahnhof kommen noch zwei Anstiege und ein langes Stück bergab. Wenn ich mich nicht eile, verpasse ich noch meinen Zug.‹ Je mehr sie sich bemühte weiterzugehen, desto wackeliger wurde sie auf den Beinen. Sie wollte schon alles außer der Kalbshaut aus der Tasche werfen. Aber ihr Verantwortungsgefühl brachte sie dazu, die Sachen weiterzuschleppen.

Als sie den zweiten Anstieg zur Hälfte hinter sich hatte, kam ein Auto näher, das eine große Staubwolke aufwirbelte. Sie erkannte die längliche Limousine des Täschners Muftić sofort. Er bremste, noch bevor er ganz auf ihrer Höhe war.

»Wen sehe ich denn da, ist das nicht meine süße kleine Nachbarin?« bleckte er seine goldüberkronten Zähne. Auch seine Mutter saß in den Polstern und lehnte sich neugierig aus dem Fenster, um sie besser zu sehen. »Willst du nach Sarajevo?« wollte er wissen.

»Nein, zum Mars!« fuhr sie ihn an, wütend, weil gerade er sie als Lastesel sehen mußte, und gleichzeitig hoffte sie, daß er sie mitnehmen würde.

»Schade, mein Auto ist keine Rakete, aber wenn du in die Čaršija per Straße und nicht durchs Weltall willst, steig ruhig ein, ich fahr dich hin.«

Sie mußte annehmen, es war dumm, nur für die Tasche eine Mitfahrgelegenheit zu erbitten. Sie stellte sie in den Kofferraum und setzte sich dann auf die hintere Sitzbank. Frau Ramiza verfolgte jede ihrer Bewegungen.

»Du bist also Ifetas Tochter. Bei Gott, ich sehe schlecht, ich habe dich nicht sofort erkannt. Wie du gewachsen bist, ein richtiges Mädchen. Wie die Zeit vergeht, mir kommt es so vor, als habe unsere Ifeta gestern erst diesen Holzfäller geheiratet.«

Nadira machte der geringschätzige Ton wütend, sie antwortete sehr scharf.

»Mein Vater ist nicht Holzfäller, sondern Maurer, so wie euer Sohn Täschner ist.« Sie schämte sich zwar heimlich ihres Vaters, duldete aber nicht, daß ihn jemand beleidigte.

»Das ist nicht dasselbe. Mein Sohn wird in der Čaršija sehr geschätzt, er hat ein Geschäft und ein Haus und baut noch eins in Pale.«

»Auch mein Vater hat ein großes Haus gebaut, wir wohnen nicht in einem Schuppen.«

Die Sarajever Dame schwieg, schließlich bewies das Mädchen, daß ihm jede Ehrfurcht vor Stadtgrößen mangelte. Sie sah den Sohn Zustimmung heischend an, aber er grinste bloß; ihm gefiel das energische Mädchen.

»Warum kommst du uns nicht ab und zu besuchen«, wechselte Frau Ramiza das Thema. »Du könntest dich ein bißchen mit meiner Tochter Nuna anfreunden, ihr seid beinahe gleichaltrig.«

»Ich kann nicht, Faketa erlaubt mir nicht, durch die Straße zu gehen.«

»Aber sie erlaubt dir, mit dieser Zineta in die Stadt zu gehen.«

»Ihr habt doch gesagt, ihr seht nicht mehr gut, woher wißt ihr das.«

»Hat dir deine Mutter nicht gesagt, daß Zineta keine Gesellschaft ist für ein junges, ehrbares Mädchen?« Die alte Dame steckte ihre ganze Bosheit in diese Frage.

»Mein Onkel hält Zineta für eine gute und kluge Frau, und ich kann viel von ihr lernen«, antwortete Nadira mit Mühe, denn das Schaukeln drehte ihr den Magen um, sie mußte sich beherrschen, um nicht zu brechen.

Die Dame fing an, ihr zu beweisen, daß ihr Onkel entweder blind oder völlig taub sein müsse, wenn er nicht wisse, welchen Ruf seine Schwägerin habe. Der Sohn bat seine Mutter, nicht darüber zu reden, daraufhin begann sie, Nadira nach ihrer Familie auszufragen, sie wollte alles wissen, von der Großmutter, der Mutter, dem Vater, dem Bruder, der Schwester. Als das Auto eine Stunde später vor dem Hoftor des Onkels anhielt, murmelte Nadira nur: ›Gott bewahre mich vor solchen Weibsbildern. Wie ich diese alten Quälgeister hasse!‹

Sie nahm ihre Tasche und hastete in den Hof. Aber der Täschner begleitete sie, bot an, die Tasche zu tragen. Er nutzte die Gelegenheit, um sie zu einem Kinobesuch einzuladen.

»Ich kann nicht, ich muß wieder nach Pale.«

»Ich kann dich im Wagen mitnehmen, dann zeig ich dir mein Wochenendhaus.«

»Ich mag nicht mit dem Wagen fahren … Ich habe gehört, du warst in Paris?« fiel ihr plötzlich ein.

Er war dort gewesen und zwei Wochen lang durch ganz Paris gekurvt.

Sie fragte ihn nach dem Eiffelturm, dem Triumphbogen, den Champs-Elysées, dem Maler Lautrec. Er war sicher, daß es so etwas nicht gab in dieser Stadt, er hatte nämlich nie davon gehört. Er war beruflich dort gewesen, hatte Modelle von Pariser Frauentaschen gezeichnet, die ihm einen hübschen Gewinn beschert hatten. Letztes Jahr hatten ihm die Sarajever Damen seine Taschen förmlich aus den Händen gerissen.

»Nur wegen der Taschen bist du nach Paris?!«

»Wenn du ein bißchen älter wärst, würde ich dir verraten, was ich sonst noch da gemacht hab!« grinste er. »Dort gibt es Frauen, schöner als Filmschauspielerinnen.« »Wenn ich in Paris wäre, würde ich über die Champs-Élysées spazieren und ins Olympia in ein Konzert gehen«, sagte sie. »Ich habe im Radio gehört, daß Charles Aznavour dort vor kurzem gesungen hat.« Es war ihr unbegreiflich, daß jemand vollkommen blind an all den Wundern und Schönheiten von Paris vorbeigehen konnte. Sie dachte darüber nach und überhörte, was er zu ihr sagte. Er versuchte, sie davon zu überzeugen, daß er nichts lieber hätte, als wenn ihn nach seinen weiten Reisen so etwas Süßes, Liebes und Unschuldiges wie sie zu Hause erwarten würde. ›Wer bist du, daß ich auf dich warte, wenn du zurückkommst‹, dachte sie, grüßte halblaut und lief über den Hof.

»Kleine, wart doch«, rief er und rannte ihr nach, bückte sich schnell und küßte sie auf den Mund. »Laß mich den ersten Kuß rauben und anderen zuvorkommen.«

Es war ein solcher Schock, daß sie noch wie angewurzelt dastand, als er schon längst den Hof verlassen hatte. Dann setzte sie die Tasche ab, rannte zum Wasserhahn und schrubbte ihren Mund ab, bis er brannte.

»Pfui, ekelhaft, Idiot, wie kann er es wagen, ich hasse ihn«, murmelte sie erschüttert, weil ihr erster Kuß so gelaufen war.

An diesem Abend redete sie abgesehen von der Begrüßung mit niemandem ein Wort, stand später noch mehrmals aus dem Bett auf, um ihren Mund abzuwaschen.

Dieser unerwartete und unerwünschte Kuß des Täschners Muftić quälte sie noch ein paar Tage lang, dann begann sie ihn zu vergessen, weil Zineta ein bißchen mehr Freiheit für sie erkämpfte. Sie hatte in diesen Monaten keine Zeit für sie, denn sie brachte ihre Magisterarbeit zum Abschluß, arbeitete als Assistentin an der Fakultät und suchte für ›ihn‹ Material zusammen. Wieder schaffte sie es nicht, stets gekämmt und zurechtgemacht aufzutreten. Oft war sie geistig abwesend, manchmal gingen ihr Nadiras Fragen auf die Nerven. Um sie nicht völlig der Eintönigkeit von Faketas Haus zu überlassen, überzeugte sie den Onkel davon, daß Nadira sich nur im Kontakt mit ihrer eigenen Generation geistig entwickeln könne. »Sie ist jetzt in einem Alter, in dem Freundschaften entstehen. Ich habe mit ›ihm‹ darüber gesprochen. Wer weiß, was aus ihren Schulkameraden wird, vielleicht haben sie später wichtige Posten. Wenn sie es zu etwas bringen soll, braucht sie diese Jugendfreundschaften; es sind die beständigsten, die man im Leben knüpfen kann.« »Aber ich muß ihrem Vater und ihrer Mutter Rede und Antwort stehen!« wehrte er sich. »Was, wenn etwas passiert?« »Es wird nichts passieren, sie ist ja nicht dumm. Taib, du bist ein kluger Mann, du weißt, daß die Zukunft unseres Volkes weder bei dir noch bei ihrem

Vater Dervo liegt, sondern bei der jungen, ausgebildeten Generation.« »Hat ›er‹ das gesagt?« »Nein, das sage ich, hast du etwas dagegen?« Der Onkel gab nach, Nadira durfte fortan bis zehn Uhr abends statt bis acht fortbleiben. Auch Schulausflüge waren ihr nicht mehr verboten, wohl aber Tanzveranstaltungen.

Neue Inhalte füllten Nadiras Leben, vor allem die Freundschaft zu Sabrina. Sie stritten sich noch ein paarmal darüber, ob die Einwohner Sarajevos den Juden hätten helfen können und ob ihre eigene Generation Gewissensbisse haben müsse wegen deren Schicksal. Sabrina blieb dabei, daß sie nichts dafür könne, wenn in dieser Wohnung früher Juden gewohnt hätten, und Nadira versteifte sich darauf, daß es sie sehr wohl etwas angehen müsse. »Mir wird immer leid tun, daß sie Anne Frank getötet haben. Überlege mal, was sie für Bücher hätte schreiben können.« »Unsere Nachbarin hat erzählt, daß sie einen Haufen Geld hatten und die ganze Welt beherrschen wollten! Man mußte das verhindern.« Sabrina hatte ihre eigenen Quellen. Ihr Vater hörte einmal ihre Unterhaltung und sagte, sie dürften sich ihre hübschen Köpfe nicht über so schwere Fragen zerbrechen. Nicht einmal Experten für den Genozid könnten enträtseln, warum dieses furchtbare Schicksal gerade die Juden erwischt habe.

Sabrinas Eltern waren völlig verschiedene Naturen. Der Vater war mittelgroß, sanft, fast kahl und von dem Wunsch besessen, in der Chirurgie immer auf dem allerneuesten Stand und bei allen Familienfeiern seiner Angehörigen in Fojnica zu sein. Die Mutter war groß und schlank wie Sabrina, nur weniger feingliedrig, aber ihr schönes Gesicht wurde von Schatten der Bosheit verzerrt, wann immer ihr Mann sagte: »Als ich Kind war, in meiner Heimatstadt …« Er erzählte begeistert von so unwichtigen Dingen wie der Pflaumenernte im Herbst, Maiskolben über Feuer zu rösten oder Wassermelonen im Fluß zu kühlen. Sabrina vertraute ihr an, er reise vor jeder komplizierten Operation nach Fojnica, um Energie und Ruhe zu tanken. Mutter Sofija haßte diese bosnische Kleinstadt und begleitete ihren Mann seit langem nicht mehr in seinen Heimatort.

Wenn man von dieser Mißhelligkeit absah, schienen die

Fidahićs alles in allem eine idyllische bürgerliche Familie zu sein, und Nadira freute sich jedesmal, wenn sie in ihre Wohnung kam. Dort bekam sie Bücher zum Lesen, hörte Musik, blätterte in Sabrinas Modeheften. Sie träumte von ihrem Bruder Žaki, Sabrina hatte ihr den Floh ins Ohr gesetzt, daß er ihre erste große Liebe werden würde. Der Beschreibung seiner Schwester zufolge war Žaki die denkbar beste Kombination irdischer Schönheit: der Haarschopf von James Dean, die Lippen von Marlon Brando, Augenbrauen und den Blick von Alain Delon. Nadira hatte bereits das Szenario im Kopf, wie es sich ereignen würde. Sabrina und sie säßen im Wohnzimmer und hörten Musik. Žaki käme herein, und sie würden sich in die Augen sehen. Das hatte sie in vielen Filmen gesehen. Wenn er so aufgeregt sein würde, daß er nicht wußte, wie er das Gespräch beginnen solle, würde sie ihn zunächst fragen, welches Buch aus ihrer Bibliothek ihm am besten gefalle. Dann würde er sie zum Tanzen ins ›Sloga‹ einladen, und sie müßte beschämt eingestehen, daß sie nicht tanzen könne. Žaki würde eine Schallplatte mit einem Tango auf den Plattenspieler legen, sie drängen, aufzustehen und mit ihm zu tanzen.

Ihre Freundschaft mit Sabrina war bereits über einen Monat alt, und die Gelegenheit, den berühmten Žaki kennenzulernen, hatte sich noch nicht ergeben. Wenn sie bei Sabrina war, war er entweder nicht zu Hause oder er kam nicht ins Wohnzimmer.

Eines Nachmittags trat oder besser platzte er herein, gerade als sie beide, auf dem dicken Teppich sitzend, sich den ›Bolero‹ von Ravel anhörten und Liebesgedichte von Jacques Prévert lasen. Er sprang den Plattenspieler an und kickte die Scheibe mit dem Fuß vom Teller. Sabrina sah Nadira an und bedeutete ihr mit dem Finger zu schweigen.

»Nach so einer Nacht ertrag ich dieses Gequietsche nicht.« Das sollte wohl die Entschuldigung für seine Grobheit sein. Nadira hob den Blick von seinen bloßen Füßen bis zum Gesicht. Enttäuschenderweise zündete Žaki sich in diesem Moment eine Zigarette an und glich einem Zocker, der sich nach einer durchzechten Nacht vom Spieltisch erhob. Ihre Augen trafen sich, in den seinen stand die Frage: ›Wo kommt denn die Gestalt her?‹

Er setzte sich auf die Sessellehne, schloß die Augen halb und hob eine Augenbraue, als wolle er ausprobieren, ob er trotz Kater den Verführer mimen konnte.

»Žaki, bitte verlaß das Zimmer, du störst«, sagte seine Schwester sehr höflich, aber ihre Stimme und ihre Bewegungen verrieten, daß sie Angst vor ihm hatte.

›Gott, was für ein aufgeblasener Geck‹, dachte Nadira und wünschte, daß er umgehend verschwände.

»Sabrina, wer ist das? Nein, du mußt es mir nicht sagen, ich hab's schon erraten. Deine Schulfreundin Rosa-Muh.« Nicht mal Knoblauchstinker Milan konnte den Spitznamen so eklig aussprechen.

»Nein, das ist meine Freundin Nadira«, sogar Sabrina wurde rot, so unbehaglich fühlte sie sich. »Nadira, gehen wir spazieren, bis der wieder ganz zu sich kommt. In diesem halbwachen Zustand ist er ziemlich gefährlich.«

Er gähnte und wedelte versöhnlich mit der Hand, das war die Erlaubnis, daß sie bleiben durften. Er brauchte jemanden, vor dem er mit seinen gestrigen Erfolgen angeben konnte, er hatte in einer Bar den Sohn eines Leutnants unter den Tisch getrunken. Mit reinem Whisky und in Gesellschaft von zwei Botschaftertöchtern. Als Žaki im Morgengrauen mit ihnen fortging, blieb der Leutnantssohn in der Bar liegen.

»Ich weiß nicht, warum du dich damit brüstest, Papa und Mama haben sich wieder wegen dir gestritten. Geh unter die Dusche, du stinkst das ganze Zimmer voll.«

»Das bin ich nicht, bestimmt ist die Rosa-Muh nicht ganz sauber.« Žaki brach in Gelächter aus und fiel fast von der Sessellehne. Offensichtlich gehörte Nadira nicht zu den Mädchen, die seinen Don-Juan-Allüren genügte.

»Wenn deine Freunde kommen, werde ich sie auch beleidigen. Mach, daß du 'rauskommst, sonst sag ich's Papa, wie du dich heute wieder aufgeführt hast.« Sabrina nahm trotz ihrer Angst ihren ganzen Mut zusammen.

›Nein, ich bin nicht beleidigt.‹ Nadiras Gesicht glühte. ›So ein Idiot kann mich nicht beleidigen.‹

»Versuch's nur, du kannst dann ja deine Zähne wieder vom Boden auflesen«, brummte er.

Nachdem er hinausgegangen war, herrschte einen Moment lang Schweigen. Dann fand Sabrina Entschuldigungen für Žaki, er habe sicher zuviel getrunken und wisse nicht, was er rede.

›Er übertrifft sogar meinen Bruder an Grobheit und Ungezogenheit‹, dachte Nadira und freute sich, daß sogar Sabrinas vornehme Familie ihre schwarzen Schafe hatte.

»Ich geh«, sagte Nadira und fragte, ob sie sich das Buch von Prévert leihen könne.

Žaki suchte etwas in der Küche, durchstöberte alle Schubladen und öffnete die Kredenz.

»Sabrina, wo hat die Alte nur ihr Geld versteckt, ich hab keine Kohle, um heut abend die Botschaftertochter auszuführen.«

Seine Schwester antwortete nicht und ging mit Nadira hinaus. Sie zeigte auf ein Fenster im gegenüberliegenden Gebäude, dort wohnte der Bruder ihrer Mutter.

»Ich mache dich mit meinem Verwandten Siniša bekannt«, sagte sie. »Er ist ein feiner Kerl, glaub mir, er ist mehr mein Bruder als Žaki. Du wirst sehen, er wird dir gefallen.«

Nach diesem Versuch Sabrinas, sich von Žakis Ungezogenheit reinzuwaschen, gingen sie auseinander.

Die Freundin hielt ihr Versprechen, bereits in der folgenden Woche kam ihr Cousin Siniša mit ins Kino. Er war nicht das Abbild eines Leinwandhelden, formte seine Frisur nicht mit Brillantine, und seine Haare sträubten sich nicht wie die Stacheln eines Igels. Er wäre völlig unscheinbar gewesen, hätte nicht ein harter Ausdruck Lippen und Augen umspielt, der nicht zu seinem Alter paßte. Was er sagte klang, als käme es aus dem Mund eines älteren Mannes. Nadira hatte endlich jemand getroffen, der der Beschreibung von Titos jungen Revolutionären entsprach. Aber dieser feste Charakter half Siniša nicht mehr, er war zu seinem Unglück zu spät geboren, die Schlachten schon gewonnen. Er gab sich nicht damit zufrieden, daß alles ohne ihn über die Bühne gegangen war, neben seinem Philosophiestudium beschäftigte er sich damit, die Fehler des marxistischen Systems im Leninismus und Titoismus aufzudecken, er studierte auch, wie diese Fehler sich in der Praxis auswirkten. Ihm zufolge war die Theorie verfrüht in Ländern angewandt worden, in denen das Bewußtsein der Menschen noch nicht reif war für einen so entscheidenden Schritt in die Zukunft. Die Fragen, die sie aufwarf, und die Antworten darauf waren zu schwer und zu langweilig für sie, vor allem, wenn sie ständig auf Rußland bezogen wurden und nicht auf ihr eigenes Land.

Seltsames geschah. Jedesmal, wenn Nadira zu Sabrina kam, tauchte auch Siniša auf. Zuerst dachte sie an Zufall, aber die Zufälle wurden zur Regel. Es hatte den Anschein, als spähe er aus dem Fenster, um ihr Kommen abzupassen. Es mißfiel Nadira, störte es doch das Schwätzen unter Freundinnen. Sie dachte nicht daran, daß aus dem Sehen etwas Vergnügliches erwachsen könne; sie durfte sich nicht mit einem Jungen wie Siniša einlassen. »Warum kommt er jedesmal, wenn ich bei dir bin«, fragte sie ihre Freundin. »Keine Ahnung, sicher hüpft sein Herz, sobald du in seine Nähe kommst. Die Intuition der Verliebten, du gefällst ihm sehr.« Nadira glaubte nicht so recht an diese Intuition und entdeckte schließlich, daß Sabrina, sobald Nadira zu ihr kam, das Rollo in ihrem Fenster halb herabzog; ihr Zimmer war Sinišas Wohnung zugewandt.

Es schmeichelte Nadiras Eitelkeit, daß sie jemandem gefiel, aber sie wußte, daß dieses Spiel mit dem Rollo nicht weitergehen durfte. Sie versuchte mehrmals, es Sabrina zu sagen. Mitten im Satz blieb sie stotternd stecken. Wie sollte eine junge Städterin, Tochter einer Serbin und eines Muslims, verstehen, daß es ihr strikt verboten war, mit einem Jungen aus einem anderen Glauben zu flirten. ›In ihren Augen wirke ich dann wie vom Mond gefallen. Ich weiß, daß es rückständig und doof ist, aber ich kann das weder meiner Mutter noch meinem Onkel antun.‹

Da sie nicht offen sagen konnte, was sie quälte, wich Nadira Sabrina aus. Die Freundin wunderte sich über diesen grundlosen Rückzug, lud sie oft ein und richtete ihr Grüße von Siniša aus.

Nadira hielt es zehn Tage lang aus. Aber da der Jugend alles

106

Verbotene um so verlockender erscheint, drehten sich alle ihre Gedanken nur noch um Siniša. Sie wollte ausprobieren, ob sie sich in den jungen, zur Unzeit geborenen Revolutionär verlieben könne. Was das wohl für ein Gefühl sein mochte, jemanden zu lieben? Könnte sie es nicht ein bißchen versuchen, nur ein bißchen, das könnte doch keine Folgen haben. Niemand würde es erfahren, und sie gewönne eine wertvolle Erfahrung.

Nach zehn Tagen nahm sie Sabrinas Einladung wieder an, und wieder stellte sich Siniša dort ein. Nur daß auch Žaki sie diesmal mit seiner Anwesenheit beehrte.

Die zwei Mädchen bereiteten Limonade aus frischen Zitronen zu, und alle vier setzten sie sich an den Tisch im Wohnzimmer, um sie zu trinken. Žaki war sauer, weil ihn ›der Alte ohne Kohle hocken‹ ließ, Sabrina stöhnte gekränkt. Beim letzten Abend im Haus der Jugend hatte sie es abgelehnt, mit einem der Kumpanen des Bruders zu tanzen, und sich eine Ohrfeige gefangen. Sie war wütend auf ihren Bruder, der sie nicht beschützt hatte, er rechtfertigte sich damit, daß er auch einer einen ›Schlag‹ verpassen würde, die ihm einen Korb gäbe. Nadira schaute von einem zum anderen, überzeugt davon, daß sie scherzten. Sie konnte nicht glauben, daß es wegen einer Ablehnung zum Tanz Ohrfeigen setzen sollte. »Mein Freund war im Recht«, behauptete Žaki. Seine Schwester erwiderte, sie seien schlimmer als Dorftölpel. ›Tölpel‹ hatte in Nadiras Ohren immer einen unangenehmen Beigeschmack, damit bezeichneten die Städter jene Dörfler, die erst vor kurzem in die Stadt gezogen waren.

»Ich hab doch recht?« wandte sich Žaki an Siniša.

Nadira wartete gespannt auf seine Antwort. ›Wenn er ja sagt, ist einer so aufgeblasen wie der andere.‹

»Ich weiß nicht, wie das hier üblich werden konnte. Eine Ohrfeige wegen einem Korb ist rohe Gewalt«, äußerte sein Cousin zu ihrer großen Befriedigung.

»Was würdest du tun, wenn sich eine über dich lustig macht vor deinen Freunden und dir einen Korb gibt? Wie würdest du dein Ansehen wieder herstellen?«

»Mein Ansehen hängt nicht davon ab, ob ein Mädchen mit mir tanzen will oder nicht.«

»Na, du müßtest auch alle im Saal ohrfeigen, sicher würden alle deine Aufforderung ablehnen. Nein, halt, stimmt nicht, Hinterwäldlerin Nadira würde annehmen.«

»Wenn die anderen Städter sind wie du, bin ich gern eine Hinterwäldlerin.« Ihr Zorn flammte plötzlich auf, mit dem Jähzorn ihres Vaters hob sie die Hand und ließ sie auf Žakis Ohr und Wange klatschen. Er sprang auf und starrte sie verdutzt an.

Siniša holte Nadira ein, als sie das Haus verlassen wollte. »Ich denke nicht wie er«, rechtfertigte er sich und lief neben ihr her. Schweigend gingen sie durch die Straße, betraten einen Park und drehten eine Runde.

»Er hat wirklich Prügel verdient. Aber Städter benehmen sich nicht so. Er ist kein Dorftölpel, sondern ein gewöhnlicher Lump, er ist in schlechte Gesellschaft geraten und eine Schande für seinen Vater; du weißt ja, daß Väterchen Rusmir ein prächtiger Mensch ist. Sie haben ein Auto geklaut und Žaki auf die Polizei gebracht.«

»Hör doch auf, ich will nichts mehr von ihm hören!«

Sie wollte gehen, aber er schlug vor, sich auf die Bank unter dem blühenden Jasmin zu setzen. Sie schwiegen und sahen einem Mann mit Hut zu, der die Tauben fütterte. Der Hutträger war vor ein paar Monaten im Park aufgetaucht, und jetzt gehörte er hierher wie die Bäume, die Bänke und die Tauben.

»Kennst du ihn?« fragte Siniša.

Sie schüttelte den Kopf.

»Es ist der Vater von einem meiner Mitschüler, er war fast zehn Jahre auf Goli Otok, der Nackten Insel. Später war er im Krankenhaus, er ist nicht mehr richtig im Kopf.«

»Was ist das für eine Insel, was gibt es da?«

»Nichts, nur Felsen. Felsen, Meer, Sonnenhitze und Himmel.«

»Was hat er dann so lange da gemacht?«

»Auf Menschenfresser gewartet, die ihn verschlingen, aber sie sind nicht gekommen, sie haben ihn wieder aufs Festland geschickt«, lachte Siniša, dann fügte er noch etwas hinzu, das schon längst zur Phrase verkommen, ihr aber vollkommen neu war. »Die Revolution frißt ihre Kinder.«

›Und ich dachte, sie frißt die Jungen Muslime‹, dachte sie. Von der gesellschaftlichen Entwicklung hatte sie nur sehr unvollständige Informationen, ihr fehlte die Fähigkeit, sich eigene Gedanken darüber zu machen. Er wollte ihr beweisen, wie weit er in der Beurteilung ihrer Wirklichkeit vorgedrungen war. Nur daß seine Gedanken so sprunghaft waren, daß sie ihm nicht folgen konnte. Plötzlich erwähnte er Lady Chatterly und ihren Liebhaber. Siniša behauptete, daß die Jugend dieses Buch ganz falsch interpretiere, in ihm nur die Laszivität sehe und wie sich eine junge Frau einem potenten Waldarbeiter hingab. Niemand erkenne, daß die süße Lady Hirn genug hatte, um uns zu zeigen, was ein Mensch einem anderen tun könne. Sie konnte nicht mit geschlossenen Augen an den englischen Bergarbeitern vorbei gehen, aus denen man Maulwürfe gemacht hatte. Es sei überall das gleiche in England, Jugoslawien, Rußland, überall gebe es diese Gier nach Macht und Herrschaft. Seine Studentengruppe habe darüber diskutiert, auch über das, was ihr Liebhaber, der Waldarbeiter, gesagt hatte. Es sei eine heftige Auseinandersetzung gewesen, aber am Schluß waren alle einverstanden, daß niemand sagen dürfe. »Man kann nichts verbessern, laßt uns in Ruhe unser kleines Leben leben«. An diesem Punkt ergriff Siniša in seiner Begeisterung Nadiras Hand und drückte sie an seine harten Lippen. »Wenn es sein muß, machen wir eine neue Revolution, die die Fehler der letzten ausbügelt.«

Kaum daß er so zu reden begonnen hatte, wurde sie blaß vor Scham, denn aus Büchern wußte sie schon, was Hingabe und Potenz bedeuteten. Sie fragte sich, wie er es wagen konnte, ihr gegenüber solche Dinge zu erwähnen. Verwirrt überhörte sie, was er sonst noch sagte. ›Wenn nun jemand vorbeikommt, der mich kennt und sieht, daß er meine Hand hält. Zu Hause fragen sie mich nach ihm. Wenn sie hören, daß er Siniša heißt …‹ In einer Ecke ihres Kopfes klopfte diese Mahnung, in einer anderen der Befehl: ›Steh auf, du darfst keinen Augenblick länger hier sitzen! Steh auf und mach dich aus dem Staub!‹ Er redete sich in Begeisterung, glücklich, daß ihm jemand so aufmerksam zuhörte. Unmerklich verließ er das Terrain der trockenen Prosa und zerstörter Ideale und wechselte ins Feld reiner dichterischer Freiheit. »Kann die Freiheit so singen, wie die Gefangenen von ihr gesungen haben«, rezitierte er einen Dichter, der seinem Leben selbst ein Ende gesetzt hatte, Branko Miljković. So angeregt legte er seinen Arm über ihren Rücken, zog sie an sich und berührte mit seiner Hand ihre Brust. Sie sprang so heftig auf, daß er fast sein Gleichgewicht verlor.

»Bleib hier, was regst du dich so auf?« wunderte er sich. »Glaub mir, es war ein Versehen, ich wollte nur, daß du mir näher bist.«

»Mit mir kannst du nicht umspringen wie mit den Mädchen im ›Sloga‹. Mit mir kannst du nicht machen, was du willst«, stotterte sie, glühend vor Scham, weil sie in so eine Situation geraten war.

»Was habe ich denn gemacht, ist es nicht natürlich, wenn man ein Mädchen umarmt, das einem gefällt?« staunte er.

»Ich habe nicht gesagt, daß du mir gefällst. Was kümmern mich deine Revolution und deine Dichter!« Sie rannte durch den Park, die Tauben flatterten auf, und der Mann mit dem Hut sah ihr nach.

Den ganzen Nachmittag lang hatte sie Kopfweh, ihr war nicht wohl. Mit Mühe erledigte sie die Mathe-Hausaufgaben, statt die Unbekannten herauszukriegen, versuchte sie, Fragen zu beantworten: ›Wie konnte mir das passieren? Bin ich in ihn verliebt? Nein, sicher nicht!‹

Sie sah so merkwürdig aus, daß Faketa sich erkundigte, ob sie eine schlechte Note bekommen habe. »Nein, Mathematik ist mir zu schwer, ich kann die Aufgaben nicht lösen«, redete sie sich irgendwie heraus, aber ihr Gesicht war so weiß wie ihre Bluse.

Sie ging früh zu Bett, aber nicht, weil sie schlafen wollte, sondern um über alles nachzudenken. Aber sie konnte ihre Gedanken nicht auf das Wichtige lenken, sie liefen, wohin sie wollten. ›Der Taubenfütterer war auf der Nackten Insel, Goli Otok, hat auf Menschenfresser gewartet, die nicht gekommen sind. Er war unglücklich, weil sie nicht seine Knochen abnagten. Siniša hat sich das sicher ausgedacht, er denkt sich zuviel aus. Neue Revolution, um die alte auszubessern. Ich habe vergessen, ihn zu fragen, warum sich der Dichter Miljković umgebracht hat. Wegen der verratenen Ideale? Was für Ideale habe ich? Gewöhnliche oder ungewöhnliche. Ich möchte alle wichtigen Bücher lesen. Ich möchte schreiben und reden von Ungewöhnlichem, möchte soviel Wissen haben, daß ich furchtlos sagen kann, was ich denke. Aber die Leute dürfen mich nicht auslachen und Rosa-Muh nennen. Vielleicht ist es soweit, wenn ich mein Diplom habe und ein Gehalt wie Zineta. Sie hat alles, aber die Leute reden so schlecht über sie! Hätte ich Siniša erlaubt, mich zu küssen und die Hand auf meine Brust zu legen, wenn er Muslim wäre?‹

In dieser Nacht träumte sie, sie würde in diesem Park einen Mann küssen. Sie wußte, daß es verboten war, aber es war angenehm, und sie wollte, daß es nie aufhörte. Der Mann mit dem Hut fütterte nicht die Tauben, sondern versteckte sich im Gebüsch und sah ihnen zu. Als er sich erhob, erkannte sie Vater Dervo. ›Renn weg!‹ rief sie Siniša zu, aber es war der Täschner Muftić.

Sie wachte auf und schwor sich, nie mehr zu Sabrina zu gehen und nie mehr mit Siniša zu reden.

Trotz der Vereinsamung hielt sie ihren Schwur bis kurz vor den Ferien. Sie redete nur in der Schule mit der Freundin und erlaubte ihr nicht, ihren Cousin zu erwähnen. Siniša sah sie nur einmal auf der Straße und wandte den Kopf ab, um seinem Blick zu entgehen. Das schlechte Gewissen ließ langsam nach, der Vorfall wirkte jetzt ganz harmlos, sie hatte wohl aus einer Mücke einen Elefanten gemacht. Sie träumte noch ein paarmal von der Situation im Park, dann hörte auch das auf. Sie entspannte sich, weil sie gute Noten bekam, Lehrer Jurišić gab ihr für die schriftliche Arbeit ein Ausgezeichnet. Zineta sah sie nur zweimal und nur ganz kurz, während sie ihre Schwester besuchte; es ergab sich keine Gelegenheit zu einem Gespräch unter vier Augen. Sie wollte mit ihr über das sprechen, was ihr mit Siniša passiert war. Sie hoffte, daß sie ihr raten könne, wie sie sich Jungen gegenüber verhalten solle. War es tatsächlich ihre Schuld, daß sich nur ein andersgläubiger Junge für sie interessierte?

Drei Tage vor den Ferien kam Sabrina nicht in die Schule, was Nadira verwunderte. Sie wollte fragen, ob sie ihr ein paar Bücher leihen könne, denn der lange Sommer im elterlichen Haus war nur mit Lesen zu füllen. Sie entschloß sich darum, zu ihr zu gehen. So konnte sie ihr gleichzeitig freundschaftliche Besorgtheit beweisen und nebenbei ein paar Bücher mitnehmen.

Im Flur von Sabrinas Wohnung spielte sich eine unfaßbare Szene ab. Mutter Sofija schloß ihren Koffer, Vater Rusmir stand auf der Schwelle zu seinem Arbeitszimmer und bat seine Frau zu bleiben, es habe doch keinen Sinn, wegzugehen.

»Es hat auch keinen Sinn, daß deine Mutter aus meiner Wohnung eine Moschee macht!« gab Sofija mit erstickter Stimme zurück und suchte im Schrank nach ihren Schuhen. Er bekniete sie weiterhin, nicht zu gehen, sie rannte herum, als treibe er sie mit einem Stock an. Sabrina verschwand heulend in ihrem Zimmer, und Nadira ging in die Küche, um ihr Wasser zu bringen. Eine Oma mit Pluderhosen und Kopftuch stand im Wohnzimmer. Sie wirkte ganz verloren, als habe sie keine Ahnung, wie sie hierher geraten sei.

Doktor Fidahić überwand langsam seine Aufregung, ging zu der alten Frau und umarmte sie.

»Nadira, das ist meine Mutter aus Fojnica«, sagte er. »Kannst du ihr bitte einen Saft einschenken und einen Kaffee kochen.«

»Laß doch, mein Sohn, bemüh dich nicht. Ich gehe. Es ist meine Schuld, ich hätte gar nicht kommen dürfen. Das hab ich um nichts auf der Welt gewollt. Ich wußte ja nicht, daß es mein Rusmir so schwer hat, mir tut die Seele weh, daß ich dich so plage. Geh, mein Sohn, ruh dich aus, das Mädchen bringt mich sicher zu einem Taxi. Ich geh zu meiner Verwandten, ich bleib bei ihr, bis sie mit den Untersuchungen fertig sind.«

›Alle Großmütter verstehen sich darauf, Mitleid zu wecken‹, dachte Nadira, während sie darauf wartete, daß der Kaffee aufkochte. Sie hörte, wie der Sohn seiner Mutter sagte, dies sei sein Haus und darin sei immer Platz für sie. Er würde dafür sorgen, daß ein Kollege von ihm die Untersuchungen übernahm.

»Zieh das Kopftuch aus und setz dich auf die Couch«, bat er geduldig.

»Was ist das für eine Couch, die ist ja hart wie eine Bank im Bahnhof, nicht wie bei anderen Leuten. Darauf kann man doch nicht sitzen.«

Nadira mußte in der Küche grinsen, die Alte hatte recht, das Stilmobiliar war ein Ausbund an Schönheit und Unbequemlichkeit. Aber weiterhin beunruhigte sie die Frage, welch unerquickliche Familiengeschichte sich hier abspielte. Sie ahnte, wie sie zustande kam, und fühlte sich entsprechend unbehaglich.

Sie trug den Kaffee auf den Tisch, schenkte ihn in die Tassen und ging dann mit einem Glas Saft in Sabrinas Zimmer. Die Freundin war schon angezogen, sie wollte die Mutter begleiten.

»Warum kommt Großmutter her, wenn sie weiß, daß sie nicht willkommen ist. Jedesmal sorgt sie für Aufruhr«, beschwerte sich Sabrina, als sie schon draußen standen. Sie blieben im Hauseingang stehen, plötzlich pladderte ein richtiger Sarajever Wolkenbruch herab, die Straße verwandelte sich in einen Bach. Gegenüber standen ein Junge und ein Mädchen, er hielt seine Jacke über ihre Köpfe und nutzte sie als Unterstand für einen Kuß. Nadira dachte an Siniša, und ein zufriedener Schauer lief durch ihren Körper.

»Ob meine Mutter sich untergestellt hat? Wenn sie der Guß auf der Straße überrascht hat, wird sie krank, sie hat so empfindliche Lungen.«

Der strömende Regen ließ nach, hörte aber nicht auf.

»Ist deine Großmutter wirklich so böse?« fragte Nadira unvermittelt. »So daß deine Mutter flüchten muß, wenn sie kommt.«

Sabrina dachte nach, schüttelte dann den Kopf, die Alte war nicht böse, aber sie dachte auf eine Art und Weise, die nicht in die moderne Zeit paßte. Sie wollte nicht auf's Beten verzichten, sogar, wenn sie sie besuchte, und die Mutter regte das furchtbar auf, sie sagte, es erinnere sie daran, daß ihr Mann nicht war wie sie.

»Das hat sie doch von Anfang an gewußt, warum hat sie ihn dann geheiratet?«

»Gäbe es nicht sein Fojnica und seine Mutter, wären ihr die Unterschiede nicht bewußt geworden. Es ist eine normale Liebesgeschichte, die in einer Ehe mündete. Vater hat nach dem Krieg in Belgrad Medizin studiert und die Mutter kennengelernt, eine Musikstudentin. Sie nahm ihn zum Mittagessen mit zu sich nach Hause, damals hungerten die Studenten, und er wohnte dann bei ihren Eltern. Sie hatten nichts dagegen, daß sich die beiden verlobten, obwohl sie sich aufregten, als er nach dem Abschluß unbedingt nach Bosnien zurückwollte. Sofija, die mit Žaki schwanger war, folgte ihm. Sie hatte keine Ahnung, daß es für seine Mutter ein Schock war, daß der Sohn eine Andersgläubige geheiratet hatte. Der Vater hatte zunächst eine Stelle in seinem Heimatort angenommen, aber Sofija konnte diese ihr vollkommen fremde provinzielle Umgebung nicht ertragen. Sie zogen nach Sarajevo, dort war es schon anders, sie fanden viele Freunde, die ihnen ähnlich waren. Der Vater ist noch immer seiner Heimat und seiner Mutter so verbunden, als sei er noch ein Junge. Aber ihre Auffassung gehört ins neunzehnte, nicht ins zwanzigste Jahrhundert. Noch immer, wenn sie zu Besuch kommt, bringt sie ihre Gebetskette mit, und die Mutter will nicht zulassen, daß sie das in unserer Wohnung tut. Vater Rusmir bleibt dabei, daß er das weder verbieten könne noch wolle und daß meine Mutter Toleranz zeigen müsse, da sie jünger sei und die Gottesfurcht seiner Mutter nun wirklich niemand störe. Sofija hatte versucht, tolerant zu sein, aber die Alte verlangte von ihrem Sohn, als sie einmal zu Bajram da war, er müsse mit in die Moschee von Fojnica gehen. ›Du kannst doch so nicht leben, als würdest du nirgendwo hingehören, weder Serbe noch Muslim, weder im Himmel noch auf Erden.‹ Vater hatte ihr erklären wollen, daß er nicht irgendwo hingehören müsse, er sei Kommunist und Atheist, wie viele der Leute, mit denen er sich treffe, gebildete und kluge Leute. Weißt du, was die Großmutter darauf ge-

114

sagt hat: ›Leicht ist es, solange es in Mode ist, keinen Glauben und kein Volk zu haben, aber was machst du, wenn das vorbei ist? Mich gibt es dann nicht mehr, aber du wirst dich an meine Worte erinnern.‹ Das hat Mama derart geärgert, daß sie der Schwiegermutter verboten hat, in ihre Wohnung zu kommen. Jedesmal, wenn sie uns besucht, spielen sich ähnliche Szenen ab. Papa meint, er müsse sich um seine Mutter kümmern und bringt sie jedesmal zu uns, wenn sie mal wieder angeblich krank ist.«

Der Regen hatte fast ganz aufgehört, der Junge gegenüber hatte sein Mädchen aus der Umarmung entlassen, sie liefen bereits, über Pfützen springend, weiter. Sie waren so fröhlich und ineinander verliebt, daß ihnen die ganze Welt nichts anhaben konnte.

›Haben die's gut. Mir wird so etwas nie erlaubt sein‹, dachte Nadira und seufzte.

»Vater glaubt, daß seine Generation noch so leben muß, hin- und hergerissen zwischen gegensätzlichen Auffassungen; wir werden frei sein, weil der Einfluß der Alten in ein paar Jahren nachlassen wird. Er denkt, daß sich unsere Generation schon als Jugoslawen fühlen wird.«

»Tröstlich«, sagte Nadira und streckte die Hand aus, um zwei Regentropfen vom Vordach aufzufangen.

»Warum willst du Siniša nicht, ich dachte, er gefällt dir.« Sabrinas Frage war direkt. »Weil er Serbe ist?«

»Nein, weil er Revolutionär ist, er will die Welt verbessern.« Um nichts in der Welt hätte sie zugegeben, wie tief sie noch immer in den Gegensätzen verfangen war und daß sie sich nicht so bald davon befreien konnte.

»Ich finde, er ist der Richtige für dich, gebildet und aufmerksam; das ist schwer zu finden. Er ist besser als so ein Lümmel aus der Čaršija.«

Ein Taxi hielt vor dem Aufgang, Sofija stieg verheult und durchnäßt aus. Sabrina rannte zu ihrer Mama, und Nadira fand, daß es auf dieser Welt nur Einsamkeit und Alpträume gab.

In Sabrinas Familie wurden Probleme rasch beiseite geschoben, die Alte zu den Verwandten geschickt, Mama Sofija bekam vom Papa Rusmir als Entschuldigung einen Brillantring und ein Blumenbukett, und dann planten sie eine lange Reise zum Meer während des Sommers. Sabrina packte riesige Koffer, denn sie verlebte diesmal drei verschiedene Ferienaufenthalte: mit den Eltern in dem Militärhotel in Kupari bei Dubrovnik, bei der Schwester der Mutter, die einen wichtigen Belgrader geheiratet hatte, und schließlich im Wochenendhaus der Tante bei Zlatibor. Sie wollte erst zu Beginn des neuen Schuljahres nach Sarajevo zurückkommen.

Die Freundin fragte, ob auch sie verreise.

»Natürlich, in mein Pale. Dort gibt es drei Wiesen, auf denen wir Heu machen für unsere Kühe. Das ist immer ziemlich aufregend, besonders wenn wir die getrocknete Mahd vor dem nächsten Regen einbringen müssen. Weißt du, solche Sommerferien verbringen die, die nicht das Glück haben, daß der Papa Chirurg und die Mutter eine Belgraderin mit hohen Offizieren in der Familie ist.«

Sabrina beschuldigte sie des Neides, Nadira gab das sofort zu und fragte sie, wie es ihr im umgekehrten Fall ginge.

»Warum hast du nichts gesagt, ich hätte die Tante gebeten, daß du mitkommen kannst.«

»Danke, einen Sommer am Meer kann ich mir jetzt nicht leisten. Aber auch dazu werde ich kommen, wenn ich mein Studium beendet habe und eigenes Geld verdiene. Dann kann ich mir alle Jugendwünsche erfüllen.«

Die Ferien verliefen genau so, wie sie es sich vorgestellt hatte und von Kindesbeinen an gewöhnt war. Es gab immer zuviel Arbeit und Nadira bemühte sich, der Mutter zu helfen. Physisch war sie anwesend, tat, was man ihr sagte oder woran sie selbst dachte, aber geistig war sie weit weg. Sie las, meistens morgens, bevor sie sich um die Kühe kümmern mußte, und abends, wenn die anderen schon schliefen. Um das Abendgebet herum träumte sie meist, dachte an Sabrina, ob sie sich am Meer wohl verliebt hatte, wo Siniša war, ob er manchmal an ›ihrer‹ Bank im Park vorbeiging. In wen würde sie sich wann verlieben können? Würde es diesen Herbst geschehen? Sie versuchte, ein Liebesgedicht zu schreiben, aber es gelang ihr nicht, die Poesie war noch nie ihr Gebiet gewesen.

Mitte August kamen unverhofft der Onkel zu Besuch mit Faketa und der Täschner Muftić mit seiner Mutter. Kaum daß sie seinen großen Wagen erkannte, flüchtete Nadira in den Garten. Eher würde sie den Onkel nicht begrüßen als Auge in Auge diesem Dummkopf gegenüberstehen zu müssen. Sie fand eine Arbeit, um sich die Zeit zu verkürzen. Sie nahm die vorbereiteten Stöcke und Bindfäden und band die Tomaten auf. Er fand sie im Garten, genau in dem Moment, als sie den Rock hob, um eine Ameise zu beseitigen, die sie mehrfach gebissen hatte.

»Schön habt ihr's hier, ich habe nicht gewußt, daß ihr so ein großes Haus habt«, sagte er und lachte sie freudig an. Sie versteckte ihre schmutzigen, von der Arbeit schwieligen Hände hinter ihrem Rücken und fragte, was er im Garten suche.

»Weißt du das nicht, dich natürlich, ich bin gekommen, um dich zu sehen, deine Ferien dauern mir zu lange.«

›Warum sollte ich mich meiner Hände schämen‹, dachte sie und fuhr mit ihrer Arbeit fort. Sie bückte sich, und er schielte in die Öffnung ihrer Bluse, sah ihre kleinen Brüste. Sie beachtete ihn nicht, band die Stengel an die Stöcke, als wäre er Luft.

»Willst du mit zu meinem Wochenendhaus kommen?« Er kam einen Schritt näher.

»Nein, das interessiert mich nicht. Alle Häuser sind doch gleich.«

»Hörst du, Kleine, ich bin deinetwegen hergekommen. Ich seh' doch, daß du traurig bist, daß du dich auf dem Dorf langweilst. Sag, womit ich dir eine Freude machen kann.«

Die Bosheit erleuchtete ihr Gesicht.

»Weißt du, hinter dir ist ein großer Ameisenhaufen. Zieh die Hose aus und setz dich hinein, ich werd' mich ausschütten vor Lachen, wenn dich die Ameisen fressen.«

Oft genug schossen Nadira schalkhafte, ungehörige und ironische Antworten durch den Kopf, aber sie begriff nicht, wie sie das hatte laut aussprechen können. Sie wurde rot, ihr brach der Schweiß aus, weil ihr das entwischt war, aber sie konnte nicht verhindern, daß sie in ein zeterndes Gelächter ausbrach. Muftić blieb der Mund offenstehen, er konnte es nicht fassen. Dann nahm er eine Handvoll Erde, bewarf sie damit und lief dann aus dem Garten. Sie setzte sich ins Gras und lachte weiter, bis ihr die Tränen kamen. Sie wischte sie mit den Fingern weg, so daß sich gelbgrüne Streifen über ihre Wangen zogen von den Blättern und Pollen.

Eine halbe Stunde später kam sie mit ihrem schmutzigen Gesicht in den Hof. Muftićs Mutter Ramiza und Nadiras Großmutter saßen auf Kißchen unter der Linde und unterhielten sich lebhaft über die Tugenden eines Mädchens. Die Großmutter kannte die Gäste nicht näher, ahnte aber mit weiblicher Verschlagenheit, daß sie wegen ihrer älteren Enkelin gekommen waren. Sie freute sich darüber, denn der Bewerber hatte ein großes Auto, ein Geschäft in der Čaršija, und seine Mutter war eine richtige Hanuma, eine vornehme Dame aus der Stadt. Deswegen erwähnte sie nicht, daß sie ihre Enkelin heute morgen hatte rügen müssen, weil sie so spät aufstand und die halbe Nacht las, sondern erzählte begeistert, was eine künftige Schwiegermutter gern hören würde. Demnach freute sich das ganze Haus, wenn sie aus der Stadt kam, sogar der Besen und die Aufnehmer in der Kammer. Wie sollte man sich auch angesichts dieser fleißigen Putzfee nicht freuen; wenn sie kam, blinkte und blitzte alles. Hanuma Ramiza konnte sich selbst davon überzeugen, daß im Haus alles glänzte und aufgeräumt war, erfuhr aber nicht, daß das auch dann so war, wenn Nadira nicht daheim war, denn es war ihre jüngere Schwester Mirsada, die unaufhörlich scheuerte, schrubbte, fegte.

»Warum ist sie dann bei Faketa nicht so tüchtig?« Muftićs Mutter blieb mißtrauisch. Sie kam nicht dazu, die Antwort zu hören, denn ihr Sohn wollte plötzlich aufbrechen, behauptete, er habe viel Arbeit im Wochenendhaus. Er war nicht aufzuhalten, lehnte sogar einen Kaffee ab, und alle wunderten sich über seine plötzliche Schroffheit.

Als er fort war, überlegten Faketa, Nadiras Mutter und Groß-mutter, was Muftić so erzürnt haben könnte. Sie fragten das Mädchen, ob es ihn beleidigt habe. Sie schwor, sie habe nichts gesagt, nur die Ameisen auf ihn gehetzt, damit sie ihn bissen.

Die Tante erging sich in Lobeshymnen auf den Nachbarn, wie gut, wie tüchtig er sei, er trinke und rauche nicht, stelle Ta-schen her wie in Paris, habe Kunden wie Heu.

»Du redest dir umsonst den Mund fusselig«, erinnerte sie der Onkel. »Weder Zineta noch Nadira passen zu ihm. Er braucht eine gewöhnliche Frau. Sie müssen hochgebildete Männer hei-raten, sonst können sie ihre Höhe nicht halten.«

»Wie kannst du Zineta mit meiner Nadira vergleichen«, gab die Großmutter scharf zurück. »Zineta hat die Zeit zum Heiraten längst verpaßt, und meine Enkelin ist noch ein Kind.«

Daraufhin verstummte Faketa und wurde blaß, der Onkel hüstelte verlegen, und so endete dieses Gespräch über die Heirats-chancen zu Nadiras Freude. ›Gott sei Dank, den Täschner Muf-tić bin ich los‹, dachte sie und ging wieder in den Garten, um auf der Mutter Geheiß Bohnen für das Mittagessen zu pflücken.

Als sie von der Mutter erfahren hatte, daß Vildana mit einem fremden Mann aus Pale geflohen und spurlos in der Ferne ver-schwunden war, formte sich in Nadiras Kopf ein Bild der Ereig-nisse. Sie sah, wie das Mädchen auf einen hohen Felsen kletter-te, heruntersprang und auf immer verschwand. Kaum fünf Mo-nate später widerfuhr ihr das gleiche, nur daß sie nicht sprang, sondern durch die Abfolge unglücklicher und tragischer Ereig-nisse von ihrer Höhe gezerrt wurde. Sie flog nicht, sondern rutsch-te, glitt und schlitterte einen Abhang hinunter und landete kilo-meterweit weg von ihrem Traum einer inhaltsschweren und gei-stig erfüllten Jugend und Zukunft. Später mußte sie all ihre Ener-gie und Willenskraft aufbringen, um sich aus diesem Abgrund zu befreien.

Anfang September kehrte sie mit gebräunten, verkratzten Beinen, Schwielen an den Händen und den Kopf voll mit den gelesenen Büchern in die Stadt zurück. Dostojewski hatte sie am

Ende der Ferien angefangen, sich den ›Idiot‹ ins Hirn gezwängt, zu den ›Brüdern Karamasow‹ war sie nicht mehr gekommen. Sie dachte, sie könne dieses Buch in der Stadt lesen, aber dort blieb ihr wenig Zeit, denn bereits in den ersten Unterrichtsstunden überschütteten sie die Lehrer mit neuem Wissen.

Das Leben in des Onkels Haus wurde ungemütlich, Faketa verhüllte ihre Unzufriedenheit über ihre erneute Anwesenheit nicht. »Hast du denn keine anderen Verwandten?« fragte sie abschätzig, sogar in Anwesenheit ihres Gatten. Er ermahnte sie, an sein Verspechen zu denken, Nadira würde bei ihnen wohnen, bis sie das Gymnasium abgeschlossen hätte.

Der Vorfall mit Siniša im Frühling war vergessen, sie besuchte Sabrina wieder ohne Gewissensbisse. Ihre Freundin war von ihren dreifachen Ferien mit einem Koffer voller Abenteuer zurückgekommen. In Kupari hatte sie ihre erste große Liebe erlebt und erzählte alle Einzelheiten ohne Zögern. Nadira ließ sich von dem Wasserfall an Lebensfreude bezaubern. Sabrina hatte sich an einem Seeigel verletzt, und dieser Junge, sie nannte ihn Paul, weil er dem berühmten Beatle ähnelte, hatte den Stachel mit einer Pinzette aus ihrer Fußsohle gezogen. Damit sie den Schmerz vergesse, hatte er sie mit Küssen betäubt. Beim ersten Mal berauschten sie die Küsse, so daß sie nicht spürte, wann sich seine Hand zwischen ihre Beine schob. Das war Nadira zu viel, sie war schockiert und harrte der Fortsetzung mit weitaufgerissenen Augen.

»Meine kleine Puritanerin«, lachte die Freundin sie aus. »Glaubst du, daß ein Mädchen unschuldig in die Ehe gehen muß? Sei keine Närrin, die sexuelle Revolution schreitet voran.«

›Wie fröhlich Sabrina ist, warum hat sie überhaupt keine Gewissensbisse und fürchtet auch keine Schwangerschaft‹, fragte sich Nadira.

Sabrina fürchtete sich wirklich vor nichts, für sie gab es keine Tabus mehr, schon gar keine körperlichen. Sie war darüber so glücklich, als sei sie aus keinem anderen Grund geboren als dem, die Schönheiten der Sexualität zu entdecken. Sie lag mit hochgeschobenem Rock, offenem Haar, halbgeschlossenen Augen auf dem Teppich im Wohnzimmer und genoß es, ihre ersten Liebeserfahrungen zu beschreiben. Nadira saß ein Stück von ihr entfernt, ihr schien, als versetze Sabrina mit ihrer Sinnlichkeit die Luft in Vibration, als fülle sich der Raum mit dem Geruch ihrer eben erwachten Weiblichkeit. Ihr war warm, aber im Magen blieb ein Ekel, obwohl sie nicht wußte woher.

»Ich weiß nicht, wann ich ihn wiedersehe, vielleicht an dem Feiertag im November, wenn ich nach Belgrad fahre. Aber auch wenn ich ihn nie wieder sehe, werde ich ihm immer dankbar sein, weil er mich befreit hat. In den ersten Tagen haben wir nackt gebadet, er zeigte mir, daß man sich lieben kann auch ohne richtige … na, damit man die Unschuld nicht verliert. Er hat meinen Körper wie ein Instrument bedient, als würde er darauf spielen. Dann sind wir immer weitergegangen, bis ich begriff, daß das auch für seinen Körper gilt. Ich habe ein bißchen Angst gehabt, schwanger zu werden, aber wenn was passiert, kann ich das über Mutters Verwandte regeln, ihr Freund ist Gynäkologe in Novi Beograd. Ich habe mich immer gefragt, wie es sein wird, aber ich habe wirklich nicht geahnt, daß es so toll ist.«

Nadira schwieg, der Ekel im Magen wurde schlimmer. In diesem Moment haßte sie Sabrina, sie hätte sie am liebsten geschlagen, beleidigt. ›Ekelhaftes Weibsstück, widerlich, widerlich‹, hämmerte es in ihren Ohren.

»Du beneidest mich, nicht war?«

Sie konnte nicht sprechen, schüttelte nur den Kopf. Sie wäre gern gegangen, fand aber keine passende Ausrede.

»Weißt du was, ich denke, du könntest dasselbe mit Siniša erleben. Warum probierst du es nicht?«

»Nein, Siniša gefällt mir nicht. Er redet interessant, man kann viel von ihm lernen, aber …«

Sabrina glaubte ihr nicht, ging rasch in ihr Zimmer und ließ das Rollo halb herunter. Nadira verabschiedete sich eilends. An der Eingangstür stieß sie fast mit Žaki zusammen, der sie interessiert betrachtete.

»Ha, Rosa-Muh, du bist aber hübscher geworden über'n Sommer.« Er ließ seine schönen Zähne blitzen und versuchte, den Arm um ihre Taille zu legen.

»Das kann man von dir nicht behaupten, du schaust aus, als hätte dich ein Hochwasser angeschwemmt!«

»Schade, daß du nicht endlich Vernunft angenommen hast!«

»Und du kannst im allertiefsten Meer nicht untergehen. Selbst wenn du nicht schwimmen kannst, hält dich dein Hohlkopf über Wasser!«

›Ja, ich will böse sein vor solchen Ekeln wie Žaki und Muf-tić, ihnen gegenüber bin ich böse. Ich werde laut sagen, was ich von ihnen halte, es ist mir nicht wichtig, was sie von mir denken. Wie ich diese ungezogenen Deppen hasse!‹

Das dachte sie, während sie auf der Bank saß, auf der sie in diesem Frühjahr Sinišas Nähe gespürt hatte. Die Tauben stolzierten durch das erste Laub auf dem Boden, der Mann mit dem Hut war nicht da. ›Ob er eine bessere Beschäftigung gefunden hat, oder ist er auf die Goli Otok zurück.‹

Sie sah Siniša in den Park kommen, stand schnell auf und verschwand.

Jetzt hatte Zineta wieder Zeit für sie, sie gingen zusammen ins Theater und sahen sich ›Medea‹ an, dann die Dramatisierung eines serbischen Satireromans. Als sie in den berühmten Film ›Alexis Sorbas‹ gingen, saßen sie vorher lange im ›Egipat‹ bei einem Eis, und die meiste Zeit erzählte Zineta von ihrer Magisterarbeit. Nadira verstand die juristischen Fachausdrücke nicht, sie fand es langweilig, welche Unterschiede zwischen dem bürgerlichen Recht und dem Einparteiensystem in ihrem Land bestanden. Ihre Freundin war glücklich, daß die Arbeit hinter ihr lag, sie hatte abgegeben und die Verteidigung war bereits für Anfang nächsten Jahres angesetzt. Aber ihre Zufriedenheit war wie fortgeblasen, sobald sie auf den Inhalt ihrer Arbeit zu sprechen kam. Sie hatte die Überlegenheit des Sozialismus über das bürgerliche System bewiesen. »Ich mußte etwas beweisen, was es gar nicht gibt, und das quält mich sehr. Hätte ich es jedoch nicht

›bewiesen‹, hätte ich keine Chance auf eine Stelle gehabt. Ich fürchte, daß ich bei der Verteidigung unglaubwürdig wirke.«

Da der Film spät endete, brachte Zineta sie nach Hause. Der Onkel erwartete sie, er war böse auf die Schwägerin, weil sie ihm in letzter Zeit keine Nachrichten von ›ihm‹ hatte zukommen lassen.

»Mein lieber Taib-Beg, wenn es etwas Neues gibt, erfährst du es als erster. Im Moment hat ›er‹ alles auf Eis gelegt, das habe ich schon im Sommer gesagt.«

»Aber warum nur, bei Gott, wir können doch nicht bis zum Jüngsten Gericht warten!« Nadira hatte den Onkel noch nie so aufgeregt erlebt.

Zineta bat um Wasser, trank das Glas mit wenigen Schlucken aus und erklärte ihm dann ruhig, daß alles in Gefahr sei. ›Er‹ dürfe sich mit niemandem treffen, auf den auch nur der Schatten eines Verdachts falle, mit den ›Jungen Muslimen‹ in Verbindung zu stehen.

»Wollt ihr euch wieder verhaften, foltern und töten lassen, euch in Kellern verstecken? Hast du nicht all das schon hinter dir?« fragte sie ihn mit einem unterdrückten Zischen, aber ihr Gesicht war bleich. »Du hast keine Ahnung, wie schwer ›er‹ es hat.«

»Unsere ganze Intelligenz zerstreut sich, wird kroatisch oder serbisch! Dann ist es nicht mehr wichtig, ob man uns anerkennt oder nicht.«

»Wenn sie sich für die andere Seite entscheiden, dann brauchen wir sie nicht mehr. Taib, bitte bewahre Ruhe und Geduld. Es wird etwas geschehen, ich weiß nicht was, ahne es nur. Das Problem liegt auch bei uns, manche sind für die Bezeichnung ›Muslime‹. ›Er‹ ist dagegen, weil es nichts bedeutet!«

»Wie kann es nichts bedeuten, es bedeutet alles!« Der Onkel griff sich an den Kopf.

»Muslime sind auch Perser und Araber. Wir gehören hierher, wenn wir nicht den Namen des Landes bekommen, in dem wir leben, dann haben wir auch kein Recht darauf, es wird so aussehen, als seien wir von fernher gekommen.«

»Wichtig ist die Anerkennung, egal wie!«

»Taib, das geht nicht so schnell. Vielleicht auch gerade wegen so Leuten wie du. Im Moment liegt alles auf Eis, wenn es schmilzt, gebe ich dir Bescheid.«

Es war zu spät für Zineta, nach Hause zu gehen; Nadira bereitete ihr das Bett auf der Couch im Wohnzimmer. Der Onkel ging verärgert in sein Zimmer, sie blieben allein. Keine war besonders müde, keine aber auch gesprächig. Zineta schminkte sich mit Watte und Kindercreme ab und zog sich dann aus. Sie hatte wunderschöne Wäsche unter dem Kleid, Nadiras Augen wurden geblendet durch das weiß-rosige Leuchten von Spitze und Haut.

»Warum siehst du mich so an«, fragte Zineta.

»Du hast sicher ein gutes Gehalt, daß du dir so schöne Sachen kaufen kannst.«

»Als ich so alt war wie du, habe ich zwei Paar gestopfte Unterhosen abwechselnd getragen. Was haben wir in der Stadt gehungert in der Nachkriegszeit. Aber glaub mir, glücklicher wirst du nicht von den italienischen Klamotten.«

›Warum trägst du sie dann?‹ dachte Nadira.

Durch die Stille der Nacht schlug die Kathedrale Mitternacht.

»Worüber denkst du so nach, warum gehst du nicht schlafen, du mußt morgen doch früh in die Schule?«

»Ich denke darüber nach, wie du so geworden bist, als sei Faketa nicht deine Schwester. Ihr ähnelt euch kein bißchen.«

»Du hast doch auch eine Schwester, ist sie dir ähnlich?«

»Nein, du hast recht, ich habe vergessen, daß meine Schwester mit mir verwandt ist. Aber Faketa ist doch auch in die Schule gegangen ...«

»Aber sie hat auf das Gerede gehört, was die Tanten und Nachbarn sagen, las nur religiöse Bücher. Einer unserer Verwandten, der Sohn unseres Onkels mütterlicherseits, hat Jura studiert und wurde Anwalt. Er hat uns davon erzählt, und ich habe ihm manchmal heimlich zugesehen, wie er seine Reden vor Gericht vorbereitete. Später eiferte ich ihm nach, und so bin ich der Tradition entronnen.«

Zineta lag im Bett, deckte sich bis zum Kinn zu und streckte

124

sich wohlig. Nadira überlegte ein bißchen, ob sie die Frage stellen dürfe.

»Mein Kind, ich bin müde, aber du kannst nicht genug kriegen. Was hast du auf dem Herzen?«

Nadiras Dilemma wartete nur auf so eine Aufforderung, und nun sprudelte alles auf einmal aus ihr heraus, sie vermengte eins mit dem anderen, verwirrte und mischte alles, so daß sie selbst nicht wußte, ob sie eine Frage stellte oder Antworten gab. Sie erzählte, was ihr die Mutter ständig eintrichtern wollte, was Vildana gemacht hatte, daß der Onkel gesagt hatte, sie könnten ihre Höhe nicht halten, wenn sie nicht gebildete, verständige Männer finden würden, daß sie überhaupt niemand fände, weil sie nur einem Siniša gefalle, sie könne nicht mal daran denken, sich mit ihm einzulassen. Sabrina habe sich schon am Meer mit einem Paul geliebt, den sie vielleicht nie wiedersehen würde, Sabrina habe gar keine Gewissensbisse und bereue nichts. Sie wäre gern wie Sabrina, könnte sie nur lernen, sich nicht zu fürchten, für sich zu entscheiden, was sie dürfe und was nicht.

Zineta stützte sich auf den Ellbogen und sah sie aufmerksam an. Mitgefühl und Mitleid flogen über ihr Gesicht. Als Nadira endete und sich die Tränen, die ihr die Aufregung aus den Augen trieb, abwischte, sah sie zu ihr hinüber, als könne sie den Alptraum, in dem sie sich fand, vertreiben. Aber die ältere Freundin konnte ihr nichts erklären, sie sah noch unglücklicher aus als sie selbst.

»Das, was du mir da erzählst, ist meine eigene Geschichte, bis auf kleine Unterschiede. Ich kann dir keine Antwort geben, ich habe selbst keine gefunden. Ich hatte einen Freund, als ich ins Gymnasium ging, und gab ihn aus Rücksicht auf die Eltern und alle, die mir nahestanden, auf.«

»Und warum hast du später nicht geheiratet?« fragte Nadira atemlos und wartete ungeduldig auf die Antwort.

»Wen hätte ich heiraten sollen? Diese gebildeten und verständigen Muslime, die uns dein Onkel wünscht, nehmen selten eine Muslimin zur Frau. In meiner Umgebung kenne ich nicht einen. Wenn für mich nur jemand wie der Täschner Muftić übrigbleibt, bin ich lieber ledig.«

Nadira sah Zineta ungläubig an.

»Du bist zu jung, um das zu verstehen. Unsere gebildeten Muslime sagen sich bewußt oder unbewußt von ihrer Herkunft los. Hier muß man sich schämen, als Muslim geboren zu sein. Sie wollen Karriere machen, wenigstens ein bißchen Macht ergattern. Sie können leichter zeigen, daß sie keine Muslime sind, wenn eine Frau aus einer anderen Nation an ihrer Seite steht. Und die, die zu ihrem Glauben stehen, heiraten eine Hausfrau wie meine Schwester Faketa; sie wollen, daß sie die Traditionen bewahrt. Auch dein kluger Onkel hat es nicht anders gemacht.«

»Woher weißt du das? Hat ›er‹ es dir gesagt, oder bist du von selbst drauf gekommen?«

»Er hat es mir gesagt, als er mir erklärte, warum er eine Serbin geheiratet hat. Er hat mich darauf aufmerksam gemacht, daß unsere traditionelle Erziehung, sei folgsam, demütig, bescheiden, zurückhaltend, nimm dein Schicksal an, nichts taugt; so kriegen wir nicht die Freier, von denen dein Taib-Beg redet. Ich habe darüber lange nachgedacht und begriffen, daß ›er‹ recht hat. Aber das macht es nicht leichter, wenn du es weißt, belastet es dich noch mehr.«

›Na, klasse, jetzt hast du mich auch damit belastet‹, dachte Nadira. ›Aber du bist schon eine alte Jungfer, und ich bin noch ein Kind, wie meine Oma sagt, ich habe Zeit. Vor mir liegen Abitur und Studium. Bis dahin wird sich bestimmt was ändern.‹

Zineta deutete ihr Lächeln richtig.

»Die Zeit geht vorbei, meine liebe Nadira, du wirst sehen, wie sie verfliegt. Ich wäre froh gewesen, wenn mir jemand verraten hätte, was mich erwartet. Aber, Liebes, rede bloß nicht außerhalb des Hauses über das, was wir hier besprochen haben. Merk es dir nur und schreib was auf, du wirst es mal brauchen.«

Am nächsten Morgen, als Nadira verschlafen und übermüdet aufstand, saßen Zineta und der Onkel versöhnt, sogar gutgelaunt, beim Frühstück. Sie redete wieder über ihre Magisterarbeit, und er versprach, daß er sie im Frühjahr mit der ganzen Familie zur

Buna-Quelle bei Mostar einladen würde, dort habe er mit seinen Kameraden nach dem Krieg zweimal Bajram gefeiert. Er behauptete, es gäbe kein schöneres Fleckchen Erde auf der Welt, so müsse das Paradies sein. Ein Ausflug zur Buna mit Lammfleisch am Spieß, dem ganzen Familienchor und guten Sevdalinken-Sängern, das werde sein Geschenk zu ihrem ersten Titel. Er käme zur Uni, wenn sie ihre These verteidigen würde, wenn die Kommission darüber urteile, ob Zineta etwas wisse.

»Natürlich weiß ich was, zwei Jahre habe ich mich in Bibliotheken vergraben«, meinte sie böse.

Er entschuldigte sich, er habe nichts Schlechtes gedacht, sich nur an seine Nachbarin Fatima erinnert. Sie war vor dem Zweiten Weltkrieg Lehrerin geworden. Sie mußte eine staatliche Prüfung ablegen und wurde gefragt, ob sie das vor einer Frauenkommission, wie sie damals für Musliminnen Vorschrift war, oder vor der großen Kommission aus Männern und Frauen von mehreren Nationen erledigen wolle. Fatima kam nach Hause und fragte ihren Vater, weil sie nie etwas ohne ihn entschied. Er überlegte und befahl ihr, vor der großen Kommission die Prüfung abzulegen, damit alle sehen könnten, daß seine Fatima ›etwas wisse‹.

»Damit alle sehen können, daß Zineta etwas weiß«, lachte sie. »Ihr werdet noch stolz sein auf eure Zineta.« Faketa schüttelte den Kopf, daran mochte sie nicht glauben.

Nadira kam aus dem Flur, um sich zu verabschieden. Sie hörte noch, wie Zineta dem Onkel erzählte, daß ihre Gruppe sich demnächst im Wochenendhaus ›seiner‹ Schwester in der Nähe von Sarajevo treffe und darüber abstimme, ob man mit der Arbeit wegen der Anerkennung noch abwarte oder sie fortsetze.

»Bitte, frag ›ihn‹ doch, ob ich einmal in das Wochenendhäuschen kommen darf, ich will ihm nur etwas sagen.«

Nadira hörte nicht mehr, was Zineta antwortete, sie mußte weg. Wer weiß warum, aber sie drehte sich in der Mitte des Hofes noch einmal um, klopfte ans Küchenfenster, Zineta antwortete auf ihren Gruß mit einem Winken und dem Hinweis: »Lauf, du kommst zu spät in die Schule.«

Es war das letzte Mal, daß sie ihre Stimme hörte.

Das Unglück passierte zwei Wochen später, bei dem Wochenendhäuschen ›seiner‹ Schwester. Faktisch verlegte es Nadira nur in ihrer Phantasie dorthin, denn niemand nannte den genauen Ort und die Adresse des Vorfalls. In der Familie kursierte die Version, Zineta habe in dem Wochenendhäuschen einer engen Freundin mit ihren Freunden die Abgabe ihrer Magisterarbeit gefeiert. Man habe ein bißchen getrunken und geredet und getanzt. Zineta klagte am Spätnachmittag über Kopfschmerzen und ging spazieren. Die Dämmerung brach herein, sie überquerte eine Wiese und kam auf die Straße. Wegen des Lärms und der Musik hörte die Gesellschaft im Wochenendhaus weder das Auto noch den Aufprall, keinen Schrei, nichts. Nach einer Stunde suchten sie sie und fanden sie ein paar Meter neben dem Weg in einem Gebüsch, tot und verkrümmt, so, wie sie nur ein schnelles Auto hingeschleudert haben konnte. Den Täter fand man nicht, niemand hatte eine Ahnung, wer es gewesen sein konnte.

All das war so ungewöhnlich und unerklärlich, daß es die Phantasie der Leute in ungeahntem Maße anregte. Faketa und der Onkel trauerten und redeten nicht davon, wie es dazu gekommen war, ihnen fügte das Unglück großen Schmerz zu. Aber jedesmal, wenn Nadira nach Pale kam, hörte sie eine neue Variante von Zinetas Tod. In allen war ihre Freundin eine verruchte, männerverführende und Ehen zerstörende Hure. Man erzählte sich, ›seine‹ Frau habe das Auto gefahren, sie sei ins Wochenendhaus gekommen, um ihren Mann zu suchen und habe Zineta getötet, um sich für ihre kaputte Ehe zu rächen. Das nächste Mal hatte ›er‹ am Steuer gesessen, Zineta war schwanger und verlangte, ›er‹ solle sich scheiden lassen, aber er konnte das wegen seiner Position nicht. Dann wieder war sie gar nicht von einem Auto erfaßt, sondern im Haus getötet und ins Gebüsch geworfen worden.

Nadira bemühte sich, nicht über die menschliche Leidenschaft nachzudenken, die da hieß Sensationsgier. Sie hatte nicht die Kraft, sich dem entgegenzustellen, nicht einmal ihrer Mutter konnte sie erklären, wie Zineta war und was sie ihr bedeutete. Hundert Mal wiederholte sie den letzten Abend, den sie zusammen verbracht hatten. Was sie in der Eisdiele geredet hatten, was, nachdem sie nach der Vorstellung zu Hause waren. Sie erinnerte sich an jedes Wort, das der Onkel und Zineta gewechselt hatten. ›Natürlich weiß Zineta etwas, sie hat sich zwei Jahre lang in Bibliotheken vergraben. Und alles umsonst!‹ dachte Nadira und wälzte sich zum hundertsten Mal im Bett herum. Ihre Phantasie war nun eine schreckliche Strafe. ›Hat es ihr weh getan, wie sie der Wagen erfaßte? War sie sofort tot, nachdem sie ins Gebüsch fiel, oder war sie noch bei Bewußtsein und spürte, wie das Leben aus ihr wich? Hat sie um Hilfe gerufen? Hat sie an ihre Magisterarbeit gedacht oder an ›ihn‹? Wollte sie heiraten und Kinder haben? Ich weiß nichts von ihr, ich kenne sie gar nicht, ich bin so egoistisch gewesen, ich habe nur etwas von ihr haben wollen. Ich seh sie nie mehr! Sie ist aufgeflammt und verloschen, wie ein Komet.‹ Nadira wußte nicht, ob sie der Tod Zinetas schmerzte oder das, was sie damit verloren hatte.

Faketa hielt sich gut, sie richtete im Elternhaus den Tehvid, das Totengebet, aus, empfing Verwandte und Freunde, die ihr Beileid aussprachen. Sie tat es mechanisch, so als sei nicht jemand gestorben, der ihr nahestand. Nadira half ihr und haßte sie für ihre Gleichgültigkeit. Sie hoffte auf einen günstigen Moment, in dem sie allein in Zinetas Zimmer schlüpfen konnte. Sie wollte sich aus dem, was sie hinterließ, ein Bild machen, wie sie wirklich gewesen war. Aber die Tür war zugeschlossen, sie erfuhr nicht mehr über sie als das, was sie schon wußte.

Obwohl Zineta der Partei angehört hatte, wurde sie nach religiösem Ritual bestattet, ohne Frauen. So wollten es die Eltern, aber auch Faketa. Der Onkel kehrte vollkommen niedergeschlagen von der Çenase zurück, sieben Tage lang kam er kaum aus seinem Zimmer. Er erlaubte Faketa nicht einzutreten. »Dein Herz ist aus Stein, du weinst nicht um sie«, sagte er. Manchmal rief er Nadira zu sich und bat sie, von Zineta zu erzählen, wo sie gewesen seien, was sie geredet hätten. Ihr fiel das sehr schwer, sie mußte abwägen, was sie ihm sagen durfte und was nicht. Ihre Frage, warum Gott gerade sie und gerade jetzt zu sich genommen habe, wo sie auf dem besten Weg war, etwas zu erreichen, blieb unbeantwortet. »Mein Kind, das frage ich mich auch«, sagte er.

Als der psychische Schock langsam nachließ, ging Taib wieder seinen üblichen Arbeiten nach. Allerdings war er immer noch nicht richtig aufmerksam, Faketa und seine Söhne mußten ihre Fragen oft wiederholen, bevor sie eine Antwort von ihm bekamen.

Einen Monat später bat man ihn wie durch ein Wunder, so schien es ihm, als leitender Buchhalter in der Verwaltung der Republik zu arbeiten. Es war ein wichtigerer und besser dotierter Posten als in der Fabrik, in der er derzeit arbeitete. Damit übernahm er zugleich erhebliche Verantwortung, er hatte Gelegenheit, die Arbeit anderer zu kontrollieren. Die Entscheidung fiel ihm schwer, denn er mußte mit der neuen Stelle Reisen durch ganz Bosnien in Kauf nehmen.

»Ich weiß, daß ich das ›ihm‹ zu verdanken habe, aber warum?« sagte er zu seiner Frau. »Wenn ich ›ihn‹ doch einmal danach fragen könnte. Und daß ›er‹ mir erklärt, was mit Zineta passiert ist.«

»Was war, war, sie ist nicht mehr, Allah hat sie ins Paradies geholt.« Faketa erlaubte nicht, daß man den schweren Deckel hob, den sie über den Tod ihrer Schwester gelegt hatte.

»Was mich am meisten schmerzt, ist diese sinnlose Art, wie wir unsere Intellektuellen verlieren. Zineta hätte sicher promoviert und wäre Professor geworden. Sie hätte unser Ansehen gehoben. Ich kann mich nicht damit abfinden, daß sie tot ist.«

»Hätte sie geheiratet, dann hätte sie Kinder bekommen und würde noch leben«, entgegnete seine Frau.

Nadira belauschte die Unterhaltung aus ihrem Zimmer. Nach Zinetas Tod wuchs ihr Widerstand gegen Faketa, sie bemühte sich, so wenig wie möglich in ihrer Nähe zu sein. Nach diesem Satz mit Hochzeit und Kindern haßte Nadira sie. ›Ich muß eine andere Unterkunft finden, die Frau ertrage ich nicht mehr. Wenn ich wenigstens ins Wohnheim der Schule ziehen dürfte.‹

Die Einsamkeit trieb Nadira in Sabrinas Gesellschaft, aber sie konnte sie gleichzeitig nicht ertragen, mit all der Energie und

Lebensfreude, die sie ausstrahlte. Sabrina konnte sie nichts von dem erzählen, was sie verloren hatte, in ihrer Nähe war kein Raum für Trauer. Fünf Mal hörte sie sich ihr Strandabenteuer mit Paul und seinem Liebesrepertoire an, am Schluß wurde ihr übel davon. Bereits beim zweiten Mal tauchte Siniša bei Sabrina auf, ganz wie sie es gehofft hatte. Er konnte die Leere, die Zineta in ihr hinterließ, wenigstens ein bißchen füllen. Der Schmerz um Zineta und das Bewußtsein, daß ohnehin alles sinnlos war, stumpfte ihr Verantwortungsgefühl ab. Wenn man so schnell von der Erde verschwinden konnte, konnte es dann wichtig sein, ob sie sich von jemandem abwandte oder nicht, ob sie Erwartungen erfüllte oder nicht, daß Siniša einer anderen Nation angehörte. Die Angst vor ihrer Familie mit ihren ungeschriebenen Gesetzen verschwand in einem Nebel, sie war in gewisser Weise frei, sie konnte sich ihren inneren Bedürfnissen überlassen, jemandes Nähe suchen, der wenigstens geistig Zineta ersetzte.

Sie war sich nicht ganz sicher, was da vorging, ob sie sich mit Siniša einlassen oder nur treffen wollte. Sie berührten sich kaum, küßten sich zweimal, einmal im Kino, einmal in Sabrinas Zimmer. Damals erzählte sie ihm, warum sie die Vitrine fürchtete, die da stand, und er erklärte ihr, daß nicht nur Juden in den kroatischen Vernichtungslagern verschwunden waren, sondern auch Serben, viele Serben, ganze Städte. Sie bereute ihre Aussage, denn er nahm sie zum Anlaß, sie mit der Geschichte von den Untaten der Kroaten an den Serben im Zweiten Weltkrieg totzureden.

»Ich schlage vor, wir lassen diese morbiden Themen«, brachte sie ihn endlich zum Schweigen. »Sollen wir in den Park gehen?«

Während sie hinüberliefen, fragte sie ihn, warum der Mann mit dem Hut nicht mehr kam. Er antwortete, die Menschenfresser hätten ihn geholt, sie seien nicht auf der Nackten Insel, sondern hier. Er war mit dem, was er überlebt hatte, nicht fertiggeworden und hatte sich umgebracht.

»Siniša, hast du noch was anderes auf Lager?«

»Schön ist dieses Land, mein liebstes Land, nirgends gibt's so viel Grün wie im Tal meiner Kindheit. Komm Freund, wir sind auf dem Balkan, in Jugoslawien«, auf ihrer Bank rezitierte Siniša halblaut und spöttisch das bekannte Heimatlied. Nadira bat ihn zu schweigen.

»Du hast recht! Wir sollten uns unserer Jugend freuen und des sonnigen Herbstes.«

Sie stimmte zu, erlaubte ihm aber nicht, sie hier in der Öffentlichkeit zu umarmen. Trotz allem hatte sie die Mahnungen im Hinterkopf, es sei falsch, sich mit Siniša einzulassen. Er konnte nicht mal ein Ersatz für Zineta sein.

»Sollen wir uns dieses Jahr beide zum Jugendarbeitsdienst melden?« fragte er.

Lachend erzählte sie ihm, daß ihre Mutter den Vater nur geheiratet habe, weil man sie zum Arbeitsdienst ans andere Ende Bosniens schicken wollte.

»Siehst du, es hat sich doch was geändert, wenn du jetzt mit mir kommst, würde sich niemand mehr wundern.«

›Falsch, du täuschst dich, mein Lieber, so viel hat sich nicht geändert‹, dachte Nadira. ›Wenn du wüßtest, wie ich mich fürchte, daß uns jemand zusammen sieht.‹

Siniša redete nie über die Dinge, die sie von Zineta erfahren hatte. Er verbreitete sich über ein ganz anderes Gebiet, das der puren Ideologie. Er übte vor ihr seine rhetorischen Fähigkeiten und analytischen Potentiale ein, er war fest davon überzeugt, daß er sie eines Tages brauchen würde, wenn sie die Revolution, die nach dem Krieg stattgefunden hatte, verbessern würden. Wenn nur bald diese Analphabeten stürben oder in Pension gingen, sie hatten im Krieg gut schießen und sich verstecken können. Jetzt mußten gebildete sozialistische Kader an die Reihe kommen, damit ihr Land wirklich so erfolgreich würde wie in jenem Lied. Nadira glaubte weder daran, noch bezweifelte sie es, sie widersprach nicht, sie hörte nur zu und legte diese Gedanken in ihrem Gehirn ab, ohne daß sie ihr viel bedeuteten. Häufig erwähnte er den ›Großinquisitor‹; diesen philosophischen Abschnitt in Dostojewskis ›Brüder Karamasow‹ nutzte er zur Analyse ihrer Gesellschaft. Er war von dem Buch begeistert und von der Weite der russischen Seele und Kultur.

›Das mit der Kultur und der Seele glaube ich nicht.‹ Nadira behielt ihre Zweifel an seiner Theorie für sich. ›Solche Narren wie der alte Karamasow gibt es wie Sand am Meer. Wenn jemand über sie schreibt, dann schreibt er nicht von Kultur, sondern von Unkultur. Was ist an diesem Karamasow so wichtig, daß man über ihn schreibt? Mein Vater Dervo ist kein Scheusal wie er, aber ich werde trotzdem nicht über ihn schreiben, weil er rückständig ist‹, dachte sie.

Er wollte mehr über ihre Familie wissen, aber sie redete nie darüber.

Langsam wurde sie mutiger, erlaubte Siniša, vor der Schule auf sie zu warten. Dann begleitete sie ihn zum Rathaus, in dem die Stadtbibliothek von Sarajevo untergebracht war. Meistens lernte er dort. Er erweiterte ihren Interessenkreis, ging rasch von der klassischen russischen Literatur zu den Dissidenten über, von ihm erfuhr sie, daß Rußland seine besten Intellektuellen im sibirischen Gulag einsperrte. Die Gespräche mit ihm oder besser seine Monologe halfen ihr, auf andere Gedanken zu kommen, die Wirklichkeit auszublenden und damit den schrecklichen Verlust, der durch Zinetas Tod entstanden war. Sie vergaß sie nicht, Erinnerungen und Bruchstücke ihrer Unterhaltungen hatte sie ständig im Kopf, aber der Puffer der verstrichenen Zeit minderte scheinbar den Schmerz.

Ihr Aufenthalt in des Onkels Haus war unerwünscht, Faketa ließ sie das jedesmal spüren, wenn Taib Sarajevo dienstlich verließ. Sie drängte ihr Muftićs Gesellschaft auf. Er kam mehrmals, und die Tante fand dann immer eine Arbeit im Haus und ließ sie allein auf der Veranda. Es gab nichts, worüber sie hätten reden können, sie saßen da und schwiegen, und das war ihr sehr unangenehm. Er lud sie ein, mit ihm auszugehen, sie nahm es nicht an. Er sprach von Heirat, sie zuckte die Achseln, es interessierte sie nicht, wer die Auserwählte war.

Nadira war so unvorsichtig und davon überzeugt, daß niemand sich darum kümmerte, was sie tat, daß sie ohne Angst, gesehen zu werden, mit Siniša durch die Straßen spazierte und ihn zum Rathaus begleitete. Das gab ihm das Recht, mehr als freundschaftliches Beisammensein von ihr zu fordern. Beim Abschied zog er sie an sich, küßte Wange und Mund.

An diesem Tag hatte sie bemerkt, daß ihnen jemand folgte. Als sie sich vor dem Rathaus von Siniša verabschiedete, sah sie Muftić hinter einer Säule. Unbehagen kroch von den Fußzehen hoch, verwandelte sich im Magen in Zittern und landete als Panik im Hirn. Unbehagen und ein Pochen in den Ohren begleiteten sie bis nach Hause. Dort beruhigte sie sich etwas, was ging es letzten Endes Irfan Muftić an, mit wem sie spazierenging! Er hatte kein Recht, ihr nachzuspionieren, redete sie sich zu. Es war ihr Recht zu nehmen, was ihr das Leben bot, morgen konnte es schon vorbei sein wie bei Zineta.

Nadira ahnte nicht, daß sie bereits von ihrer Höhe glitt und ihre Naivität sie tiefer in den Abgrund reißen würde.

Siniša wartete am nächsten Tag vor der Schule auf sie, sie hatten sich verabredet, zusammen in ein Museum zu gehen, er wollte ihr eine Sammlung mit mittelalterlichen bosnischen Gegenständen zeigen.

Seit der letzten Stunde quälte sie eine Ahnung, sie spürte etwas sehr Unangenehmes auf sie zukommen. Sie war nicht sicher, ob das von der gestrigen Begegnung mit Muftić rührte oder weil Siniša sie an einen Ort lockte, an dem er sie ungestört umarmen konnte. Dazu war sie nicht bereit, es ärgerte sie, daß er sich immer öfter besitzergreifend verhielt. ›Nein‹, dachte Nadira, während sie die Stufen hinunterging. ›Ich bin noch nicht bereit dazu und muß ihm sagen, daß er nicht meine Zustimmung erwarten darf.‹

Alles ging so schnell, daß sie sich später an die Einzelheiten nicht mehr erinnern konnte. Sie ging die Treppen hinunter, Siniša stand neben einem frisch gepflanzten Baum. Sie ging zu ihm, reichte ihm zum Gruß nur die Hand und wich seiner Umarmung aus. Sie schlug vor, zu Fuß zum Museum zu gehen, über die Wilson-Promenade.

Die Mutter und Faketa erwarteten sie hinter dem nächsten Stamm. Nadira sah zwei Frauen in Mänteln, achtete aber nicht auf sie. Sie war schockiert, als sie eine der beiden an den Haaren

134

auf die Erde riß, und als sie das zornverzerrte Gesicht der Mutter erkannte, verlor sie fast das Bewußtsein.

»Was haben Sie, sind Sie verrückt«, schrie Siniša, und Nadira wünschte sich, daß die Mutter sie ersticken würde und sie nie mehr aufstehen und mit ihrer Erniedrigung zurechtkommen müsse. Die Mutter schlug sie, unbarmherzig, auf den Kopf, die Wangen, zerkratzte ihr mit den Fingernägeln die Stirn.

»Hör auf, Ifeta, hör auf, provoziere nicht noch mehr Aufsehen«, zischte Faketa und versuchte, ihre Hand zu fangen. Plötzlich ließ der Druck der wutentbrannten Frauen nach, Nadira erhob sich, drängte Siniša weg, der wie von Sinnen um sie herumlief, versuchte zu fliehen, aber die Mutter war mit unglaublicher Schnelligkeit wieder bei ihr, packte sie an der Hand und zog sie zur Straßenbahnhaltestelle. Nadira überließ sich kraft- und willenlos der mütterlichen Furie.

»Meine Damen, lassen Sie mich doch erklären«, schrie ihnen Siniša hinterher, und Nadira hatte das Gefühl, daß seine Stimme schrecklich in ihren Ohren schepperte.

Nadira konnte sich später nicht mehr daran erinnern, womit ihre Tage ausgefüllt waren, bis man entschied, ob sie weiterhin beim Onkel wohnen und in die Schule gehen solle oder ob sie zurück nach Pale müsse. Sie wurde nicht gefragt, ihre Schuld war erwiesen. Die Mutter ging in die Schule, um sich zu versichern, daß sie regelmäßig den Unterricht besuchte und welche Noten sie hatte. Die Nachrichten, die sie ihrem Bruder mitteilte, waren günstig, ihre Tochter hatte sich nicht so tief verstrickt, hatte keine unverzeihlichen Lücken, und ihre Noten waren nur geringfügig schlechter als letztes Jahr. Onkel, Tante und Mutter beratschlagten dreimal, wie sie mit der Ungehorsamen verfahren sollten. Faketa war wild entschlossen, Nadira könne nicht mehr bei ihnen wohnen, sie hatte kein Verständnis für ein Mädchen, daß ihr Vertrauen so mißbraucht und sie ins Gerede gebracht hatte. »Bring deine Tochter nach Hause«, riet sie der Schwägerin. »Soll sie eine Weile da sitzen, ihre Aussteuer zusammentragen und warten, bis es still um die Schande wird, es wird sich schon eine gute Gelegenheit zur Heirat finden.«

»Welche Schande, es ist doch keine Schande, wenn man ein bißchen flirtet.« Jetzt verteidigte die Mutter ihre Tochter. »Sie bringt mir keinen Bauch heim, ich weiß wirklich nicht, warum du so ein Aufhebens um all das machst?« wunderte sie sich; jetzt, nachdem ihr Zorn verflogen war, plagten sie Gewissensbisse, weil sie ihr Kind so verprügelt hatte. Nadiras ausgezeichnete Schulergebnisse hatten sie besänftigt, jetzt versuchte sie, ihre Schuld auszubügeln.

»Und wenn sie mit einem Bauch gekommen wäre, wären Taib und Faketa schuld, weil sie nicht aufgepaßt haben. Ich übernehme diese Verantwortung nicht länger. Wer einmal lügt, dem glaubt man nicht.«

Nadira sah, daß der Mutter eine böse Bemerkung über Faketas Schwester auf der Zunge lag, sie sich aber noch rechtzeitig beherrschte. Nadira wußte, was das hieß: Wenn man jemanden um einen Gefallen bitten will, sollte man ihn tunlichst nicht beleidigen.

Faketa und Mutter zankten sich noch eine halbe Stunde, ohne daß eine der anderen beweisen konnte, daß sie im Unrecht war. Der Onkel traf schließlich die Entscheidung, Nadira sollte bei ihnen bleiben und in die Schule gehen, damit die Sache nicht mehr Staub aufwirbelte, als sie wert war. Aber sie durfte nach der Schule nicht mehr aus dem Haus gehen, auch nicht mehr Sabrina besuchen. Der Onkel wollte persönlich zu Sinišas Eltern gehen und sie darauf hinweisen, daß ihr Sohn sich nicht mehr seiner Nichte nähern dürfe.

Nadira hatte so sehr Angst, man würde sie nach Pale schikken, daß sie die Strafe erleichtert aufnahm. Sie war dem Onkel dankbar, hatte aber nicht die Kraft, sich bei ihm zu entschuldigen, obwohl sie Gewissensbisse plagten, weil sie ihn verletzt und verraten hatte. Er gab ihr noch eine Chance, sein Zorn zeigte sich nur darin, daß er nicht mehr mit ihr reden mochte.

Nadira hatte nicht geahnt, daß sie der Verlust der Freiheit so hart treffen würde. Es war schlimmer als früher, als sie neu in der Stadt war, damals hatte sie wenigstens nicht gewußt, wie schön es sein konnte, ins Theater, Kino, auf den Korso oder zu Ausflügen zu gehen. Siniša zeigte sich nicht mehr in ihrer Nähe. Nadira merkte daran, daß der Onkel seine Absicht verwirklicht hatte. Sabrina spottete über sie und fragte, wann sie sich von ihrer provinziellen Rückständigkeit befreien und eine echte Städterin werden würde. Da Nadira auf diese Beleidigung keine Antwort fand, fügte Sabrina hinzu, mit so einer dummen Gans wolle sie nichts zu tun haben.

So endeten ihre Freundschaft und ihre gemeinsamen Vergnügungen, wieder war sie allein.

Nach zwei Wochen wurde der Onkel milder und sprach wieder mit ihr. Er sagte, es wäre leichter gewesen für ihn, solange Zineta noch Nachrichten überbringen konnte, solange noch die Hoffnung bestand, daß man etwas für sie, die Muslime, tat. Er bedauerte, die Arbeit in der Revisionsabteilung angenommen zu haben. Er konnte keinen effektiv kontrollieren und für die Verschwendung des gesellschaftlichen Eigentums bestrafen. »Dieses Land kann nicht bestehen, selbst wenn man tausendfache Selbstverwaltung einführte.« Er beugte sich unter der Last der Unehrlichkeit anderer Leute und seiner eigenen Ohnmacht, etwas dagegen zu tun. »Die Diebe nagen an seinen Wurzeln, es reicht nicht mal mehr zur bloßen Reproduktion. Es ist ein wahres Wunder, daß der Zweig der Gesellschaft noch hält. Aber wenn er anfängt zu fallen, wird er vielen den Kopf einschlagen.«

Nadira dachte nicht nach über das, was er redete; der Staat interessierte sie nicht. Sie wartete auf einen günstigen Augenblick, in dem sie ihn bitten konnte, die Zügel wieder zu lockern.

Sie war so erpicht, sich wenigstens ein bißchen Freiheit zurückzuerobern, daß sie nicht bemerkte, wie nahe sie am Abgrund stand.

An jenem Tag war der Onkel nach Visoko gefahren, Nadira hatte nach der Schule im ›Granap‹ Lebensmittel eingekauft. Lange hatte sie die Werbung für die Sarajever Kinos betrachtet, darunter ein Plakat zu dem Film ›Vom Winde verweht‹, der in der Kinothek gezeigt wurde. Wäre der Onkel zu Hause gewesen, sie hätte ihn gebeten, daß sie nur diesen einen Film sehen dürfe. Traurig und mehr denn je davon überzeugt, daß sie in die falsche

Familie geboren war, nahm sie die Einkaufstasche und ging endlich nach Hause. Dort erwartete sie lächelnd und mit einer großen Tafel Puffreis-Schokolade der Täschner Muftić. Tante Faketa schmolz förmlich dahin vor Liebenswürdigkeit, kochte ihm einen Kaffee und fragte ihn nach seinen Geschäften. Und er brüstete sich, der ganze Laden voll mit Waren, das Wochenendhaus in Pale fertig, jetzt machte er sich an die Renovierung des Wohnhauses und baute ein Bad darin.

Nadira interessierte das nicht, sie hörte gar nicht zu. Sie stellte sich vor, Zineta käme zu Besuch und lade sie ein, mit ihr auszugehen.

»Faketa, darf ich Nadira heute abend ins Kino mitnehmen?« fragte Muftić unverhofft. Ihr stockte der Atem, sie wartete auf Faketas Antwort.

»Mit dir laß ich sie gehen«, sagte die Tante, wohlwollend lächelnd. »Nur paß auf, daß du sie rechtzeitig zurückbringst.« Muftić schwor, sie würden noch vor zehn wieder zu Hause sein.

Nadira überhörte alles andere, sie dachte nur daran, daß sie endlich mal wieder ins Kino durfte. Die Anwesenheit von Muftić würde sie einfach ignorieren.

Sie rechnete nicht damit, daß er die Rolle des Vernachlässigten nicht mitspielen würde.

An diesem Abend gab der Berg, auf dem sie stand, einfach nach, und sie schlitterte mit ihm in einen Abgrund, dessen Talsohle zunächst nicht einmal zu ahnen war.

Fünf Jahre blieb sie in diesem Abgrund, auf verschiedenen Ebenen, und die Beschreibung dieser Zeit paßte auf ein Gerichtsprotokoll von wenigen Seiten, das an dem Tag erstellt wurde, als ihre Ehe mit Irfan Muftić geschieden wurde. Auf die ihr gestellten Fragen antwortete sie mit solcher Verbitterung und Boshaftigkeit, daß sie für den Zerfall der ehelichen Gemeinschaft schuldig gesprochen wurde. Es machte ihr nichts aus, sie nahm die Schuld auf sich und die Sorge für die beiden Töchter aus dieser Ehe.

»Genossin Muftić, Ihr Gatte behauptet, daß Sie vom ersten

Tag Ihrer Ehe an unzufrieden waren, daß Sie ihn von Anfang an verlassen wollten.«

»Er hätte ihnen besser erzählt, wie unsere Ehe überhaupt begann. Es war ein Hinterhalt, an dem sich auch meine Tante Faketa Karalić beteiligt hat. Sie ließ mich mit ihm ins Kino gehen und betonte, wir müßten bis zehn zurück sein. Ich hatte vergessen, daß der Film länger dauerte, wir kamen eine halbe Stunde zu spät. Als ich nach Hause kam, stand ich vor verschlossener Tür, auf mein Klopfen und Rufen erhielt ich keine Antwort. Mein Onkel war auf einer Dienstreise. Ich schämte mich, noch stärker zu klopfen und die ganze Nachbarschaft zu wecken, aber ich konnte auch nicht ans andere Ende der Stadt laufen, wo die Mutter meiner Schwester wohnt. Ich weiß auch nicht, ob sie mich hereingelassen hätte. Ich war verzweifelt, und da kam die Mutter des Täschners, Ramiza, aus seinem Haus, rief uns hinein und erklärte, Faketa habe plötzlich zu Verwandten gehen müssen, ihre Mutter sei unerwartet erkrankt. Aber ich ahnte, daß sie zu Hause war, daß sie sich absichtlich im Haus einschloß, um mich für die Verspätung zu strafen. Ich ging mit zu den Muftićs, ich hatte Angst, allein auf der Straße zu bleiben. Kaum fünfzehn Minuten später kamen viele Männer und Frauen und beglückwünschten Hanuma Ramiza zu der Schwiegertochter. Ich wußte nicht, was sie meinten. Das begriff ich erst, als ich in das Zimmer trat, in dem ich schlafen sollte.«

»Warum sind Sie nicht am nächsten Tag gegangen?«

»Auf die Frage sollten Ihnen meine Eltern antworten. Sie mochten den Familienklatsch nicht ertragen, ihre Tochter sei nur eine Nacht lang verheiratet gewesen. Mehr als fünf Jahre haben sie gewartet, nur um mich schließlich mit zwei Töchtern zurückzukriegen. Mein Vater Dervo hat ein weicheres Herz, es ist nicht mehr so ein Stein wie früher, er hat mich nicht hinausgeworfen, als ich mit den Kindern zu ihnen kam.«

»Sie haben die Schule jedoch fortgesetzt. Ihr Mann hat es finanziert.«

»Das mußte er meinem Onkel versprechen, der sich sehr dagegen gesträubt hatte, wie die Sache gelaufen war. Er hätte mich sicher nicht meinem Schicksal überlassen, hätte Faketa nicht gesagt: Eine Zineta im Leben reicht, wir brauchen keine zweite. Da hat der Onkel darauf bestanden, daß ich weiter zur Schule gehe. Das Abitur konnte ich nicht extern ablegen, deshalb schloß ich die Mittlere Handelsschule ab, was, wie Sie zugeben müssen, nicht dasselbe ist. Aber Muftić versprach mir, mit mir nach Paris zu fahren, was er natürlich nicht getan hat.«

»Ihr Gatte behauptet, daß Sie sich im Haus mit allen gestritten haben, daß Sie seine Mutter beleidigt und seine Schwester geschlagen hätten?«

»Seiner Schwester habe ich nur heimgezahlt, daß sie mich geschlagen hat. Wissen Sie warum? Sie zwang mich, ihre bereits blond gefärbten Haare noch mal schwarz zu färben, das Fräulein wollte über Nacht ein dunkler Typ werden. Entschuldigen Sie, daß ich lachen muß, aber statt schwarz wurden ihre Haare blau wie Tinte. Sie beschuldigte mich, ich hätte das absichtlich gemacht, und schlug mich mit einem Lineal. Ich hab's ihr mit dem Nudelholz gegeben, damit sie sich besser merkt, daß sie mich nicht mehr malträtieren soll. Und die Hanuma Ramiza, das ist ein echter einheimischer Vampir. Wenn ich Prüfungen hatte oder zum Unterricht wollte, mochte sie nie auf die Kinder aufpassen. ›Warum hast du die Schule nicht abgeschlossen und dann erst geheiratet?‹ spottete sie. ›Weil dein Sohn ein Rohling ist‹, so sagte ich zu ihr. Wenn sie mich eine Dorfgans schimpfte, nannte ich sie Marktweib.«

»Sie beleidigen sie auch jetzt?«

»Wenn die Wahrheit eine Beleidigung ist, soll's mir egal sein.«

»Ihr Gatte sagt, Sie hätten den Haushalt und die Kinder vernachlässigt, daß Sie nicht kochen wollten.«

»Lassen Sie doch unsere Kinder herbringen, Sie können sehen, daß sie gesund und wohlgediehen und gut angezogen sind. Es sind vor allem meine Kinder, und ich kann sie nicht vernachlässigen. Ich habe von der Schule weg geheiratet, am Anfang konnte ich gar nicht kochen. Später habe ich es gelernt, aber ich wollte nicht so kochen wie meine Mutter und die Schwiegermutter. Ich wollte nicht den halben Tag am Herd verbringen. Wenn wir ins Wochenendhaus nach Pale fuhren, brachten sie busweise Verwandte und Freunde mit. Zum Mittagessen sollte es Spezialitäten geben, im Ofen mit Tongeschirr zubereitet. Die Herren setzten sich in den Schatten, gingen spazieren, und ich durfte im Herd Brot backen und bosnischen Fleischtopf dünsten. Ich habe das zweimal mitgemacht, mir die Hände verbrannt und mich dann bedankt. Das Geschirr durfte ich auch noch spülen, und zwar ganz leise, damit die Herren ihr Mittagsschläfchen ungestört halten konnten. Damals habe ich meinem Mann gesagt, daß er sich eine andere Bedienung suchen soll, die Tontöpfe und den Sač-Herd habe ich auf den Misthaufen hinter dem Haus geworfen. Es gibt wirklich Wichtigeres, als die Wünsche von irgendwelchen Arschhockern zu erfüllen.«

»Genossin Muftić, passen Sie auf, was Sie sagen. Wir werden Sie noch schuldig sprechen. Ihr Gatte behauptet, daß Sie Ihre ehelichen Pflichten nicht erfüllen wollten, daß Sie ihn vermutlich betrogen haben.«

»Ich weiß nicht, wer das Pflicht genannt hat, ich habe sie nicht als solche ansehen wollen. Fragen Sie besser Muftić, wieso. Ich hatte keinen Geliebten, ich habe nur gesagt, daß ich meinen Kindern einen anderen Vater wünschen würde.«

»Warum haben Sie das gesagt?! Ihr Gatte sagt, er habe Sie nicht hinausgejagt, Sie seien von selbst gegangen. Er hat nicht einmal jetzt was dagegen, wenn Sie zurückkommen und sich bessern wollen.«

»Entschuldigen Sie, daß ich wieder lachen muß. Ich bin kein unmündiges Kind, von mir kann keiner verlangen, daß ich mich bessern soll. Mein Gatte weiß, daß ich mich zum Studium eingeschrieben habe und daß ich darauf auf keinen Fall verzichte. Alle im Haus haben auf ihre Weise mein Lernen behindert. Wenn ich eine Prüfung ablegte, bekam ich jedesmal die Hausarbeiten aufgezählt, die deswegen liegenblieben. Für sie war ich eine Provinzlerin, die mit aller Gewalt eine Städterin werden wollte.«

»Ihr Gatte sagt, er hätte Ihnen Schmuck geschenkt, den er danach nie wieder gesehen habe.«

»Er konnte ihn auch nicht mehr sehen, ich habe ihn direkt

verkauft, um das Schulgeld bezahlen zu können. Ich mußte mir auch eine Schreibmaschine kaufen, in der Schule stand Daktylographie auf dem Lehrplan.«

»Das heißt, Sie geben zu, Ihren Mann bestohlen zu haben?«

»Nennen Sie es, wie Sie wollen. All das kann mein Trauma nicht wiedergutmachen, daß ich vom Gymnasium abgehen mußte und alles verloren habe, was mir in meinem Leben etwas bedeutet hat. Es würde mich interessieren, ob ich ihn dafür anklagen kann, daß er mich in jener Nacht vergewaltigt hat.«

»Ihr Gatte sagte, daß Sie nicht mit ihm reden wollten.«

»Worüber? Seine Taschen, sein Handel, seine Kunden interessierten mich nicht. Und ihn nicht meine Themen. Die Streitereien hatte ich satt, da schwieg ich lieber.«

»Aber Genosse Muftić behauptet, er habe Sie nicht geschlagen!«

»Das habe ich auch nicht behauptet. Nur daß er mir jeden Tag seine Belehrungen um die Ohren geschlagen hat, um mich zu bessern.«

»Und das wollten Sie nicht?«

»Ich konnte mich seinem Leisten nicht anpassen, ich meine, wie er sich eine Frau vorstellt. Wir sind ganz unterschiedliche Persönlichkeiten.«

»Wollen Sie bewußt Ihre Ehe auflösen?«

»Wenn ich schon unbewußt hineingeraten bin, kann ich sie wenigstens bewußt auflösen.«

Zeit der Besinnung

Wenn die Beschreibung der fünf Jahre von Nadiras Ehe mit Muftić auf wenigen Seiten Platz findet, lassen sich die folgenden fünf Jahre mit ein paar Sätzen, besser gesagt, Worten zusammenfassen: Lernen, Arbeiten, Lesen. Die Sorge um die Töchter überließ sie ganz ihrer Mutter und versuchte nachzuholen, was sie versäumt hatte. Trotzdem mußte sie für ihre Kinder aufkommen, so daß von einem regelmäßigen Studium nicht die Rede sein konnte. Sie arbeitete in einem Büro, das für den Bau von gemeinnützigen Wohnungen an ihrem Ort zuständig war; die Arbeit hatte ihr ihre ehemalige Lehrerin Draginja besorgt. Sie studierte extern, ging samstags und sonntags zu den Vorlesungen und erwarb die nötige Zeitungspraxis für ihr Journalistikstudium nach der regulären Arbeitszeit. Sie war glücklich, wenn sie vor dem Schlafen noch ein bißchen lesen konnte.

Die familiäre Situation hatte sich sehr verändert. Das Haus der Smajić's war vor ihrem Einzug leer geworden. Die Schwester hatte sich verheiratet, und dort, wo sie hingegangen war, freuten sich alle Besen und Putzlappen, weil sie auch dort unermüdlich scheuerte und fegte. Die Großmutter war gestorben, ganz plötzlich im Schlaf; ihr Wunsch, im Vollbesitz ihrer Kräfte diese Welt zu verlassen, war in Erfüllung gegangen. Nicht einen Tag lang war sie bettlägerig, sie mußte nicht ein einziges Mal um ein Glas Wasser bitten. »Allah hat mich geschont«, sagte Nadiras Mutter. Vater Dervo war ganz ruhig geworden, sein Herz hielt die ständige Anstrengung und Wildheit seines Temperaments nicht aus, es hatte beschlossen, zu streiken und den einen oder anderen Schlag zu überspringen. Aber er hatte es nicht eilig, über die

Sirat-Brücke zu gehen und dem lieben Allah Rechenschaft zu geben, jetzt schien ihm das nicht mehr so einfach zu sein wie damals, als er noch gesund und kräftig war. Deswegen nahm er regelmäßig seine Medikamente, ging jedem Streit und jeder Auseinandersetzung aus dem Weg und schenkte seine unverhoffte Sanftmut Nadiras Kindern; er liebte sie mehr als einst seine eigenen. All seine Gewaltsamkeit hatte Nadiras Bruder Rasim geerbt, er hatte ihm offenbar all seine derben Flüche, seinen Trotz, seinen mit plötzlichen Anfällen von Verschwendungssucht gepaarten Geiz weitergegeben. Zum Glück war Rasim Fernfahrer und mehr unterwegs als zu Hause. Die Mutter war nicht glücklich, weil sie jetzt die erste Hausfrau war, vielleicht war es für sie einfach zu spät gekommen. Sie ging häufig zu den Nachbarn und lud diese gern zu sich ein, nahm jede Einladung zum Tehvid an, zum Totengedenken im Kreis von Freunden und Verwandten, selbst wenn es am anderen Ende von Pale stattfand. Den Koran rezitierte sie nicht mehr laut, ihre schöne Stimme war verwelkt, dafür betete und fastete sie regelmäßig. Da Nadira mit ihrer Mutter keine drei Worte wechseln konnte, ohne daß sie sich stritten, sprachen sie kaum miteinander, sie kommunizierten meist über die Kinder. Die Mutter wagte es nicht, der Tochter Ratschläge zu geben oder deren Eigensinnigkeit offen zu mißbilligen. Und Nadira merkte gar nicht, wie grob und unduldsam sie die Mutter behandelte, weil sie ihr unbewußt die Schuld an dem größten Fehltritt ihres Lebens gab. Die Mutter war nicht damit einverstanden, daß sie die Ehe mit Muftić abgebrochen hatte: Ihr habe es doch an nichts gefehlt, und Streit und Reibereien gab es überall. Aber da sie die scharfe Zunge ihrer Tochter fürchtete, traute sie sich nicht, es ihr direkt zu sagen, sondern versuchte, die Kinder zu beeinflussen. Betete sie zum Beispiel das Abendgebet, dann stand sie nicht unmittelbar danach wieder auf, sondern blieb auf ihrem kleinen Fell sitzen, während die Enkelinnen um sie herumtobten und mit ihrer schönen Gebetskette aus roten, kugeligen Steinchen spielten. Die Großmutter herzte sie und erwähnte wie nebenbei: »Eure Mutter hat viel erreicht, sie ist zwar nicht Lehrerin geworden, aber immerhin Angestellte in einem Büro.

144

Nur ist ihr Gehalt nicht so groß, ohne uns könntet ihr nicht überleben. Solange wir noch da sind, habt ihr es gut, aber wir werden nicht ewig leben. Großvater kann morgen schon an Herzversagen sterben. Und was dann? Es ist nicht leicht, Kinder zu schützen, die keinen Vater haben. Weder Mädchen noch Knaben. Würdet ihr nicht gern bei eurem Vater aufwachsen, wenn sich eure Mutti mit Irfan versöhnt.«

Nadira hörte oft Vorhaltungen der Mutter, achtete aber nicht darauf. Sie hatte gelernt, alles, was sie erzürnte und ihr gegen den Strich ging, beiseite zu schieben. War sie mal besonders unzufrieden und böswillig, dann unterbrach sie die Tiraden ihrer Mutter und zählte auf, was diese alles bei ihr falsch gemacht hatte. Die größte dieser Sünden war, daß sie am ersten Tag ihrer Ehe nicht auf sie gehört hatten, daß sie ihnen nicht erklären konnte, daß sie Muftić nicht heiraten wollte.

Nicht einmal diese Ehe konnte sie noch quälen, jetzt belastete sie etwas anderes. Sie war voller Komplexe, weil sie nicht das Abitur gemacht und studiert hatte, sie glaubte, ihr Wissen sei, egal wieviel sie sich angeeignet hatte, unvollkommen und unausgewogen. Jetzt verstand sie, was Zineta damit gemeint hatte, daß man nicht aus der eigenen Generation herausgerissen werden dürfe. Die Zeit der Jugendlieben und Unruhe, der Gruppenbildungen und Reisen war für sie vorbei. Immer ging sie mit Krämpfen und Angst zu den Prüfungen, sie glaubte, die Professoren würden die Fähigkeiten solcher späten Studierenden geringschätzen. Sie hatte Journalistik als Fach gewählt, weil es am ehesten mit allen anderen Verpflichtungen zu verbinden war, keine Übungen an der Universität oder regelmäßigen Seminarbesuch verlangte. Aber ihr war schnell klar, daß sie hier nicht lernen würde, was sie sich wünschte. Ihr war daran gelegen, in die Geheimnisse der Sprache als künstlerisches Ausdrucksmittel einzudringen. Aber sie lernte nur, wie man ein sozialistischer Redakteur wurde, der marxistischen Ideologie treu ergeben und in der Lage, hohlen politischen Fakten einen lesbaren Text abzugewinnen. In ihr lebte noch immer jenes Bedürfnis, sich neue Geschichten auszudenken oder bestehende zu verändern, sie mußte sich dazu zwingen, die Chance, für die Lokalzeitung von Pale Artikel zu schreiben, auch zu nutzen. Es gelang ihr nicht ganz, auch ihre Zeitungssprache war literarisch gefärbt. Den Lesern gefiel das, oft blieben sie im Vorübergehen stehen und sagten ihr, daß sie im Lokalblatt oft nach Spalten mit ihrem Kürzel suchten.

Ihre Kenntnis der politischen Situation war nebulös. Durch die Ehe mit Muftić hatte sie wichtige Ereignisse und Veränderungen in ihrer Gesellschaft nicht mitbekommen. Von der Studentenbewegung und den Demonstrationen hörte sie nur im Radio, und dort wurde nur das gesagt, was die Politiker vorschrieben. Sie dachte sofort an Siniša, ob er einer der jungen Aufrührer war und so versuchte, die vorangegangene Revolution zu verbessern. Die Antwort erhielt sie zehn Monate später; sie traf Siniša in der Tito-Straße, sein Bruder schob ihn in einem Rollstuhl. Auch wenn er sagte, es sei ein Verkehrsunfall gewesen, ahnte sie, daß es mit den Studentendemonstrationen zusammenhing und mit ›polizeilicher Härte‹. Er wollte sich gern mit ihr unterhalten, lud sie auf einen Kaffee ein, und sie hätte gerne angenommen, aber im Hinterkopf hatte sie das Kind, das nicht zu lange alleine bleiben durfte. »Ach, meine liebe Nadira, was ist aus unserem Leben geworden«, sagte er traurig beim Abschied. ›Ich habe immerhin noch die Möglichkeit, mich aus dem Kerker zu befreien, mich haben sie wenigstens nicht an den Rollstuhl gefesselt‹, dachte sie, aber es war ein bitterer Trost.

Ein neuer Frühling kam, der kroatische, die Kommunisten und Intellektuellen bereiteten die Ablösung dieser Republik von Jugoslawien vor. Sie mißlang, die Partei war noch stark genug, um mit Gewalt durchzugreifen, Tito hielt flammende Reden über die Schuld der Landeszerstörer und die Bereitschaft des Volkes, sie zu strafen. Die Separation hätte auch unvermeidlich dazu geführt, daß die Serben zu den Waffen gegriffen hätten; da gab es noch offene Rechnungen aus dem Zweiten Weltkrieg zu begleichen. Den Weltmächten paßte zu dieser Zeit ein Krieg auf dem Balkan nicht ins Konzept, sie stützten Tito mit riesigen Dollarkrediten, damit er das Land wieder zusammenführte. Die

Führung von Kroatien und Serbien wurde ausgewechselt, patriotische Kommunisten saßen wiederum fest im Sattel.

Das Thema ›Anerkennung der muslimischen Nation‹, von dem in des Onkels Haus oft die Rede war, hatte sie nahezu vergessen. Eines Tages überraschte sie die Nachricht, daß es bei der nächsten Volkszählung eine neue Rubrik gab: Bosnien wurde zur Heimat von Kroaten, Serben und Muslimen. Nadira dachte kurz darüber nach; es war etwas faul an der Sache. ›Zineta hat gesagt, daß das nicht gut ist für uns. ›Er‹ war der Auffassung, daß man dadurch erst die Meinung provoziert, wir seien von anderswo hierhergekommen, als würden wir nicht seit jeher hier leben. ›Er‹ hat gesagt, daß wir anders, aber nicht nur durch den Glauben zu bestimmen sind. Aber jetzt ist es eh' zu spät, was soll ich mir den Kopf darüber zerbrechen.‹ Es war nicht nur zwecklos, sie war auch gar nicht in der Lage, länger darüber nachzudenken. Damals war sie zum zweiten Mal schwanger und völlig verzweifelt. Sie wollte das Kind nicht haben, aber es auch nicht abtreiben, die Fesseln schienen sich tief in ihr Fleisch zu schneiden, die sie an ihren Kerker banden.

Als sie sich aus diesem Alptraum befreit hatte und zum ersten Mal nach langen Jahren um sich sah, fiel ihr auf, daß die gesellschaftliche Entwicklung ein paar Jahrzehnte in einem Satz hinter sich gebracht hatte. Ein Teil der Weltkredite war nach Bosnien geflossen, und die Journalisten hatten alle Hände voll zu tun, um über all die Siege der wohlgelenkten Arbeiterklasse zu schreiben. Neue Straßen, Schienen, Schulen, Universitäten entstanden, Stromleitungen führten bis in die Dörfer; die Waffenparade in Belgrad glich der in Moskau. Der Vorsitzende des Landes fuhr durch die ganze Welt, die Jugend lief Stafette zu Ehren seines Geburtstages, paradierte, sang Heimatlieder, um ihre Begeisterung für eine Heimat namens Jugoslawien zu zeigen.

Auch Nadira mußte für die Zeitung oft darüber schreiben, aber die kommunistische Ideologie hatte sie zu keinem Zeitpunkt mitgerissen; sie übersah nicht, daß in den glänzenden Rahmen nur zu oft verzerrte Bilder hingen. Darüber konnte sie nur mit ihrer ehemaligen Lehrerin Draginja reden. Sie war die einzige

Frau in Pale, die sich an eine Analyse der politischen Situation wagte und auf den Sitzungen des Stadtrats kritische Meinungen äußerte. Ihre Gebiete waren Politik, Erziehung und Kultur; Nadira erfuhr durch sie von der Manipulation der Öffentlichkeit und der Erstickung individualistischer Züge. Diese Gespräche stürzten Nadira auch in eine gewisse Verwirrung, denn sie hatte von Zineta und dem Onkel übernommen, daß sie als Muslimin ihre intellektuellen Fähigkeiten und ihr Talent so entwickeln und einsetzen müsse, daß man ihre Herkunft sofort identifizieren konnte. Draginja vertrat einen ganz anderen Standpunkt, sie war Kommunistin und Serbin, aus ihr sprachen oft zwei völlig verschiedene Personen. Nadira war ihr sehr dankbar, weil sie ihr in vielem geholfen hatte, sie hatte den Redakteur des Lokalblatts verpflichtet, ihr journalistische Praxis zu ermöglichen, hatte sie auf Themenquellen hingewiesen, über die sich zu schreiben lohnte, ihr geraten, mit der Feder nicht in offensichtlichen politischen Versäumnissen herumzustochern, denn das könne ihr nur Probleme bereiten und dafür sorgen, daß sie den Job verlor. Aber von der Kultur sprach sie, als gäbe es nur serbische Kultur, sie erwähnte nur das, was von Serben geschaffen wurde, begeisterte sich an serbischen Schriftstellern und Aufklärern, ging gar bis zum Heiligen Sava und den Ursprüngen des Schreibens bei den Serben zurück. Sie kam oft zu Nadira ins Büro und brachte ihr Bücher aus Belgrad. Nadira empfand bei diesen Unterhaltungen trotz ihres Wissensdurstes Unbehagen. All das, was sie beim Onkel über die Geschichte und die Kultur ihres Volkes gelernt hatte, wirkte blaß im Vergleich zu dem, was Draginja anführte. Eine unerklärliche Scham hinderte sie daran, darüber zu reden. Es schien ihr selbst lächerlich zu beweisen, daß einst im fernen Istanbul hochgebildete Muslime aus Bosnien lebten und schrieben. Sie konnte nicht einmal die Gazi-Husref-Beg-Bibliothek in Sarajevo erwähnen, weil sie nicht wußte, was für Manuskripte und Bücher dort lagen. Versteinerte Reste von Zinetas und des Onkels Wissensbrocken, Sinišas Analysen und Draginjas jüngster Einfluß schufen in ihrem Bewußtsein völlige Verwirrung. ›Ich muß endlich mit meinem Kopf denken‹, sagte sie oft zu sich, aber es fiel ihr nicht leicht. Aufgrund ihrer Unerfahrenheit konnte sie nicht sehen, daß alle ihre Lehrer einer Ideologie folgten, so daß sie all ihre Kräfte darauf konzentrierten, diese weiterzugeben. Allen war es gelungen, sie zu unterrichten, aber keinem, seine Ideen in ihr anzupflanzen. Sie entschied sich bei der Volkszählung dafür, Muslimin zu sein, aber sie fühlte sich dadurch nicht besser als zu Zeiten, in denen das nicht möglich gewesen war. Sie hatte nicht mehr den Eindruck, in der falschen Familie geboren zu sein, jetzt war sie sicher, daß sie in die falsche Zeit und an den falschen Ort geraten war. Deswegen gab ihr die Arbeit für die Zeitung, wenn auch gering und unbedeutend, das Gefühl, etwas Eigenes zu haben. Sie fürchtete nur, daß die Orientierung an reinen Fakten ihre Fähigkeit, sich Geschichten auszudenken, vernichten könnte. Sie gab sich selbst ihr Ehrenwort, wenn sie mit dem Studium fertig wäre, würde sie zur Literatur zurückkehren. Aber wo sie die Themen finden würde, die sie zum Schreiben brauchte, ahnte sie noch nicht.

Die Ehe mit Irfan Muftić hatte in ihrem Intimleben tiefe Spuren hinterlassen. Vor Gericht hatte er nur die Nichterfüllung der ehelichen Pflichten erwähnt. Muftić schämte sich wahrscheinlich zu beschreiben, mit welchem Widerwillen seine Frau seine körperlichen Annäherungsversuche abwehrte oder hinnahm. In ihrem Bett hatten sich oft dramatische Szenen abgespielt, nach denen sie ihn noch mehr haßte, sie bemerkte niemals, wie unglücklich er deswegen war. Sie nannte ihn selten bei seinem Vornamen, für sie blieb er der Täschner Muftić, der Feind, der ihre Seele in einen Käfig sperren wollte. Es gelang ihm nicht, ihre Eifersucht zu wecken, auch nicht, indem er ihr bewies, er könne soviel Frauen haben, wie er wolle. »Du Närrin, von all diesen Schönheiten will ich nur dich, meine Frau.« »Haben die Schönheiten es gut, sie bleiben von deinen Wünschen verschont«, antwortete sie ihm selbst auf die heißesten Liebesbezeugungen. »Wie ich es bereue, dich geheiratet zu haben.« Ohnmächtig zerriß er das Laken. »Zu spät, hättest du's doch bloß bereut, als du mich ins Haus gelockt hast.«

Als sie sich endlich von dieser Ehe befreit hatte, konnte sie jahrelang die Nähe eines Mannes nicht ertragen. Für sie gab es, da war sie fast sicher, keine Liebe. ›Wenn es passiert, passiert es eben, aber ich jage dem nicht hinterher‹, sagte sie sich und wandte sich dringenderen Dingen zu. Die Männer glaubten allerdings wohl, daß eine geschiedene Frau allein dadurch, daß sie keinen Partner hatte, ein Objekt war, das Eroberung geradezu herausforderte. Einer freien Frau ihre Dienste anbieten, das gehörte zur Ehre eines Mannes. Sie waren beleidigt, wurden gewalttätig, wenn sie auf Ablehnung trafen. Nadira hatte das Glück, daß sie zwar geschieden war, aber den Schutz des Elternhauses genoß. Sie hatte schnell ein Verteidigungssystem entwickelt. Sie widersetzte sich niemals direkt und zeigte keinem ihre Verachtung. Sobald sie ahnte, daß ihr einer ein Treffen in einem Wochenendhaus oder im Wald hinter Goli Koran vorschlagen würde, begann sie ein intellektuell anspruchsvolles Gespräch, in dem sie mit all ihrem Wissen und ihren Interessen angab.

Dieses Mittel wendete sie erstmalig bei dem Redakteur der Zeitung an, bei der sie eine der tüchtigsten Mitarbeiterinnen war. Der unansehnliche, unglaublich dürre Parteikader wagte es lange Zeit nicht, ihr direkt in die Augen zu schauen. Deswegen vergaß sie, daß er ein Mann war. Eines Nachmittags, als sie ihm zwei Artikel für die nächste Ausgabe brachte, stolperte sie über ein merkwürdiges Willkommen: Auf dem Tisch standen zwei Portionen Braten, eine Flasche Weißwein und zwei Gläser. Seine Rechtfertigung lautete, er wolle ihr für die außergewöhnliche Mitarbeit danken, ohne ihre Texte habe er nichts, woraus er eine Zeitung machen könne. Er wolle sie besser belohnen als die übrigen Mitarbeiter.

»Darf ich mir die Belohnung aussuchen?« Das fand er wohl logisch.

Sein Gesicht leuchtete auf, er nahm an, daß er beim Weißwein die richtige Wahl getroffen hatte.

»Nur zu, was immer du willst!«

»Ich würde gern Texte schreiben, bei denen ich die Informationen nicht so stark ›frisieren‹ muß.«

Ein solcher Wunsch überraschte ihn, er zog ein säuerliches Gesicht.

»Laß doch die Arbeit beiseite«, antwortete er und schenkte ihnen Wein ein. »Komm, sag mir, wie du es so allein aushältst?« Wenn ein Mann sich erkundigte, ›wie sie es alleine aushielt‹, wußte sie, was er wollte. Gedanken flogen ihr durch den Kopf, etwa, wenn sie ihm jetzt eine ›kleben‹ würde, verlöre sie nicht nur eine gute Arbeit, die Möglichkeit zu einem Nebenverdienst, sondern auch etwas, das ihrem Leben Sinn gab.

»Genosse Klačar, es gibt so viele gute Bücher zum Lesen, mir fällt gar nicht auf, daß ich allein bin.« Kurze Pause. »Wissen Sie, worüber ich gerade intensiv nachdenke? Mit der Revolution in Rußland ist auch die wunderbare russische Klassik gestorben, weil Stalin die Schriftsteller gefangensetzte und umbrachte.« Sie sprach über irgendein Thema, nur um sich aus der Sackgasse zu manövrieren, in die sie unvorsichtigerweise geraten war.

»Red nicht so über unsere russischen Brüder.« Er merkte noch nicht, worauf es hinauslief.

»Warum nicht, auch unsere Partei hat die Isolierung und Vernichtung der Intellektuellen in Rußland verurteilt«, fuhr sie fort, obwohl sie gar nicht wußte, ob das stimmte. Sie fürchtete nun, sie könne in einer noch schlimmeren, ideologischen Sackgasse steckenbleiben. »Ich weiß nicht, ob Sie davon gehört haben, bei uns wird überwiegend Dissidentenliteratur veröffentlicht. Ich hab' eine Idee, wie wäre es, wenn ich in jeder Ausgabe ein solches Buch vorstellen würde?«

»Woher soll ich wissen, ob diese Bücher genehm sind, ich lese so etwas nicht!?« Jetzt fürchtete er, sie könne ihn in eine intellektuell-politische Verwicklung hineinziehen. Er hatte plötzlich keine Zeit mehr, Wein zu trinken, mußte dringend zu einer Sitzung.

›Er hat angebissen‹, dachte Nadira, als sie auf die Straße trat. ›Phantastische Methode, warum bin ich nicht früher darauf gekommen?‹

Das klappte hervorragend, kein männliches Wesen, das nicht laut ausatmete, wenn sie darüber räsonierte, warum die Intellektuellen Sarajevo mieden, warum Vuk Stefanović die serbische Sprache ausgerechnet in Wien und nicht in Belgrad reformiert oder Dostojewski den ›Großinquisitor‹ gerade in die ›Brüder Karamasow‹ aufgenommen habe.

Nadiras Arbeit im Büro war ziemlich ungewöhnlich. Genosse Wohnungsbauamtsvorsteher hatte sich über Beziehungen und politische Gefälligkeiten zu dem Posten vorgerobbt. Er war der geborene Karrierist, er redete so bildreich über sich selbst, daß man glauben konnte, er habe den Bau jeder einzelnen Wohnung in Pale aus eigener Tasche bezahlt. Ihr fiel zuerst auf, daß er nicht lesen konnte. Nachdem sie die Post geöffnet, sortiert und die Blätter auf seinen Tisch gelegt hatte, buchstabierte der Chef ein paar Wörter, maulte wegen der kleinen Schrift und rief dann Nadira, sie solle ihm laut vorlesen oder zusammenfassen, was welche Fabrik oder Institution ihm zu berichten hatte. Anfangs redete er sich damit heraus, daß er seine Brille vergessen habe, aber da er sie jeden Tag vergaß, blieb Nadira nichts anderes übrig, als nach dem Öffnen der Post die Briefe kurz zu überfliegen und ihm ihren Inhalt direkt mündlich zu übermitteln. Er hörte sich an, wer diesmal auf ihn böse war, weil die Fristen zum fünften Mal nicht eingehalten wurden und die Preise in den Himmel wuchsen, dann fing er an, Erklärungen und Ausreden zu suchen. Nadira wartete mit gezückten Fingern darauf, daß er seine Überlegungen ›abnabelte‹, und er wanderte hinter ihrem Rücken auf und ab und konzentrierte sich. Ihren Vorschlag, sie würde zunächst seine Ergüsse mit dem Bleistift aufnehmen, hatte er abgelehnt, das Klappern der Schreibmaschine regte sein Denken an. Hatte er seine unzusammenhängenden Gedanken diktiert, wußte man weder, wer die Wohnung baute, noch, wer sie bezahlte, wieviel Geld noch gebraucht wurde, wann sie wirklich fertig sein würde. Nach dem Diktat verließ er das Büro, es war wichtig, daß er die Baustellen kontrollierte. Die Vögel pfiffen es von den Dächern, daß er sich bei diesen Kontrollgängen nur danach umsah, wo er noch etwas stehlen konnte. Beim Bau jedes Gebäudes wurde immer zuviel Material gekauft, Qualitätsware verschwand, und verbaut wurde das Billigste und Schlechteste, was sich finden ließ.

Alles, was der Chef ihr diktierte, mußte Nadira überarbeiten, so daß der Text Anfang und Ende hatte und wenigstens einen verstehbaren Gedanken enthielt. »Na, meine Hübsche, hast du unseren Kram geregelt?« fragte er, wenn er nach zwei, drei Stunden zurückkam. Er kritzelte seine Unterschrift unter die Texte, sagte, er habe volles Vertrauen zu ihr und müsse sie nicht noch einmal lesen. Sie hatte gelernt wegzusehen; sie arbeitete hier, um zu überleben und ihre Kinder zu ernähren. Nach kurzer Zeit war es ganz selbstverständlich, daß sie alle Büroarbeiten erledigte, Sitzungen einberief, Mahnungen schrieb und unangenehme Telefonate führte.

Einmal unterlief ihr ein Fehler: Statt des neuen Briefes landete das Gestammel des Chefs im Kuvert. Sie hatte es eilig, weil Milana, ihre frühere Spielkameradin und jetzige Kollegin, etwas in der Fabrik zu erledigen hatte, an die der Brief adressiert war. Nadira hatte sie gebeten, das Schreiben mitzunehmen und dort abzugeben. Sobald Milana zur Tür hinaus war, vergaß Nadira die Angelegenheit, holte ein halbfertiges Interview mit einem ortsansässigen Maler aus ihrer Tasche und beschloß, die Zeit, in der sie allein im Büro war, für sich zu nutzen. Sie war mit der Arbeit fast fertig, als das Telefon klingelte.

»Wohnungsbau? Ja, Genosse, hier ist das Amt für Wohnungsbau … Der Chef ist im Moment leider nicht da, kann ich Ihnen weiterhelfen?«

»Und wer sind Sie?« Der Mann am andern Ende war aus irgendeinem Grund aufgebracht.

»Sie haben angerufen, also stellen Sie sich doch bitte vor«, sobald jemand laut wurde, stellte Nadira wie ein Igel scharfe Stacheln auf.

»Emin Otaš, Leiter der Zentralverwaltung der Fabrik. Und nun sagen Sie mir bitte, mit wem ich die Ehre habe?«

Sie kannte den Namen, konnte sich aber nicht erinnern, wie der Mann aussah.

»Nadira Smajić, Sekretärin beim Amt für Wohnungsbau. Nun sagen Sie mir doch bitte, warum Sie so aufgebracht sind.«

»Warum ich aufgebracht bin? Wer hat mir vor kurzem diesen Brief geschickt?«

›Oh nein, bitte nicht, bloß das nicht, was hab' ich angestellt, ich habe das Vertrauen des Chefs verraten.‹ Sie wußte nicht, ob sie lachen oder weinen sollte.

»Warum antworten Sie nicht? Wissen Sie, worum es geht?«

»Ich habe Ihnen leider versehentlich das Konzept geschickt. Ich war in Eile, mir ist ein Fehler unterlaufen. Bitte zerreißen das Blatt, morgen schicke ich Ihnen die richtige Ausfertigung.«

Otaš lachte auf.

»Das hat Ihr Chef diktiert, nicht war? Wissen Sie, was Sie für einen Blödsinn getippt haben: ›Wie Sie wissen, wie abgespro- chen. Wir haben uns bemüht, der Einzug zum Ersten Mai, Tag der Arbeit. Höhere Gewalt behinderte uns. Wir wären glücklich gewesen, zu diesem unseren großen Tag der Arbeit das Gebäude bezugsfertig zu haben, ein bedeutsamer Beitrag und Sorge des arbeitenden Mannes.‹ Können Sie mir sagen, was das heißt?«

Nadira krümmte sich vor Lachen.

»Ich habe das schon übersetzt, ich sagte Ihnen schon, daß ich das Blatt unabsichtlich ins Kuvert gesteckt habe.« Das Lachen verging ihr, Nervosität erfaßte sie, was, wenn die Angelegenheit dem Chef zu Ohren käme?

»Ich werde ihn nicht wegwerfen, ich hänge ihn ans Schwarze Brett, damit man sehen kann, was für Narren in leitenden Posi- tionen arbeiten.«

»Ich bitte Sie, bitte, tun Sie das nicht!« schrie sie fast in ihrer Angst.

Genosse Otaš schwieg kurze Zeit.

»In Ordnung, ich werde es nicht tun. Vorausgesetzt, Sie ge- statten, daß ich Ihnen das Papier persönlich zurückbringe. Ich bin jetzt doch neugierig, wer sich hinter dieser schönen Stimme verbirgt.«

»Ich verberge mich nicht, Sie können meinen Namen auch in

der Zeitung lesen«, sagte sie ziemlich scharf, damit er begriff, eine Eroberung kam nicht in Frage.

»Ihr Name ist mir bekannt, sonst hätten Sie sich nicht so leicht aus der Affäre ziehen können. Ich komme morgen zu Ihnen, ich habe ohnehin in der Gemeindeverwaltung zu tun. Ich hoffe, daß Sie einen guten Kaffee kochen.«

Er gestattete ihr nicht zu widersprechen, sagte noch einmal »ich komme« und hängte dann ein.

Sie war wieder allein im Büro, die Kollegin hatte freigenommen, und der Chef war nach seiner morgendlichen Visite nicht wieder aufgetaucht. Nadira wartete neugierig auf ihren Besucher. Sie hatte sich am Vortag ein bißchen nach ihm erkundigt, erfahren, daß er nicht verheiratet war, bei seiner Mutter wohnte, in Pale als besonnener Mensch und wünschenswerter Bräutigam galt. Es war nicht üblich, daß ein Mann bis tief in die Dreißiger ledig blieb. Auch deswegen war Nadira neugierig.

Als er nachmittags aufkreuzte, überraschte sie sein Äußeres angenehm. Er war nicht sehr groß, ihn zierte aber auch kein Bierbauch. ›Man könnte sogar sagen, er ist gut angezogen.‹ In seinem Gesichtsausdruck, besonders in der Form seines Kinns, lag etwas Hartes, das sie augenblicklich an Siniša erinnerte. ›Gefallen mir solche Männer?‹ dachte Nadira, während sie ihm einen Kaffee kochte. ›Vielleicht ist es an der Zeit, mich zu fragen, ob es einen Typ für mich gibt.‹

Er fragte zuerst, warum sich der Bau der Wohnungen so verzögere, und sie antwortete barsch, ihr Feld sei nicht das Mauern, sondern Papierologie.

»Ich bin auch nicht gekommen, um mit Ihnen über Wohnungen zu reden«, lachte er.

»Und warum sind sie gekommen? Hier gibt es nur Informationen über Wohnungen.«

»Das stimmt nicht, hier gibt es einiges zu sehen und zu hören. Ich bin gekommen, um dich zu sehen, um mich davon zu überzeugen, ob du so bist, wie man über dich redet.« Er ging sofort zum Du über. Auch sein Lächeln und der sanfte Blick konnten den harten Zug um seine Lippen nicht auslöschen.

›Du brauchst nur zu fragen, wie ich allein zurechtkomme, dann fliegst du hochkant hinaus‹, dachte sie und goß ihm Kaffee ein. Er betrachtete aufmerksam ihre Hände.

Er sagte nichts dergleichen, fragte sie nach ihrer Arbeit bei der Zeitung, warum sie sich gerade für dieses Studium entschieden habe, wie lange sie noch brauche bis zum Abschluß.

Das Gespräch war angenehm, sie antwortete ehrlich, erklärte, daß ihr Reportagen am liebsten waren, weil sie die Dinge darin so beschreiben konnte, wie sie sie sah. Dann fragte sie ihn nach seiner Arbeit. Er war unlängst Leiter in der Zentralverwaltung der Fabrik geworden, wollte die Verbürokratisierung dieses Bereichs aufbrechen und die Arbeit besser organisieren.

»Weißt du, daß wir beide etwas gemeinsam haben«, sagte er unvermittelt.

Sie sah ihn erstaunt an, was mochte das sein?

»Ich bin der einzige Muslim aus Pale, der in leitender Funktion arbeitet, und du bist die einzige Muslimin, die in der Zeitung schreibt.«

Die Bemerkung sorgte für einen kurzen Krampf im Magen, sie erinnerte sich an das, was im Haus ihres Onkels über ihr Schreiben gesagt wurde. ›Wir bereiten sie darauf vor, eine Intellektuelle zu sein, nicht eine Dorfbraut‹, hörte sie Zinetas klangvolle Stimme. Wie weit sie doch von allem entfernt war, was ihr der Onkel und Zineta prophezeit hatten.

»Wie sind deine Töchter, sind sie herangewachsen?« unterbrach er das Schweigen.

»Woher wissen Sie, daß ich Töchter habe?«

»Ich war einmal bei deinem Vater, kurz nach deiner Scheidung. Du hast mich nicht gesehen, aber ich dich. Ich lugte in die Küche, dort hast du das Kind auf der Bank gewickelt.«

»Sie sind herangewachsen, es geht schon leichter«, antwortete sie widerwillig.

»Ich kann mir vorstellen, daß es nicht leicht ist, allein zwei Kinder großzuziehen.«

156

Sie sagte etwas, das sie nicht erwartet hatte.

»Die Eltern kümmern sich mehr um sie als ich«, sagte sie aufrichtig.

»Was machst du dann mit deiner Zeit, ich meine, wenn du nicht lernst oder schreibst.«

An diesem Punkt gab Nadira dem Gespräch spontan eine andere Richtung. Sie führte nicht sofort den ›Großinquisitor‹ ins Feld, sondern sprach allgemein über Bücher. »Sie sind mein Fenster in die Welt«, sagte sie. »Ich kann mir nicht einmal einen Ausflug nach Ilidža leisten, das ist unerreichbar für mich. Darum gibt es die Literatur, ich erfahre daraus, auf welche Weise andere Menschen unglücklich sind.«

Sie hatte angenommen, Emin würde bald aufstehen und sich trollen, aber er blieb sitzen und hörte ihr weiterhin aufmerksam zu.

»Hätte ich je etwas über den spanischen Bürgerkrieg erfahren, ohne Hemingway …«

»Hätte er nicht ›Wem die Stunde schlägt‹ geschrieben, frag nicht, sie schlägt immer dir …«

Ihr Verteidigungswall war in diesem Augenblick niedergerissen; sie nahm seine Einladung zu einem gemeinsamen Ausflug nach Ilidža an.

Nadiras Beziehung zu Emin trug alle Züge eines Liebesromans. Zwei einsame Menschen, er ledig, sie alleinerziehende Mutter, verband eine harmlose Sünde. Die Meinungen der Freunde und Verwandte waren geteilt, die einen unterstützten diese Verbindung, die anderen lehnten sie ab, es gab Mißverständnisse zwischen ihnen, aber am Ende war ihre Liebe stärker als alles andere. Hochzeit als Übergang vom stürmischen Meer des Lebens in den ruhigen Hafen der Ehe. Obwohl Nadira ihre romantischen Gefühle schon lange begraben hatte, mußte sie zugeben, daß in ihrer Beziehung zu Emin von allem ein bißchen war, sogar Liebe. Aber sie verband ihr Leben mit dem seinen nicht aus Liebe, sondern aus der Notwendigkeit heraus.

Ihre ersten Treffen fanden weitab von Pale statt, in Sarajevo oder auf dem Ilidža. Später spazierten sie durch Kiseljak, Hadžići und Hrasnica, alles Orte hinter Sarajevo. Ihr fiel auf, daß ihm die Wege dort vertraut waren, daß er wußte, in welchen Restaurants und Cafés man gut essen und angenehm sitzen konnte. Es fiel ihr nicht schwer zu erraten, daß er mit anderen, wahrscheinlich verheirateten Frauen ähnliche Ausflüge gemacht hatte. Sie wunderte sich, warum er auch sie dorthin führte, sie war frei, hatte keinen Mann, er war ledig, sie hätten sich in Pale treffen können, es gab keinen Grund, sich zu verstecken. Sie sagte ihm das, er sah sie verblüfft an und verletzte sie mit einem Lachen.

Zum nächsten Treffen in Kiseljak kam sie verspätet und mit finsterer Miene. Nichts konnte sie aufheitern, nicht einmal das Buch, das er ihr als Geschenk mitgebracht hatte. Er hatte alles für einen längeren Ausflug vorbereitet, zeigte ihr, was in der Tasche war, und wollte gelobt werden, weil er an alles gedacht hatte. Da gab es Essen, Saft, Bier, Wasser, Obst, eine Decke zum Sitzen. Sie sagte nichts, ging schweigend neben ihm her, bis er vorschlug, sich unter einem Apfelbaum auszuruhen, dessen Zweige von den Früchten zu Boden gezogen wurden.

»Ich versteh's einfach nicht«, platzte sie heraus. »Warum machen wir so einen Ausflug nicht in der Umgebung von Pale?«

»Du verstehst es nicht?«

»Nein, höchstens, du denkst, daß es deinem Ansehen schadet, wenn du dich mit einer Geschiedenen herumtreibst.« Sie wollte das sofort klargestellt wissen.

Er lachte erst, dann verhärteten sich seine Lippen noch mehr.

»Meine Liebe, das ist nicht nur wegen mir, sondern wegen dir.«

»Mir kann es doch nur zugute kommen, wenn ich mit einem begehrten Heiratskandidaten ausgehe.« Sie pflückte ein grünes Äpfelchen, kaum größer als eine Walnuß, und knabberte daran. Es erinnerte sie an die Kindheit, sie hatte so viele grüne, dem Blütenstaub kaum entwachsene Früchte auf dem Heimweg von der Schule gegessen.

»Du hast anscheinend keinen Sinn für deine Umgebung«, sagte er lächelnd. Dann legte er ihr genau auseinander, daß unter den Männern, denen sie täglich im Büro oder auf der Straße begegnete, Wetten abgeschlossen wurden, wer ihr erster Liebhaber sein würde.

»Ich glaube nicht, daß ich so attraktiv bin. Ich kann mich nicht daran erinnern, daß sich die Jungen früher um mich gerissen hätten«, sagte sie gleichgültig.

»Attraktiv? Du bist keine Schönheit, aber ungewöhnlich, und keiner kommt an dich 'ran.«

Das war eine Feststellung, kein Kompliment. Emin erklärte ihr, daß es deswegen besser sei, ihre Beziehung zu verheimlichen, eine männliche Philosophie, der sie nur schwer folgen konnte. Er wußte bisher noch nicht so recht, worauf ihr Verhältnis hinauslief, ob sie sich näherkommen oder wieder trennen würden.

»Vielleicht treffe ich morgen ein Mädchen, das ich heiraten will«, fügte er hinzu, und jedes Wort heizte ihren Zorn weiter an.

»Du willst also eine Biographie mit weniger Ecken und Kanten, damit du ein einfaches Herz erobern kannst.«

»Ich sagte, daß das ein Grund ist. Ein anderer ist, daß du dich leichter gegen Zudringlichkeiten wehren kannst, wenn niemand weiß, daß dich jemand erobert hat.«

»Das heißt, du hast dich an den Wetten nicht beteiligt?« Sie sah ihn herausfordernd an. Aber er fand etwas, womit er sie beruhigen konnte.

»Nein, mir ist diese Beziehung zu dir zu wertvoll, als daß ich sie durch so etwas entwerten wollte.«

Sie gingen weiter und verlebten einen wunderschönen Tag in der Natur. Er angelte eine Forelle aus dem Fluß. Sie brieten sie über einem Feuer, und er erzählte ihr, daß die Fische, die er mit der Hand in dem Paljaner Flüßchen Miljacka fing, in den dürftigen Nachkriegsjahren seiner Kindheit die Hauptproteinquelle waren. Dann sprachen sie darüber, was sie sich als Kinder gewünscht hatten und was sie davon verwirklichen konnten. ›Nichts ist wahr geworden‹, dachte Nadira. ›Ich habe nichts von all dem verwirklicht, was ich wollte.‹

An diesem Tag kamen sie sich soweit näher, daß sie wußten, sie würden sich so schnell nicht wieder trennen.

Die Verbindung mit Emin brachte Nadira in gewisser Weise in die Realität zurück. Irgendwann in der Zukunft bestand die Möglichkeit, daß er ihre Kinder kennenlernen wollte. Bisher hatte sie die Vorstellung gehegt, daß ihre Töchter auf jeden Fall gut erzogen seien, allerdings wußte sie nicht, woher sie diese Überzeugung nahm, da sie doch nichts in deren Erziehung investierte. Seit sie mit ihnen wieder im Elternhaus wohnte, waren es für sie imaginäre Kinder. Jetzt wurden sie plötzlich wieder wirklich. Die ersten zwei, drei Tage ihres Jahresurlaubs beobachtete sie, was die Töchter so anstellten, und entdeckte entsetzt, daß sie vollkommen verwildert waren. Kein Tag verstrich, ohne daß sie sich mit einem Nachbarskind angelegt oder irgendeinen Schaden verursacht hatten. Ihre Mutter war wegen ihnen mit zahlreichen Freundinnen und sogar mit ihrer Kusine zerstritten. Letztere hatte ihr verboten, ihre stürmischen Enkelinnen mit zu Besuch zu bringen. ›Warum habe ich das nicht früher gesehen?‹ fragte sich Nadira panisch. Jeden Tag kamen Frauen in den Hof, um sich über Nerminas und Azras Streiche zu beschweren. Die Schwestern überwältigten gemeinsam einen Jungen und stopften ihm Sand in den Mund, Azra tauchte einen Stock in Schlamm und malte auf frisch gewaschene Tischdecken und Bettlaken Häuser und Wolken, Nermina verwüstete mit zwei anderen Mädchen zusammen das Erdbeerbeet eines Nachbarn.

›Furchtbar, furchtbar!‹ hämmerte es in Nadiras Kopf, und das mütterliche Gewissen nagte heftig an ihr. ›Ich habe meine Kinder vernachlässigt, ich dachte, es sei genug, ihre Existenz zu sichern.‹

»Mama, warum hast du mir nicht früher gesagt, wie meine Kinder sind? Warum läßt du ihnen soviel durchgehen?« – ein erfolgloser Versuch, einen Teil der Verantwortung von sich zu schieben.

»Deine Kinder sind prächtig, kehr lieber vor deiner Tür«, gab die Mutter zurück. Diese Auffassung nahm Nadira den Wind

160

aus den Segeln und schmerzte sie sehr. Sie nahm sich fest vor, sich mit ihren Kindern zu beschäftigen. Es hagelte Verbote und Rügen; je mehr sie auf die Mädchen einredete, desto widerspenstiger wurden diese. Statt des Friedens, der bisher zwischen Nadira und ihren Töchtern geherrscht hatte, kam es zu einem regelrechten Krieg, beide sträubten sich hartnäckig gegen ihre ungeschickten Erziehungsversuche.

»Was ist mit dieser Nadira los, warum ist sie plötzlich aus ihrem Winterschlaf erwacht?« hörte sie Nermina die Schwester fragen. »Ich kann's kaum erwarten, daß sie wieder einschläft.«

›Was soll ich mit ihnen machen?‹ plagte sich Nadira nachts, da weder schwarze noch weiße Schafe die Schlaflosigkeit vertreiben konnten. Sie dachte über ihre eigene Kindheit nach: Was hatte sie damals zum Gehorsam gebracht? Die Drohungen der Großmutter, alles dem Vater zu sagen, die Angst der Mutter vor ihm. Aber vor Dervo fürchtete sich niemand mehr, er war wie ein Wolf, dem man vor langer Zeit die Zähne gezogen hatte. Mutter Ifeta war dem Charme ihrer Enkeltöchter vollkommen erlegen, wenn sie ihr auf den Kopf kletterten, hätte sie ihnen nicht gesagt, sie sollten herunterkommen. Wie es wohl wäre, wenn man in ihre Nähe quasi eine Vogelscheuche postierte, ihren Vater, den Täschner Muftić, als Schreckbild vorführte. Aber wie, wenn er seine Kinder zweimal im Jahr sah und dann in seiner väterlichen Liebe förmlich dahinschmolz, die er mit Geschenken, teurem Spielzeug und unpraktischen Kleidungsstücken bewies.

›Aber ich muß ihnen die Möglichkeit geben, das kennenzulernen, wovor ich sie bewahrt habe‹, dachte Nadira nicht ohne Bosheit. ›Vielleicht wird es dadurch besser.‹ Immer hatte sie die Tatsache im Kopf, daß sie die Kinder nicht gewollt hatte, aber ihr Verantwortungsgefühl war zu stark, als daß sie sie verlassen mochte. ›Sie kennen nur die Freiheit, die ich ihnen lasse, vielleicht werden sie das besser zu schätzen wissen, wenn die Gefahr besteht, sie zu verlieren.‹

Sie konnte die Kinder natürlich nicht einfach nach Sarajevo schicken, sondern mußte zuerst mit ihrem Vater reden. Noch andere Gründe drängten sich auf, in deren Licht die Idee, den Vater als Schreckgespenst aufzubauen, wenig überzeugend wirkte. ›Wenn er sieht, wie wild die Töchter sind, wird er mich dafür verantwortlich machen. Dann werden sie über mich herziehen innerhalb der Familie und in seinem Viertel, vielleicht sogar hier in Pale.‹

›Das ist das letzte Mittel‹, dachte sie und überlegte sich eine andere Strategie. ›Ab morgen stehen Gespräche mit den Kindern auf der Tagesordnung. Auch da muß ich das richtige Maß finden, Grenzen setzen und ihnen Raum lassen, damit sie sich als freie Persönlichkeiten entfalten können.‹

Bereits am folgenden Tag versuchte sie, am Küchentisch ihre erste Predigt zu halten. Sie sagte ihnen, daß sie ihr ab jetzt jeden Streich und jede Ungehörigkeit erklären müßten. Sie sahen sie ungläubig an, besonders, als sie ihnen erzählte, sie müßten mit den Kindern der Nachbarschaft in Freundschaft leben. Das hatte sie als erstes Thema ausgewählt, weil ihre kriegerischen Mädchen dauernd jenseits des Hoftores Konflikte ausfochten. Nadira hatte eine erzieherische Inspiration, schwungvoll erklärte sie ihnen, was es hieß, Freunde zu haben. Ihr war nicht bewußt, daß sie nicht die Erfahrungen aus ihrer Kindheit wiedergab, sondern das, was sie damals in Büchern gelesen hatte. »Nermina, du könntest zum Beispiel deinem Mitschüler Zlatan in Mathematik helfen. Er ist groß und stark und wird dich vor anderen ungezogenen Kindern schützen.« Nadira hatte etwas gefunden, womit sie ihre Idee verdeutlichen konnte.

»Mama!« Das Mädchen war außer sich vor Erstaunen, »Zlatan geht nie an mir vorbei, ohne mich zumindest an den Haaren zu zupfen.« »Wahrscheinlich forderst du ihn irgendwie heraus«, ließ sich die Mutter nicht abweisen. »Versuch, freundschaftlich mit ihm zu reden.« Sie gestattete keinen Widerspruch, sie mußten sich Mutters idealistische Sicht der kindlichen Welt ganz anhören.

Am nächsten Morgen stand ein anderes Thema auf dem Programm, diesmal wollte Nadira am Küchentisch besprechen, wie man das umsetzte, was sie theoretisch erörtert hatte. Kaum hatte

162

sie ausgesprochen, »Nermina, Azra, kommt an den Tisch«, rannten die beiden Hals über Kopf zur Tür. »Rette sich wer kann«, rief die Ältere. »Nadira ist wieder vom Predigtvirus infiziert.« Weg waren sie, den ganzen Tag mühte sie sich vergeblich, sie an den Tisch zu bringen. ›Was soll ich tun, wie soll ich ihnen Vertrauen zu meiner Auffassung einflößen?‹ fragte sie sich und begriff gleichzeitig, daß sie noch nicht erwachsen genug war, um die Mutterrolle zu spielen. ›Ich schicke sie doch ein bißchen zu ihrem Vater, damit sie das kennenlernen.‹ Diesmal war sie fest entschlossen, fand aber nicht den Mut, Muftić Auge in Auge gegenüber zu stehen. Deswegen verschob sie die Durchführung der Entscheidung und beobachtete ihre Töchter von ferne. Zum ersten Mal entdeckte sie, daß es in der Welt der Kinder wenig harmlose Spiele gab und daß ihre Vorstellung davon keinen Bezug zur Realität hatte. Nadira stand erschrocken vor der Grobheit der jungen Geschöpfe. Ihre Töchter waren besonders gefährdet, weil sie nicht den Schutz ihres Vaters genossen.

Sie zerbrach sich den Kopf, wie sie ihren Töchtern nahekommen könnte, und ihr fiel nichts Besseres ein, als ihnen Spielzeug zu kaufen. Die Jüngere, Azra, bekam einen Ball, den sie sich schon seit langem wünschte, die Ältere ein neues Spiel. Azra war mit ihrem neuen Ball noch nicht richtig aus dem Hof gelaufen, da traf sie auch schon auf den bereits erwähnten Zlatan, der einen Nagel in der Hand hielt. Im Vorbeigehen zerstach er den Ball und kratze sie am Oberarm. Nadira zuckte zusammen vor Schreck, als sie ihre Tochter heulen hörte. Sie beschloß, sich einzumischen und ihr Kind zu schützen, klopfte an die Tür von Zlatans Mutter und sagte ihr, was ihr Sohn getan habe, forderte das Geld für einen neuen Ball. Statt einer Entschuldigung wurde sie mit dem Reisigbesen bedroht, mit dem die wütende Frau gerade den Hof fegte. Alle möglichen Beleidigungen und Schimpfwörter sprudelten aus ihr. Zum ersten Mal sagte Nadira jemand ins Gesicht, daß sie eine verhaßte Sitzengebliebene war, die fremde Männer verführe und diese Satanstöchter mitgebracht hatte, vor denen keiner im Viertel Ruhe hatte.

›Ist die Welt verdammt worden oder war sie schon immer

so?‹ dachte Nadira ratlos. Darüber sprach sie nicht mit ihren Kindern, sie fand keine Erklärung. Die Mutter ließ ihr am Abend, wieder mittelbar über die Töchter, ihre Meinung zukommen. ›Schwer haben's Kinder, besonders Mädchen, wenn sie keinen Beschützer haben. Wenn sich Zlatan vor Männerhänden fürchten würde, hätte er den Ball heute nicht zerstochen.‹

›Wenn ihr damals auf mich gehört hättet, wäre ich jetzt keine Geschiedene und müßte nicht bei euch mit meinen Kindern Zuflucht suchen‹, dachte Nadira. ›Ich bin nicht herzlos. Ich liebe sie nicht nur, ich will ihnen alles bieten, was ich nicht haben durfte!‹ Wie sie ihnen das bieten konnte, das wußte sie nicht, aber sie wurde von einer ihr bis dahin unbekannten Zärtlichkeit zu ihren Töchtern erfaßt, sie fühlte sich schuldig, weil sie sie in eine so grobe Welt geboren hatte. ›Wenn die Welt böse ist, dann sucht man Liebe bei denen, die einem nahestehen. Meine Töchter sollen das bei mir finden. Ich muß ihnen Liebe und eine gute Erziehung geben. Aber wie, alles, was ich probiert habe, ging daneben. Das heißt, ich muß es erst mal lernen. Und bis ich's gelernt habe, sind sie erwachsen und behalten nur das Unrecht in Erinnerung, das ich ihnen angetan habe. Soll es doch bleiben wie bisher, wenn sie wollen, können sie an meinem Beispiel lernen, was Selbständigkeit und unbeugsamer Wille bewirken können. Zu mehr bin ich nicht in der Lage.‹

Emins und ihr Versteckspiel wurde auch vom Klima beeinflußt. Im Spätfrühling, Sommer und Frühherbst waren die Ausflüge rund um Sarajevo schön, aber als die ersten eisigen Novemberregen fielen, kühlte auch ihre Liebe ab. Sie saßen gefangen in Pale und sahen sich den ganzen Winter hindurch nur flüchtig. Manchmal rief er sie im Büro an, aber wenn sich Milana oder der Chef meldeten, legte er wieder auf. ›Besser so, soll es von selbst wieder aufhören‹, dachte Nadira und wunderte sich, daß sie diese Sichtweise nicht kalt ließ.

Um die durch Emins Rückzug entstandene Leere zu füllen, lernte Nadira mehr als je zuvor und legte alle Prüfungen ab, zum Diplom fehlten jetzt nur noch Seminararbeiten. Sie mußte sich

entscheiden, ob sie sich der Tretmühle des Journalismus überließ oder versuchte, wieder literarische Texte zu schreiben.

Ihre Arbeit im Büro fiel ihr immer schwerer. Der Chef war
weiterhin ihr gegenüber liebenswürdig und meinte nach wie vor:
»Meine Hübsche, hast du unseren Kram geregelt?« Aber diese
Frage quälte sie, sie brannte darauf, ihm ins Gesicht zu schleu-
dern, was sie von ihm hielt. ›Ich kann nicht mehr so tun, als würde mir sein Vertrauen etwas bedeuten.‹

Mit Milana verstand sie sich gut, sie deckten sich, wann immer nötig, gegenseitig. Die Freundin aus Kindertagen hatte eine
eigene Fröhlichkeit, war immer zu einem Scherz aufgelegt und
lachte über die verfetteten, selbstzufriedenen Machtmenschen,
die auf kostenloses Material für ihre Häuser oder Wochenendhäuschen hoffend ins Büro kamen. Von ihr bekam Nadira die
tägliche Dosis Humor und Ironie, die man zum Überleben im
Alltagstrott braucht. Und nicht nur das, wann immer Milana in
dem Dorf Verwandte ihres Mannes besuchte, brachte sie schier
unglaubliche Geschichten vom Leben der Frauen dort mit. Nadira
kam nicht dazu, die Geschichten aufzuschreiben, aber sie spürte,
daß sie nicht nur ihre Ohren erreichten, sondern an einem bestimmten Ort in ihrem Bewußtsein gelagert wurden, um ein, zwei
Monate später in anderer Form wieder hochzukommen, verbunden mit einer anderen Geschichte. Nadira hatte manchmal –
meistens, wenn sie nach Hause ging oder mit etwas beschäftigt
war, bei dem sie nicht denken mußte – den Eindruck, als hefteten
sich diese Gestalten, verbunden in verschiedenen Verwicklun-
gen, an sie und forderten etwas von ihr. Besonders oft brachte
Milana Geschichten von der Schwester ihrer Schwiegermutter
mit. Nadira kannte die Frau nicht, aber ihr Schicksal und das
ihrer Tochter, die sie nach dem Krieg von einem unbekannten
Soldaten empfangen hatte, ließen ihr keine Ruhe. Die Frau glaubte, ihr Mann sei im Krieg gefallen, aber er stand von den Toten
wieder auf, als sie kurz vor der Niederkunft stand. Der Soldat,
der Vater des Kindes, war zu dem Zeitpunkt schon umgekommen. Damit der Mann sie nicht aus dem Haus jagte und die anderen zwei Kinder nicht Halbwaisen würden, stimmte sie zu, daß

das ungewollte Neugeborene zu Verwandten weit weg in einem Ort an der Drina gegeben wurde. Wann immer der Mann sich betrank, mußte sie für ihre Sünde zahlen, aber das Leben ging weiter, sie war eine ehrbare Mutter und Hausfrau. Vor ein paar Jahren tauchte die unerwünschte Tochter wieder auf; sie hatte jemanden in ihrem Heimatort geheiratet. Die Frau weigerte sich, sie zu sehen und in ihrem Haus zu empfangen. Dann starb ihr Mann, die Söhne gingen ihrer Wege, sie wurde krank, und die Tochter kam ungerufen, um ihre bettlägerige Mutter zu pflegen.

Nadira wußte nicht, warum diese Heldinnen gewöhnlicher und ungewöhnlicher Geschichten soviel Platz in ihrem Kopf hatten und was sie von ihr wollten. Sie ahnte, daß sie sich eines Tages damit auseinandersetzen mußte, aber sie verschob diese Begegnung, sie hatte Wichtigeres zu tun. Ihr Tag war randvoll mit Lernen, Zeitungsartikeln, Lesen und der langweiligen Arbeit.

Sie erwarb ihr Diplom, eine Sorge weniger, aber noch immer wagte sie nicht, ihren Alltag zu ändern. Der Druck in ihrem Kopf wuchs an, die Silhouetten realer Personen tanzten dort merkwürdige Tänze, forderten Aufmerksamkeit. Nicht nur Aufmerksamkeit, sie wollten sie versklaven, ihrem Willen unterwerfen. Langsam begriff sie, daß sie diese Geister nur loswurde, wenn sie sie auf Papier bannte, aber sie fand nicht den Mut dazu.

Die Milana-Quelle für Geschichten aus dem Volk versiegte plötzlich, die Kollegin traf ein schreckliches Unglück. Sie war mit ihrem jüngeren Sohn wegen einiger Schwierigkeiten beim Arzt gewesen und hatte erfahren, daß er an Muskelatrophie litt. Das war ein furchtbarer Schlag für sie, als sei sie am Abend in einem Leben eingeschlafen und am nächsten Morgen in einem anderen aufgewacht. Nadira hatte das Bedürfnis, ihr zu helfen. Stillschweigend übernahm sie die ganze Büroarbeit. Milana widmete sich der Suche von Arzneien für ihr Kind, reiste mit ihm von Bad zu Bad, klapperte alle berühmten Quacksalber ab. Nadira wußte, daß es kein Heilmittel gab, aber sie konnte es ihr nicht sagen, es war, als würde man mit der Hoffnung auch die Frau töten. Wenn Milana an manchen Morgen etwas heiterer zur Arbeit kam, erriet Nadira sofort, daß sie von einem neuen berühmten Bad erfahren hatte, in dem auch Muskelatrophie behandelt wurde. »Gut, fahr hin«, sagte sie ihr. »Dann mußt du dir später nicht vorwerfen, daß du es nicht versucht hast.«

Daraufhin strömten Tränen, Milana war völlig verzweifelt, und täglich fielen ihr neue Dinge ein, die sie während der Schwangerschaft und danach falsch gemacht haben könnte. Sie fand immer neue Selbstanklagen, sie hatte den Sohn nicht lang genug gestillt, gearbeitet, solange er noch klein war, war während der Schwangerschaft gestürzt und hatte dabei sicher das Kind im Bauch verletzt. Nadira merkte, wie ihre eigenen Nerven langsam dünner wurden, gewann den Eindruck, daß sie Milanas Jammern nicht mehr lange aushalten würde. Sie hatte Mitleid, wußte aber, daß alles vergebens war, ein genetischer Fehler konnte nicht berichtigt werden. Es störte sie, daß Milana sie immer öfter einlud, sogar zu sich nach Hause, und dort verlief das Gespräch immer gleich, ob ihr Sohn wirklich Muskelatrophie hatte oder ob die Ärzte eine falsche Diagnose stellten. Kaum hatte sie diesen Zweifel geäußert, sprangen ihre Gedanken zu der Frage, ob ein Medikament gefunden werden könne, bevor ihr Sohn in den Rollstuhl mußte. Dann redete sie wieder über ein Bad oder einen Quacksalber, dessen Kräuter jede Krankheit heilten. Ihr Gatte glaubte nicht mehr an ein Wunder, er überzeugte seine Frau davon, mit der Suche aufzuhören, weil sie dadurch hohe Schulden hatten.

Zwischen Nadiras Willen und den Gestalten in ihrem Kopf erhoben sich dauernd neue Barrikaden. Nach dem winterlichen Mitleid für Milana erneuerte der Frühling auch ihre Liebe zu Emin. Sie war sogar stärker als im letzten Sommer. Bei den ersten Treffen sprachen sie über das, was sie den Winter über gelesen hatten.

So erfuhr sie, daß ihre Interessensgebiete weit auseinander lagen. Seine Leidenschaft waren Bücher und Filme über den Krieg, ob nun in der heißen afrikanischen Wüste oder in der aufgeweichten Erde und Kälte vor Moskau. Napoleonische Kriege, amerikanischer Bürgerkrieg, russische Revolution, ihre Volksbefreiungskämpfe, dazu hatte er alle wichtigen Daten im Kopf.

Nadira sah diese Kriege als gewaltiges Unglück für die Menschen, aber er dachte anders, ihn interessierten die Mechanismen, nach denen sie abliefen und nach denen sich das Kriegsglück wendete, wie mächtige Kriegsmaschinerien zu Niederlagen führten. »Offenbar beklagen sich die Männer, ob sie nun in den Krieg müssen oder von ihm verschont bleiben«, formulierte sie einen alten, leicht veränderten Gedanken von Zineta. »Niemand erwartet, daß eine Frau Männerangelegenheiten versteht«, antwortete er ihr. Dennoch las er durch ihren Einfluß Dostojewski und Selimović und äußerte ein paar kluge Sätze über diese Bücher. Das besänftigte sie und gab ihr das Gefühl, daß zwischen ihnen trotz der großen Unterschiede doch eine gewisse Nähe herrsche. Obwohl sie es sich selbst nicht eingestehen wollte, drängte sich ihr immer der Gedanke ihrer Mutter auf, daß sie und die Kinder Schutz brauchten. Hätte sie ihm einen Antrag machen können, hätte sie es vermutlich getan, um dieses Dilemma aus der Welt zu schaffen. Er rang sich trotz einiger Liebesbezeugungen und ihrer Anhänglichkeit nicht dazu durch. ›Er ist ein eingefleischter Junggeselle‹, dachte Nadira und fürchtete, daß ihre Liebe keinen weiteren Winter überstehen würde. Sie bangte um die Nähe und hoffte, daß der Herbst Emin zu einer Entscheidung treiben würde. Je eher, je lieber, zumal ihr die Mutter schon mehrfach gesagt hatte, daß sie nicht unbegrenzt den Schutz ihres Elternhauses nutzen könne. Ihr Bruder beabsichtigte zu heiraten und verlangte den ganzen Anbau für seine Familie. Im alten Flügel war es zu eng für den kranken, ruhebedürftigen Vater, ihre Kinder, die Mutter und sie selbst.

Am dritten Samstag im September weckte sie die Mutter noch vor sieben. Nadira stand auf und setzte sich verschlafen auf die Küchenbank, um auf das Kochen des Kaffeewassers zu warten. Sie hatte am Abend zuvor lange gelesen und nachgedacht, im Morgengrauen war sie erst eingeschlafen. Nach wenigen Stunden Schlaf wußte sie weder, wo sie war, noch warum sie aufgestanden war.

»Ifeta, was hast du, bist du verrückt, ich gehe heute nicht zur

Arbeit! Warum weckst du mich?« rief sie plötzlich und sprang auf, um wieder den Schutz des warmen Bettes aufzusuchen.

»Ich habe dich geweckt, damit du aufräumst und putzt«, trat ihr die Mutter in den Weg.

»Ich soll im Morgengrauen putzen? Bist du noch normal? Ich bin ganz schläfrig.«

»Du mußt eben wach werden, denn heute haben wir Gäste, meine Kusine kommt mit einer Frau.« In den gelblichen Augen der Mutter züngelte Hinterlist.

»Deine Kusine mit einer Frau? Deswegen weckst du mich, noch bevor es richtig hell ist?!«

»Siehst du nicht, wie dreckig die Fenster sind, der Teppich, der Boden muß gewischt werden. Ich kann nicht alles auf einmal, Dervo bedienen, für deine Kinder kochen und das ganze Haus putzen.«

»Ich habe auch nicht gesagt, daß du das kannst. Und du mußt es auch nicht tun, ich putz es, wenn ich Lust dazu habe.« Nadira wurde langsam wach, ihre Augen brannten vom fehlenden Schlaf und dem langen Lesen.

»Nein, du wirst nicht putzen, wenn du Lust dazu hast, sondern jetzt nach dem Frühstück, ich will nicht, daß die Frauen herumerzählen, wie dreckig es bei uns ist. Eine feine Dame kommt, Smailaginca, Emins Mutter.« Wieder sah Ifeta sie zweifelnd an und wartete auf ihre Reaktion.

»Wer kommt?« Jetzt mußte Nadira prüfen, ob sie schlief und das Gespräch mit der Mutter nur träumte.

»Smailaginca, sie hat bei meiner Kusine übernachtet, und heute kommen beide zum Kaffee, aber wir laden sie auch zum Essen ein.«

Nadira erwiderte nichts, sie schenkte sich Milchkaffee in die Tasse und schnitt sich eine Scheibe Brot ab. Sie war immer noch nicht restlos sicher, ob sie wach war. Emin hatte seine Mutter manchmal erwähnt, aber sie hatte ihrem Gefühl nach nichts mit dieser Frau zu tun, sie hatte nicht einmal daran gedacht, daß sie, wenn sie Emin heiratete, mit ihr in einer Wohnung leben würde.

»Beeile dich, Tochter, wenn wir uns nicht schämen sollen«, ermahnte sie die Mutter.

›Meine liebe Nadira, hier hast du mal wieder Gelegenheit, dich in bewährte Formen pressen zu lassen‹, dachte sie und verbrannte sich am heißen Stiel der Kaffeekanne.

»Nun gut, warum kommen sie, gibt es einen Anlaß?« Sie wollte wissen, woran sie war.

»Keine Ahnung, du solltest eigentlich wissen, warum sie kommt«, gab die Mutter zänkisch zurück. »Hat es ihr Sohn Emin dir nicht gesagt?«

»Und warum sollte er mir das sagen?«

»Weil ihr schon fast ein Jahr miteinander geht.«

Nadira stockte der Atem.

»Geht ihr nur so miteinander wie zwei Blinde oder wollt ihr heiraten?«

»Ich habe dir schon gesagt, daß ich nicht daran denke zu heiraten.«

»Und was willst du sonst? Nach dem zweiten Bajram-Fest wird dein Bruder heiraten. Wenn dir der Täschner Muftić nicht gepaßt hat, was fehlt dem jetzt? Er hat die höhere Schule abgeschlossen, eine gute Arbeit, eine Wohnung.«

»Und er ist Muslim«, spottete Nadira.

»Ja, er ist Muslim. Du hast dein Leben mit diesem Siniša in Sarajevo ruiniert. Gott sei Dank bist du wenigstens in diesem Punkt zur Vernunft gekommen, treibst dich nicht mir Fremden herum …«

Nadira mochte sich nicht mehr streiten.

›So ist das also, das Geheimnis ist längst keins mehr, wir haben gar nicht mitbekommen, wann das passiert ist‹, dachte sie und mußte plötzlich lachen, sie war schon lange nicht mehr so gut gelaunt gewesen. Sie grinste, während sie die Fenster putzte und den Boden schrubbte, die gewaschenen Vorhänge aufhängte, Fußspuren von den Teppichen tilgte.

»Schau, welchen Schwung du hast, wenn du willst«, machte sich die Mutter über sie lustig. »Ich sollte Emins Mutter öfter zum Kaffee einladen, dann wäre mein Haus sauberer.«

170

Nadira war irgendwo tief im Unterbewußtsein stocksauer auf sich selbst, sie stand sogar vor dem Spiegel und gab sich eine heftige Ohrfeige. Aber damit konnte sie das Bedürfnis, sich Emins Mutter im besten Licht zu zeigen, nicht vertreiben. Sie befahl den Töchtern, sich an diesem Tag gut aufzuführen, Geschrei und Streit waren verboten.

Nichts ließ darauf schließen, daß dieser Besuch dazu diente, die künftige Braut und das Haus, in dem sie lebte, zu beäugen und kennenzulernen. Nadira fand es lächerlich, wie die Frauen einen gewöhnlichen Kaffeeklatsch spielten. Emins Mutter hatte so viel zu erzählen, vor allem aus ihrer Jugend, wie sie ihren Smailaga geheiratet hatte, wie sie ihn liebte und vier Jahre wartete, bis er sie freite. Dann waren die anderen beiden Frauen, Nadiras Mutter und ihre Kusine, mit ihren Jungmädchen-Erinnerungen dran, wie schwer es damals war, auf den Bräutigam zu warten. Den Mädchen blieb nur die Heirat, aber wen sie heirateten, durften sie niemals selbst bestimmen. Sie hatten mehr Angst davor, mit grauen Haaren noch im Elternhaus zu sitzen, als davor, was sie in der fremden Familie erwartete. Ifeta bekam keinen Beg, die andern zwei schon. Aber alle drei waren unglücklich nach ihrer Hochzeit. »Schwiegervater und Schwiegermutter und die Großmutter meines Mannes haben mir jeden Brauttag vergiftet«, berichtete Emins Mutter Alja. »In den ersten Jahren nach der Hochzeit habe ich oft gesagt, wenn mich Gott männlich geschaffen hätte, und sei es als Rüde, der die Schafe im Pferch hütet, das wäre mir lieber, als eine Frau zu sein.«

Der Satz genügte, um Nadiras Ohren wachsen zu lassen. ›Schau, schau, die kann ja eine interessante Oma abgeben‹, dachte sie, während sie sich mit dem Pitateig abmühte. Mama Ifeta hatte es ihr überlassen, sich vor der künftigen Schwiegermutter zu profilieren, sie drängte sie, das Mittagessen zu kochen. ›Ha, heute läuft alles verkehrt‹, dachte sie weiter und drehte den Frauen den Rücken zu, sie sollten nicht sehen, wie löchrig der ausgezogene Teig war. ›Wenn die Oma jetzt auch noch ein langweiliger Vampir wäre, ich würde krepieren, weil mein freier Tag für nichts und wieder nichts draufgeht.‹

171

Aber Emins Mutter hielt sich nicht nur mit den vergangenen Tagen auf, sie hatte auch neuere Beweise dafür, daß es besser war, ein Rüde zu sein als eine Menschenfrau. Sie erzählte, welchen Ärger ihre Tochter Selveta mit ihrem Mann, dem Klempner Musta, hatte. ›Selveta, Selveta‹, überlegte Nadira. ›Das ist doch die, die in der Gemeindeverwaltung arbeitet. Mit einem Gang, als schritte sie über einen Laufsteg. Vielleicht verfolgt sie ihr Mann ja, aber sie ist modern angezogen.‹

»Aber alle sagen, er sei ein guter Hausherr, und deine Selveta trägt immer den letzten Schrei. Sie hat zwei Pelzmäntel.«

Nadira war vollauf mit dem Einschlagen der Pita beschäftigt und hörte nicht, wie die Frauen von der Gegenwart wieder in die Vergangenheit glitten. Sie sprachen von der Zeit, als die Frauen noch verschleiert gingen. Emins Mutter behauptete, sie habe nichts auf der Welt so sehr gehaßt wie den Schleier. Sobald sie mit ihren Freundinnen das Haus verließ, nahm sie den Gesichtsschleier sofort ab und legte einen Schal um. Aber nachdem sie verheiratet war, mußte sie einen Schleier, der bis zum Gürtel reichte, tragen. Einmal war sie mit ihrem Smailaga die Bistrik hinuntergegangen, die Straße war steil und vereist, man konnte kaum auftreten, ohne daß die Beine wegrutschten. Der Schleier war lang und dicht, sie sah nichts vor sich. Mit der einen Hand hielt sie sich an ihrem Mann fest, mit der anderen hob sie den Stoff, um besser zu sehen. »Alja, Alja, was machst du da? Wenn du dich so entblößt, wenn du mit mir ausgehst, was machst du erst, wenn du allein in die Čaršija gehst.«

Nach diesen Sätzen schwieg sie kurz und fügte dann hinzu: »Wißt ihr, wenn die Kommunisten sonst nichts Gutes getan haben, sie haben uns Frauen immerhin aus dieser Dunkelheit befreit. Ich würde diesen Schleier nicht mehr tragen, und wenn man mir eine Pistole an die Stirn hielte oder mich hungers sterben ließe. Es ist besser zu sterben, als die Umgebung nicht sehen zu können.«

Nadiras Herz flatterte, ein paar Tränen stiegen ihr sogar in die Augen. ›Das war vor dreißig Jahren. Gut, daß ich nicht früher geboren wurde, ich hätte die schönen Bücher nicht lesen können. Ich hätte, wie Emins Mutter sagt, weder die Umgebung sehen können noch für die Zeitung schreiben dürfen. Was für ein schreckliches Leben!‹ Und doch dachte sie gleichzeitig, daß die Pluderhosen und Kopftücher, die so manche Muslimin noch heute trug, nicht viel besser als der Gesichtsschleier waren.

Das schmackhafte Essen bewies, das sie auch in Muftićs Haus etwas gelernt hatte. Ihr Geschick in der Küche wurde von Emins Mutter Alja besonders gelobt.

Für das letzte Septemberwochenende lud Emin sie zu einem Ausflug ein, er schlug vor, mit der Seilbahn zum Trebević hinaufzufahren. Morgens war schönes Wetter, sie freute sich auf einen sonnigen Tag im Gebirge. Kaum trug sie die Seilbahn jedoch zum Gipfel, sammelten sich Wolken und ein eisiger Wind blies. Sie drehten eine kleine Runde und suchten frierend Zuflucht in einem Restaurant. Der Gastraum war nahezu leer, sie saßen in einer Ecke, bestellten Tee mit Rum und bosnische Baklava. Das Gespräch stockte, beide wußten, daß eine Entscheidung anstand. Der harte Ausdruck in seinem Gesicht deutete an, daß er böse war, weil Nadira ihm nicht half, das auszusprechen, was ihm seit Monaten durch den Kopf ging. Nadira konnte ihre Unterstützung nicht geben, weil sie an diesem Tag keineswegs sicher war, ob der Mann ihr nahe genug stand für ein Zusammenleben. Sie fürchtete, auf vieles verzichten zu müssen, um den Status einer verheirateten Frau zu ergattern.

»Jetzt schweigen wir schon fünfzehn Minuten«, unterbrach Emin ihre Gedanken.

»Ist es der Beweis, daß wir schon alles gesagt haben?« lächelte sie.

»Sollen wir uns ein Zimmer in der Pension nehmen?«

»Nein, ich bin diese Hotelzimmer und -betten leid.« Ihre Stimme verriet ihre Unzufriedenheit.

»Ich auch, weißt du.« Emin wurde plötzlich energisch. »Wie sollen wir unsere Geschichte zu Ende bringen?«

Sie sah ihn spöttisch an, sie hatte die Prüfung bei seiner Mutter also nicht bestanden.

»Ich meine dieses sinnlose Herumziehen auf Ausflügen. Wir sind nicht mehr besonders jung.«

»Bietest du etwas anderes?«

Sie bot nichts, forderte ihn heraus, zu bieten.

Um dem Gespräch auszuweichen, bestellte er noch einen Tee. Nadira spürte die erste Tasse schon in ihrer Blase, sie mußte dringend auf die Toilette. Aber wie konnte sie jetzt gehen, wo sie zum ersten Mal im Leben auf einen Heiratsantrag wartete. Nie mehr würde sich eine solche Gelegenheit bieten.

Er dachte nach, suchte nach Worten.

»Nadira, ich bin zu alt für Romantik und du wohl auch. Vom Fußball ist mein rechtes Knie kaputt, ich kann nicht vor dir hinknien. Können wir's so, ganz einfach, hinter uns bringen; wie wär's, wenn wir heirateten und zusammenlebten. Wenn du genauso denkst, können wir das noch diesen Herbst erledigen.«

Offenbar hatte der Mann sich von einer großen Last befreit. Die Härte des Kinns und der Lippen wurde sanfter, aber es hatte nicht den Anschein, als fürchte er ihre Antwort, ihm war klar, daß sie annehmen würde, weil sie ja nur auf die entscheidenden Worte gewartet hatte. ›Nein, ich nehme nicht an!‹ dachte sie, aber so etwas durfte sie nicht aussprechen. Er wartete kurze Zeit auf ihr Einverständnis, dann vergaß er es. Er wollte noch ein paar praktische Dinge in bezug auf ihre Ehe klären. Seine Zweizimmerwohnung war zu klein für eine ganze Familie, aber seine Fabrik baute gerade neue. Wenn sie heirateten, würde man ihn ganz oben auf die Liste setzen, wahrscheinlich bekämen sie im nächsten Jahr eine Vierzimmerwohnung.

»Glaubst du, daß wir uns gut genug kennen, um …«

»Wenn wir uns gut genug kennengelernt hätten, hätten wir vielleicht schon längst voreinander die Flucht ergriffen. In der Ehe werden wir ausreichend Gelegenheit haben, uns besser kennenzulernen.«

Damals überraschte sie das Unlogische seiner Überlegungen zum ersten Mal, später in ihrer Ehe stellte es ihr Nervensystem täglich auf eine harte Probe.

»Du weißt, daß ich zwei Töchter habe, manchmal ist es nicht

174

einfach mit ihnen. Sag mir später nicht, das hättest du nicht gewußt.«

»Das kommt, weil du nicht viel Zeit für sie hast, entweder du bist auf der Arbeit, oder du jagst deinen Zeitungsartikeln oder mir hinterher.«

»Ich jage dich nicht! Wenn du nicht willst ...«

»Entschuldige, ich habe übertrieben. Ich habe nur gedacht, wenn wir heiraten, wirst du mehr Zeit für die Kinder haben. Und ich werde da sein, um zu helfen.«

Sie sah ihn an, um herauszufinden, ob man ihm glauben konnte.

»Es gibt noch etwas, worüber ich noch nicht gesprochen habe ...«

»Dein ehemaliger Mann?«

»Nein, den hab ich vergessen. Weißt du, ich schreibe oft, nicht nur journalistische Texte, ich muß dir das sagen, damit es später nicht zu Mißverständnissen kommt.«

»Liebesbriefe? Warum habe ich noch keinen bekommen?«

»Keine Liebesbriefe.« Sein Spott störte sie. »Kurze Geschichten, manche standen in der Zeitung.«

»Ich wußte, daß du ein bißchen abgedreht bist, seit ich mich mit dir verbunden habe. Aber gut, wenn ich die Kinder annehme, kann ich auch das akzeptieren.«

»Das ist nicht dasselbe?«

»Das werden wir sehen, wenn ich dein Geschreibe lese.«

»Entschuldige, ich muß zum Klo, der Tee drängt.«

Als sie zurückkam, verließen sie das Restaurant, weil die Sonne wieder schien. Sie standen auf der Anhöhe, unter ihnen erstreckte sich halb Sarajevo. Dort, in dem Dunst auf der anderen Seite, war der Friedhof, auf dem Zineta für immer ruhte. ›Wie würde mein Leben aussehen, wenn sie am Leben geblieben wäre, hätte ich dann das Gymnasium abgeschlossen, studiert, wäre von der frühen Mutterschaft verschont geblieben. Wo Sabrina wohl ist, was sie macht? Sie wollte Psychologie studieren, sicher arbeitet sie schon an ihrer Professorenkarriere. Glückliches Mädchen, sie hat durch Geburt alles gehabt. Und mir wurde diese

›Gottesgabe‹ gegeben, aus der ich etwas machen muß. Das ganze Glück ist an mir vorbeigegangen, nur diese Gabe hat sich an mich geheftet und mir nichts anderes gebracht, als daß ich nicht normal leben kann. Heute hat mir ein Mann einen Heiratsantrag gemacht, den ich in gewisser Weise liebe, und trotzdem fühle ich mich verloren, leer und traurig. Er kann mir auch nicht geben, was ich verloren habe.‹

»Du wirkst nicht, als hätte ich dich glücklich gemacht.« Emin wunderte ihr langes Schweigen.

»Ich habe nicht daran gedacht, sondern an jemand Liebes, den ich vor langer Zeit verloren habe.«

»Deinen Mann?«

»Erwähne ihn nicht, ich bitte dich. Ihn habe ich verlassen, nicht verloren.«

Er wartete darauf, daß sie ihm anvertraute, was er von ihr nicht gewußt hatte.

»Es ist eine Freundin, sie starb, als ich ins Gymnasium ging.«

»Warum denkst du jetzt an Tote, hast du nichts Fröhlicheres?«

Darauf hatte sie selbst keine Antwort.

Nadira hatte vor langer Zeit einmal gelesen oder vielleicht von Zineta gehört, sie konnte sich nicht mehr daran erinnern, daß das Leben wie ein Fluß neben den Menschen herfloß und sie von seinen Ufern aus Netze hineinwarfen, um aus diesem gewaltigen Wasser ihren Teil des Glücks zu fischen. Das Wasser war stets mulmig und undurchsichtig, die Netze wurden auf Verdacht geworfen, so daß man meist das fing, was man gerade nicht erleben und im Gedächtnis behalten wollte. Aber was man fing, konnte man nicht mehr fortwerfen, man schleppte es weiter als unnütze, aber ewig gegenwärtige Last. Das Schöne funkelte nur kurz, aber so stark, daß es die Illusion verlieh, das Leben sei es wert, gelebt zu werden.

Nadira und Emin widerfuhr im ersten Jahr ihrer Ehe etwas Schönes, sie bekamen, wie vorhergesehen, eine Vierzimmerwohnung in einem Neubau. Jetzt hatte die Schwiegermutter, die Nana, ihr Zimmer, die Mädchen hatten eins, und sie beide bekamen ein winziges Schlafzimmer, in dem eben noch ihr Schreibtisch Platz fand. Nach diesem aufregenden Ereignis zog Nadira nur noch leere Netze aus dem Wasser. Emin führte ihre Ehe so ruhig, daß sie fast dem Nirwana glich. Ihr wurde klar, daß die Ehe, die man ihr aufgezwungen hatte, nicht schlimmer war als diese frei-gewählte. Ins vierte Lebensjahrzehnt trat sie mit der Frage, ob sie am Jahrestag ihrer Ehe sich selbst das Totengebet, den Tehvid, lesen sollte. Die Jahre und Erfahrung gaben ihr die Möglichkeit, ihre Situation einzuschätzen, aber sie hatten ihren Widerstand und den Willen, etwas zu ändern, stumpf werden lassen.

Das Gefühl, daß sie nicht lebe, sondern dahinvegetiere, gab ihrem geistigen Leben einen neuen, wilden Stich. Die Schwiegermutter Alja eröffnete ihr mit ihrem nicht versiegenden Bedürfnis zu reden, die Schatzkammer ihrer reichhaltigen Erfahrung. Sie verflocht zwei Arten von Geschichten, private und allgemeine. In den allgemeinen, letztlich mündlich weitergegebenes Volksgut, erwies sich die Frau als der böse Geist der Männer, Zerstörerin der Familie, der Tradition und der Herkunft. Aus ihren persönlichen Erzählungen ging hervor, daß die Strafen für all diese Übertritte fürchterlich waren, und zwar auch dann, wenn die Frauen gar nichts verbrochen hatten. Es reichte, daß sie etwas wünschten oder etwas Ungewöhnliches verwirklichen wollten, etwas, das den ungeschriebenen Gesetzen der Gesellschaft und der Familie nicht entsprach.

Alja hatte viele solche Perlen, in jedem Gespräch zeigte sie ihrer Schwiegertochter welche.

»Und du hast studiert, die Hochschule besucht?« fragte sie Nadira an einem Samstag morgen, als sie zusammen Kaffee tranken.

»Ja, Mutti.« Nadira fiel dieses ›Mutti‹ schwer, weil ihr die Frau trotz allem fremd blieb.

»Gut, gut, wenn's dir Gott gegeben hat. Als ich ein Mädchen war, lernte ich gut in der religiösen Schule. Mein seliger Vater war damals in Amerika. Und der Mann meiner Tante war strenggläubig, er sah, daß ich gut in der Mekteb lernte, und sagte meiner Mutter, sie solle mich in die staatliche Schule schicken, damit ich lesen und schreiben lerne. Mutter gehorchte und schrieb mich zum Unterricht ein, aber noch bevor das Schuljahr begann, kam mein Vater aus der weiten Welt zurück. Ich weiß nicht, welcher Teufel ihn zurückgeholt hat, warum er nicht blieb, wo er war. Er verbot mir den Schulbesuch natürlich. Weißt du, was er meinem Onkel sagte? Wenn ich lesen und schreiben könnte, würde ich ihm nicht mehr gehorchen, ich würde gehen, wohin ich wollte … Und weißt du, was mein Onkel meinem Vater sagte? Er sei als Esel nach Amerika gegangen und als Esel zurückgekommen.«

Nadira lachte, und Emin warf seiner Mutter vor, sie solle vor Nadiras Töchtern nicht so häßlich von ihrem Vater reden. Er sei jetzt ihr Vater, sie zerstöre seine Autorität.

»Dann sei ihnen ein besserer Vater als meiner«, antwortete seine Mama. »Ich werde ihm nie verzeihen, ich kann ihm nicht von ganzem Herzen vergeben.«

Emin überraschte Nadira mit zahlreichen wunderlichen Eigenarten, glich es aber dadurch aus, daß er sich väterlich um ihre Kinder kümmerte. Er betrug sich, das spürten Nermina und Azra sofort, ihnen gegenüber als Beschützer, beließ es nicht bei tröstenden Worten, sondern ging hinaus, um dem dreisten Kerl, der seinen Lieblingen auch nur einen Kratzer zuzufügen wagte, zu drohen. Die Kinder hatten schnell heraus, daß er nicht so geizig wie Nadira war, wenn es um überflüssige Ausgaben für kleine Vergnügungen ging. Deswegen streckten sie ihre Fühler mehr zu seinem als zu Nadiras Geldbeutel aus. Er war großzügiger und fragte nicht lange, wozu sie das Geld brauchten.

»Dieser Emin ist ein feiner Kerl«, sagte Nermina zur Mutter, ein vertrauensseliges Lächeln um die Lippen. »Als du heiraten wolltest, hatte ich schreckliche Angst, daß er so ist wie dein Bruder Rasim.«

›Das Glück ist auf eurer Seite, er ist als Vater besser denn als Mann‹, dachte Nadira.

So einen Mann hatte Nadira nun wirklich nicht gewollt. Es sah so aus, als habe er in ihrem sinnlosen vorehelichen Versteckspiel all seine Kraft und Phantasie verausgabt, am Tag nach ihrer Hochzeit fror er alle Aktivitäten ein. Emins Lebensmaxime lautete: So bequem und angenehm wie möglich, ohne Wellengang, Stürme, Durchzug, ohne überflüssige Bewegungen. ›Er ist ein Greis, obwohl er erst Anfang vierzig ist‹, dachte Nadira bitter enttäuscht.

Emin dachte freilich ganz anders, er hielt sich für einen toleranten Gatten. Er sprach keine Verbote aus, sie konnte lesen und schreiben, so viel sie wollte, während er sein Nachmittagsschläfchen hielt und fern sah. Allerdings mußte sie in dieser Zeit auch die Hausarbeit erledigen, denn er beanspruchte täglich mehrere Stunden lang die Gesellschaft seiner Frau. Die Schwiegermutter hatte nur darauf gewartet, daß ihr die Last des Haushalts von den Schultern genommen wurde, sie beteiligte sich lediglich an den leichteren Arbeiten wie Geschirrspülen oder Wäscheaufhängen. Nun lernte Nadira zum ersten Mal den Alltag einer berufstätigen bosnischen Frau kennen und fragte sich oft: ›Hab' ich das nötig gehabt?‹ Jetzt erst merkte sie, wie viel ihr ihre Mutter abgenommen hatte, sie hatte ihr ermöglicht, daß sie trotz der zwei Kinder studieren und wenigstens einen Teil der versäumten Ausbildung nachholen konnte. Mutters Gebrummel, ›wann verschwinden endlich diese Bücher‹, war harmlos gegen die jetzigen Alltagspflichten.

›Ich werde verrückt, wenn ich daran denke, wo ich da wieder hineingestolpert bin‹, sagte sich Nadira und versuchte, sich so zu programmieren, daß ihr Hirn unabhängig von ihren Händen arbeitete. Das Spiel gelang, Hände und Hirn wurden zwei völlig getrennte Arbeitsmittel. Sie ließ den Dialogen und Debatten ihrer Gestalten freien Lauf, blockierte sie nicht mit ihren persönlichen Problemen. Ein unglaublicher Vorgang spielte sich ab, denn das, was sie sich selbst ausgedacht hatte, mischte sich mit dem, was sie von der Schwiegermutter, Milana oder nebenbei aufgeschnappt hatte. Früher hatte sie sich gefragt, wo die Themen für eine literarische Ausarbeitung zu finden waren, jetzt quälte sie deren Überfülle. Kaum hatte sie eins gewählt, drifteten ihre Gedanken zu einem anderen, das wiederum ein drittes anzog, und wenn sie schließlich wieder beim ersten anlangte, merkte sie, daß es nicht unbeeinflußt geblieben war.

Lange wand sie sich, bis sie sich dazu zwang, nur über ein Thema nachzudenken. Tagelang hatte sie eine volkstümliche Überlieferung im Kopf und suchte einen Ansatzpunkt. Sie wollte die Bösartigkeit herausnehmen, Rechtfertigung und Gründe für die Haltung der Frauen liefern. Es konnte nicht sein, daß sie einfach aus sich und ihrer Natur heraus böse und doppelzüngig waren.

›Es war einmal ein Hodscha, fast ein Heiliger, denn er hielt sich auch im Alltag an die Vorschriften des Korans.‹ Das ging ihr durch den Kopf, während sie eines Samstag nachmittags die Badewanne und das Waschbecken scheuerte. ›Und dieser Hodscha beschloß, den Ort, an dem er lebte, vom Satan zu befreien. Der Hodscha betete, blies um sich, lockte, neun lange Jahre dauerte es, bis er den Teufel in eine Flasche gelockt hatte. Kaum hatte er ihn hineingezwängt, verstopfte er sie und stellte sie ins Regal. Seine Frau, neugierig wie jedes weibliche Geschöpf, fragte, was in der Flasche sei. ›Etwas Schreckliches‹, antwortete er. ›Etwas, das viel Unheil im Land stiftet. Wenn du es anrührst, fallen dir die Hände ab. Neun Jahre habe ich gebraucht, um das Böse in die Flasche zu drängen.‹ Am nächsten Tag ging der Hodscha auf den Markt, und die Frau sah unverzüglich nach der Flasche; sie wollte wissen, warum er sich neun Jahre lang in seinem Zimmer eingeschlossen hatte. Sie zog den Stopfen heraus, und der Satan sprang aufs Regal. ›Du hast vergessen, was dein Mann dir gesagt hat. Er wird sehr böse sein, wenn er sieht, daß ich wieder frei bin.‹ Die Frau nahm die Flasche, schaute hinein und sagte dem Satan, daß er lüge, er sei viel zu groß, um in so ein kleines Gefäß zu passen. Der Teufel versuchte, sie zu überzeugen, aber die Frau behauptete weiterhin, daß es nicht wahr sein könne. ›Na, damit du siehst, daß es doch stimmt‹, der Satan war es leid, sich aufzuspielen, und sprang dahin, wo er gewesen war, um ihr zu zeigen, daß er trotz seiner Größe in die kleine Flasche paßte. Sie verstopfte sie in Windeseile und stellte sie an ihren Platz zurück. In diesem Moment kam der Hodscha heim und bemerkte das gerötete Gesicht seiner Frau. Er fragte sie natürlich sofort, ob sie das Verbotene berührt habe. ›Nein, Hodscha, bei allem auf der Welt‹, schwor sie, aber der Satan in der Flasche lachte. ›Doch, heiliger Mann, sie hat mich herausgelassen und wieder hineingebracht, ich erzähl dir, wie.‹ Und der Satan erzählte dem Hodscha, wie es sich zugetragen hatte und lachte von Herzen. ›Ja, mein Hodscha, hüte dich vor der Bosheit der Weiber, mit dem Satan hast du es leichter!‹

›Hodscha und Satan gemeinsam‹, dachte Nadira. ›Es reicht, die normale Findigkeit von Frauen als teuflische Macht zu bezeichnen. Das ist nichts als eine Anmaßung der Männer.‹

Nadira ließ Wasser in die Badewanne laufen und schüttete Waschmittel dazu, sie wollte ein paar Sachen aus feinerem Material waschen.

›Nein, in diese Geschichte kann ich nichts einbauen, ich muß sie verwerfen. Und weiter. Was hat die Schwiegermutter über die Frau erzählt, die uns Käse und Eier bringt, warum sie diese Narben im Gesicht hat? Sie war eine Waise, wuchs bei Verwandten auf, weil Vater und Mutter gestorben waren. Als sie erwachsen war, verheirateten die Verwandten sie mit einem Jungen vom Dorf. Er war häßlich und geistig zurückgeblieben, hatte aber ein Haus und Vermögen. Alle dachten, sie hätten für sie ein großes, edles Werk getan, weil sie das Mädchen ohne Mitgift so gut untergebracht hatten. Sie bekam Kinder mit ihrem ungeliebten Mann, verguckte sich dann in einen Nachbarn aus dem Dorf.‹ Nadira ging im Kopf die Geschichte durch und knetete gleichzeitig Emins Pulli und Azras Schal. Sie merkte nicht, was sie arbeitete, ihre Aufmerksamkeit wurde von den Ereignissen im Kopf völlig in Anspruch genommen. ›Das mit dem Nachbarn war die große Liebe, aber die junge Frau wollte dennoch ihren Mann und die Kinder nicht verlassen und mit ihm in die Stadt gehen, wohin er sie zu locken versuchte. Sie wollte nicht die Sicherheit des eigenen Hauses verlieren. Ihr Geliebter versuchte mehrfach, sie zu überzeugen, scheiterte damit und beschloß, sich an ihr zu rächen. Er drang ins Haus ein, als sie allein war und schnitt ihr mit einem Messer in Gesicht und Brust. Es hätte schlimmer ausgehen können, wäre nicht ihr Mann dazugekommen, der sie gegen den wildgewordenen Liebhaber verteidigte … Wart' mal, hat das nicht etwas mit dem zu tun, was mir Milana von ihrer Tante und deren ungewollter Tochter erzählt hat? Es hat nichts miteinander zu tun. Aber nein, das ist zu umfangreich, Material für einen ganzen Roman. Ich muß mit Erzählungen anfangen.‹

»Nadira, was machst du eigentlich so lange im Bad?« rief Emin aus dem Flur. Sie schreckte zusammen.

»Was soll ich hier schon tun? Ich wasche Wollsachen«, antwortete sie schnell und brachte die Arbeit zum Abschluß. Das Wasser war eisig, die Kälte zog ihr in die Knochen.

»Du bist seit über einer Stunde damit beschäftigt. Du hast doch gesagt, wir gehen spazieren.«

»Ich kann erst, wenn ich hier fertig bin. Ich muß die Pullover noch ausdrücken, damit sie austropfen, du weißt ja, wie schwer sie trocknen.«

»Beeil dich, ich wart' nicht bis morgen!« brummte er.

Sie drehte den Hahn auf, ließ frisches Wasser in die Wanne laufen und überließ sich wieder ihren Gedanken, wandte sich diesmal einem bereits begonnenen Text zu, auch hier war die Grundlage eine Überlieferung, eine Erzählung über ein Geheimnis, den Mond und weiblichen Wankelmut. Es war das sechste Mal, daß sie sich damit befaßte.

›Mann und Frau gehen von einer Feier nach Hause, hinter dem Berg steht der Vollmond und beleuchtet ihren Weg. Der Mann sieht ihn an und lacht eigenartig auf. Sie will wissen, warum? Fragt ihn den ganzen Heimweg über, auch noch im Bett, wendet ihre ganze weibliche List auf und entlockt ihm schließlich das Geheimnis. Der Mann gibt zu, früher, vor etlichen Jahren an einem öden Ort einen Mann getötet zu haben. Niemand war in der Nähe, nur der Mond am Himmel. Er habe ihn angesehen und ihm gesagt, daß er der einzige Zeuge seiner Tat sei, aber keinen Mund habe, um es jemandem mitzuteilen. Die Jahre vergingen, und immer, wenn der Vollmond am Himmel steht, erinnert sich der Mann seiner Sünde. Nachdem er es seiner Frau er-

182

zählt hat, leben sie beide in Frieden fort, als sei nichts geschehen. Aber als sie sich zum ersten Mal streiten und der Mann die Frau kränkt, geht sie zur Polizei und zeigt ihn an. Moral der Geschichte: Männer, vertraut einer Frau niemals ein Geheimnis an, es wird sich früher oder später rächen.‹

›In dem Ganzen ist etwas Dämonisches‹, dachte sie. ›Alle glauben an diese Geschichte von weiblicher Unbeständigkeit, aber ich will mir Gründe ausdenken, warum die Frau ihren Mann verraten hat. Hat er sie geschlagen oder betrogen? Ich glaube nicht, daß sie ihn einfach so ans Messer liefert. Ich muß sie irgendwie verteidigen!‹ dachte sie, während sie das Wasser aus dem letzten Pullover drückte.

»Frau, jetzt gehen wir nicht mehr 'raus! Es hat sich bewölkt, fehlt nur noch der Regen.« Emin war ins Zimmer gegangen und warf wütend die Tür hinter sich zu.

»Hundertmal hab ich dir schon gesagt, daß du mich nicht Frau nennen sollst, als hätte ich keinen Namen«, antwortete sie und steckte den Kopf aus der Badezimmertür. »Ich kann die Arbeit nicht halbfertig liegenlassen.«

»Was hast du bisher bloß gemacht, du hast doch den ganzen Vormittag gehabt.«

»Meinst du vielleicht, das Mittagessen kocht sich von allein?«
»Du kochst doch nicht nur für mich!«

Damit stopfte er ihr den Mund, sie kochte nicht nur für ihn und seine Mutter, sondern auch für ihre Kinder.

Zum Glück begann ein Film im Fernsehen, so daß sich die Töchter und Emin vor dem TV-Gerät vergruben. Nadira hängte schnell die gewaschenen Sachen auf und eilte ins kleine Schlafzimmer, wo ihr Schreibtisch stand. Der Klicker in ihrem Kopf arbeitete flink, die Gründe, warum die Frau ihren Mann verraten hatte, kamen von allein. Als der Film im Fernsehen endete, war ihr Text nahezu abgeschlossen, sie mußte nur noch einige stilistische Feinheiten ausfeilen.

›Die erste fertige Erzählung.‹ Sie seufzte tief auf, ganz schwach.

Dank Emins Passivität und ihrem Zeitmangel lebten die beiden völlig zurückgezogen. Er steckte seine ganze Energie in die Arbeit, er leitete weiterhin die Zentralverwaltung der Fabrik. Und er war häufig in verbale Abrechnungen mit jenen verwickelt, die nicht an die Rechte der Arbeiterklasse und die Selbstverwaltung glaubten. Darüber zerstritt er sich auch mit dem Werksdirektor. Es paßte dem Allmächtigen offenbar ins Konzept, eine so entschlossene und energische Opposition in der Fabrik zu haben, mit der Tolerierung des Revolutionärs konnte er beweisen, daß es doch so etwas wie Selbstverwaltung und Kontrolle durch die Arbeiter gab. Daraus zog Emin ein Gefühl der Unbesiegbarkeit, sah seine Rolle als ewiger Kritiker größer als sie war, hielt sich für mächtiger als den Direktor. Nadira durchschaute das sofort, aber sie wagte nicht, seine Illusion zu zerstören. Es störte sie, daß er die Kritik als seine intellektuelle Domäne betrachtete. ›Das ist doch keine Arbeit‹, dachte sie, wenn er sich auch zu Hause so verhielt. ›Das ist das Einfachste, was man sich vorstellen kann, man setzt sich bequem in den Sessel und überlegt, was andere falsch machen. Hätte ich diese Eigenschaft früher erkannt, hätte ich ihn sicher nicht geheiratet.‹

In ihrer örtlichen Politik fanden Veränderungen statt, die Polizei verhaftete nun häufiger Leute, die sich am gesellschaftlichen Eigentum vergriffen. Dem fiel auch Nadiras Chef zum Opfer, aber sein Nachfolger war keinen Deut besser. Wieder ein halber Analphabet, der es nicht nötig hatte, Briefe zu beantworten. So hatte Nadira weniger Arbeit, bekam aber dafür einen glühenden Bewunderer. Auch vor Milana hielt er sich nicht zurück, er nutzte jede Gelegenheit, um seine Hand auf ihr Knie zu legen und sie zu nachmittäglichen Schäferstündchen einzuladen. Sie überlegte, ob sie Emin davon erzählen oder die Arbeit einfach aufgeben und von den schmalen Zeitungshonoraren leben sollte. Aber das konnte sie wegen der Kinder nicht, sie fühlte sich wie in einer mit spitzen Lanzen gespickten Falle.

Von der allgemeinen politischen Lage erfuhr Nadira aus den Zeitungen oder dem Fernsehen. Damals kam es zu einem sehr undurchsichtigen ideologischen und intellektuellen und, wie sich

184

nachträglich herausstellte, nationalistischen Zusammenstoß zwischen Belgrad und Sarajevo. Alles hatte schon viel früher begonnen, als ein talentierter und vielgelobter Dichter Sarajevo verließ und anschließend noch ein muslimischer Autor. Belgrad empfing die Flüchtlinge mit offenen Armen. Die Dissidenten gaben in der Hauptstadt Interviews, warum ihnen Sarajevo zu eng geworden sei. Der serbische Dichter sagte wörtlich, er habe es nicht mehr ertragen, daß in seiner Straße in Sarajevo der Hodscha vom Minarett rief, der muslimische Autor war wegen verschiedener Unannehmlichkeiten innerhalb der Familie im ideologischen Feuer geröstet worden. Kaum gerieten die zwei ein bißchen in Vergessenheit, ereignete sich der nächste Fall, der Direktor des Rates zum Schutz der kulturellen Denkmäler, Dušan Klubera, setzte sich nach Belgrad ab. Man hatte schon früher von ihm gemunkelt, er habe den Abriß einiger sehr alter Gebäude aus türkischer Zeit gebilligt, die nach dem Willen der Historiker restauriert werden sollten. Vielleicht hätte sich niemand für die Zerstörung dieser geschichtlich wertvollen Häuser interessiert, hätte Dušan Klubera nicht in einer historischen Abhandlung, die in einer Kulturzeitschrift veröffentlicht wurde, einen – nichtmuslimischen – Stadtoberen angegriffen. Seit diesem Moment wurde zu einer regelrechten Hetzjagd gegen ihn geblasen, plötzlich erfuhr man alles über ihn, was er publiziert hatte, was abreißen lassen, wen er zu Weihnachten besuchte, wo er Reden über die Erneuerung des bosnischen Serbentums gehalten hatte. Alle abgerissenen Häuser in Sarajevo legte man ihm zur Last. Als es für ihn in Sarajevo eng wurde, ließ man ihm aus Belgrad zukommen, daß man dort nur auf ihn wartete. Die Sarajever Zeitungen verfolgten alles mit Karikaturen und Zynismus: In Belgrad wolle man den Kalemegdan abreißen, eine der wenigen noch aus türkischer Zeit erhaltenen Festungen, und habe deswegen den Fachmann Klubera gerufen, er würde es gründlich erledigen. Kaum daß er auf die andere Seite der Drina entwichen war, rief Klubera seinen ehemaligen Sarajever Freunden zu, die Stadt sei angefüllt mit panislamischem Geist, der nach der Anerkennung der Muslimischen Nation aufgelebt sei. Nadira berührten diese

Vorgänge nicht sonderlich, sie verfolgte sie nur über die Presse, stand aber auf der Seite dieser Individualisten und fand die Hetze gegen sie übertrieben, die Kommunisten wollten so ihre Macht festigen. In dem jüngsten Fall war allerdings etwas sehr Widersprüchliches. In Belgrader Zeitungen wurde ein Interview mit Klubera gedruckt, in dem er gegen den Panislamismus in Sarajevo geiferte, aber alle Namen, die er nannte, Einzelpersonen, mit denen er seine Schlachten und Feldzüge ausgetragen hatte, waren überwiegend kroatische oder serbische.

»Wenn man dem folgt, sind die Kommunisten Panislamisten. Was meinst du, ist das logisch?« fragte Nadira Emin.

»Ach, hör doch auf, das ist wieder so ein politisches Spielchen«, antwortete er. Da das Spielchen nichts mit Selbstverwaltung zu tun hatte, interessierte es ihn nicht sonderlich.

Nadira hätte sich in ihren wildesten Träumen nicht vorstellen können, daß zwischen diesem Dušan Klubera und ihrem Wunsch zu schreiben, eine Verbindung auftreten könne. Sie mochte nicht darüber urteilen, ob er wirklich ein ›nationalistisches Ungeheuer‹ war, wie man ihn in Sarajevo nannte, oder ›noch ein vertriebener serbischer Kopf‹, wie man ihn nach Belgrader Etikette titulierte. Sie war nur überzeugt, daß die Treibjagd gegen ihn übertrieben war und gestoppt werden müsse. Nur durfte sie das nicht laut sagen.

Der Fall Klubera wurde auch auf lokaler Ebene nützlich. In einer Paljaner holzverarbeitenden Fabrik hatten die Arbeiter beschlossen, den Direktor abzuwählen, weil er mehr gestohlen und verschwendet hatte, als man ihm durchgehen lassen konnte, während die Gehälter der Arbeiter immer weiter gekürzt oder überhaupt nicht ausgezahlt wurden. Sie konnten ihm das Wenigste nachweisen, nur das jüngste Vergehen: Er hatte von ihrem Geld seiner Herzallerliebsten eine Wohnung gekauft. Nadira ging für die Zeitung in die Fabrik zu einer Sitzung des Arbeiterrates, bei der die Sünde des Direktors auf der Tagesordnung stand. Sie setzte sich in die letzte Reihe und wartete darauf, daß sich das Wunder ereignete, zu dem die Arbeiter die Macht hatten: einen verschwenderischen Direktor abzuschießen.

Noch bevor sie sich den zu untersuchenden Fall vornahmen, ergriff Genosse Ostoja das Wort und überschüttete sie mit Wortsalven. »Genossen Arbeiter, Kommunisten, Anhänger von Titos Ideen der Brüderlichkeit und Einheit, habt ihr gestern die Belgrader Zeitungen gelesen, habt ihr euch mit eigenen Augen davon überzeugt, wie dieser Dušan Klubera uns Bosniern auf dem Kopf herumtanzt.« Sobald er den Namen erwähnte, wurde es still, wußte man doch, daß dessen Sünde die, die auf der Tagesordnung stand, bei weitem übertraf. Direktor Ostoja begriff augenblicklich, daß er in die richtige Kerbe gehauen hatte und nutzte es eilends aus. »Gestern haben wir darüber im Zentralkomitee der Republik gesprochen. Denkt nur, dieser Abtrünnige seines Volks hat sogar ein Buch geschrieben, warum es ihm nicht genügte, in Sarajevo Denkmäler von, äh, unschatz… unschätzbarem kulturellem Wert zu zerstören. Denkt nur, er plante, die ganze Baščaršija abzureißen, nur weil unsere muslimischen Brüder, das heißt die vertürkten Serben, wie er schreibt, glauben, daß alles ihnen gehöre, was aus dem türkischen Zeitalter übrigblieb …« Ostojas Bravourstück hatte durchschlagenden Erfolg. Niemand verlangte das Buch von Dušan Klubera zu sehen, den zu Schrift geronnenen Haß gegen die Muslime in Bosnien, niemand erwähnte den eigentlichen Anlaß der Sitzung. Der Vorsitzende des Arbeiterrates zog auf einen Wink des Direktors hin einen bereits aufgesetzten Brief heraus, adressiert an das serbische Zentralkomitee. Kluberas Sünden wurden darin aufgezählt und gefordert, ihn den Strafverfolgungsbehörden in Sarajevo auszuliefern, um die Aufstachelung nationalen Hasses vor Gericht zu bringen. Die Arbeiter hatten noch ein paar Vorschläge, wie man diesem Dissidenten zusetzen könne, aber im allgemeinen Lärm waren sie kaum zu verstehen.

Nadira verließ den Raum noch vor Sitzungsschluß. ›Ich traue meinen eigenen Augen und Ohren nicht, so etwas ist doch nicht möglich. Für wen hatten sie heute die Schlinge geknüpft? Für Direktor Ostoja!‹

Sie war so in Gedanken versunken, daß sie ihren eigenen Mann nicht erkannte, als sie auf der Straße fast über ihn stolperte.

»Frau, was ist mit dir.« Er schüttelte ihren Arm.

Sie war so ratlos, daß sie sein ›Frau‹ überhörte.

»Weißt du, was ich gerade erlebt habe. Einen Schock, nichts anderes. In der Schlinge steckt statt Direktor Ostoja Dušan Klubera. Der Direktor hat sich nicht nur aus der Affäre gezogen, sondern auch noch politische Pluspunkte gesammelt, weil er sich als Serbe gegen einen serbischen Nationalisten gewandt hat.«

»Warum regst du dich darüber auf? Wenn du so weitermachst, verbiete ich dir die Arbeit als Journalistin.«

»Es geht nicht darum, ob ich als Journalistin arbeite oder nicht. Ich habe heute zum ersten Mal mit Schrecken festgestellt, was uns in Zukunft erwartet. Sie vernichten auf diese Art und Weise das rationale Denken, wir sind nur eine verführbare Masse.«

»Komm, du Närrin, das Volk ist immer eine verführbare Masse. Was meinst du, wie es im Westen ist, dort verführen sie die Menschen mit der Wegwerfmentalität.«

»Du bist genau wie Direktor Ostoja. Ich rede von einer Sache, und du von etwas ganz anderem …«

»Nein, wir reden über dieselbe Sache, aber aus verschiedenen Blickwinkeln.«

Sie diskutierten so lebhaft, daß die Vorübergehenden meinten, Zeugen eines ausgewachsenen Ehekrachs zu sein.

»Du liest nicht die Bücher, die ich lese. Es fällt mir immer schwerer, in einem Land zu leben, in dem so viele unnötige Verurteilungen stattfanden, Goli Otok, die Nackte Insel …«

»Es gibt kein Land, in dem es nicht solche Verurteilungen gegeben hätte. Auch keins, in dem die Öffentlichkeit nicht manipuliert wird.«

»Was gehen mich andere Länder an, Emin, wir leben hier!«

»Mir geht's hier gut.«

Als sie zu Hause ankamen, erwartete Nadira noch ein Grund, böse zu werden. Sie hatte der Schwiegermutter die Zubereitung des Mittagessens überlassen, aber sie war wahrscheinlich dabei eingenickt. Jedenfalls waren die gefüllten Paprika angebrannt, der Gestank hing in der ganzen Wohnung. Die Kinder hatten für die Technikstunde in der Schule Stadtmodelle gebastelt, Papier, Schere, Klebstoff, Werkzeug lagen in der ganzen Küche zerstreut.

»Pack das weg, der Drache ist da«, rief Azra, als sie die Stimme der Mutter hörte. Nadira hatte augenblicklich andere Sorgen im Kopf, sie war rasend enttäuscht, daß sie nun auch noch das Essen kochen mußte. Sie konnte ihren Protest nicht zurückhalten, woraufhin ihr Emin vorwarf, daß er ihr schon mehrfach gesagt hatte, seiner Mutter müsse die Last zu kochen abgenommen werden, die alte Frau war nicht mehr dazu in der Lage.

›Am besten wäre es, ich würde euch befreien und alles auf mich nehmen.‹ Nadira schluckte ihren Ärger mit Gewalt hinunter. Sie war ohnmächtig angesichts der Tatsache, daß es ihre Töchter und seine Wohnung war.

Die Schwiegermutter spülte nach dem Mittagessen das Geschirr, Emin half Nermina beim Modell, und Nadira zog sich ins Zimmer zurück, um Atem zu schöpfen. Auf ihrem Schreibtisch lag ein Brief, wahrscheinlich hatten ihn die Töchter aus dem Kasten geholt und hier hingelegt. Sie drehte das Kuvert um und sah den Stempel der Kulturzeitschrift, an deren Adresse sie ihre Erzählung geschickt hatte. Sie drehte es ein paarmal herum, es konnte nur ein Blatt darin sein. Man hatte also nicht ihre Geschichte zurückgeschickt. Hastig riß sie die Lasche auf und ein Stück vom Brief ab. Sie las die letzten Zeilen zuerst. ›Freundschaftlicher Gruß … Rufen Sie mich an, ich sage Ihnen, wann wir uns bei mir in der Redaktion treffen können. Sie haben zweifellos die Begabung zum Erzählen, mit großem Interesse habe ich ihre Erzählung gelesen, Genossin Otaš …‹ Sie schaute sich den Namen des unterzeichnenden Redakteurs an. ›Sreten Klubera! Nicht möglich, noch ein Klubera. Wieviel gibt es davon in unserer Stadt?‹

Sie setzte sich aufs Bett und las den Brief gründlich durch. Es war klar, daß er sie für begabt hielt, aber die Geschichte nicht für gut. ›Beruhige dich! Wichtig ist, daß er den Text nicht verworfen hat, es besteht Hoffnung, daß er veröffentlicht wird. Soll ich es Emin gleich sagen oder erst, nachdem ich das Telefongespräch geführt habe, wenn ich ein bißchen mehr weiß.‹

Er gewährte ihr keine Bedenkzeit, trat ins Zimmer und bemerkte sofort die ungewöhnliche Post.

»Schau, lies dir durch, was ich eben bekommen habe«, sie reichte ihm den Brief, bevor er auf die Idee kommen konnte, sie wolle etwas vor ihm verbergen. Sie küßte ihn mehrmals, wollte ihm zeigen, daß sie ihre Freude mit ihm teilte.

Er las ihn durch, aber ihm fiel der Name des Redakteurs nicht auf.

»Warum hüpfst du so vor Freude? Frau, ich glaube, daß du dir zuviel einbildest.« In seiner Stimme schwang Spott. »Welche Erzählung ist es denn?«

»Die von der Frau, dem Geheimnis und dem Mond. Ich habe alles übernommen, wie in der Überlieferung, aber sie ein bißchen gerechtfertigt, sie hatte Gründe für ihren Verrat.«

»Wem ist es wichtig, ob sie Gründe hatte oder nicht?«

»Ich halte es für pure Bosheit von deiner Seite, immer findest du einen Weg, um mir den Spaß zu verderben.«

Er legte sich aufs Bett und streckte den Arm aus, so daß sie ihren Kopf an seine Schulter legen konnte.

»Ich will dir nicht den Spaß verderben, ich hol dich nur wieder auf die Erde. Er hat ja nicht geschrieben, daß er den Text veröffentlichen wird.«

»Aber er hat ihn auch nicht weggeworfen!«

»Gut, herzlichen Glückwunsch, daß der Redakteur seinen Papierkorb vergessen hat.«

Sie legte sich neben ihn, enttäuscht, weil er sich nicht mit ihr freute. Sie war nicht zornig, sie würde ihn schon noch davon überzeugen, daß ihre Gabe durch die jahrelange Pause nicht an Kraft verloren hatte. Zum ersten Mal spürte sie sie wirklich, war sicher, daß sie die Kraft aufbringen konnte, die anderen angefangenen Erzählungen zu Ende zu bringen. ›Wenn ich nur das Eis breche, wenn Redakteur Klubera nur ›Die Frau und das Geheimnis‹ veröffentlicht. Ob er mit dem giftigen Klubera in Belgrad verwandt ist?‹

Da ihr Telefon in der Wohnung damals noch nicht angeschlos-

190

sen war, rief sie den Redakteur vom Büro aus an. Er antwortete ihr mit einer liebenswürdigen und kultivierten Stimme, sie hörte sogar ein Dankeschön, weil sie sich gemeldet hatte. Sie verabredeten sich für den folgenden Montagmorgen, neun Uhr, sie würde zu ihm in die Redaktion kommen. Nadira versuchte, sich einen Mann vorzustellen, der zu dieser Stimme paßte: asketisches Gesicht, längeres Haar, geschnittener Bart, hoch, schlank. Sie dachte darüber nach und merkte, daß sie der Stimme das Aussehen ihres früheren Lehrers Bernard Jurišić gegeben hatte.

Ihre Vorstellung lag meilenweit daneben. Sreten Klubera sah kein bißchen intellektuell aus, er hatte die gedrungene Statur eines Bauern, dunkle, durchdringend blickende Augen, über den dicken Lippen prangte ein dichter, glänzender Schnurrbart, über der Stirn helles, bereits ausdünnendes Haar. Nadira stellte sich vor, wie er eine Wiese mähte, einen Streifen Gras mit der Sense umlegte, das Werkzeug unterm Vordach abstellte und dann die Arbeitskleidung gegen ausgebleichte Jeans vertauschte, um sich nun als Mensch vorzustellen, der mit dem Kopf und nicht mit seinen Händen arbeitete. ›Umsonst tarnt er sich, er sieht immer noch wie ein Mäher aus‹, dachte Nadira und wurde rot wegen dieses Gedankens. ›Klein, feist, braungebrannt, schiefe Zähne …‹

»Warum werden Sie rot?« fragte er, nachdem sie sich vorgestellt hatten.

»Ich bin wohl immer noch nicht ganz erwachsen«, entgegnete sie. ›Wenn du eine selbstsichere Schönheit erwartet hast, hast du dich genauso getäuscht‹, dachte sie.

Er bestellte telefonisch zwei Tassen Tee, während Nadira sich ein bißchen beruhigen konnte und ungeduldig darauf wartete, was er ihr wohl zu sagen hatte. Aber er hatte es nicht eilig, beschrieb ihr zuerst seine Arbeit. Die Redaktion der Prosa in der Zeitschrift ›Über Kunst‹ hatte er auf Honorarbasis übernommen, eigentlich war er im Städtischen Kulturamt angestellt, dessen Aufgabe in der Organisation von Veranstaltungen und Festivals bestand. Nebenbei beschwerte er sich, daß alle außerordentliche Kulturereignisse haben wollten, aber kaum Geld dafür zur Verfügung stellten. »So verschwenderisch die Stadtväter sonst mit den Finanzen umgehen, bei der Kultur holen sie es wieder herein«, fügte er hinzu, dann holte er ihr Manuskript aus der Schublade.

»Sie werden mir sicher nicht glauben, wie sehr ich mich über Ihren Text gefreut habe.« Sein Blick wurde noch durchdringender, Nadira jagte er ein unbehagliches Schaudern über den Rükken. »Ich habe mich darüber gefreut, daß eine Frau aus muslimischem Umfeld es wagt, Prosa zu schreiben. Ich habe den Text sofort meiner Frau Nada gezeigt, sie arbeitet als Lektorin bei einem Verlag. Dann haben wir zwei uns versucht vorzustellen, wer Sie sind, wie Sie aussehen, wie Sie leben.«

Nadira ärgerte sich über sich selbst, weil ihr Gesicht wieder glühte. ›Eine richtige Rosa-Muh vom Land‹ schalt sie sich.

Er schwieg und sah sie an, was sie noch mehr verwirrte.

»Warum erzählen Sie nicht ein bißchen von sich? Was haben Sie studiert, was arbeiten Sie, sind Sie verheiratet?«

»Ich habe keine tolle Biographie, es ist meine erste abgeschlossene Erzählung. Ich habe Journalistik studiert, aber ich arbeite nur auf Honorarbasis für die Zeitung.«

»Ich hab's geraten«, lachte er. »Wenn Sie meine Frau kennenlernen, fragen Sie sie, was ich ihr gesagt habe. Jetzt müssen wir ein wenig über den Text reden.«

Zuerst zählte er alle positiven Seiten ihrer Prosa auf, interessant, lebendig, ein neuer, ungewöhnlicher Ausdruck, sie habe nicht andere Schriftsteller kopiert, die in der muslimischen Szene bekannt waren. Man sehe auf den ersten Blick, daß sie nicht unbedarft schreibe, sondern eine reiche Leseerfahrung habe. Wenn sie sich anstrenge, könne sie innerhalb eines Jahres auch schriftstellerische Erfahrungen sammeln.

»Ich bin überzeugt, daß Sie auch weiterhin schreiben werden, daß diese Erzählung nicht die Frucht einer vorübergehenden Inspiration ist.«

»Sie machen sich keinen Begriff davon, welche Mühe es mich gekostet hat, sie aus mir herauszubringen«, seufzte sie.

»Ja, das habe ich bemerkt, und das ist ein Zeichen dafür, daß

Sie das Handwerkliche nicht beherrschen.« Seine schwungvolle Rede verebbte plötzlich, jetzt kam das ›Aber‹ an die Reihe. Er versuchte, es ihr so zu erklären, daß er sie nicht beleidigte. »Bleiben Sie sitzen, es ist nichts Schlimmes. Ich habe Sie gerufen, um Ihnen zu sagen, daß Sie begabt sind, das sieht man sofort, die Geschichte ist aber sehr uneinheitlich. Einige Abschnitte sind voller überflüssiger Attribute, andere geradezu journalistisch knapp. Wenn Sie wollen, lese ich Ihnen einige Sätze vor, Sie werden spüren, wie unnatürlich sie klingen.«

Sie starrte wie hypnotisiert auf seine Hände, die fest einen roten Textmarker umklammerten und ihre mühsam abgetippten Zeilen unterstrichen. »Das ist gut, aber hier entwickelt sich die Handlung unlogisch.« Er hob den Kopf und sah direkt in ihre geweiteten Augen voller Angst und Enttäuschung.

»Wenn die Erzählung nichts taugt, warum haben Sie mich dann gerufen?« Ihre Stimme war zornig. ›Emin wird mich auslachen.‹

»Aber das sind doch nur Kleinigkeiten, die auf Ihre handwerkliche Unerfahrenheit zurückzuführen sind. Mit einigen Zügen ist das in Ordnung zu bringen, man muß Sie nur anleiten.«

Sie verstand den Sinn seiner Worte nicht, sie war sicher, daß er sie in die Redaktion eingeladen hatte, um sich über sie lustig zu machen und sie zu beleidigen. Mit einer raschen Handbewegung riß sie ihm ihre Erzählung vom Tisch, ihre Wangen so rot wie der Textmarker unter den Zeilen. Sie fürchtete, in Tränen auszubrechen.

»Warten Sie, ich habe noch nicht alles gesagt.«

»Brauchen Sie auch nicht, mir ist alles klar … Entschuldigen Sie, daß ich Ihre Zeit in Anspruch genommen habe.«

»Weiberkopf, hören Sie, was ich Ihnen sage? Setzen Sie sich, beruhigen Sie sich, versuchen Sie zu verstehen …«

»Nein, ich habe keine Zeit mehr. Es ist auch nicht wichtig, es ist überhaupt nicht wichtig für mich.« Sie wandte sich zum Gehen, da fiel ihr noch etwas ein. Sie hielt inne und sah ihn an. »In letzter Zeit hat man viel über einen Klubera gesprochen, sind Sie mit ihm verwandt?«

Jetzt runzelte er die Stirn, es war ihm unangenehm, daß sie das erwähnt hatte.

»Die schlimmste Art, bekannt zu werden, nicht wahr. Ich bin nicht glücklich darüber, daß mein Bruder seine politischen Rechnungen auch nach seinem Weggang aus Sarajevo fortführt.«

»Dušan Klubera ist Ihr Bruder?!« Sie war völlig überrascht.

»So ist es, mein Bruder, greifen Sie ihn nicht an, dann werde ich ihn nicht verteidigen.«

Nadira war so durcheinander, daß sie nichts erwiderte. Sie murmelte »Auf Wiedersehen« und ging aus seinem Büro. Erst als ihr Haar durchgeweicht war, bemerkte sie den Regen. ›Es ist nicht schlimm, daß die Erzählung nicht veröffentlicht wird‹, dachte sie und öffnete den Regenschirm. ›Nur daß Emin jetzt noch mehr Grund hat, mich auf die Erde herunterzuholen.‹

Der Gatte fragte nichts, er sah ihrem Gesicht an, daß der Redakteur wohl doch noch den Papierkorb gefüllt hatte. Den ganzen Nachmittag kam sie nicht zur Ruhe, sie bügelte die Wäsche, sogar die Stücke, die sie seit Monaten beiseite gelegt hatte. Sobald sie sich besann, erschien Sretens braungebrannte Hand, die mit dem Textmarker malte, vor ihrem geistigen Auge.

Eine Woche verging, und ein neuer Brief traf ein. ›Sehr geehrte Genossin Otaš, Sie haben mir leider nicht Ihre Telefonnummer gegeben, so daß ich Ihnen wiederum schreibe. Ich hoffe, daß Sie die Erzählung abgeschlossen haben, denn ich habe zwei Seiten in der nächsten Ausgabe dafür vorgesehen. Glauben Sie mir, ich habe keine bessere Prosa als die Ihre zur Auswahl, und darum bitte ich Sie, mich als Redakteur in gutem Licht erscheinen zu lassen.‹

Nadira wurde vom Inhalt dieses Briefes so sehr überrascht, daß sie sich nicht einmal freute. ›Das ist doch Unsinn! Woher soll ich wissen, was er im Sinn hat, was er von mir will? Ob ich die Erzählung wohl so ändern kann, wie er es sich vorstellt.‹

Sie nahm ihren Mut zusammen und holte das buntgemalte Exemplar aus ihrer Schublade. ›Manche Stelle mit Attributen überladen, andere journalistisch knapp, hat er gesagt.‹ Sie las

194

einen angestrichenen Abschnitt durch, sprang nervös wieder auf. Sie vergaß den Redakteur, in ihr wurde der Wunsch wach, die geschriebenen Sätze auf neue Weise zu verbinden.

Sie tippte drei Seiten und mußte dann in die Küche umziehen, weil Emin sich hinlegen wollte. »Mach nur so weiter, sitz die halbe Nacht durch in der Küche wie ein Uhu, morgen früh wirst du den Wecker kaputtschlagen«, brummte er.

Nadira bemühte sich, es zu überhören.

Drei Tage später brachte sie den Brief zur Post, darin lag ihr Manuskript und eine kurze Notiz mit ihrer Telefonnummer im Büro. Sie dachte, er würde am nächsten Tag anrufen, aber tagelang hörte sie nichts. Sie hatte Zeit, über den Fall Klubera nachzudenken. Die Presse vergaß ihn allmählich, kein Wunder hielt länger als drei Tage vor. ›Etwas stimmt da nicht‹, dachte Nadira. ›Ein Bruder hat in Sarajevo schwere Fehler gemacht, geht nach Belgrad und überzieht Bosnien von dort aus mit Feuer. Und der andere Bruder, Sreten, geht weiterhin ungestört seiner Arbeit nach, als sei nichts passiert. Was hat der Onkel da erzählt, der kommunistische Besen würde alle Mitglieder einer schuldigen Familie ausfegen. Wie konnte Sreten dem entgehen?‹

Sie sprach mit Emin darüber, fragte ihn, ob es ein Zeichen dafür wäre, daß ihre Gesellschaft toleranter würde.

»Nein, klüger«, erklärte er. »Hätten sie Dušans Bruder angegriffen, hätten sie gerade den Beweis geliefert, daß in Sarajevo ein engstirniges Milieu mit diesem panislamistischen Geist herrscht. So können sie zeigen, daß Dušan schuld ist und darum fliehen mußte, während sein Bruder weiterhin seinen Beruf ausübt.«

»Also eine Scheintoleranz, keine wirkliche.«

»Frau, laß das, das ist Politik, das verstehst du nicht.«

»Ich bin keine solche Närrin, wie du denkst! Was haben wir davon, wenn wir nur aus politischem Kalkül toleranter werden, aber nicht, weil wir wirklich davon überzeugt sind, daß man Sreten nicht vertreiben muß, wenn Dušan der Schuldige ist. Deswegen stehe ich auf Dušans Seite, außerdem ist er nicht der einzige, der Sarajevo verlassen hat«, sagte sie heftig.

»Meine Güte, du und dein Geschwafel.«

»Sag das nicht, sonst sage ich dir etwas viel Schlimmeres.«

»Versuchs doch. Ich frag mich, was diese Kluberas plötzlich in unserem Haus verloren haben, was gehen sie uns an.«

»Sie gehen mich nichts an, wohl aber die Stadt, in der ich lebe.«

»Du lebst nicht in der Stadt, sondern in Pale.«

»Wie kannst du dir nur so einen Blödsinn einfallen lassen?«

»Laß mich lesen, es ist gerade besonders spannend, die Četniks treiben die Partisanen ins Gebirge. Wie Lalić die Montenegriner beschreibt, kein Wunder, daß sie nichts von ihm wissen wollen. Du mußt die ›Hochzeit‹ lesen, dann siehst du wie der Autor montenegrinische Männlichkeit und ihr Heldentum sieht.« Emin las gerade einen Roman von Lalić über Četniks und Partisanen im Zweiten Weltkrieg und versuchte, Nadira auf seine Seite zu ziehen.

»Ich habe dir doch gesagt, daß mich Kriegsliteratur nicht interessiert«, maulte sie, böse über seinen Vorwurf, sie schwafele.

»Im Krieg zeigen sich die wahren Eigenschaften der Menschen.«

»Emin, weißt du, was meine selige Großmutter über den Krieg sagte? Kinder, Gott verhüte, daß es wieder Krieg gibt, er wäre schrecklicher als der 1941.«

»Was wissen Frauen schon darüber«, antwortete er mit einem häßlichen Lächeln.

Nadira bereute es, ein Gespräch mit ihm angefangen zu haben, sie hätte sich doch denken können, daß es darauf hinauslaufen würde, daß Frauen nichts verstehen, besonders nicht, wenn es um Männerangelegenheiten wie den Krieg ging. Es war wirklich erstaunlich, egal womit ein Gespräch anfing, sie landeten immer bei seinem Lieblingsthema ›Krieg‹, und jede pazifistische Äußerung wurde von seiner Seite als weibliches Bedürfnis, über unverstandene Dinge zu schwafeln, abgetan.

Sie ging an ihren Schreibtisch und nahm sich ein angefangenes Manuskript vor. Die Handlung entsprach in großen Teilen einer wirklichen Begebenheit, sie stammte aus einer Zeitungsnotiz aus dem Sonderteil für das Gebiet zwischen Prač und Pale. Auch wenn sie noch immer bezweifelte, daß Sreten Klubera ihr gegenüber freundschaftliche Absichten hegte und ihre Erzählung wirklich erscheinen würde, zog es sie dennoch an die Arbeit. Sie zwang sich, das halbfertige Manuskript abzuschließen.

Nicht Sreten, sondern seine Frau Nada rief sie an. Sie hatte eine herrliche Neuigkeit für Nadira: Die Erzählung war in der Zeitschrift abgedruckt worden. Sie lobte sie sehr, sicher habe sie reiche denkerische Erfahrung, da sie offenbar auf Anhieb in eine reife Schreibphase getreten war. Sretens Frau bat sie, ihr weitere Manuskripte zu schicken, sie wollte ihr zu ihrem ersten Buch verhelfen.

»Mein Mann hat Ihnen sicher schon gesagt, daß ich als Lektorin arbeite und aus dem Französischen und Russischen übersetze. Wir bekommen zwar fertige Manuskripte von Frauen, aber normalerweise können wir sie nicht annehmen. Haben Sie jemals darüber nachgedacht, wie arm und elend unsere Literatur ist, in der keine Frauen schöpferisch sind?«

Sie hatte nicht darüber nachgedacht, schämte sich aber, das zuzugeben. Nie hatten ihre Gedanken diese Richtung eingeschlagen, sie war nur verletzt, wenn Emin weibliche Klugheit geringschätzte oder wenn Frauen im Volksmund als Hexen dargestellt wurden. Aber sie hatte niemanden, mit dem sie darüber reden konnte.

Sie versprach, schon am nächsten Tag alles zu schicken, was sie bisher geschrieben hatte, Nada wollte sie, sobald sie es gelesen hatte, zu einem Kaffee einladen.

Während sie auf einen erneuten Anruf wartete, verfiel sie wieder in ein intensiveres Nachdenken über sich selbst. Sretens Frau war langjährige Lektorin, Übersetzerin, eine Frau mit vielen Kenntnissen und Geist. Worüber sollte sie mit ihr reden, schnell würde sie feststellen, daß Nadiras ihre Bildung nicht solide an einer philosophischen Fakultät erworben hatte, daß sie keine Antworten wußte auf die Fragen, die sie quälten.

Als Nada wieder anrief, sie Tag und Uhrzeit des Treffens

verabredeten, wurde Nadira erst richtig panisch. Was, wenn sie sich vor dieser klugen Frau als dumme Provinzgans erwies? ›Ich werde schweigen, soll sie doch reden. Wie früher Zineta‹, beschloß sie. Am Abend träumte sie, sie würde vor ihrem ehemaligen Lehrer Jurišić eine Prüfung ablegen. Er verlangte hartnäckig, sie solle ihre eigenen Gedanken über ein bestimmtes Buch erläutern, aber sie zählte wie von Sinnen die Titel der Bücher auf, die in letzter Zeit in den Buchhandlungen Sarajevos ausgestellt worden waren. Sie konnte nicht einen Gedanken über sie aussprechen, ihr Kopf war leer.

Emin reagierte mürrisch, als sie ihm beim Frühstück mitteilte, daß sie am Nachmittag nicht heimkäme.

»Und was sollen wir essen?« begehrte er auf.

»Sataraš und Schnitzel habe ich gestern gekocht, sie sind im Kühlschrank, deine Mutter oder Nermina sollen sie aufwärmen«, antwortete sie, zufrieden, weil er ihr nicht vorwerfen konnte, sie vernachlässige wegen des Besuchs die Rolle der guten Hausfrau.

»Du weißt, daß ich aufgewärmtes Essen nicht esse.«

Sie stellte eine Tasse mit warmer Milch vor ihn und Sahne und Marmelade auf den Tisch.

»Ich komme heute nicht nach Hause, iß, was du willst!« fuhr sie ihn an und sah sich um, als bemerke sie zum ersten Mal das ärmliche Aussehen ihrer Möbel. Der abgewetzte Teppich, auf der Tischdecke Spuren des Bügeleisens, klapprige Stühle, leere Wände ohne Schmuck und Bilder. Ein neues Problem tauchte auf, wie konnte sie später Nada und ihren Mann in diese schäbige Wohnung einladen?

»Frau, ich dachte, um Erzählungen zu veröffentlichen gehe man in eine Redaktion, aber doch nicht in fremde Häuser.« Emin hatte sich noch nicht damit abgefunden, den Nachmittag allein zu verbringen. Sie fühlte sich tief im Innersten deswegen schuldig, wollte es aber nicht zugeben. »Ich weiß nicht, warum dir dein Schreiben so wichtig ist. Es gibt Millionen Bücher auf der Welt, alle Arten und Inhalte, ist es wirklich so entscheidend, daß du diesen Haufen um Seiten von dir vergrößerst?«

198

»Es ist mir wichtig, ich weiß nicht warum, aber ich weiß, daß ich es brauche.«

»Dann mach, was du willst, aber jammer mir nicht hinterher vor, wie überlastet du bist«, gab er sich endlich zufrieden.

Seine Nachgiebigkeit freute sie. ›Im Kern ist er doch ein vernünftiger Mensch‹, dachte sie. ›Gegen die Finsternis von meiner ersten Ehe ist diese zweite voller Mondschein.‹

Hätte sie jemand gefragt, warum in ihrer ersten Ehe alles so düster war, in der zweiten jedoch Helligkeit, sie hätte keine Antwort gewußt. Ihr war nicht bewußt, daß ihr Anpassungsmechanismus endlich auf die Gegebenheiten abgestimmt war, so daß sie alles in einem anderen Licht sah.

Auf der Schwelle zu Nadas und Sretens Wohnung verschwanden all ihre Befürchtungen. Der Empfang war freundlich, fast familiär, und Nada wirkte nicht wie eine eingebildete Intellektuelle, die etwas auf Äußerlichkeiten gab. Sie war ein bißchen füllig, hielt sich gut, die Zeit hatte Spuren in ihrem Gesicht hinterlassen, das Haar einen silbrigen Glanz. Nadira war so von ihrer Erscheinung in Anspruch genommen, daß sie nicht auf das Zimmer achtete, in das sie eintraten. Erst als die Hausherrin sie darauf aufmerksam machte, sie solle sich besser in den anderen Sessel setzen, weil er bequemer sei, sah sie sich genauer um, und die Scham wegen ihrer eigenen schäbigen Wohnung schmolz. Drei verschiedene, aber allesamt verbeulte Sessel standen im Raum, ein rundes, einbeiniges Tischchen, unter dem Fenster die Hälfte eines massigen Schreibtisches mit Schubladen, Regale, eigentlich unlackierte Bretter, auf denen die umfangreiche Bibliothek untergebracht war, eine Ottomane mit einer aus Wollresten gehäkelten Decke und Kissen aus ausgebleichter roter Seide. Der Parkettboden war nahezu nackt, nur vor der Ottomane lag ein rechteckiger Flickenteppich. Das einzige, was hier voller und schöner war, das waren die Wände, an jeder hing ein Bild oder eine Grafik.

Sie setzte sich auf den angebotenen Sessel, eine Delle im Rücken, eine unterm Gesäß. Es störte sie nicht; aus dieser Frau sprühte etwas, das sie dringend brauchte, etwas, das sie seit Zinetas Tod jahrelang umsonst herbeiwünschte. Kein Gedanke daran, daß der Nationalist Dušan Klubera, dessen Feder die Muslime zu einem Schreckgespenst stilisierten, mit diesen Menschen verwandt war. Sie schämte sich nicht mehr ihres Denkens oder ihrer Bildung. Sie fühlte, daß diese Frau sie dafür nicht auslachen würde. Sie wartete, daß Nada etwas zu den Erzählungen sagte, die sie ihr geschickt hatte, aber ohne Unbehagen, sie wartete nur ungeduldig auf eine neue, wichtige Unterweisung.

Aber Nada begnügte sich, nachdem sie mit ein paar Sätzen ihre Bekanntschaft vertieft hatten, mit der Analyse des Geistes, der in Sarajevo herrschte, dann mit der Rolle der Frauen im kulturellen Leben der Stadt. Nadira schlürfte ihre Worte. Wieder war sie das hungrige Vögelchen mit weitaufgesperrtem Schnabel.

»Ich kann nicht behaupten, daß es keine Frauen dort gibt, wo es um die Umsetzung von Kunst geht. Da gelingt ihnen manchmal der Durchbruch, ich kenne einige sehr tüchtige Redakteurinnen, Professorinnen, Schauspielerinnen … Aber es gibt keine, die selbst Kunst schafft, schau die neue Anthologie bosnisch-herzegowinischer Erzählungen an. Von dreißig Autoren sind zwei Frauen. Deswegen denke ich, daß jeder Versuch, daran etwas zu ändern, unterstützt und weitergetrieben werden muß. Ich übernehme das Weitertreiben, wir können uns doch duzen, nicht wahr … Wirklich, mein Mann und ich, wir denken, wir dürfen nicht zulassen, daß du wieder aufhörst zu schreiben. Ein so frisches Talent aus dem muslimischen Umfeld haben wir schon lange nicht mehr gehabt. Ach, nicht nur im muslimischen, daß kaum Frauen schöpferisch arbeiten, ist ein gesamtjugoslawisches Phänomen.«

Nadira bemühte sich, Nadas Worte mit dem, was sie schon im Kopf hatte, zu verknüpfen. Vor langer Zeit förderten Zineta und der Onkel ihre Begabung, aber sie waren mit ihr verwandt, letzten Endes Muslime wie sie. Warum nun diese Fremden, aus einer anderen Nation? Sie sagten das gleiche, das sie bereits gehört hatte, aber auf andere Weise. ›Es ist nicht wichtig, was dabei unterschiedlich ist, wichtig ist, daß mir Flügel wachsen allein schon durch den Gedanken, daß sich wieder jemand für mich interessiert, weil ich das schreibe, was ich im Kopf habe. Diese Unterstützung brauche ich, etwas, das mich auf die Bedeutung meines Talents vertrauen läßt.‹

»Sreten sagte mir, du hättest dich erschreckt, als er dir die Schwächen deiner Erzählung erklären wollte, deswegen habe ich dieses Gespräch übernommen. Du hast keinen Grund zur Furcht oder Mißtrauen gegenüber dir selbst. Nach dem, was ich gelesen habe, kann ich nur sagen, es wäre eine Sünde, wenn du nicht zur Feder gegriffen hättest. Du hast etwas zu sagen.«

»Ich danke Ihnen, dir, ich weiß nicht, womit ich diese Aufmerksamkeit verdient habe.«

»Mit deinem Mut«, antwortete Nada unmittelbar, und dann stießen sie mit Kirschlikör an, den Nada eingeschenkt hatte.

»Vorsicht, er ist süß, aber er geht sofort ins Blut, besonders auf nüchternen Magen«, warnte Nada. Sie erzählte, daß sie den Likör selbst gemacht hatte, aus den Sauerkirschen in ihrem Garten. »Weißt du, wir haben ein Wochenendhäuschen und einen Garten mit Obstbäumen, eine halbe Autostunde von Ilidža.« Man konnte spüren, daß dieser Garten und das Häuschen Nada viel bedeuteten. Ihr Gatte und sie verbrachten jedes Wochenende dort, um die unter der Woche angesammelte Erschöpfung und Nervosität hinter sich zu lassen, wahre Feiertage für ihre Töchter, die die Wohnung dann für sich hatten. Nada sprach über verschiedene Pflanzen, was für wunderbare Gewürze und Brände man daraus gewinnen könne.

»Woher kommt dieses Interesse?« fragte Nadira. »Ich bin auf dem Land großgeworden, sozusagen direkt auf der Wiese, aber ich kenne höchstens fünf Heilkräuter.«

»Das habe ich von meiner verstorbenen Mutter geerbt. Sie hat in einer Apotheke gearbeitet. Ihre Gesichtscremes waren etwas ganz Besonderes. Sie hat mir das Rezept hinterlassen, wenn ich in Pension gehe, werde ich mich nur mit Rühren und Destillieren beschäftigen. Und kein einziges Buch mehr lesen, ich habe genug von fremden Gedanken«, lache Nada, stand dann schnell auf und holte aus dem Nachbarzimmer ein kleines Gefäß mit Öl und einem Docht. »Ich habe die Mutter erwähnt, ich muß ein Licht für ihre Seele anzünden. Sieh es mir bitte nach.«

»Was sollte ich dagegen haben«, meinte Nadira.

Einige Momente schwiegen sie und sahen auf das Flämmchen.

»Ich freue mich so, dich kennengelernt zu haben, du strahlst etwas sehr Positives aus«, sagte ihre neue Freundin, dann brachte sie aus der Küche Käsehörnchen und Kaffee. Nada zündete noch eine Duftkerze an, und Nadira drehte sich, sei es wegen des Kirschlikörs, sei es wegen der Luft im Zimmer, der Kopf. Sie fühlte sich gut, entspannt.

Während sie Kaffee tranken, entspann sich das Gespräch um den Feminismus. Nadira wußte darüber sehr wenig und wagte nicht zu beurteilen, ob er positiv oder negativ war.

»Vor meinem Mann dürfte ich das nicht sagen, aber ich halte es für notwendig, daß wir auch so eine Bewegung haben, keine Bewegung, einen richtigen Sturm, damit sich etwas bewegt. Deswegen muß man im Moment darauf hinwirken, daß man ihn individuell verwirklicht.« Nada äußerte sich freimütig, sie wußte, wovon sie sprach.

»Individuell?!« Nadira strengte sich an, um sich zu konzentrieren. »Ich denke, da hast du nicht recht. Wenn der Mensch individuell, das heißt allein ist, dann ist er verloren. Ich weiß das am besten, denn ich wurde aus meiner Generation herausgerissen, es war mir unmöglich, wichtige geistige Freundschaften zu finden. Seitdem treibe ich vor mich hin, kraftlos und ohne mich irgendwo anschließen zu können. Was immer ich mache, ich habe keinen festen Boden unter den Füßen.«

»Natürlich ist der individuelle Weg schwer, aber es gibt keinen anderen. Ich bin sicher, daß diese Quellen in einem großen Fluß zusammenlaufen, das heißt es bis zu einer Organisation bringen werden, zur Institutionalisierung. Im sogenannten realen Sozialismus ist die Arbeiterklasse ja frei, und damit soll die Frauenfrage gleich miterledigt sein. Ich hoffe nur, daß man uns nicht mehr lange mit dieser Ideologie auf dem Kopf herumtanzt.«

Nada hatte das spontan gesagt und hielt sich nun den Mund

202

zu, schließlich kannte sie Nadira nicht so gut, daß sie ihr solch ketzerische Gedanken anvertrauen konnte.

»Aber Nada, das muß nicht eine hoch angesiedelte Organisation oder Institution sein. Was wollte ich sagen? Sreten und du, ihr habt mir Selbstvertrauen gegeben. Ein anderer hätte an seiner Stelle meinen Text vielleicht weggeworfen … Aber du hast mich eingeladen … Du kanntest mich nicht, hast aber für mich …«

»Das nennt sich Frauensolidarität«, half ihr Nada. »Ich verstehe, was du sagen willst.«

»Daran habe ich nicht gedacht, ich glaube nicht, daß Sreten Frauensolidarität spürt«, lachte Nadira und schalt sich innerlich selbst, weil sie nicht ausdrücken konnte, was sie dachte.

Nada wurde nachdenklich, ihre Miene veränderte sich, als fiele ihr der Gedanke schwer.

»Bei ihm kann man es Solidarität mit talentierten Anfängern nennen. Er begreift seine Arbeit als Aufgabe, Menschen, die sich mit Kunst befassen, zu entdecken, zu fördern und zu unterstützen. Ich denke, daß er da recht hat. Aber wenn es um dich geht, hier arbeiten wir zusammen, denn eine Frau hat mehr Einblick in das, was du schreibst. Und noch etwas, für dich ist es als Frau doppelt so schwer, dafür Zeit zu finden, wie für einen Mann.«

Dieser Satz lenkte das Gespräch auf das Privatleben. Nada hatte ebenfalls zwei Töchter, etwas älter als ihre, und sie tauschten ihre mütterlichen Erfahrungen aus. Dann kam die Empörung über den kräfte- und zeitverschlingenden Alltag an die Reihe. Nada erzählte von einer Freundin, die Musik studiert hatte, eine begabte Sopranistin, man hatte ihr eine internationale Karriere prophezeit. Irgendwo auf halbem Weg verliebte sie sich und heiratete. Drei Kinder, die Karriere des Mannes, eine kranke Mutter, das hatte sie vollkommen vernichtet. Vor ein paar Tagen hatte sie Nada gesagt, sie habe sogar vergessen, wie man singe, sie wisse nicht, wo ihre Stimme geblieben sei.

»Damit dir nicht das gleiche passiert, daß du vergißt, deine eigenen Gedanken aufzuschreiben, müssen wir gemeinsam das Fundament festigen. Laß uns eine kleine Analyse von dem machen, was du mir geschickt hast. Du kannst dich auf meine langjährige Erfahrung im Lektorat verlassen.« Nada räumte das Geschirr ab und breitete ihre Blätter aus. Nadira verspürte eine vollkommene Leichtigkeit, sie hatte das Gefühl, daß sie sich seit Jahren kannten. ›Wenn ich so eine Mutter gehabt hätte, mein Leben wäre viel leichter und ganz anders verlaufen. Unglaublich, nicht einmal Zineta konnte ihre Gedanken so einfach und verständlich vorbringen. Ich habe doch Glück, es ist ein großes Glück, eine solche Frau kennenzulernen.‹

Nadira wollte zeigen, daß sie sich wie zu Hause fühlte, nahm ihre Tasse und trug sie in die Küche. Dort stand ein Riesenberg schmutziges Geschirr, wie sie ihn noch nie gesehen hatte. Zunächst war sie verwirrt, dann lächelte sie. Es war ganz angenehm, daß es noch schlechtere Hausfrauen gab als sie selbst. ›Was würde Emin dazu sagen?‹

»Schau dir das an!« Nadas Gesicht drückte Unzufriedenheit aus. »Ich kann einfach nicht mehr. Ich habe beschlossen zu streiken, ich will mal sehen, ob meine Töchter spülen, wenn es keinen sauberen Teller mehr gibt.«

Sie nahmen sich ihr Hörspiel vor. Nada mußte sich zusammenreißen, um den Gedanken an den Berg in der Küche zu verscheuchen, dann kramte sie aus einer Ecke ihrer Seele Schwung und Begeisterung für Nadiras Prosa. Ihre Erläuterungen dauerten nicht lange, schon nach fünf Sätzen hatte Nadira verstanden, wo die Schwächen ihres darstellenden Stückes lagen. Zu den Erzählungen sagte Nada gar nichts, wies sie nur darauf hin, sie habe neben ›gequetschte Stellen‹ Fragezeichen gemalt. Sie müsse sie allein überarbeiten.

»Sreten hat schon mit dem Redakteur von Radio Sarajevo gesprochen, er ist an dem Thema sehr interessiert. Hier ist seine Adresse, du kannst es ihm schicken oder persönlich vorbeibringen.«

Nadira ahnte schon, daß Nadas Heiterkeit dahinschwand, daß sie mit Mühe ihr Lächeln bewahrte. Sie fühlte sich schuldig, weil sie ihr den ganzen Nachmittag weggenommen hatte.

›Wie kann ich mich bedanken?‹ überlegte sie und sagte dann

schnell: »Nada, ich schlage vor, wir befreien dich mit vereinten Kräften von diesem Ballast in der Küche.«

Die Hausherrin wurde von dem Vorschlag überrumpelt, sie dachte kurz nach und schüttelte dann den Kopf.

»Nein, das wollte ich dir auch noch sagen, diese blöden Hausarbeiten kann jeder mit ein bißchen Mühe erledigen, aber deine Erzählungen kannst nur du schreiben.«

»Trotzdem, das Geschirr da in der Küche wartet auf dich.«

Als Sreten nach Hause kam, waren sie fast fertig. Er blieb auf der Schwelle stehen, als könne er nicht fassen, wie die Küche blitzte. Dann schalt er seine Frau, weil sie eine talentierte Autorin zur Haushaltshilfe degradierte.

»Nein, das war meine persönliche Demonstration für Frauensolidarität«, antwortete Nadira, glücklich, daß ihr diese Entgegnung rechtzeitig einfiel. Sonst sagten ihre Töchter immer, ihre Intelligenz springe zu spät an.

»Ah, wehe uns Männern, wenn ihr Frauen euch solidarisiert.« Sreten nahm den Scherz auf.

»Du bist in der gleichen Lage wie mein Gatte. Zwei Töchter, eine emanzipierte Gattin.«

»Nein, bei Gott, behelligt einen Bosnier nicht mit Emanzipation, sie wird hier völlig falsch verstanden.«

Nadira begehrte auf, sie störte der durchdringende Glanz von Sretens Augen, und sie wußte auch nicht, was er mit ›falsch verstandener Emanzipation‹ meinte.

»Sreten hat recht«, sagte Nada. »Man muß mit diesem Wort vorsichtig sein. Wir sitzen auf dem Schwanz Europas; bis die Ideen bei uns ankommen, sind sie ganz verzerrt. Bei uns sind emanzipierte Frauen solche, die alle Mittel nutzen, um an ihr Ziel zu kommen. Man meint hier nicht, was sie im Kopf haben, sondern wie sie ihre, diese, sagen wir, weiblichen Waffen einsetzen. Sie stören sich nicht daran, ob sie ihre Ziele über oder unter jemand erreichen.« Nada sah ihren Gatten bedeutungsvoll an. Nadira ahnte, daß die Spitze gegen ihn gerichtet war. Er wollte den Gedanken seiner Frau nicht weiterspinnen und wandte sich ausschließlich Nadira zu. Er riet ihr, daß sie erst einmal mit ihren Themen im muslimischen Milieu bleiben solle, weil sie es gut kenne. Nada stimmte dem nicht zu, Nadiras Erzählungen zeigten, daß sie tief in die Seele bosnischer Frauen eingedrungen war, jener Frauen, die in der Schlinge der Tradition und einer vorgeblichen Emanzipation zappelten. Nadira fragte sich, wovon die zwei redeten, sie hatte so etwas nie im Sinn gehabt. Sie schrieb ihre Geschichten aus dem Leben heraus, so wie sie eben zu ihr kamen. ›Ich kenne nicht einmal mich selbst‹, dachte sie. ›Ich kann nicht sagen, in welcher Absicht ich meine Gedanken zu Papier bringe. Überhaupt nicht!‹

Sie wollte sich verabschieden, aber Sreten ließ es nicht zu. Er wollte seine Liste mit Hinweisen noch anbringen, nannte einige Titel, die sie unbedingt lesen müsse, und riet ihr, die in der Stadt berühmten öffentlichen Literaturvorlesungen zu besuchen, die Professor Jurišić an der Fakultät hielt.

»Von ihm habe ich schon einiges gelernt, er hat mich im Gymnasium unterrichtet«, sagte Nadira.

»Hör nicht auf meinen Mann«, lachte Nada. »Um die Uhrzeit, wenn Professor Jurišić seine Vorlesung hält, kochst du entweder Mittagessen oder bist auf der Arbeit. Ich denke, daß dir keine Vorlesung dabei helfen kann, ein verfeinertes Gespür für Bilder und Dialoge zu entwickeln. Das kannst du nur in dir selbst.«

Sreten stimmte seiner Frau zu und beschrieb Nadira dann die seiner Meinung nach stärkste Szene in ihrem Hörspiel. Es war jene, in der sich die Muslime stritten, fast handgreiflich wurden wegen der Frage, ob man dem Hodscha des Dorfes einen Wasseranschluß legen solle oder nicht. Die einen meinten ja, einfach weil er der Hodscha war und ihre Unternehmung gesegnet hatte, die anderen wollten ihn auf ihre kommunistische Art dürsten lassen, weil er nicht einen Groschen dazugegeben und sich auch nicht an der schweißtreibenden gemeinschaftlichen Ausschachtung des Kanals beteiligt habe. »Ich finde es toll, wie du alle Nuancen der Primitivität dieses muslimischen Milieus erfaßt hast.«

Nadira versuchte, das Dickicht seiner Gedanken zu durchdringen.

»Wie kommst du auf Primitivität«, wehrte sie sich. »Ich wollte nur zeigen, wie unterschiedlich wir Muslime sind.«

Er dachte nach, strich sich über den dichten Schnurrbart.

»Du hast recht. Serben hätten ihrem Popen eine Wasserleitung gelegt, ohne zu fragen, ob er sich an der Arbeit hätte beteiligen sollen«, erwiderte er, aber in Nadiras Kopf kam eine trübe Erinnerung an die Anschuldigung ihres Onkels hoch, daß die muslimischen Schriftsteller immer das Negative in diesem Volk zeigten. Hatte auch sie unbewußt so gehandelt?

Aber Sreten unterbrach ihre Gedanken, nahm einige Bücher vom Regal und empfahl ihr, sie zu lesen. Dann zeigte er ihr mit einem feierlichen Gesichtsausdruck seine wertvolle Bibliotheksausgabe des Korans. »Du bist Muslimin, aber ich bin sicher, daß du so etwas nicht zu Hause hast«, brüstete er sich, während er die Seiten des Heiligen Buches umblätterte, dessen Kostbarkeit von den Illustrationen eines namhaften Malers, Mersad Berber, rührte. Sie hatte bisher nichts Vergleichbares gesehen, sich auch nicht vorstellen können, daß es solche Ausgaben gab. Sreten erklärte ihr, nur fünfhundert Exemplare seien aufgelegt worden, gedruckt mit einer besonderen Technik, die den Seiten eine gewisse Patina verlieh. Er wollte nicht verraten, wieviel er dafür bezahlt hatte, und Nada grinste derweil, woraus Nadira schloß, daß es sich wohl um ein Geschenk handelte. ›Warum gibt er vor mir so damit an? Das mag ja ein wertvolles Stück sein, aber es bedeutet mir nichts. Ich halte nicht viel von solchen Dingen.‹

»All meine muslimischen Freunde haben versucht, es mir abzukaufen, aber ich würde es um nichts in der Welt hergeben. Ich will auch etwas haben, um das man mich beneidet«, sagte er. Dann hielt er eine kleine Rede über seine Schützlinge. In der Stadt Sarajevo waren gleichzeitig drei, vier sehr talentierte Anfänger aufgetaucht, er nannte ihre Namen, der Maler Tafro, der Dramaturg Jahić, die Erzählerin Nadira Otaš, ein Dichter … Er würde alles in seiner Macht Stehende tun, um ihnen ihre erste

Vorstellung, das erste Buch, die erste Ausstellung zu ermöglichen.

»Aber ich kann natürlich nicht für euch malen oder schreiben, das müßt ihr schon selber tun«, fügte Sreten hinzu, als sich Nadira verabschiedete.

Nada umarmte sie und lud sie ein wiederzukommen.

›Was ist das für ein Mann?‹ dachte Nadira im Aufzug. ›Ein Mäzen junger muslimischer Intellektueller? Warum hilft uns der Bruder von Dušan Klubera? Ist er aufrichtig oder ist das alles ein Spiel? Aber warum sollte es ein Spiel sein, was kann er von mir erwarten? Ich habe weder Ansehen noch Einfluß, kenne keinen der Mächtigen … Und ich bin auch nicht so emanzipiert, daß es mir egal wäre, wie ich ans Ziel komme, über oder unter jemandem.‹

Gedankenverloren kam sie nach Hause. Dort empfing sie Emin mit einem eisigen Willkommensgruß; sie war länger fortgeblieben, als er erwartet hatte. Nadira war zu müde, um es ihm zu erklären, sie fragte ihn, wieso er es jahrelang ohne sie ausgehalten habe und ihm jetzt ein einziger Nachmittag allein zu lang und einsam wäre.

»Damals wußte ich nicht, wie schön es ist, wenn du da bist.«

Ihrer Weiblichkeit schmeichelte die Antwort, aber sie ahnte, daß es ihre Anstrengungen, aus ihrer Begabung etwas zu machen, gefährdete. Es fiel ihr immer schwerer, daß sie für ihn nicht viel mehr als ein Mittel war, mit dem er die Leere seines Lebens füllte, daß ihn nicht interessierte, was sie sich wünschte und erreichen wollte.

»Wenn dir deine Frau fehlt, dann hast du dich offenbar gut verheiratet.«

»Du hast es noch besser getroffen als ich. Du kannst im Schutzraum der Ehe deine Illusionen pflegen.«

Seine gut gebauten Sätzen überraschten sie oft.

»Du kannst ja in diesem Schutzraum selbst säen, was du willst«, gab sie zurück und ging unter die Dusche. Das heiße Wasser spülte einen Teil der Müdigkeit fort.

»Diese Welt ist ohne Illusionen eine schreckliche Ödnis«,

sagte sie, als sie sich zu ihm ins Bett legte und ihren Kopf auf seinen Arm sinken ließ.

»Warum muß ausgerechnet ich auf eine Frau stoßen, die so denkt«, brummte er und zog sie fest an sich.

Verfehlte Themen

Das Schreiben einer neuen Erzählung ging langsamer, als Nadira erwartet hatte. Trotz Nadas und Sretens Unterstützung war es schwierig, im Alltag einen Freiraum zu schaffen. Sie konnte sich nicht systematisch an die Arbeit machen, alles hing davon ab, wieviel Zeit ihr blieb, nachdem sie ihre anderen Verpflichtungen als Ehefrau und Mutter erledigt hatte. Bruchstücke von Dialogen und verschiedene Arten von Beziehungen zwischen Menschen, besonders zwischen Männern und Frauen, gingen ihr durch den Kopf, während sie die Hausarbeit bewältigte oder mit Emin spazieren ging. Aber wenn sie es dann nicht schaffte, sich an den Schreibtisch zu setzen, versank alles wieder und versteckte sich, um nach gewisser Zeit in anderer Form wieder hochzukommen. So beherrschte sie mit der Zeit im Unterbewußtsein das Handwerk des Erzählens. Auch wenn sie nicht viel schrieb, kam sie doch ein gewaltiges Stück vorwärts, das zeigten auch Nadas und Sretens Lob, ihre Eingriffe in den Text wurden immer seltener. Jede abgeschlossene Erzählung gab sie zunächst ihnen, ihr Urteil war ihr so notwendig wie das Schreiben. Sie spürte, wie ihre günstige Meinung ihr Selbstvertrauen stärkte. Manchmal dachte sie, daß eine solche Geistesverwandtschaft ein Geschenk des Himmels sei. Sie war dankbar, daß sie sich auf sie stützen konnte; mit kleinen Aufmerksamkeiten und guter Laune festigte und vertiefte sich diese Freundschaft.

Seit sie ihre erste Erzählung veröffentlicht hatte und neue zu ihrer ersten Sammlung kamen, ertrug sie die alltäglichen Pflichten in der Familie leichter. Mit den Töchtern gab es einen stillschweigenden Pakt; solange sie nicht die Grenzen des Erträglichen überschritten, ließ Nadira ihnen volle Freiheit. Sie waren beide sehr gute Schülerinnen, man sprach schon über ihr künftiges Studium. Emin war so stolz, als seien es seine eigenen Kinder, besonders gute Noten belohnte er mit Sonderzahlungen beim Taschengeld. Nermina und Azra maulten oft wegen Nadiras Geiz. Sie beharrte darauf, daß sie keine ungedeckten Schecks unterschrieb und rote Zahlen auf dem Konto riskierte, nur damit die Töchter in Markenklamotten herumspazierten. Schon die normale Konfektion war teuer genug, nicht selten verbrachte sie das Wochenende an der Nähmaschine. Nie saß sie müßig, während die anderen Kaffee tranken oder fern sahen. Dann nähte sie Säume oder strickte, dabei kamen sehr schöne Pullis heraus, die alle in der Familie gern trugen.

Mit der Anwesenheit der Schwiegermutter im Haus konnte sich Nadira, obwohl sie es oft genug versuchte, nicht abfinden. Es gab ein paar Dinge, die an ihrer Geduld zerrten. Die Alte dachte schlecht von den Männern im allgemeinen, besonders heftig kritisierte sie ihren Schwiegersohn, den Klempner Musta. Aber ihren Sohn Emin vergötterte sie, er war in ihren Augen ein Musterknabe mit besten Eigenschaften. »Er trinkt nicht, raucht nicht, treibt sich nicht in Cafés herum, ist auf der Arbeit verläßlich, zieht fremde Kinder wie seine eigenen groß, ehrt seine Mutter, ist aufmerksam Frauen gegenüber.« Die Alte fiel aus allen Wolken, wenn die Schwiegertochter an ihrem Sohn eine kleine Macke entdeckte. »Du hast keine Ahnung von männlicher Gewalttätigkeit, sonst würdest du mir jeden Tag danken, daß ich so einen Mann für dich geboren und großgezogen habe.«

Sie hoffte, daß die Schwiegertochter nicht nur die Hausarbeiten erledigte, sondern auch zum Reden da war, daß sie sich ihre Klagen über das Rheuma in den Knochen, die Schlaflosigkeit und ihre schwere Jugend anhörte. »Deine Frau meint, ich wäre ein Radio«, beschwerte sie sich bei ihrem Sohn. »Wenn sie will, schaltet sie mich ein und läßt mich erzählen, hört mir zu, bis sie genug hat, und dann schaltet sie mich aus und geht weg.« Nadira mußte zugeben, daß sie genau das anstrebte, daß die Alte nämlich nur redete, wenn sie ihr zuhören wollte.

Die Schwiegermutter ärgerte sich darüber, daß Nadira oft las und sich in ihr Zimmer zurückzog. Wenn es ihr langweilig wurde und ihr eine alte oder neue Familiengeschichte einfiel, suchte sie die Gesellschaft der Schwiegertochter von sich aus.

»Hast du diese Schule abgeschlossen?« fragte sie, ohne darauf zu warten, daß sie eingeschaltet wurde.

»Ja, vor langer Zeit«, antwortete Nadira widerwillig, weil sie gerade die Meisterschaft von Milan Kundera bewunderte, sie wollte herausfinden, wie er die Erzählung ›Fingierter Autostop‹ komponiert hatte.

»Warum liest du dann dauernd? Brauchst du das für die Arbeit?«

»Nana, ich habe eine wichtige Arbeit, um ihr gewachsen zu sein, muß ich viel lesen und lernen.«

»Wird es dir viel Geld bringen?«

»Nein, ein kleines Honorar ab und zu.«

»Wußte mein Emin von dieser Arbeit, bevor ihr geheiratet habt?«

Nadira sah der Schwiegermutter direkt in die Augen, was sie selten tat, weil sie unbewußt keine engere Beziehung zu dieser Frau wollte. Ihre Erzählungen und Einschätzungen waren sehr interessant und gingen oft in Nadiras literarisches Material ein. Aber sie ertrug es nur schwer, daß sie sich ständig in ihr Leben einmischte, das hätte sie nicht einmal ihrer eigenen Mutter gestattet. Emins Mutter konnte und wollte nicht Abstand halten, sie wollte im Mittelpunkt der Familie stehen. Sie glaubte, kontrollieren zu können, ob diese Ehe für ihren Sohn angenehm war.

»Er wußte es, ich habe es ihm gesagt«, gab Nadira ihr zur Antwort. »Denkst du, es wäre schlecht?«

»Das habe ich nicht gesagt, Gott behüte. Lies und schreib, was du willst, es stört mich nicht, ich frage nur so. Wenn er es billigt, ist es mir auch recht. Siehst du, wie gut mein Emin ist, er sagt sogar zu uns, macht nicht soviel Lärm, Nadira schreibt. Weißt du, was sein seliger Vater sagte? Er hat sich vor seinen Kumpanen gebrüstet, ihm sei das Paradies sicher, weil er mit der giftigsten Schlange verheiratet sei, die die Herzegowina zu bieten hätte. Meine Leute stammen aus der Herzegowina, und die Herzegowinerinnen haben den Ruf, sehr bissig zu sein. Aber das stimmte gar nicht, in Wirklichkeit kümmerte er sich nicht darum, was ich ihm sagte. Nur wenn er etwas ablehnen wollte, dann schob er mich vor. Wenn seine Zechkumpanen sich Geld für Schnaps und einen Imbiß von ihm borgen wollten, dann sagte er, er habe Angst vor seiner Frau und deren Prügel, wegen ihr dürfe er nichts ausleihen … Wir hatten einmal ein Kalb aus einer guten Rasse, das ein Nachbar kaufen wollte. Aber mein Mann wollte es nicht verkaufen, und wieder sagte er, seine Frau verbiete es. Und so hatte ich bald den Ruf weg, ich sei eine Gottesstrafe, mein Mann hingegen gut wie Balsam … Beim lieben Allah, so war es nicht, wer hätte je gehört, daß ein Mann auf eine Frau hört.«

›Das ist ja gut, eben noch mit Kundera in Europa‹, dachte Nadira, ›jetzt kannst du wieder zu deiner bosnischen Herkunft zurückkommen. Zineta hat gesagt, daß daraus der beste intellektuelle Wirrwarr entsteht.‹

»Aber ich will meine Seele nicht verlieren, Emins Vater war nicht böse. Wenn du nur wüßtest, was meine Schwester mit ihrem Mann durchgemacht hat. Fünf Bücher könnte ich damit füllen. Ich werde dir alles erzählen, verwende es irgendwo in deiner Schreiberei. Dieser Nichtsnutz hat Braten gegessen, während die Kinder nicht mal Milch und Brot hatten. Einmal war er gnädig und brachte den Kindern eine Wassermelone mit. Die Bengel freuten sich, konnten es gar nicht erwarten, bis sie kalt war. Dann kamen seine Freunde und setzten sich zum Plausch. Er befahl seiner Frau, meiner Schwester, die Melone zu bringen. Die Kinder heulten, aber es half nichts, sie mußte gehorchen. Sie nahm die Melone und brachte sie in den Schatten, wo die Männer saßen, und der Tunichtgut wedelt mit seinem Stock und befahl ihr, diese kleine wieder mitzunehmen und eine größere zu bringen. So ging es ein paarmal, bis sie es satt hatte. Sie stellte sich hin und sagte: ›Gute Leute, wir haben nur diese Melone, ich kann keine größere bringen, weil es hier keine gibt.‹ ›Frau, dafür wirst du zahlen, wenn meine Freunde gegangen sind.‹ Als die Gäste sich verabschiedet hatten, ging er in den Holzschuppen und suchte sich eine schöne, harte Latte aus, um seine Frau, meine Schwester, zu schlagen. Aber als er die Treppen hinunterging, bewirkte der liebe Allah, daß eine angefaulte Stufe durchbrach. Er fiel von oben bis zum Treppenabsatz, brach sich die Rippen und den Arm. Später erzählte er in der Nachbarschaft herum, daß sie die Stufe absichtlich gelockert habe. Ich glaub's nicht, er fiel ihr so zur Last, sie mußte ihn hochheben, bedienen, füttern … Als er starb, hat sie nicht eine Träne vergossen, sie sagte, wenn ihr Herz nicht trauert, brauchen auch die Augen nicht zu weinen.«

Jetzt kam der Moment, in dem Nadira gern dieses Radio ausgeschaltet hätte, aber der entsprechende Knopf existierte nicht. Die Alte ließ die Vergangenheit ruhen und kehrte in die Gegenwart zurück. Hier war ihr wichtigstes Thema Tochter Selveta und ihre unglückliche Ehe mit dem Klempner Musta. Aber das konnte Nadira schon nicht mehr hören, weil sie immer dasselbe erzählte, ein zyklischer Wechsel von Liebe und Haß, Mustas Besäufnissen und nüchternen Zeiten.

»Nana, ich muß etwas tippen.« Sie versuchte es mit einem freundlichen Hinweis. Er wirkte nicht.

»Nana, du störst mich, ich kann mich nicht konzentrieren.«

Die Schwiegermutter schreckte zusammen, als sei sie aus einer Trance erwacht.

»Gut, gut, ich gehe. Gott sollte die Alten töten, sie stören nur. Ich weiß nicht, warum Gott zuläßt, daß man alt wird. Man müßte sterben, sobald man fünfzig wird.«

»Das sagst du immer, aber ich glaube, du lebst ganz gern.«

»Warum sollte ich das Leben nicht genießen? Jetzt habe ich es gut, besser als je zuvor. Laß mich noch ein bißchen die Welt betrachten, dann lege ich mich in die schwarze Erde, hier für kurze Zeit, dort für immer. Ja, die Jungen können sterben, aber die Alten müssen.«

»Nana, eben fängt das Spiel an, willst du mitgucken?« rief Emin aus dem Wohnzimmer.

›Der rettende Schalter.‹ Nadira dankte innerlich ihrem Gatten und nahm ihr Buch wieder auf.

214

Nadira hatte zwei, drei Erzählungen in Sarajever Zeitschriften veröffentlicht, im Radio wurde ein Hörspiel von ihr gesendet, und jedesmal wartete sie auf Reaktionen. Sie hatte Zinetas und des Onkels Meinung, es müsse jemandem wichtig sein, was sie schrieb, unbemerkt verinnerlicht. Nicht irgend jemandem, sie wußte genau, daß es den muslimischen Intellektuellen nicht gleichgültig sein konnte, daß ein neuer Name in der Literatur auftauchte. Sie erinnerte sich an das, was Zineta in ›seinem‹ Namen sagte, nach jeder Erzählung erwartete sie, daß jemand sie anrufen und fragen würde, ob sie Hilfe brauche. Aber nichts dergleichen geschah, keiner rief sie an, die einzigen, die sich für ihre Prosa interessierten, waren nach wie vor Nada und Sreten. Auch wenn ihr die Freundschaft wichtig war, schien es ihr doch nicht genug. »Erst wenn du dein erstes Buch veröffentlichst und der Schriftstellervereinigung beitrittst, kannst du erwarten, daß man dich in dieser Gegend als Schriftsteller anerkennt«, sagte Sreten zu ihr, als ahne er ihr geheime Qual.

»Aber da ist noch etwas, du vergräbst dich zu sehr in diesem Pale, es wäre für dich und deine Töchter sicher besser, in die Stadt zu ziehen.«

Dieser Rat überzeugte sie. Sie versuchte zuerst, Emin dazu zu überreden, von der Fabrik eine Wohnung in Sarajevo zu erbitten. Darüber stritten sie sich heftig, all ihre Argumente wurden abgeschmettert. Er wollte um nichts in der Welt die Wintermonate in dem Nebel und dem Smog dort unten verbringen. Dann ging sie die Sache anders an. Sie suchte sich Arbeit in Sarajevo. Nach zehn erfolglosen Versuchen bekam sie mit Sretens Hilfe eine Stelle in der Verwaltung einer Fakultät. Sie mußte mit Emin einen Kompromiß eingehen, er erlaubte den Wechsel nur, wenn sie nicht mehr für die Zeitung schrieb. ›Journalistinnen gibt es genug, aber nur wenige Frauen, die richtige Literatur veröffentlichen‹, dachte sie, um den Verlust leichter zu verschmerzen. ›Es ist auch für mich besser, meine Kräfte auf eins zu konzentrieren. Sreten sagt mir ohnehin immer wieder, daß ich zuviel Zeitungsstil in die Erzählungen trage.‹

Der Wechsel nach Sarajevo brachte es mit sich, daß sie eine

Stunde täglich für die Fahrt verlor und früher aufstehen mußte. In den ersten Monaten war sie in der neuen Umgebung ganz verloren, sie zweifelte schon, ob sich das alles gelohnt hatte. Die Aufgaben waren viel komplizierter, die Verantwortung größer, die Verhältnisse zwischen den Leuten unklar, fast geheimnisvoll. Die neuen Kollegen beschwerten sich bei der Fakultät, daß sie ständig Personal von außerhalb einstellte. Nadira konnte sogar Kommentare hören wie: Achtung, wieder so ein Bauerntrampel. Ihre jetzigen Erfahrungen glichen denen ihres ersten Aufenthaltes, als sie ins Gymnasium ging und bei jedem Satz fürchtete, ausgelacht zu werden. Aber diesmal hielt es nicht so lange an, trotz allem hatte sie mehr Erfahrung und Wissen, und das schlug sich sowohl in der täglichen Arbeit als auch im Umgang mit Kollegen und Professoren nieder. Bald schon wurden in ihrem Büro persönliche und berufliche Probleme abgeladen, ihr geduldiges Zuhören ermunterte ihre Gesprächspartner, ihr sogar anzuvertrauen, wie ehrbare Absichten auf unehrliche Weise und umgekehrt verwirklicht wurden. Nadiras Materialsammlung schwoll an, wichtig für sie, zumal sich die Geschichten auf eine neue, bisher unbekannte Weise verknüpften. Es war ein Lebensabschnitt, in dem sich die Wirklichkeit sehr fruchtbar mit ihrer Fiktion verflocht, ununterbrochen wurden ihre Erzählungen um neue Seiten erweitert.

Manchmal wunderte sie sich selbst über diese Verflechtung, weil sie nie absehen konnte, was neue Ideen anfachte. Lange vergaß sie nicht, wie sie den Titel für eine Erzählung gefunden hatte, die einen Preis bekam.

Eines Samstag morgens, nach dem Kaffee, zog sie Gummihandschuhe an und ließ mißmutig heißes Wasser in einen Eimer laufen. Sie war mit der Treppenhausreinigung an der Reihe, und das hieß: eine ganze Stunde ihres freien Tages sinnlos vergeuden. Da sie schon daran gewöhnt war, überließ sie ihre Hände der Arbeit und dachte über eine Erzählung nach, deren letzten Satz sie vor zwanzig Tagen getippt hatte. Sie wollte sie zu einem Wettbewerb schicken, den die Republik für Prosa ausgeschrieben hatte. Die Frist lief in zwei, drei Tagen ab, aber sie fand einfach keinen passenden Titel.

Plötzlich drang ein ungewöhnlicher Laut an ihr Ohr, sie lehnte sich übers Geländer und lauschte. Aus Milanas Wohnung im ersten Stock tönte Vogelgezwitscher. Sie erinnerte sich daran, daß ihr die Freundin erzählt hatte, sie müsse neue Haustiere besorgen, damit es ihrem Sohn in der Wohnung nicht zu langweilig werde. Wenn sie an Milana dachte, dankte Nadira dem Schicksal, daß ihre Töchter gesund waren. Milana hatte die Hoffnung aufgegeben, daß ein Medikament gegen Muskelatrophie entwickelt würde. Sie sah mit gerade mal vierzig Jahren aus, als stünde sie an der Schwelle zum Greisenalter. Oft trugen Emin oder ein anderer Nachbar ihren Sohn und den Rollstuhl in die Wohnung. Manchmal hatte sie nicht die Kraft, Danke zu sagen, sie faltete nur die Hände und schloß mit einem Seufzen die Tür.

Nadira wischte die Treppen bis zu Milanas Wohnung. Die Vögel zwitscherten immer noch, als wollten sie einander überschreien. Sie drückte den Klingelknopf, kurz darauf öffnete Milana.

»Ich wollte dich sowieso heut' morgen auf einen Kaffee einladen. Bis du fertig bist, koche ich uns einen.«

»Nein, laß nur, ich habe keine Zeit. Ich wollte nur wissen, was das für Vögel sind, sie sind so zänkisch, daß man sie oben hört. Sicher große Sänger«, sagte Nadira und lugte in den Gang, um den Käfig zu sehen.

»Sänger? Geborene Scheißer! Heißen australische Finken. Du kannst dir nicht vorstellen, wie ungezogen die sind. Sie singen und singen und nebenbei verscheißen sie den ganzen Käfig und die Wohnung, wenn wir sie lassen. Jeden Tag muß ich ihnen hinterherputzen.«

»Wenigstens belohnen sie dich mit ihrem Gesang«, gab Nadira zurück und fuhr mit ihrer Arbeit fort. ›Australische Finken, Vogelscheißer, kein Vogelsänger … die haben was gemeinsam mit …‹ Sie wälzte den Gedanken hin und her. ›Mit wem? Mit meiner Erzählung ohne Titel. Dieser Kerl, Radivoje, er ist genau so ein Fink. Er streut Versprechungen aus, redet mit zuckersüßer Stimme, bezaubert das Mädchen. Und verscheißt am Ende alles. Dieser Name, australischer Fink, paßt phantastisch zu ihm. Milana, Dank dir in Ewigkeit!‹

Nadira beendete die Wischerei mit fünf Zügen und lief rasch in die Wohnung. Sie warf alles hin, zog die Handschuhe aus und rannte an ihren Schreibtisch. ›Jetzt muß ich eine Stelle finden, wo ich die Vögel in die Geschichte einpassen kann. Hier, hier geht es, die Frau, in deren Wohnung das Mädchen wohnt, hat ein Paar australische Finken. Klasse, jetzt ist alles da!‹

»Nadira«, rief Emin aus dem Wohnzimmer. »Was machst du da, du weißt doch, daß wir Samstag morgens die Wohnung putzen.«

»Eine halbe Stunde, bitte, ich muß noch etwas ändern.«

»Verändere lieber dich selbst, du weißt ja gar nicht mehr, wo und wer du bist. Schau dir dieses Chaos an! Ich weiß nicht, was mit dir los wäre, wenn ich dich nicht ständig wieder auf die Erde herunterholen würde.« In seinem Scherz lag ein scharfer Unterton.

»Laß mich in Ruhe! Das Chaos kann eine halbe Stunde warten, es rennt nicht weg, aber meine Gedanken schon.«

»Warum habe ich nicht wenigstens am Samstag was von meiner Frau?«

Lust und Konzentration waren verflogen, sie notierte den Titel und die Stelle, wo sie etwas einfügen wollte. ›Lieber Gott, das ist doch sinnlos, daß du mich so quälst‹, schnaubte sie und sortierte die Wäsche. ›Schenkst mir den Titel, warum gewährst du mir nicht einen Samstag allein, nur einen Tag, damit ich ein paar Stunden lang ohne Schuldgefühle am Schreibtisch sitzen kann.‹

Nadira schickte die Erzählung zu dem Wettbewerb, dann brach wieder eine ›Trockenzeit‹ an, wie sie Perioden nannte, in denen sie nicht an die Schreibmaschine kam. Sie dachte zunächst, es sei eine kurze Pause, in der sie die Kluberas zu einem Essen einladen konnte. Sie waren bisher zweimal bei ihnen gewesen, sie hatte ihnen Kaffee und Kuchen serviert, weil sie nicht sicher war, ob ihre Kochkünste ausreichen. Für die Familie zu kochen, fiel ihr unbeschreiblich schwer. Der bloße Gedanke, daß sie ein komplettes Mittagessen mit Suppe und mehreren Gängen zubereiten würde, verursachte panische Angst. Aber der Wunsch, ihre lieben Freunde einmal richtig zu bewirten, war stärker als ihre Angst. Sie rief Nada an, sie vereinbarten einen Tag, den nächsten Samstag. Nermina bot von sich aus an, zu helfen, so teilten sie sich die Aufgaben. Nadira übernahm Pita und den Hauptgang, Nermina Suppe und Nachtisch. Die Lebensmittel kaufte Nadira ein, sie hatte kein Vertrauen zu den anderen. Zum Glück war es die Zeit zwischen Frühling und Herbst, so daß viel Obst und Gemüse angeboten wurde.

»Ich weiß wirklich nicht, warum dir soviel an den Leuten liegt«, wunderte sich Emin, als er sah, wie seine verschwitzte, angespannte Frau die Pita in der Backröhre wendete. »Du hast bisher weder deine noch meine Verwandten zum Essen eingeladen.«

»Du weißt, daß ich dafür weder Zeit noch Lust habe. Die Kocherei nimmt mir ohnehin zuviel Zeit weg.«

»Und jetzt etwa nicht?« höhnte er.

»Das ist eine Ausnahme. Sie haben so viel für mich getan.«

»Was haben sie getan. Deine Eitelkeit gefüttert und dich so verdreht, daß du schon nicht mehr weißt, wo du dir den Kopf anschlägst.«

»Hör auf zu nörgeln. Nächstes Mal lädst du ein paar Freunde ein, ich verspreche, daß ich etwas Leckeres koche.«

Damit hatte sie ihn in die Ecke gedrängt, er hatte keine Freunde. Sein Austausch mit anderen Leuten beschränkte sich auf die Arbeit und gelegentliche Jagdausflüge. Wenn er ihr von diesen Unterredungen erzählte, konnte Nadira es nicht fassen, daß sich erwachsene Menschen derart kindisch über politische Fragen äußerten. Auch wenn sie nicht direkt fragte, dachte sie immer öfter, daß Emin, bevor er sie kennengelernt hatte, sehr einsam gewesen war. Sie hatte sich auch nicht um viele Freundschaften bemüht, aber die Sorge um die Kinder, der vertraute Umgang mit Kolleginnen und die unaufhörliche intellektuelle Anstrengung gaukelten ihr vor, daß sie mehr Kontakte habe, als sie bewältigen könne. Die Freundschaft mit den Kluberas war für sie etwas ganz Besonderes, der Kontakt so wichtig, daß sie alles, was ihr an den beiden nicht gefiel, beiseite schob.

Dieses erste Essen mit ihnen kostete Zeit und Nerven und Geld, aber sie war zufrieden mit dem Ergebnis. Für diese Gelegenheit legte sie eine Tischdecke mit passenden Servietten auf, das Hochzeitsgeschenk von Emins Schwester, und benutzte das Geschirr, das sie als Aussteuer mitgebracht hatte. »Warum können wir das nicht manchmal auch für uns so machen?« maulte Nermina.

Alle bekamen ein Geschenk von den Gästen, sie einige Rosen, Emin Slibowitz aus Sretens hauseigener Brennerei, die Mädchen Pralinen, die Schwiegermutter Sarajever Gelee.

Die früheren Besuche des Ehepaars Klubera waren sehr kurz und von einer unerklärlichen Spannung beherrscht, die nicht zuließ, daß man sich entspannt und offen unterhielt. Diesmal war von Anfang an alles anders, Nadira glänzte als Hausfrau, weil das Essen gelungen war, Emin empfing sie mit dem Scherz, daß er dank ihres Besuches zum ersten Mal seit seiner Heirat in den Genuß eines guten Essens käme. Nadira regte sich nicht darüber auf, und die Kluberas lobten Emins Sinn für Humor.

»Aber das ist kein Humor, sondern die Wahrheit«, mischte sich Nermina ein, bereit, beim Servieren zu helfen.

Zu Nadiras Freude saß ihr großes Schreckgespenst nicht mit am Eßtisch, die gegenwärtige Politik. Nada sprach ein bißchen über Lektoratsarbeit und wichtige Editionen ihres Verlages.

Nebenbei erläuterte sie, warum es so wichtig war, das Golgotha auf der Nackten Insel, Goli Otok, literarisch zu verarbeiten und so die Scham zu mildern, die die Menschen noch immer belastete. Nadira war mit Diners nicht besonders erfahren; da sie sich bemühte, daß alle gut bedient wurden, entgingen ihr Teile des Gesprächs. Emin antwortete, daß den normalen Leuten gar nicht bewußt sei, was sich unter den Kommunisten abgespielt habe. Sie waren mit dem bloßen Überleben beschäftigt.

Sreten gab mit einem schiefen Lächeln unter seinem Schnurrbart eine Geschichte aus seinen früheren Jahren als Lehrer wieder. »Ich hatte nur ein Hemd und eine Hose, mit denen ich mich vor der Klasse sehen lassen konnte.«

»Wenn du nicht so gut geheiratet hättest, hättest du dir noch lange keine zweite Hose und noch ein Hemd gekauft«, lachte Nada und legte liebevoll ihre Hand auf die des Mannes.

»Laßt uns auf diese besseren Jahre anstoßen«, ergriff Emin das Wort. Er war durch zwei Gläser Wein und die Erkenntnis, daß die Kluberas keine steifen Stadtbürger, sondern seine armen Nachkriegsverwandten waren, aufgetaut. »Wißt ihr, was mir passierte, als ich fünfzehn, sechzehn war, gerade angefangen hatte, den Mädchen nachzugucken. Ich sollte mit der Klasse an einer Parade zum Ersten Mai teilnehmen, aber ich hatte kein Hemd. Ich sagte es meiner Mutter, und sie zog aus einer Truhe ein Stück Stoff und wollte mir eins mit der Hand nähen. Sie setzte sich am Abend ans Küchenfenster und nähte und nähte. Als wir schlafen gingen, schlief sie auch ein. Als ich am Morgen aufstand, lag sie auf der Küchenbank mit dem halbfertigen Hemd in den Händen. Ich konnte nicht auf die Parade, ich glaube, an dem Tag gab es keinen unglücklicheren Jungen als mich. Und die Mutter weinte und jammerte, weil sie es nicht geschafft hatte, die Nacht durchzuarbeiten.«

»Meine Frau übertreibt, wenn sie sagt, ich hätte mich gut verheiratet, lange Jahre hatte ich auch während unserer Ehe nur eine Hose. Wißt ihr, Nada stammt aus einer berühmten Kaufmannsfamilie, den Polskićs, aber davon hatten wir gar nichts, weil die Kommunisten ihnen nach dem Krieg alles weggenommen haben. Aber ich wollte die Geschichte mit der Hose zu Ende erzählen. Damals waren meine Frau und ich jung und energiegeladen, aber da wir kein Geld hatten für irgendwelche Vergnügungen, dachten wir uns, wir gehen ja schließlich gern in die Berge. Eines Sonntags sind wir zu Fuß nach Trebević, ich glaube, wir suchten Pilze oder Himbeeren, ich weiß es nicht mehr. Mittags brannte die Sonne, ich zog die Hose aus und band sie am Rucksack fest und ging in Unterhosen weiter. Irgendwann, als wir uns ausruhten, fragte mich Nada, wo die Hose geblieben sei. Es waren nicht irgendwelche Hosen, die man verlieren kann, es waren meine einzigen, ohne sie konnte ich am nächsten Tag nicht zur Arbeit. Wir gingen den Weg zurück und suchten sie. Aber nach zwei Kilometern wußten wir nicht mehr, woher wir hergekommen waren. Nada weinte, mir verbot das mein Mannesstolz.«

»Habt ihr sie noch gefunden?« fragte Nermina, sie hatte aus der Küche das Gespräch mitverfolgt.

»Nein, Sreten konnte morgens nicht zur Arbeit, ich ging zu einer Freundin und lieh mir Geld für eine neue Hose. Er konnte nicht aus dem Haus, worin auch? Es war das dritte Mal diesen Monat, daß wir uns Geld liehen, wir haben die Schulden mit großer Mühe abgetragen.«

»Noch ein Grund, Tito zu danken, weil wir jetzt so gut leben.« Der Augenblick war gekommen, da auch Emins Mutter etwas zu sagen hatte.

Darauf grinste Sretens Schnurrbart noch schiefer. Er hatte den neuesten Tito-Witz parat, aber er wollte ihn nicht erzählen. Sie mußten ihm versichern, daß ihre Wohnung weder abgehört noch bespitzelt wurde. Trotz der Beteuerungen erzählte er ihn mit gesenkter Stimme, um sie davon zu überzeugen, daß der Witz sehr, sehr gefährlich war. Man konnte dafür ins Gefängnis wandern.

»Hört doch auf mit der Politik, es ist doch so schön, wenn wir nicht davon reden«, bat Nada.

»Wir wollen den Witz hören!« riefen die anderen wie aus einem Mund.

»Gut, den Witz, aber das langt!«

»Ein Mann stirbt und wird wegen seiner Sünden vom Heiligen Petrus in die Hölle geschickt. Als er dort hinkommt, bleibt er geblendet von der Schönheit und Helligkeit stehen. ›Was ist das, die haben mich doch in die Hölle geschickt‹, ruft er überrascht. Eine Seele neben ihm ist schon länger hier: ›Ja, mein Lieber, bis vor kurzem war es hier ziemlich schrecklich, danke Gott, daß du nicht früher gekommen bist. Aber dann kam so ein Vorsitzender vom Balkan, der hat sofort Kredite aufgenommen, sich bei allen verschuldet, im Westen wie im Osten, und im Nu die Hölle in ein Paradies verwandelt.«

222

»Ich würde dich deswegen nicht ins Gefängnis schicken«, sagte Nadira, »es ist doch die Wahrheit.«

»Aber meine Liebe, hier ist nicht nur wegen der Kredite ein Paradies, sondern auch wegen des Sozialismus«, lachte Emin. »Und wegen der Arbeiterselbstverwaltung.«

»Wir werden ja sehen, was passiert, wenn die Kredite aufhören, wenn aus dem Westen kein Geld mehr sprudelt«, widersprach ihm Nada und hob ihr Glas. Das Essen hatte ihnen sehr gut geschmeckt, alle lobten Nadiras Pita und ihre Zucchini-Mousaka. Und Emin erntete Lob für den gut gewählten Wein.

Die Schwiegermutter mischte sich ins Gespräch, protestierte gegen Witze über ihren lieben Tito. »Er hat mir diesen schwarzen Fetzen von den Augen gezogen, Gott soll ihm dafür das Paradies geben. Ich hätte dem Schleier allein schwerlich entsagt, man hat mich gezwungen, ihn abzulegen, eine Frau mit Schleier konnte nicht einmal Brot kaufen. Aber jetzt würde ich ihn nicht einmal tragen, wenn man mich zum Tode verurteilte.«

»Gute Frau, in so vielen Jahren Herrschaft müssen sie auch was Gutes gemacht haben«, sagte Nada betont ironisch.

»Laßt die Politik«, säuselte Sreten und beschwerte sich, daß er nichts mehr trinken dürfe, weil er sich und seine Frau heil nach Sarajevo zurückbringen müsse.

Sie hoben die Tafel auf und gingen ins Wohnzimmer. Dort trug Nadira Kaffee und Nachtisch auf und entspannte sich endlich. »Du bist gar keine schlechte Hausfrau«, lobte sie Emin. »Wenn du dir Mühe gibst, kannst du alles.«

»Hast du denn ein bißchen geholfen?« fragte Nada ihn.

»Ja, ich habe die Sicherung ausgewechselt, als sie heraussprang. Nada, denkst du etwa, es sei in Ordnung, wenn ich bei den vielen Frauen im Haushalt Geschirr spüle oder Gemüse schnippele.« Emin sah sie spöttisch, fast herausfordernd an.

»Nun, niemand weiß, was dich erwartet, die Kinder gehen sicher aus dem Haus, vielleicht wird Nadira einmal krank. Ich finde, diese Arbeiten sind nicht unter der Würde eines Mannes.« Nada warf ihrem Mann einen vielsagenden Blich zu.

Auf dessen Gesicht zeichnete sich ein eisiges Lächeln ab.

»Außerdem braucht Nadira ein bißchen mehr Freizeit. Das Geschirr können andere spülen, aber nicht solche Erzählungen schreiben. Sie braucht Zeit, um sie zu entwickeln«, Nadas Rede bekam einen aufklärerischen Unterton.

»Nada, mir will nicht einleuchten, wem Nadiras Geschichten wichtig sein sollen. Egal, was sie bisher veröffentlicht hat, niemand außer euch lobt sie dafür. Ich werde noch denken, daß ihr die einzigen seid, die in ihr etwas sehen. Wenn ich wegen ihrem Geschreibsel Geschirr spülen soll, dann lasse ich mich scheiden«, meinte Emin ganz im Ernst. »Nein, vorher würde ich sie beschämen, ich würde mit meinem Jagdgewehr auf den Balkon gehen, schießen und bekanntmachen, Emin Otaš muß das Geschirr seiner Frau spülen.«

»Warum deiner Frau?« fragte Nada nach.

»Nada, misch dich nicht ein«, sagte Sreten bedrückt.

Nadira wußte schon, wie Emin darüber dachte, seine Reaktion überraschte sie weder, noch fühlte sie sich beleidigt.

»Mein Mann ist in dieser Beziehung ein bißchen traditionell.« Sie drehte sich weg, damit man ihr gerötetes Gesicht nicht sah. Sie wollte dem Gespräch eine andere Richtung geben.

»Aber dafür befreien wir Frauen uns von der Tradition. Meine Mutter und meine Schwiegermutter haben zum Beispiel noch den Schleier getragen. Und ich schreibe und publiziere. Als hätten wir Jahrhunderte übersprungen, nicht wahr.«

Während sie redete, sammelte sich bittere Spucke in ihrem Mund. Ihr war klar, daß sie sich seit der Heirat mit Emin niemals mit diesem Thema auseinandergesetzt hatte. Sie glaubte, es würde ihr zuviel Energie und Nerven rauben.

»Auch wir Serbinnen, selbst wenn wir keinen Schleier trugen, haben nicht viel mehr machen können, auch unsere Tradition ist unbarmherzig. Die Frauen Jugoslawiens haben keine Vergangenheit und werden auch so schnell keine haben«, sagte Nada.

»Genug der feministischen Propaganda!« bestimmte ihr Gatte.

Die Unterhaltung tröpfelte danach in unzusammenhängenden Sätzen dahin. Sie konnten die Erinnerungen an die Nachkriegsarmut nicht wiederbeleben, und den Alltag hatten alle so oder so satt. Sreten trank noch ein Glas Wein und wurde redselig, plötzlich führte er das große Wort. Er begann mit einem kleinen Vortrag über das multikulturelle Leben Sarajevos. Nadira hörte zum ersten Mal einen gebildeten Serben, der den muslimischen Beitrag zu allen Arten der Toleranz in ihrer Stadt lobte.

»Eben haben wir von Nada gehört, daß man das Golgotha auf Goli Otok aufdecken und verarbeiten muß. Aber es gibt noch etwas, mit dem wir uns konfrontieren müssen: Die Verurteilung, Verfolgung und Ermordung der ›Jungen Muslime‹, das geschah zeitgleich mit der Tragödie der Kommunisten.«

Nadira stockte der Atem, ihr Verarbeitungsmechanismus für neue Erkenntnisse arbeitete auf Hochtouren.

»Und nicht nur das, auch die Verurteilungen muslimischer Intellektueller in jüngster Zeit sind sinnlos, denn diese Leute haben nichts anderes getan, als privat ihre abweichende Meinung zu äußern.« Sreten führte sich auf, als wolle er mit der Weite seines Blickes die Familie behexen.

›Will er uns davon überzeugen, daß er nicht wie sein Bruder ist?‹

»Wißt ihr, was am schlimmsten ist? Sie richten es immer so ein, daß Richter und Kläger derselben Nation entstammen, und die müssen, um ihren Patriotismus unter Beweis zu stellen und sich damit ihren Arbeitsplatz zu sichern, besonders scharfe Urteile aussprechen, Unschuldige in den Tod oder die Lager schikken«, fuhr er fort.

»Ich freue mich, das von dir zu hören«, sagte Emin, und Nadira fiel auf, daß er blaß geworden war, er schien vor Aufregung zu zittern. »Ich hätte nicht gewagt, so etwas zu sagen.«

»Ich weiß, aber es ist keine Provokation, glaub mir. Ich bin davon überzeugt, daß die Zeit kommen wird, in der sich unsere Gesellschaft mit dem Selbstverständnis dieses Volkes auseinandersetzen muß.«

Sreten machte eine Pause, als überlege er, ob er mehr sagen dürfe.

»Wie meinst du das?« Emin sah Sreten gespannt an.

»Worum geht es? Jeder Versuch einer politischen oder allgemeinen Emanzipation, der von innen kam, ich meine, aus diesem Volk, endete böse, wurde blutig unterdrückt. Die ›Jungen Muslime‹ waren weder eine protofaschistische noch terroristische Organisation, sondern Intellektuelle, die das kulturelle Niveau ihres Volkes anheben wollten.«

»Wenn feministische Propaganda nicht erlaubt ist, dann gilt das auch für politische«, versuchte Nada ihren Mann zu unterbrechen.

Der Druck in Nadiras Kopf wuchs an. Sie hatte im Haus des Onkels gelebt, der dieser Gruppe nahegestanden hatte, aber sie hatte nie verstanden, was diese Leute beabsichtigt hatten, warum seine Genossen verurteilt wurden oder in die Keller flohen. Sie hatte es niemals gewagt, darüber zu reden, nicht einmal mit Emin. Sie hatte Zineta und dem Onkel versprochen, alles, was sie ihr darüber erzählt hatten, für sich zu behalten.

Sie saß da, gespannt in der Erwartung, was Sreten sagen würde.

»Ich weiß nicht, wer ihnen das geraten hat, aber die Muslime hätten sich nicht nach ihrem Glauben nennen lassen dürfen«, fuhr er fort, und Nadiras Herz klopfte noch stärker. »So sind sie eine rein religiöse Gemeinschaft. Hätten sie ihren alten Namen gewählt, Bosniaken oder Bosnier, hätten sie die Sicherheit gehabt, daß sie hierhergehören. Mit dieser Sicherheit wären sie ein bedeutender Faktor bei der Aufrechterhaltung des Nationalitätenmosaiks gewesen.«

»Welches, des bosnischen oder des jugoslawischen?« fragte Emin bitter.

»Sowohl als auch«, sagte Sreten, überrascht von Emins Erregung. »Wenn sie ihre nationale und kulturelle Sicherheit hätten, müßten sie nicht mit Kroaten paktieren, was die Serben sehr irritiert«, erklärte er, während Nada unbehaglich hin- und herrutschte. »Es wäre besser, wenn sie für sich blieben, statt sich so schwach zu fühlen, daß sie sich den Kroaten anschließen müssen.«

»Das sehe ich anders«, meinte Emin; danach herrschte ein

226

längeres Schweigen. Er mußte manchmal lange suchen, bis er in seinem Wortschatz angemessene Ausdrücke fand. Mit der rechten Hand strich er sich über den Scheitel, es war das äußere Zeichen seiner Aufgeregtheit. »Für die Stabilität eines Landes ist das stärkste Volk, die Mehrheit, nicht das schwächste oder die Minderheit am meisten verantwortlich.«

»Jugoslawien ist in allem außergewöhnlich, so auch hier«, grinste Sreten. »Für sein Fortbestehen hat gerade das kleine Volk und sein politischer Wille entscheidende Bedeutung.«

»Nein, damit habe ich nichts zu tun, ich bin kein begeisterter Muslim, das einzige, was mich interessiert, ist die Arbeiterselbstverwaltung«, widersprach Emin. »Aber eins weiß ich ganz genau, für das Fortbestehen Jugoslawiens spielen die Muslime nicht die geringste Rolle.«

»Was ist mit euch los, was soll das?« bäumte sich Nada auf. »Schaut doch, was für ein schöner Tag heute ist. Wie wär's, wenn wir einen Spaziergang machen? Laßt uns die berühmte Paljaner Luft voller Sauerstoff atmen.«

Während sie sich anzogen, erzählte Emin einen ökologischen Scherz, bei dem die klassische Witzfigur Sarajevos, der berühmte Mujo, ins Gebirge fährt, die saubere Luft dort aber nicht verträgt und mit Abgasen reanimiert werden muß.

»Ja, wir Sarajever sind an den Gestank der Autos gewöhnt, aber so, daß wir ohne nicht leben können, dann auch wieder nicht«, lachte Nada.

Während sie um den Goli Koran liefen, prahlte Sreten mit seiner Freundschaft mit Intellektuellen aus der Stadt, meistens Muslime. Dann wiederholte er, welche Rolle er im kulturellen Leben der Stadt spielte. Emin und Nada langweilten sich, sie gingen voraus und unterhielten sich lebhaft über Heilkräuter. Sie verließen den Weg und pflückten Bohnenkraut und Schafgarbe. Sreten und Nadira blieben auf dem Feld der Literatur, er legte ihr seine Ansichten über den bosnischen Kultroman ›Der Derwisch und der Tod‹ dar. Sie widersprach nicht, wenn sie auch in vielem anderer Meinung war.

»Ich weiß nicht, Nadira, hast du begriffen, daß ich eigentlich nicht Serbe, sondern ein großer Bosnier bin.« In Sretens Stimme lag ein Stolz, der nicht mehr weit von reiner Angeberei lag.

»Was für eine Nation soll das sein?« fragte sie spöttisch.

»Das ist eine so erwachsene Nation, daß sie das Beste aus allen drei Völkern, die hier leben, übernimmt.« Er sah ihr in die Augen, um zu überprüfen, ob sie die Großherzigkeit seiner Worte auch begriffen hatte.

»Als ich in der Pubertät war, dachte ich, ich würde später einmal Jugoslawin.«

»Und jetzt?«

»Wenn ich darüber nachdenke, bin ich auch Bosnierin. Soll uns das gemeinsam sein, daß wir richtige Bosnier sind.«

Sie erreichten ein Hotel und tranken auf der Terrasse einen Kaffee. Nun drehte sich das Gespräch um die Zukunft ihrer Kinder. Nada und Sreten beschuldigten sich gegenseitig, die Töchter verwöhnt und zur Faulheit erzogen zu haben. ›Gott sei Dank sind Nermina und Azra nicht von Emin, die Probleme bleiben uns erspart.‹ Der Gedanke ließ sie sanft werden, sie legte den Kopf an die Schulter ihres Mannes.

»Meint der Kerl das, was er sagt?« fragte Emin, als sie abends im Bett lagen.

»Du meinst Sreten Klubera. Ich denke schon, warum sollte er uns etwas vormachen?«

»Das frage ich mich auch. Komisch, daß wir keine muslimischen Freunde haben, mit denen man darüber reden könnte.«

»Wenn ich mich nicht so weit von der Familie meiner Mutter entfernt hätte, wäre das anders«, antwortete sie und erinnerte sich an all die Nachrichten, die ›er‹ über Zineta dem Onkel zukommen ließ. Sie waren nahezu identisch mit denen, die sie heute von Sreten gehört hatte.

»Aber du bist wie dein Vater Dervo, du hast die Čaršija.«

»Ich weiß nicht mehr, was ich hasse und was ich liebe, alles vermischt sich. Aber ich bin zufrieden, weil es heute sehr schön war.« Nadira überließ sich den Wellen des Schlafes.

»Aber er ist der Bruder von diesem Dušan Klubera, der von Belgrad aus Steine auf Bosnien schleudert.«

228

Nadira war am Einschlafen, sie erfaßte seinen Gedanken nicht.

»Du siehst doch, daß selbst die Kommunisten ziemlich leichtfertig Leute als Nationalisten abstempeln«, murmelte sie und drehte sich auf den Bauch. Nur so konnte sie einschlafen, weil sie das Gefühl hatte, daß ihr all die schweren Fragen und Sorgen nichts anhaben konnten.

Die ›Trockenzeit‹ wurde durch den Tod von Nadiras Vater Dervo verlängert. Sie hatte seit Jahren keinen intensiveren Kontakt zu ihm, ihre Kommunikation hatte sich auf wenige Sätze beschränkt. ›Geht's dir besser?‹ ›Nein, ich habe Schmerzen am Herz.‹ ›Helfen die neuen Medikamente nicht?‹ Nie konnte sie ihm die Angst verzeihen, die er, solange er jung und stark war, um sich verbreitet hatte. Diese Angst hatte sie in ihre erste Ehe mit Muftić getrieben. Auch seine spätere Sanftheit konnte ihre Gefühle für ihn nicht ändern.

Nadira glaubte, daß sie keine Trauer um den Vater empfand, aber als sie nach dem Tehvid, der Lesung des Totengebets, in den Spiegel sah, war ihr Gesicht ganz gelb. Diese Bräuche fielen ihr schwer, sie fand, daß sie den Menschen nur die Zeit stahlen. Während der Vorbereitung stritt sie sich mit Mutter und Schwester. Nadiras Meinung nach hätte es genügt, den Frauen bei dem Trauerritual Kaffee und Weißbrotfladen anzubieten, Ifeta und ihre Schwester bestanden hingegen darauf, ein komplettes Essen zu kochen. Viele Gäste mit einer warmen Mahlzeit zu bewirten war für Nadira ein Horror. Sie konnte sich jedoch nicht bei der Zubereitung drücken und maulte während der Arbeit ständig, wer sich bloß solche blödsinnigen Bräuche ausdenke. Die Schwiegermutter war auf ihrer Seite, sie behauptete, daß früher der Tehvid nicht als Leichenschmaus ausgerichtet wurde, sondern als rein religiöse Zeremonie. Sie erzählte eine Anekdote vom Gastmahl einer Paljaner Schwiegertochter. Sie hatte ihre Schwiegermutter verhungern lassen und nach ihrem Tod ein richtiges Festessen veranstaltet, um zu beweisen, daß in so einem reichen Haus niemand hungers sterben könne.

›Ihr macht mich mit euren Geschichten verrückt, ihr geht mir auf die Nerven, ich hab's derart satt‹, grollte Nadira, während sie Paprikaschoten mit Fleisch füllte. ›Ihr kostet mich nur Zeit und Kraft. Ich muß meinen Erzählband abschließen, und ihr habt nur diese dummen Sitten und euer Prestige im Kopf, damit ihr vor den Nachbarn und Verwandten protzen könnt.‹

Aber sie hatte nicht den Mut, lauter zu protestieren.

Morgens beim Tehvid traf sie nach langer Zeit Onkel und Tante wieder. Er war im Krankenhaus gewesen und hatte deswegen nicht zur Çenase, der Beerdigung, kommen können. Nadira spürte einen Stich, als sie ihn erblickte. Er trug eine Brille mit dicken Gläsern und sah trotzdem schlecht, erkannte seine Nichte nur an der Stimme.

»Nadira, mein liebes Kind«, freute er sich und umarmte sie. »Ich habe dein Hörspiel im Radio verfolgt, weißt du, ich kann weder lesen noch fernsehen, nur Radio hören. Es war ganz komisch, daß du nicht mehr Nadira Smajić heißt. Ich habe an Zineta und die Zeit damals denken müssen. Warum kommst du nie zu deinem Onkel, laß uns wie früher miteinander reden.«

»Ich habe keine Zeit«, antwortete sie laut. ›Weil ich deine Frau Faketa hasse‹, fügte sie für sich hinzu.

»Mir ist sehr lieb, daß deine Begabung nicht untergegangen ist. Aber ich finde, du schreibst über die falschen Themen. Ach, Nadira, wenn du nur wüßtest, was für Helden wir Bosniaken waren, für wen wir alles gekämpft und gesiegt haben. Die Türken haben nicht einen Krieg ohne Rekruten aus Bosnien geführt. Die österreichisch-ungarische Monarchie hätte im Ersten Weltkrieg schon im ersten Jahr kapitulieren müssen ohne das bosniakische Heer. Ich bin zu neuen Erkenntnissen darüber gekommen. Österreich-Ungarn hat die Schlacht an der italienischen Grenze dank der Bosniaken gewonnen.«

»Onkel, darüber kannst du mit meinem Gatten Emin reden, er kennt all diese Schlachten auswendig. Ich bin überzeugte Pazifistin, ich werde nur über den Frieden zwischen den Menschen schreiben«, unterbrach sie ihn. ›Was ist nur mit diesen Männern los, wenn sie nicht als junge Burschen Idioten sind, werden sie's auf ihre alten Tage‹, dachte sie und ließ den Onkel mit der Aus-

230

rede, in der Küche gebraucht zu werden, stehen. ›Von Helden schreiben. So ein Schrott, das ist bestimmt das Letzte, über das ich schreiben will.‹

»Komm uns besuchen.« Der Onkel war ihr in die Küche gefolgt, um ihr noch etwas zu erklären. »Wenn du von deinem Volk schreiben willst, mußt du etwas darüber wissen. Ich werde dir alles erzählen.«

›Nicht über das Volk, ich schreibe allen zum Trotz über bosnische Frauen. Moment mal, über welche Frauen? Über die, die noch nicht gemerkt haben, daß wir nicht mehr im neunzehnten Jahrhundert leben. Nein, nicht über sie, es gibt auch andere Frauen. Ich werde über Frauen wie Zineta und Nada schreiben.‹

Nadira nahm am eigentlichen Tehvid nicht teil, sie verabscheute die Predigt der Bula, die für die Frauen dieselbe Funktion wie ein Hodscha für die Männer übernahm. Die Bula beschrieb die Hölle und die Qualen, die uns Sünder dort erwarteten, so anschaulich und detailliert, daß es für Nadira die reinste Qual war. ›Wenn diese Höllenqualen aus der Phantasie der Bula stammen, dann ist sie wirklich sadistisch veranlagt‹, zeterte Nadira innerlich.

Der ganze Auftritt brachte sie zur Weißglut, aber eine Anekdote konnte sie am Ende doch noch aufheitern und zum Lachen bringen. Eine Jugendfreundin der Mutter kam, obwohl sie am anderen Ende von Pale wohnte, zum Tehvid. »Meine liebe Ifeta«, sagte sie zu Nadiras Mutter, »ich bin zu dir gekommen, und ich hoffe, daß du es mir mit Gleichem vergelten wirst, komm auch zu mir, wenn ich den Tehvid lese.« »Für wen willst du denn den Tehvid beten lassen, dein Mann lebt doch noch«, fragte Ifeta nach. »Ja, er lebt, er ist bei Kräften, aber wenn er stirbt, veranstalte ich einen großen Tehvid.«

Nadira flüchtete in die Küche und steckte ihren Kopf unter die Kissen auf der Bank, damit die anderen nicht sahen, daß sie sich in diesen Tagen der Trauer vor Lachen kaum halten konnte.

Eine Periode der Dürre ging in die nächste über. Nachdem die ersten Tehvide zu des Vaters Tod vorbei waren, kamen familiäre Sorgen an die Reihe. Azra hatte zweimal kurz hintereinander Halsentzündungen, und Nermina beklagte sich, weil die Stärke der teuren neuen Brillengläser nicht ausreichte. Sie war mit der Pubertät kurzsichtig geworden, zum dritten Mal verschlechterten sich ihre Augen. Nadira hatte den fast erblindeten Onkel noch lebhaft in Erinnerung und fürchtete nun, das Problem könne erblich sein. Aber wo sollte sie einen Arzt hernehmen, zu dem man Vertrauen haben konnte! Die Ärztin im Haus der Gesundheit gab keinerlei Erklärungen ab, verschrieb nur die neuen Gläser.

Ein kleiner Familienrat fand statt, Emin schlug vor, nicht mehr zu einem normalen Augenarzt zu gehen, sondern in die Klinik. Aber um dorthin zu gelangen, war etwas notwendig, das Nadira wie nichts sonst haßte, man mußte alle Bekannten und Freunde fragen, ob sie zu jemandem in der Augenklinik Beziehungen hatten. ›Wann wird es in unserem Land möglich sein, daß man ohne diesen Vorlauf zum Arzt gehen kann?!‹ – ein weiterer Grund für Nadiras Nervosität. Sie kannten so wenig Leute mit guten Beziehungen. Sie rief den einen oder anderen an, fragte die Arbeitskolleginnen, aber als nichts fruchtete, erzählte sie es Nada. Die zog augenblicklich einen Joker aus dem Ärmel, die Beziehung ließ sich über Sreten herstellen, denn der Mann seiner Halbschwester war mit dem besten Spezialisten der Klinik befreundet. Nadira kaufte beim Metzger in Pale eine Kalbskeule und schickte sie der betreffenden Familie. Für den Arzt mußte sie sich ein eleganteres Geschenk einfallen lassen, denn in der Sprechstunde konnte sie nicht beladen mit einer Tasche voller Schnitzel aufkreuzen. All das waren außerordentliche Ausgaben, zum ersten Mal überzog sie ihr Girokonto. ›Die Gesundheit meiner Töchter ist wichtiger‹, dachte sie und sorgte sich mehr darum, was der Doktor zu den sprunghaft gestiegenen Dioptrien sagen würde. Nachts konnte sie nicht schlafen, stand auf und ging zur Toilette, redete mit sich selbst.

»Warum machst du dir so große Sorgen?« schimpfte Emin, weil sie ihn mit ihrer Unruhe jedesmal weckte.

»Die Sorge ist die eine Seite, die andere ist die Kränkung: Warum sind wir dem Eigennutz und der Gier von einzelnen so ausgeliefert? Wenn es wenigstens einen Tarif gäbe, damit ich wüßte, wieviel ich ihm geben muß. Wenn ich ein Geschenk kaufe, hat er wahrscheinlich schon zehn gleiche.«

»Am besten gibst du ihm Deutsche Mark, ich hör mich in der Fabrik um, vielleicht will jemand verkaufen.«

Emin besorgte dreihundert Mark, Nadira kaufte dazu teuren Import-Whisky. Sie kamen zur vereinbarten Zeit in die Klinik, neun Uhr morgens. Man sagte ihr, sie müßten warten. Warten, darunter verstand Nadira eine halbe bis ganze Stunde, aber die Warterei zog sich bis mittags hin. Um eins fand in der Fakultät eine wichtige Sitzung statt. Als ihre Nerven kurz vor dem Zerreißen standen, wurden sie endlich hereingerufen.

Der Spezialist Dr. Garvin empfing sie sehr freundlich. Er war ein großer, breit gebauter Mann mit kräftigen Händen, aber er arbeitete mit soviel Geduld und Geschick, daß Nadira Vertrauen faßte und ihren Ärger über das lange Warten vergaß. ›Gut, daß wir nicht an einen Anfänger geraten sind‹, dachte sie und sah zu, wie er in dem abgedunkelten Zimmer die Instrumente vor Nerminas Augen einstellte und ihr die Tränen von der Wange wischte.

»Schönes Mädchen, wozu brauchst du scharfe Augen? Damit du einen guten Jungen sofort erkennst«, unterbrach er plötzlich das Schweigen und sah lächelnd zu Nadira hinüber.

»Nein, die interessieren mich nicht, ich gehe auf die technische Schule, wir zeichnen ständig.« Nermina wurde zwar rot, ließ sich aber nicht verwirren. Nadira war stolz auf ihre Tochter wegen dieser klaren Antwort.

»Wer hat dir denn so ein falsches Zeug beigebracht? Doch nicht etwa deine scharfsichtige Mutter?« Er lachte in der Art gutmütiger Männer. »Wir sollten uns verabreden, ich geb dir Zaubergläser, mit denen du sofort den Richtigen erblickst. Damit findest du immer die mit Geld und Aussicht auf eine Karriere.«

»Ich finde, Sie sind nicht im Recht«, mischte sich Nadira ein. »Geben Sie ihr welche, mit denen sie ihren Weg erkennt.«

»Hören Sie doch mit diesem feministischen Quatsch auf, ich

bitte Sie, ich hasse nichts mehr als das. Seit die Frauen ihren eigenen Weg kennen, geht alles schief.«

Der gutherzige Onkel verwandelte sich blitzschnell in ein Chauvinistenschwein. ›Welcher Teufel hat mich da wieder geritten, ich bin hier wegen Nerminas Augen und nicht, um meine Einstellung zum Leben zu erklären‹, dachte sie und preßte die Lippen zusammen, um den zweiten Satz zurückzuhalten.

»Sie schweigen. Das paßt nicht zu den Märchen, die mir der wortgewaltige Klubera über Sie erzählt hat.« Doktor Garvin richtete einen Lichtstrahl auf ihr Gesicht. »Bisher wußte ich nicht, daß man in Pale ein weibliches Wesen finden kann, das schreibt.«

»Ich bin nicht wegen der Literatur hier, sagen Sie mir lieber, was mit den Augen meiner Tochter los ist.«

»Geduld, Geduld.« Er erhob sich, nahm Nermina bei der Hand und führte sie in den Gang. Nadira fürchtete Schlimmes, warum sonst wollte er nicht vor der Tochter reden. Er jedoch widmete seine ganze Aufmerksamkeit Nadira.

»Der geschätzte Herr Klubera hat gar keinen schlechten Geschmack«, grinste er jetzt. »Meinen Glückwunsch, Sie haben in ihm einen richtigen Verehrer. Eine halbe Stunde hat er bei mir gesessen und mir von Ihnen erzählt, ich hab mich schon gefragt, womit ihn das Kätzchen wohl verführt hat.«

»Verzeihen Sie, aber das haben Sie wohl falsch verstanden. Wir sind nur befreundet«, stotterte sie.

»Befreundet? Das glaube ich nicht, so wie er erzählt hat, steckt er bis zum Hals drin.« Wieder leuchtete der Doktor ihr Gesicht an.

»Ich bin nicht hier, um mit Ihnen über mein Verhältnis zu den Kluberas zu reden. Sagen Sie mir bitte, die Sehkraft meiner Tochter …«

Er erklärte ihr nun, ruhig und ohne Spott, daß kein Anlaß zur Sorge bestand, auch wenn ihr die pubertäre Kurzsichtigkeit ein Leben lang erhalten bleiben würde. Er warf mit ein paar lateinischen Ausdrücken um sich und fügte hinzu, daß man eine weitere Verschlechterung nur mit Kontaktlinsen verhindern könne. Er rechnete ihr die Kosten vor, und Nadira fragte sich bekümmert,

234

wie sie je ihr Konto wieder ausgleichen könne. Sie nahm das Rezept in Empfang und ging zur Tür.

»Weiß der geschätzte Klubera, daß Sie ebenso vergeßlich sind wie hübsch?« Sein Lachen ließ sie auf halbem Weg anhalten. Sie spürte, wie ihr das Blut in den Kopf schoß und ihre Wangen purpurn färbte. Nie konnte sie diese Backfischunsicherheit ablegen. Sie murmelte eine Entschuldigung, kehrte zu seinem Tisch zurück und stellte die Whiskyflasche drauf, den Umschlag mit dem Geld daneben.

»Sretens Dame muß nicht rot werden wegen so etwas, das ist doch nur eine Kleinigkeit, Sie haben ja nur vergessen, daß Sie hierherkommen konnten, als sei ich ihr Hausarzt, und diese Ehre widerfährt nur den Glücklichen, die über gute freundschaftliche Beziehungen verfügen wie Sie. Den Whisky hätten Sie nicht kaufen müssen, mein Keller quillt über von dem Zeug.«

»Pinnen Sie doch eine Preisliste an die Tür, dann muß man nicht raten.«

»Auf Wiedersehen, schöne Frau, ich sag dem Freund, was für ein Glück er hat. Ich beneide ihn, mir passiert so was nie.«

»Vielleicht brauchen Sie auch eine Brille, damit Sie sofort die Richtige erkennen«, gab sie zurück. »Auf Wiedersehen, Danke für die Liebenswürdigkeit.«

Nermina weinte in ihrer Panik auf dem Gang.

»Mama, wird er mich operieren?«

»Nein, mein Liebes, es ist alles in Ordnung, wir müssen nur Kontaktlinsen für dich kaufen«, tröstete Nadira sie und nahm sie bei der Hand, weil sie wegen der geweiteten Pupillen nicht sah, wohin sie gehen mußte. Sie nahm die Tochter mit zur Arbeit, blind wie sie war konnte sie sie nicht durch die Straßen gehen lassen. ›Oh, er denkt bestimmt …‹, schwante es Nadira mit einem Mal. ›Pah, er denkt bestimmt, daß Sreten und ich … daß wir verliebt sind! Oh nein! Nada hat mir erzählt, daß ihr Mann mich überall preist, vor allen seinen Freunden. Am Ende denken die jetzt alle wie der Doktor. Ich hab wirklich auserlesenes Glück. Das wird mich auf Schritt und Tritt verfolgen … Was kümmert's mich, was die Leute denken, ich werde nicht die einzige Freundschaft opfern, um dieses niederträchtige Gerede zu unterbinden. Ich will mir damit nicht noch eine Sorge aufhalsen! Jetzt ist nur wichtig, daß ich Nermina Linsen kaufe und das Manuskript abschließe. Heute abend setze ich mich an den Schreibtisch, und wenn die ganze Welt dagegen ist.‹

Sie saß an diesem Abend nicht an ihrem Schreibtisch, denn Azra erstickte fast an einem neuerlichen Angina-Anfall. Erschöpft vom Fieber und den Antibiotika war das Mädchen nur noch ein Schatten seiner selbst, nur noch Haut und Knochen. Der Hals-Nasen-Ohren-Arzt verordnete, daß die Mandeln entfernt werden mußten.

Wieder mußte sie Beziehungen finden. Nach der letzten Erfahrung behielt Nadira Nada und Sreten als letzte Möglichkeit im Hinterkopf. Die Neuigkeit über die Operation verbreitete sie zunächst an ihrem Arbeitsplatz. Hilfe bot ihr Rajka Vukić an, ihre Mitarbeiterin, Referentin für Daktylographie und Protokoll. Ein Verwandter ihres Mannes arbeitete in der betreffenden Klinik. Sie erkundigte sich, der Arzt nahm nichts an, keinen Whisky, kein Gold, nicht einmal Devisen. Die Beziehungen waren notwendig, um überhaupt einen Platz im Krankenhaus zu bekommen. Nadira war erleichtert, sonst hätte auch Emin sein Konto überziehen müssen. Die Freude hielt nicht lange an, verschwand nach zwei Tagen vergeblichen Herumsitzens im Wartezimmer. Die Schwester, die für die Aufnahme neuer Patienten zuständig war, rief sie einfach nicht auf. Am dritten Tag begriff Nadira endlich, kaufte ihr eine Tasche voller Geschenke und stopfte sie der nächstbesten Krankenschwester in die Hand. Eine halbe Stunde später stand sie im Sprechzimmer des geschätzten Spezialisten. Er überprüfte die Diagnose, leuchtete Azra in den Hals und setzte die Operation für den nächsten Tag an.

Trotz der kommunistischen Propaganda sah Nadira die politischen Spielchen in ihrer Gesellschaft seit langem im richtigen Licht. Sie achtete schon gar nicht mehr auf die Widersprüche zwischen der auf dem Papier gefeierten Freiheit und der eisernen Diktatur in der Wirklichkeit. Das meiste, was sie darüber wußte, hatte sie nebenbei aufgeschnappt, von Zinetas und Sinišas ersten Hinweisen bis zu eigenen Gedanken und Schlußfolgerungen. Aber bisher hatte sie nichts damit zu tun gehabt, Politik und Macht, das waren ferne Dinge, ob sie etwas taugten oder nicht, berührte ihr Leben nicht. Sie hatte sie links liegen lassen und gehofft, daß sie sich damit niemals auseinandersetzen müßte. Ihr waren zahlreiche Fälle bekannt, in denen Schriftsteller mit den Herrschenden in Konflikt geraten waren, dachte aber, daß ihr das nicht passieren könne, da sie immer aus dem Leben heraus schrieb, noch dazu aus der Sicht der Frauen, die die Politik kaum erreichte.

Nach zwei Arztbesuchen konnte sie die Augen nicht länger vor dem verschließen, was sich in dieser Gesellschaftsschicht wirklich abspielte, die sich ihrer Auffassung nach fernab von jeder Politik befand. Sie war fassungslos angesichts dessen, was sie da sah. Die ganze Gesellschaft war von ganz unten bis in die Spitze hinauf durchtränkt von einem Phänomen: schnell zu Geld kommen und es zum Fenster hinaus werfen. Kaufen, verschwenden, nach dem letzten Schrei gekleidet sein, Wochenendhäuschen bauen, ans Meer, ins Gebirge fahren, das war die Lebensmaxime der meisten. Diese Gesellschaftskrankheit hatte alle angesteckt, egal wie gebildet oder ungebildet sie waren. Nadira studierte ihre Ursachen und Auswirkungen an ihrer Mitarbeiterin Rajka. Diese war keineswegs nur eine kleine Fakultätsangestellte; sie trug den Titel ›Frau Leutnant‹, denn ihr Gatte bekleidete diesen militärischen Rang. Nadira bereute bald schon, daß sie sie um den Gefallen wegen der Klinik gebeten hatte, denn Rajka verlangte, daß sie sich dafür erkenntlich zeigte. Zwei Tage ging sie früher heim und ließ ihr einen Berg Arbeit auf dem Schreibtisch liegen. Am dritten Tag verschwand sie morgens und kam zwei Stunden später mit einem neuen Kostüm zurück.

»Schau, was ich im ›Utok‹ gefunden habe, alter Preis.‹ Die Frau Leutnant zog sich um und spazierte durch die Flure und Räume, um ihr neues Kostüm den Kolleginnen zu zeigen. Solche Kostüme trugen wegen ihres Preises und der Marke nur auserwählte Frauen, und darum weckte sie in den anderen Neid.

Als sie von ihrem Modelauf zurückkam, zückte Rajka ihr Schminktäschchen, sie mußte neuen Lippenstift auflegen, weil sich die Farbe mit der des Kostüms biß. Sie riet Nadira, in dasselbe Geschäft zu gehen, da hinge noch ein Kostüm zum alten Preis, sicher in Nadiras Größe.

»Ich kann jetzt nicht fortgehen, ich habe zu tun«, wehrte Nadira ab. »Kannst du dich mit dem Schminken ein bißchen beeilen, ich habe einen neuen Bericht fertig.«

»Bist du langweilig mit deiner Arbeit! Du verdirbst mir die Freude daran, daß ich mich so schön angezogen habe. Jetzt kommt ein Freund, ich will ihm das Kostüm zeigen. Wir gehen einen Kaffee trinken, ich tippe den Kram heute nachmittag. Nadira, du kennst mich ja, wenn ich mich mal hinsetze, ist das im Nu fertig.«

Nadira seufzte, der Rang ihres Mannes verlieh Rajka genügend Macht, man durfte ihr nicht widersprechen. Indem sie ihre Hilfe in Anspruch nahm, hatte Nadira ihr Ansehen als Chefin ruiniert.

»Nadira, ich wollte dir schon lange mal sagen, daß du deine Art, dich anzuziehen, ändern solltest. Wenn du wüßtest, wie wir uns über dich lustig gemacht haben, als du hier angefangen hast. Alle nannten dich Paljaner Bauerntrampel. Wann immer du flache Schuhe anhattest oder eine Tasche aus Skai kauftest, warst du für uns die Bäuerin Nadira. Jetzt hast du dich ein bißchen gebessert, wenigstens passen die Farben zusammen. Aber man sieht, daß alles handgemacht ist. Du brauchst ein paar originelle Stücke wie dieses Kostüm. Wenn ich mich nicht zurechtmachen würde, wäre ich auch nicht schön.«

›Wenn du dir wenigstens die Beine rasieren und die Augenbrauen auszupfen würdest, wärst du vielleicht noch schöner‹, dachte Nadira und fügte laut hinzu: »Weißt du, ich komm hierher, um zu arbeiten und nicht um meine Garderobe spazierenzuführen.«

»Ich komm auch her, um zu arbeiten«, versetzte Rajka gekränkt. Mit einem Taschentuch wischte sie die überflüssige Schminke weg und prüfte, ob sie keinen Lippenstift auf den Zähnen hatte. »Zu diesem Kostüm würde eine schöne Seidenbluse gut passen.«

»Rajka, warum machst du so ein Modepüppchen aus dir?« hob Nadira an.

»Weißt du, ich will jetzt was erleben, solange ich jung und schön bin.«

Die junge und schöne Rajka entschwand mit ihrem Freund und ward für den Rest des Tages nicht mehr gesehen. Nadira tippte den Bericht selbst und schickte ihn an die entsprechende Abteilung. Auch sie verließ ihren Arbeitsplatz eine Stunde früher, sie mußte ins Krankenhaus zu Azra. ›Wer weiß, wie lange mich Rajka für diesen Gefallen trietzen wird. Und ich kann ihr keinen Verweis erteilen, weil ich sie vielleicht noch einmal brauche. Dieses ganze System des wechselseitigen ›ich dir, du mir‹, wie ein Spinnrad, man weiß nicht, wer wem was schuldet‹, überlegte sie während der Busfahrt nach Koševo, eingezwängt zwischen eine Frau mit prallen Einkaufstaschen und zwei Schülern mit ihren Ranzen. Der Schweiß lief ihr übers Gesicht und den Rücken hinunter.

Sie konnte der Tochter, mitgenommen von der Operation, die Busfahrt bis Pale nicht zumuten und nahm vor der Klinik ein Taxi. Nadira konnte sehen, wie das Geld für ihr neues Paar Schuhe durch den Taxameter rauschte.

Emin war schon zu Hause; sie mußte ihren Unmut an jemandem auslassen. »Hast du eigentlich nie daran gedacht«, schimpfte sie, während sie das Mittagessen auf den Tisch stellte, »daß wir jetzt ein Auto brauchen.«

Emin klopfte mit dem Zeigefinger auf den Tisch; so drückte er seine Ungeduld, mit der er auf seinen vollen Teller wartete, aus.

»Wie kommst du denn darauf. Wenn Menschen ein Auto bräuchten, würden sie damit geboren. Ja, mit dem Kind würde auch ein Wägelchen geboren und mit ihm zusammen groß werden.«

»Ich begreife nicht, wie du so einen Blödsinn reden kannst.«

»Und wie kannst du mich so einen Blödsinn fragen?«

»Auch Leute, die weniger Geld haben als wir, besitzen ein Auto!«

»Ernsthaft, hör doch auf, was spinnst du dir da zusammen. Steht in den Miesen und will ein Auto kaufen. Verehrte Dame, warum sparst du nicht drauf?«

»Sei doch still, ich hab nichts gesagt. Nermina, Nana, kommt zum Essen! Azra kriegt später einen eingeweichten Keks.«

Aber Emin wollte nicht still sein, er erörterte vielmehr, daß die Frauen die ganze Gesellschaft finanziell ruinieren würden, das ganze Bankwesen. Man müsse ihnen sofort das Scheckheft wegnehmen, weil sie kein Maß hätten, sie entwickelten ein System, wie man das Bezahlen umging und die teuersten Sachen kaufte. Er zählte alles auf, was seine Mitarbeiterinnen für diese leeren Papiere anschafften.

»Ich frage mich, welcher Narr den Frauen gestattet hat, soviel auszugeben, wie sie wollen«, polterte Emin, während er die heiße Bohnensuppe schlürfte. Nadira sah, wie er mit dem Löffel die Weizengrütze herausfischte und die Bohnen im Teller ließ. Wie er redete, wie er die Bohnen verschmähte, wie er schlürfte, alles irritierte sie in höchstem Maße, sie wäre am liebsten vom Tisch aufgesprungen. Sie beherrschte sich der Kinder wegen.

»Unser Vater hat ein tolles Auto, ich habe ihn zuletzt in Pale gesehen, einen neuen Mercedes«, sagte Nermina plötzlich, als wäre sie von Emins Tiraden nicht betroffen.

»Schön für ihn, nur daß ihr nicht bei ihm, sondern bei uns lebt«, sagte die Nana und sah ihren Sohn stolz an.

»Sie leben bei mir«, murmelte Nadira und senkte ihren Kopf über dem Teller.

In diesem Moment klingelte das Telefon, Azra hob ab.

»Mama, für dich, ein Unbekannter, ich habe den Namen nicht verstanden.«

Der Mann stellte sich vor, Vaso Deklić, Vorsitzender der Jury für die Erteilung von Literaturpreisen.

»Sie sind Nadira Otaš ... Ich freue mich, Genossin Otaš, denn Sie haben den Preis für Ihre Erzählung ›Der australische Fink‹ bekommen. Herzlichen Glückwunsch.«

»Warten Sie, das ist ja eine Überraschung! Ich habe einen Preis für ›Der australische Fink‹ bekommen?!«

Der Mann erklärte ihr, daß sich die Jurymitglieder nicht auf einen ersten und zweiten Platz einigen konnten, daher den Fond zusammengelegt und zwei erste Preise vergeben hatten, einen an sie, den anderen an einen jungen Sarajever. Seiner Meinung nach gebühre ihr allein der erste Preis, denn ihre Erzählung sei die beste. Sie würde in etwa zwei Tagen eine schriftliche Benachrichtigung erhalten, die offizielle Preisverleihung finde im September in Kreševo statt.

»Kinder, ich habe einen Preis bekommen«, rief Nadira, nachdem sie den Hörer aufgelegt hatte. Obwohl sie nicht tanzen konnte, drehte sie sich jetzt im Rhythmus eines nur für sie hörbaren Walzers.

»Sie hat einen Preis bekommen«, staunte die Nana. »Ich dachte schon, es sei etwas passiert.«

Emin stand auf, um aus seinem Vorrat eine gute Flasche Wein zu holen.

»Nana, es ist etwas passiert. Jetzt wird das Schreiben meiner Frau wieder wichtig.« Er stöhnte, weil er den Korken nicht aus dem Flaschenhals ziehen konnte.

»Wichtig ist, daß du mir das Etikett ›deine Frau‹ angeheftet hast.«

»Du mußt zugeben, daß ich dir Glück gebracht habe. Durch deine Heirat hast du dir andere Sorgen vom Hals geschafft und konntest in Ruhe und Wohlstand schreiben.« Er schenkte Wein ein, vermischt mit Korkkrümeln.

»Aber ich habe auch geschrieben, bevor ich dich geheiratet habe«, widersprach sie.

»Ja, aber als Journalistin, und das ist etwas anderes. Kinder, wir trinken auf deinen Preis. Frau, können wir davon ein Auto kaufen, wenigstens ein gebrauchtes?«

»Ich sagte doch schon … Na gut, trinken wir auf meinen ersten Preis … Nein, das ist mein dritter. Gut zu wissen, das ist mein dritter Literaturpreis.«

Nachdem sie angestoßen hatten, meldete sie die Neuigkeit

eilends den Kluberas. Nada freute sich, aber mit farbloser Stimme, als sei sie krank.

»Was hast du, habe ich dich geweckt?«

»Nein, das nicht, entschuldige, mir ist etwas passiert, ich kann jetzt nicht … Ich rufe später zurück.« Nadira merkte, daß ihre Freundin mit den Tränen kämpfte.

Nada rief, ruhiger, eine halbe Stunde später an. Sie beglückwünschte sie und lud sie ein, sie am Samstag im Wochenendhäuschen zu besuchen.

»Weißt du, ich fühle mich ganz komisch. Kannst du deinen freien Tag für mich opfern?«

»Das ist doch kein Opfer, ich komme gern, aber du weißt ja selbst, wie viele Dinge samstags erledigt werden müssen. Ich rufe dich an, wenn ich mit Emin darüber geredet habe und weiß, was er vorhat.«

Nadira bekam unmittelbar ihren freien Tag, denn Emin hatte eine Einladung der Jagdgesellschaft, am Wochenende mit Kollegen an einer Arbeitsaktion teilzunehmen; geplant waren Aufräumarbeiten ihres Hauses im Gebirge. Sie war zufrieden, daß er eine seiner früheren Aktivitäten wieder aufnahm; so gewann sie ein bißchen mehr Freiraum für sich selbst.

Die Töchter diskutierten darüber, wofür sie das Preisgeld ausgeben würden, es war schon zur Gewohnheit geworden, daß sie die Honorare für außergewöhnliche Ausgaben bekamen. Immer gab es mehr Wünsche als Scheine.

›Irgendwie sind wir doch eine glückliche Familie‹, dachte Nadira. ›Manchmal sieht es ziemlich eng aus, aber mit ein bißchen Anpassung kann man alles in Ordnung bringen.‹

In diesem Monat war Kaffee Mangelware, Nadira hatte über Milanas Schwester, die einen Laden leitete, mehrere Zweihundert-Gramm-Pakete bestellt. Sie bekam sie am Samstag morgen, bevor sie zu dem Besuch aufbrach, und kämpfte zehn Minuten gegen ihre Hartherzigkeit, sie wollte ihrer Freundin gern eine Freude machen, aber andererseits tat es ihr leid um den Kaffee, denn sie wußte nicht, wann sie neuen würde besorgen können.

Dann suchte sie ein Anfall von Freigebigkeit heim, zu dem Päckchen legte sie noch ein schönes Seidentuch. Wenn irgend jemand ein solches Geschenk von ihr verdiente, dann Nada.

Der Weg bis Ilidža war sehr, sehr lang, erst mit dem Bus, dann mit der Straßenbahn, schließlich mußte sie wieder am Bahnhof auf den Bus warten.

Nach allem, was die Kluberas von ihrem Wochenendhäuschen erzählt hatten, hatte Nadira angenommen, sie besäßen ein größeres Haus aus Holz und Glas mit Terrasse. Sie stand jedoch vor einer besseren Hütte mit einem abgeschrägten Dach, an dessen Vorderseite sich eine längliche Veranda mit durchsichtigem Plexiglas hinzog. Vor dem Haus lag ein Garten, ein paar Reihen Kartoffeln, fünf, sechs Bohnenstangen, schwer zählbare Erbsenbüsche, Karotten- und Petersilienbeete, ein paar Tomaten. Die Obstbäume versprachen etwas reichere Ernte als das Gemüse, an den Pflaumen und Äpfeln wurden die ersten Früchte rot; Vögel pickten die letzten Kirschen von den Ästen. Außerdem gab es eine Wasserpumpe, einen überdachten Lagerplatz für Kaminholz und einen Heuhaufen. ›Ich habe doch recht gehabt, Sreten mäht Heu und schichtet es auf. Er hat seine bäuerliche Herkunft noch nicht vergessen.‹

Nada erblickte sie durchs Fenster und winkte erfreut mit beiden Armen. Noch bevor sie eintrat, wußte Nadira, wie es drinnen aussehen würde.

Im vorderen Raum stand das Gegenstück zu der Hälfte des großen Eichenschreibtisches in der Wohnung der Kluberas, die ohne Schubläden. Auf ihm lagen offene Bücher und Wörterbücher, Blätter mit Nadas handschriftlichen Übersetzungen. Aufgereiht saßen Nähpüppchen und ewige Kalender aus Nickel auf dem Regal darüber. In einer Ecke lag ein Haufen überflüssigen Gerümpels, in der anderen stand ein Bett aus Brettern, über das eine Decke mit Sonnenblumenmuster ausgebreitet war. Die grelle gelbe Farbe stach von der Patina der Abgenutztheit ab, die alle anderen Gegenstände im Raum überzog. An der Wand über dem Bett hingen Photos von Vorfahren und Ikonen auf Nuß- und

Rosenholz. »Sie gehörten meiner Mutter«, sagte Nada. »Sie war sehr religiös.«

Großvater und Vater hatten auf den Bildern die gleiche unnatürlich steife Haltung, außergewöhnlich ähnliche Gesichtszüge, nur ihre Kleidung war unterschiedlich. Der alte Herr hatte einen mächtigen, gezwirbelten Schnurrbart, trug einen altertümlichen Fes und ein leinenes Leibchen. Das Statussymbol seines Nachfahren war eine Krawatte mit einer goldenen Krawattennadel. Auch Nadas Großmutter trug einen kleinen Fes mit Dukaten und lange Perlenohrringe, ihr kokettes Lächeln sagte: Schaut her, wie hübsch und schön geschmückt ich bin. Nadas Mutter indessen wirkte wie eine richtige Kaufmannsfrau, den Hut mit einer Feder schief aufgesetzt, eine goldene Uhr an der ausladenden Brust. Vor ihrem Bild brannte ein Öllämpchen, eigentlich zitterte in einem Keramikgefäß ein schwaches Flämmchen.

»Das habe ich heute morgen angezündet für die Seele meiner verstorbenen Mutter.«

Nadira fiel auf, daß Nada alt und verwelkt aussah, die Falten um ihre Lippen verrieten mehr Bitterkeit als je zuvor. Etwas sehr Persönliches quälte diese Frau, aber sie hatten sich bislang noch nie erzählt, wo es in ihren Ehen und den übrigen familiären Beziehungen knirschte. Manchmal hatte Nada in einem Nebensatz erwähnt, daß ihr Gatte keine Geduld hatte mit ihrer Mutter, ebensowenig mit den Töchtern. Was sich hinter dieser ›mangelnden Geduld‹ verbarg, mochte sich Nadira nicht vorstellen. Die Kluberas waren für sie ganz besondere Menschen, sie wollte nichts von ihren Schattenseiten wissen.

»Seit Tagen habe ich Vorahnungen.« Nada wischte sich mit einem Taschentuch Tränen ab. »Ich habe geträumt, daß ich eine Treppe hinuntergehe, mehrmals, auf der Straße habe ich das Gefühl, daß mir jemand folgt, und im Haus waren durch ein Wunder Dinge verändert, ich fand sie nie so vor, wie ich sie verlassen hatte. Es ist genauso wie damals, als sie Sreten zum Verhör geholt haben.«

Nadiras Magen krampfte sich zusammen, so viele Bürger Sarajevos waren angeklagt und verhört worden, und doch lebten sie in der Illusion, im fortschrittlichsten Land der Erde zu wohnen.

»Stand das in Zusammenhang mit seinem Bruder Dušan?« rang sich Nadira ab. Sie berührten dieses Thema in ihren Gesprächen so gut wie nie.

»Nein, das war viel früher. Er hat es bei euch erwähnt. Einer seiner Freunde wurde vor langer Zeit beschuldigt, er habe den ›Jungen Muslimen‹ angehört. Der Mann verbrachte ohne jede Anklage fünf Jahre Zwangsarbeit im Bergwerk ›Breza‹. Später beendete er sein Studium, schrieb seine Erinnerungen und gab sie Sreten, denn mein Mann wollte alles über die Angelegenheit wissen. Sreten war empört über das, was die kommunistischen Machthaber diesen jungen Intellektuellen angetan hatten. Er erzählte jemandem davon auf einer größeren Gesellschaft, später konnte er nicht mehr sagen, wer ihn angezeigt hatte. Deswegen haben sie ihn verhört, aber sie haben nichts gefunden.«

›Und ich war davon überzeugt, daß mich die Politik nichts angeht. Deswegen hat mir Zineta befohlen, ihre Worte nicht weiterzutragen‹, dachte Nadira. Sie versuchte, eine Verbindung herzustellen zwischen dem zurückliegenden Ereignis und dem derzeitigen Gemütszustand der Freundin. Aber es gab keinen Zusammenhang zwischen beiden Geschehnissen, Nada wollte nur sagen, daß die damalige Krise und die jetzige von denselben Vorzeichen begleitet wurden.

»Das habe ich dir nur nebenbei erzählt, du bist Schriftstellerin, es schadet nicht, wenn du es im Hinterkopf behältst.« Nada betrachtete das Lämpchen, als suche sie dort Unterstützung für ihren weiteren Bericht. »Ich habe soviel gelitten wegen Sreten, seiner Unüberlegtheit, dieser und jener …«

Nadira erschrak, was würde sie nun zu hören bekommen? Sie wäre am liebsten geflohen, trat auf die Veranda und setzte sich in einen alten Sessel, der ans Haus gelehnt dastand. Durch die durchsichtige Wand der Veranda konnte man nach draußen ins Grüne sehen.

»Meine verstorbene Mutter saß immer da, wo du jetzt sitzt«, fuhr die Freundin fort, nachdem sie sich ein wenig beruhigt hatte. »Nadira, du weißt es nicht, ich habe meine Mutter preisgegeben wegen Sreten. Ich habe etwas Schreckliches gemacht. Aber ich weiß, daß sie mir verziehen hat. Heute morgen hörte ich, wie es leise ans Fenster klopfte, dann raschelte das Papier im Zimmer. Meine Mutter weiß, wie schwer mir ums Herz ist, und kam, um mich zu trösten. Deswegen habe ich die Öllampe für sie angezündet.«

Nadira mißfiel das Gerede über Gespenster. Sie starrte hinaus, zwei rauchschwarze Eichhörnchen spielten auf dem Boden unter den roten Blättern eines Haselstrauchs. Eins sprang auf einen dicken Ast, prüfte, ob die Haselnüsse reif waren, und hüpfte wieder auf die Erde.

»Nadira, ich begreife nicht, wie Männer gestrickt sind, alles, was man für sie opfert, betrachten sie als normal, sie glauben, daß es ihnen nach einem ungeschriebenen Gesetz gebührt.«

Nadira fiel es schwer, sich auf ihre Sätze zu konzentrieren, sie schaute den Eichhörnchen zu, jetzt spielten sie auf einem abgestorbenen Nußzweig. ›Dort findet ihr diesen Herbst nichts‹, dachte sie. ›Gebt acht, daß euch keiner die Haselnüsse klaut.‹

»Meine Mutter, sie war immer da für mich. Während ich studierte, stand sie Nacht für Nacht in der Apotheke und rührte ihre Cremes. Sie hat sie zu Hause heimlich verkauft. Mir durfte nichts fehlen. Sie war für mich da, als ich heiratete und Kinder gebar. Ich kam von der Arbeit heim, und alles war fertig, den ganzen Nachmittag hatte ich für mich. Statt zu kochen und zu spülen, lernte ich Sprachen, ging ins Theater, las, übersetzte, ich war sogar zwei Jahre in Frankreich mit einer kulturellen Gesandtschaft. Sreten störte die ewige Anwesenheit meiner Mutter natürlich ... Nadira, verzeih, ich muß mit jemandem darüber reden, ich weiß, daß du mich verstehst ...«

»Deswegen bin ich heute schließlich hergekommen, nicht wahr?« entgegnete sie. ›Heuchlerin, wenn du gewußt hättest, daß sie mit Geistern anfängt, wärst du nicht hergekommen.‹

»Ich weiß, ich weiß. Es quält mich schrecklich. Meine Mutter war auch im Alter noch physisch gesund, aber sie wurde vergeßlich, es wurde jeden Tag schlimmer. Sreten ging dem aus dem

Weg, und ich hatte schreckliche Angst, ihn zu verlieren. Sie vegetierte und winselte, ich war nahe daran, den Verstand zu verlieren ... Ich bin ganz unvorbereitet mit der Krankheit konfrontiert worden. Eine Arbeitskollegin, Kroatin, erzählte mir, daß ihre alte, kranke Tante Zuflucht in einem katholischen Kloster gefunden hatte. Das wurde meine Obsession, die Mutter dort hinzubringen und meine Ehe zu retten. Über die kroatische Freundin habe ich mich umgehört, die ehrbaren Schwestern nahmen sie auf, sie fragten nicht nach ihrem Glauben. Dann kam Mama zu sich, als spüre sie, daß etwas passierte, sie bat mich, sie nicht zu fremden Leuten zu schicken. Danach wurde es noch schlimmer, ich hatte keine Wahl, sonst wäre Sreten ausgezogen. Wir brachten Mama ins Kloster, und ich war eine Zeitlang beruhigt, dachte, sie habe es dort gut, besser als bei uns. Sie kam wieder zu sich und weinte um mich ... Sie haben nicht gut auf sie aufgepaßt, eine Tür stand offen, sie ging in den Regen hinaus und bekam eine Lungenentzündung. Sie konnte die fremden Menschen um sich herum nicht ertragen, sie wollte sterben.«

›Es geht um die Frau mit dem Hut und der goldenen Uhr‹, dachte Nadira. ›Wie verworren und unvorhersehbar das Leben doch ist. Sie war orthodox und starb in einem katholischen Kloster. Unglaublich!‹

»Wenn ich nur noch ein bißchen durchgehalten hätte, nur noch ein paar Monate. Warum war ich so ungeduldig?«

»Es ist doch sinnlos, daß du dich so quälst. Du hast getan, was du konntest. Ich verstehe dich, ich habe auch eine Alte zu Hause, allerdings nicht meine, sondern Emins Mutter. Sie geht mir auf die Nerven, schrecklich, wenn ich daran denke, was mich in ein paar Jahren mit ihr erwartet. Wenn mir so etwas passiert, frage ich dich nach diesem Kloster.« Jedes Wort war ehrlich gemeint.

»Am meisten schmerzt mich, daß sie ihr sicher ihren Glauben genommen haben.«

›Womit sich die Leute alles belasten; eine zum Vegetieren verurteilte Greisin ist gestorben. Ich glaube nicht, daß sie wußte, welchem Glauben sie angehörte.‹

»Sreten hat nie verstanden, daß ich das für ihn getan habe.«

»Du hast es für Sreten getan, aber auch für dich. Du hast es auch nicht mehr ausgehalten.«

»Ich hätte es ertragen, ich hätte sie nie weggegeben. Wenn ich nur wüßte, ob sie mir verziehen hat. Ich würde mich gern bei ihr entschuldigen, aber wie.«

Nada fuhr zusammen, trotz ihrer Versunkenheit vernahm ihr Ohr das Geräusch eines Automotors. »Ich nehme an, das ist Sreten. Dabei habe ich ihm gesagt, er soll mich heute in Ruhe lassen. Was will er von mir?« Nada riß sich zusammen und trocknete ihre Tränen. »Ich bitte dich, verrat ihm nicht, daß ich dir das erzählt habe!«

Sreten wußte nicht, daß an diesem Tag ein Gast im Wochenendhäuschen war, so spiegelten sich auf seinem Gesicht zuerst Überraschung und dann Erleichterung und Freude. Seiner Gattin warf er einen reuigen Blick zu und reichte ihr eine Tasche voller Lebensmittel und zwei Belgrader Zeitungen. Nada wirkte verloren, wie auf halbem Weg stehengeblieben zwischen der imaginären Welt mit den Erinnerungen an die Mutter und der Wirklichkeit mit der Anwesenheit ihres Gatten. Er versuchte, ihre Aufmerksamkeit auf sich zu lenken, eine Kluft zuzudecken, die, wie Nadira ahnte, zwischen ihnen gähnte. Er mimte eine Verbeugung und bat um ein Glückwunschküßchen für den Gast, der einen so bedeutenden Preis gewonnen hatte, zu dem auch sie beigetragen hatten. »Bisher hast du mich doch auch nicht um Erlaubnis gefragt, wenn du andere Frauen geküßt hast«, murmelte Nada, ihr war das Herumalbern ihres Mannes zuwider.

Er überhörte ihre Worte, widmete sich den Glückwünschen und Erläuterungen zu der Bedeutung des Preises für Nadira. Er setzte sich auf einen Stuhl ihr gegenüber, wischte den Schweiß von der Stirn und krempelte die Ärmel des ungebügelten Hemdes hoch. Lange, rote Striemen von Fingernägeln zogen Nadiras Blick auf sich, sie zogen sich vom rechten Handgelenk bis zum Ellbogen. ›Das schaut ja so aus, als habe er mit wilden Katzen zu tun‹, dachte sie und plötzlich war ihr klar, warum Nada so hartnäckig die Erinnerung an ihre Mutter beschwor. Ihre Augen trafen sich, er lächelte mit den Mundwinkeln und fuhr fort mit seinem Gerede über Nadiras Arbeit. Er versprach Hilfe, bis sie ihr erstes Buch veröffentlicht habe, danach würde sie ihren Weg schon machen. Sie werde dazu ganz sicher in der Lage sein, man könne jetzt schon absehen, daß sie arbeite, nachdenke, immer weiter, immer breiter. Viele Anfänger, die er getroffen habe, hätten Talent gehabt, aber nicht die Geduld, es zu entwickeln und umzusetzen.

»Aber glaub' nicht, daß das Lernen damit ein Ende hat. Was schöpferische Qualen sind, wirst du erst merken, wenn du den ersten Roman schreibst.«

»Jag' ihr doch nicht schon im voraus Angst ein, es wird sich allmählich entwickeln«, sagte Nada. Sie machte sich am Herd zu schaffen, bereitete ein improvisiertes Essen zu aus Eiern und Champignons. Sreten wollte einen Kaffee, Nadira stand auf, um einen zu kochen. Sie fragte ihn, warum er alles wisse über's Schreiben, ohne selbst Schriftsteller zu sein.

»Viele Schreiberlinge haben ihren Jammer bei mir abgeladen. Meine persönlichen Versuche sind schon vor langer Zeit gescheitert.«

Beim Kaffee drehte sich das Gespräch um ihr Wochenendhäuschen, er wollte wissen, wie es ihr gefalle.

»Um ehrlich zu sein, ich hatte es mir größer vorgestellt«, antwortete sie ihm. ›Und besser in Schuß‹, fügte sie im Geist hinzu.

»Glaubst du, daß man mit Kulturjobs viel verdient? Ich darf immer noch nicht meine Hosen verlieren, ich habe eine für die Arbeit und eine für besondere Anlässe«, lachte er. »Mein Häuschen könnte auch ein Minarett haben, es ist von einem Muslim aus meinem Dorf Kremiša gebaut worden, ein sehr gläubiger Mann, Abid Kozlić …«

›Der mit seinen Muslimen! Ist er davon besessen oder steckt Absicht dahinter?‹ überlegte Nadira. ›Lieber höre ich Nada mit ihren Geistern zu als ihm mit seinen Gläubigen. Ich hab sie satt, sie begleiten mich mein Leben lang, ich will was anderes. Ich bin begierig auf diese feministische Propaganda …‹

»Hörst du mir überhaupt zu?« Sreten wollte partout die Geschichte von seinem Wochenendhäuschen loswerden. »Abid Kozlić ist ein großer Holzbaumeister, wenn ihr je was bauen wollt, fragt ihn. Er hat viele Häuser gezimmert, aber sein eigenes nie fertiggestellt. Weißt du, warum er für uns baute? Er wollte wenigstens einmal in der Beg-Moschee zu Bajram beten, mitten unter den angesehenen Leuten von Sarajevo. Das gefiel ihm, und so mußte ich ihn ein paarmal abends hinfahren, er fand es toll, mit den Leuten aus der Čaršija zu beten. Weißt du, ich habe diesen Abid um seinen Glauben beneidet, er kam aus der Moschee wie neugeboren, als habe er seine Seele ausgelüftet. Wir zwei sind gute Freunde geworden. Wann immer ich meine Leute in Kremiša besuche, gehe ich auch zu ihm. Wenn wir das nächste Mal fahren, kommst du mit. Warum habe ich nicht früher daran gedacht, dich einzuladen.«

›Besten Dank, die Provinz mit allen Dörfern um Pale und sämtlichen Einwohnern kann mir gestohlen bleiben. Ich würde lieber was von der Welt sehen. Nur leider bietet mir keiner die Metropolen der Welt‹, grollte Nadira.

»Aga Abid war ein schöner Mann, meine Frau hat sich in ihn verliebt. Frag sie selbst.«

Nada sprach widerwillig, sie teilte Sretens Begeisterung für Abid nicht. Der Meister war stets mißtrauisch, glaubte ihr nicht, daß sie ihm kein Schweinefleisch unterjubelte. Sie mußte für ihn extra kochen, damit er eine Einladung, mit ihnen zu essen, annahm. Hatte er die geringsten Zweifel, nahm er mit einem Marmeladenbrot Vorlieb.

»Trotzdem warst du in ihn verliebt.«

Nadira stieß sich an seinen Versuchen, lustig zu sein und ein Lächeln auf das Gesicht seiner Frau zu zwingen. Um ihren Überdruß an diesen Abid-Geschichten zu zeigen, griff sie nach der Belgrader Zeitung auf dem Tisch. Sie war nicht auf dem laufenden über die politischen Vorgänge, hatte fast keine Ahnung, wer warum gewählt oder ausgetauscht wurde. Auf der Titelseite der ›Politika‹ war der Präsident von Serbien abgebildet, darüber die Schlagzeile: ›Wann wird Kosovo wieder serbisch?‹ Sie schenkte

250

den Worten keine Beachtung, sah sich nur den Gesichtsausdruck dieses Mannes an. Sie erschrak über die Brutalität darin, sein Blick rief ihre Angst wach.

»Schaut den an«, entfuhr es ihr. »Diese Stirn, diese Augen, dieser Blick, das ist das reine Böse.«

Sie zeigte den anderen zwei das Bild und schaute sie fragend an, erwartete Bestätigung, aber beide sahen weg. ›Habe ich etwas Falsches gesagt?‹ fragte sie sich erstaunt. ›Sehen sie nicht dasselbe wie ich?‹

»Was soll da das Böse sein?« fragte Sreten nach längerem Schweigen. »Man sieht nur seine Entschlossenheit, Serbien das zurückzugeben, was seine Vorgänger zerstört haben. Er sorgt sich um die Zukunft des serbischen Volkes.«

›Schaut so aus, als gäbe es Dinge, von denen ich nichts weiß‹, sinnierte Nadira. ›Bisher konnte man über jeden sozialistischen Präsidenten herziehen. Das muß ja ein ganz besonderes Tier sein, wenn ihn Spitzenintellektuelle verteidigen.‹

»Wenn er an unsere Zukunft denkt, dann muß sie ja wirklich finster sein.« Sie zwang sich einen Scherz ab. Er wurde nicht so aufgefaßt.

»Viele stoßen sich daran, daß Serbien endlich einen Führer hat, der die Interessen des serbischen Volkes verteidigt.« Nada deckte den Tisch, stellte die Teller fürs Mittagessen hin.

»Aber hier leben nicht nur Serben. Sreten, du hast selbst gesagt, du würdest dich als Bosnier verstehen.«

»Bosnier im Rahmen Jugoslawiens. Aber die serbischen Interessen sind wie keine anderen bedroht.« Sreten war nicht mehr der Mann, der eben noch von Meister Abid Kozlić geschwärmt hatte. Auch Nada war nicht mehr die Frau, die ihr ihre geheimen Sorgen anvertraut hatte und ihre Gewissensbisse. Diese Menschen waren Fremde, und sie begriff nicht, wie das geschehen konnte. Was hatten die, die in Sarajevo wohnten, mit Milošević, dem Präsidenten Serbiens zu tun?

»Kosovo und Vojvodina müssen wieder in Serbien eingegliedert werden, damit es eine Republik wie die anderen wird, dann wird man sehen, wem es wirklich um Jugoslawien geht.« Sreten schlug mit der Faust auf den Tisch.

»Ich beichte hier und jetzt«, sagte Nadira scherzhaft, versuchte, die Situation zu entspannen. »Ich bekenne mich als Jugo, ich schwöre …«

»Du mußt keinen Eid ablegen, das hat Zeit.« Sreten griff den Scherz auf, und sie sprachen nicht mehr über Politik. Nach dem Essen gingen sie spazieren, pflückten wilde Himbeeren am Wegrand und unterhielten sich über ihre Kinder.

»Es ist Zeit, daß ich gehe, zu Hause wartet ein ganzer Berg Arbeit auf mich«, redete sie sich heraus; Sreten bot ihr an, sie zum Bahnhof in Ilidža zu fahren und ihr so Weg und Wartezeit ein bißchen zu verkürzen.

»Hat Nada von unseren Problemen erzählt?« fragte er, kaum daß sie losgefahren waren.

»Nein, ihr habt Probleme?« lachte Nadira und wies auf seine Narben. »Verzeih, hier spricht die Neugier des Schriftstellers.«

»Schriftstellern ist alles verziehen. Ich weiß, daß sie dir erzählt hat, wie viele Opfer sie bringen mußte, um mich zu halten. Sie begreift einfach nicht, daß ich freiwillig bleibe.«

»Aber deine Wildkatze ist damit nicht einverstanden.«

»Ach, das ist nur ein belangloser Ausflug, von der Gegenseite für ernst genommen, leider. Was will der Schriftsteller noch wissen?«

»Ist es ein possierliches Krallenwesen?« Nadira kicherte, der von wunderbarem Verstehen angefüllte Sreten war kein bißchen anders als andere Männer.

»Eine wirklich interessante Frau, bis sie sich einbildete, ich würde wegen ihr meine Familie aufgeben«, antwortete er aufrichtig. »Ich habe endlich kapiert, daß unser Spezialist für schöne Augen, der Arzt, der deine Tochter untersucht hat, recht hat, man soll sich nur mit verheirateten Frauen auf einen Seitensprung einlassen. Solange es anhält, ist es gut … Meine Katze war leider ungebunden, sie brauchte einen Mann.«

›Danke für die Lehre, fast alle wesentlichen Gesetzmäßigkeiten des Lebens habe ich von anderen erfahren, ich selbst habe so wenig erlebt und durchlebt‹, überlegte sie. Dann überraschte er sie mit der Frage, wie ihr der Augenarzt gefalle.

»Warum sollte er mir gefallen, ich habe ihm dreihundert Mark in den Rachen geworfen und mußte mir sein blödes Geschwätz anhören.« Sretens Frage bot Nadira die Gelegenheit, sich ein bißchen von ihrem Ärger von der Seele zu reden.

»Aber du gefällst ihm. Jetzt merke ich, daß der Augenarzt den Blick hat, der unter die Oberfläche dringt, in dir gibt es, so hat er gesagt, etwas Bitteres, aber sehr Erfrischendes. Mein Rat dem Schriftsteller: Horte nicht nur fremde Erlebnisse, sammle eigene Erfahrungen. Meine Kratzer hier tun weh, aber mit der Zeit werden schöne Erinnerungen daraus. Soll ich ihm deine Telefonnummer geben, natürlich die auf der Arbeit?«

Nadira mußte sich eingestehen, daß die Versuchung groß war, sie wollte den angesehenen Arzt wirklich gern näher kennenlernen. Nicht, weil sie ihn persönlich attraktiv fand oder als Frau an ihn dachte. Sie wäre gern in die Psyche eines solchen Menschen eingedrungen, wußte sie doch, daß ihr genau so etwas in ihrem literarischen Material fehlte. Gleichzeitig fürchtete sie sich, ahnte, daß sie sich böse verbrennen konnte.

»Eure Männersolidarität ist echt erstaunlich«, lachte sie, als das Auto anhielt. »Aber leider ist mein Leben randvoll, so große Tiere finden darin keinen Platz. Danke fürs Fahren.«

Nadira fuhr müde und zufrieden nach Hause zurück. In der Straßenbahn dachte sie über den Doktor nach. Wer wohl die Devisen ausgab, die er von seinen Patienten bekam, seine Ehefrau oder verheiratete, vorübergehende Geliebte? ›Wenn er nicht ein solcher Macho wäre, würde ich gern mal ausprobieren, wie spendabel einer ist, der so leicht an Geld kommt. Warum sollte ich anders sein als die andern Frauen? Vielleicht macht es Spaß, mit Pelzmänteln durch die Stadt zu laufen.‹

Im Bus nach Pale beschäftigte sie eine neue Erzählung, Nada, Sreten, die Katze mit den langen Krallen, ein interessantes Dreieck. Wenn man das mit Nadas Kräutern zusammenbrachte, entstand die richtige Mischung.

Noch bevor sie sich das Ende der Geschichte ausgedacht hatte, war sie zu Hause. Emin saß schon im Zimmer und trank heiße Milch. Das war seine Art, eine Sommergrippe zu verhindern. ›Jetzt darf ich mir drei Tage lang anhören, wo es ihn überall zwackt und wie sehr er sich bei den paar Zentimetern Kanalgraben verausgabt hat. Bei Gott, nicht mal der Wind hat aufgehört zu wehen, während er schweißüberströmt mit der Hacke in der Hand arbeitete.‹

»Hat das auf dem Berg geblasen«, setzte Emin ihren Monolog laut fort. »Ich bin ganz durchgefroren. Ich habe Kopfweh und ein Kratzen im Hals.«

›Unsere Ehe hat mehr als einen Kratzer, nein, sie verschimmelt mehr und mehr. Es wird Zeit, daß ich mal ordentlich lüfte‹, dachte Nadira.

Sie warf einen Blick in die Küche und ins Bad und hüpfte vor Freude. Die Töchter hatten einen großen Teil der Hausarbeit erledigt, sie konnte den ganzen Abend lesen.

Dann kam die offizielle Benachrichtigung über den Preis. Die ›Trockenzeit‹ war ganz überwunden, die Erzählungen flossen, eine nach der anderen. Nadira wartete ungeduldig auf die öffentliche Preisverleihung. Trotz Nadas und Sretens großherziger Unterstützung verließ sie das Gefühl nicht, keinen Boden unter den Füßen zu haben. Immer häufiger dachte sie an das, was ihr Zineta und der Onkel gesagt hatten, und an das, was ›er‹ ihr über Zineta hatte zukommen lassen. Sie glaubte fest daran, daß sich ihr die muslimischen Intellektuellenkreise öffnen mußten und ihr die nötige Sicherheit bieten würden. Jetzt erkannte sie ihr Problem klar, hatte sie die erste Ehe aus ihrer Generation gerissen, so zwang sie die zweite in die Isolation. Emin ließ nicht den geringsten Wunsch erkennen, ihnen einen Platz zu suchen. Er faselte weiterhin von den Rechten der Arbeiterklasse, und Nadira hatte den Eindruck, daß ihm das nur als Ausrede diente, um nichts zu tun, um sich geistig nicht weiterentwickeln zu müssen. Alle Dogmen der Selbstverwaltung waren geschrieben, es blieb nur noch die Durchführung. Emin nahm diese Aufgabe auf sich, und das verschaffte ihm ein Gefühl der Überlegenheit selbst über den

254

Direktor und dessen Wasserträger. Nadiras Hinweise, daß all seine Anstrengungen dem Dreschen von leerem Stroh glichen, wies er weit von sich.

›Bei der Preisverleihung werden sicher auch die wichtigen muslimischen Intellektuellen sein. Ich kann mir nicht vorstellen, daß sie mich übersehen können, selbst Blinde und Taube müssen begreifen, daß nach langer Zeit eine Frau für einen Prosatext einen Preis bekommen hat.‹

Sie überlegte, daß sie auf der Veranstaltung Gelegenheit haben würde, etwas zu sagen. Worüber könnte sie reden? Wenn man ihr das Mikrofon reichte, würde sie sich an die Schriftsteller wenden, ihnen sagen, daß zu viele Bücher über die Vergangenheit geschrieben wurden. Es waren geniale Bücher darunter, aber in ihrer Literatur gab es zu viele Derwische und Tekken, Festungen und Kerker, Soldaten und elende christliche Untertanen, weise Mönche und anmaßende Türken, ruchlose Höflinge und Wächter, Folterknechte und Opfer. Lange schleppten sie diese Vergangenheit mit sich, sie saß ihnen immerzu im Nacken, ein häßlicher Buckel. Es war an der Zeit, sich mit der neuen Generation zu beschäftigen. Wer würde es endlich wagen, das zeitgenössische bosnische Buch zu schreiben?

»Worüber denkst du so intensiv nach?« Emin stürzte ins Zimmer. »Von der Küche aus konnte ich sehen, wie dein Kopf raucht.«

Sie haßte seine Scherze wegen ihres rauchenden Kopfes. Es geschah häufig, daß er sie aus der tiefsten Konzentration riß, wenn sie sich darum mühte, den nächsten Satz zu finden, und sie mit ihrem qualmenden Hirn neckte.

»Du könntest dir mal was Originelleres einfallen lassen«, sagte sie kriegerisch. »Ich habe darüber nachgedacht, wie ein bosnisches Buch beschaffen sein muß.«

Er stand vor ihr und stemmte die Hände in die Seiten.

»Das existiert nicht. In Bosnien gibt es höchstens Bücher aus Sarajevo, Travnik, Foča, Banjaluka, Mostar … Weißt du, ich bin, bevor wir uns kennengelernt haben, ein bißchen in unserer Heimat herumgereist und habe mich davon überzeugen können, daß Gott die Gebirge nicht umsonst hierhergestellt hat, sondern um Menschen und Städte dadurch zu trennen, jede Stadt und jedes Tal hat seine eigene Denkungsart. Ein Muslim aus Foča und einer aus Višegrad haben zum Beispiel absolut nichts gemein mit einem aus Prijedor. Aber nicht nur die Berge, sondern auch die durchmischte Bevölkerung hat Einfluß. Die mit Kroaten zusammenleben denken anders als die, die mit Serben in einem Gebiet wohnen.«

»Wenn du schon genug Geld hattest, um herumzustrolchen, und dir das aufgefallen ist, warum hast du dich nicht hingesetzt und es aufgeschrieben, es hätte ein interessanter soziologischer Bericht werden können.« Wieder ein Versuch, den Gatten mit irgendeiner Arbeit zu infizieren.

»Als wenn es wichtig wäre, was man darüber schreiben könnte. Ich habe weder die Geduld noch die Ausdauer, ich bin nicht so hartnäckig wie du … Komm, laß uns spazierengehen, damit dein Kopf abkühlt.«

›Emin hat recht, ich muß das notieren. Es macht mich fertig, daß er seinen Verstand auf diese nebulöse Selbstverwaltung verschwendet, statt sich mit etwas Wichtigem zu beschäftigen‹, dachte sie, während sie das Haus verließen. Sie schlenderten durch die Hauptstraße von Pale und bogen rechts ab, Emin wollte ihr etwas Interessantes zeigen. Sie hätte nie gedacht, daß es in Pale überhaupt etwas Interessantes geben konnte, folgte ihm aber, ihr war es ohnehin egal, wohin ihre Füße liefen. In dieser Straße gab es nur neue, unlängst fertiggestellte Häuser, vom Keller bis zum Dach gebaut aus besten Materialien. Die Architekten hatten sich was einfallen lassen, da gab es Säulen und Wintergärten, runde Fenster. Nadira las den Namen der Straße, er paßte nicht zu dem, was sie sah. Nachdem sie sie verlassen und eine Anhöhe erklommen hatten, fragte Emin sie, ob sie wisse, wie man die Straße nenne.

»Arbeitersolidarität oder so ähnlich«, erinnerte sie sich.

»Falsch«, grinste er. »Dies ist die berühmte Straße der zwölf Diebe. Hauptberuf: Entwenden von Baumstämmen in Unternehmen zur Ausbeutung des Waldreichtums. Aber es ist auch ein

Landvermesser dabei, von dem man Niemandsland kriegen kann. Die Serben haben das weidlich genutzt.«

»Ach, laß mich doch mit dem Kram in Ruhe, das interessiert mich nicht«, meckerte Nadira. »Das ganze Land ist voller Diebe, wir können uns glücklich schätzen, wenn es in unserer Stadt nur ein Dutzend gibt.«

Emin wollte unbedingt noch ins Hotel einkehren und dort einen Kaffee oder Tee trinken. Sie wehrte sich, wollte kein Geld für eine Tasse heißes Wasser verschwenden, lieber den Töchtern neue Strümpfe dafür kaufen, daran herrschte zu Hause ein steter Mangel. Aber er ließ nicht locker, und so trottete sie mit.

Nadira war schon mehrfach in diesem Hotel gewesen, damals mit Nada und Sreten, mit Freundinnen und mit Emin. Sie bemerkte, daß Männer mit viel Geld im Saal speisten und man wegen der Musik aus einem Automaten sein eigenes Wort nicht verstand.

Sie traten zuerst ins Café, wo die ewig müßige Jugend hockte, und gingen in den angrenzenden Raum. An zwei reichgedeckten Tafeln saß eine große Gesellschaft. Sie sah Emin an, seine Augen flackerten vor Aufregung. ›Oh nein!‹ Sie wollte nicht den Voyeur spielen, während die Führungskräfte aus Emins Fabrik und Lokalpolitiker das verschwenderisch zubereitete Essen verschlangen. Nadira sah gar nicht die Männer, nur die Leckereien auf den Tischen, mit soviel Gerichten hätten sich wohl zwei Bataillone sättigen lassen. Das war natürlich übertrieben, weil sie es mit den gierigen Augen der schlechten Köchin sah. Sie war begeistert von dem rosigen Braten, den hübsch dekorierten Ovalen voller Häppchen. ›Was wäre das schön, an so einem Tisch zu sitzen und so leckere Sachen zu essen, ohne daß ich kochen müßte‹, dachte sie und wünschte von ganzem Herzen, daß Emin die Einladung des schmächtigen Mannes annehmen würde, der offensichtlich ein Toupet trug und ihnen freundlich den Arm entgegenstreckte. Aber Emin wäre nicht Emin gewesen, wenn er nicht aus seinem Trotz eine bewundernswerte Vorstellung gemacht hätte.

»Zuerst möchte ich die geschätzte Genossin begrüßen«, deklamierte das Toupet und reichte ihr die Hand. »Ich freue mich, daß ich endlich Gelegenheit habe, die bessere Hälfte unseres gestrengen Vorsitzenden der Arbeiterkontrolle kennenzulernen. Jetzt ist mir klar, warum er Sie so versteckt hält, er hat Angst, jemand könnte Sie ihm wegnehmen.« Dieser Mann stellte keine Fragen, er kannte alle Antworten.

›Das ist also der berühmte Herr Direktor‹, dachte Nadira. ›Er wirkt gar nicht so gefährlich, wie Emin ihn immer darstellt.‹

»Ich freue mich, Sie kennenzulernen«, murmelte sie, weil ihr der Speichel deutliches Sprechen unmöglich machte. Sie hatte sich nie zu den großen Fleischessern gezählt, aber jetzt hätte sie einen kompletten Kalbsbraten verzehren mögen.

»Genosse Direktor, ich wußte nicht, daß Sie auch außerhalb der Arbeitszeit so viel arbeiten«, lächelte Emin von oben herab. Er hatte sicher gewußt, daß man heute hier speisen würde, und war deshalb hergekommen, um ihnen den Spaß zu verderben. ›Es wär schön, sich zu ihnen zu setzten und anständig satt zu essen‹, dachte sie. Sie hatten heute mittag nur Gemüsepfanne mit Brot gehabt.

»Setzen Sie sich doch zu uns, es wäre uns eine Ehre, wenn Sie uns Gesellschaft leisten würden.« Das Toupet gab sich großzügig.

Nadira gab ihrem Mann ein Zeichen, daß sie sich gerne setzen wollte, sie war nicht nur hungrig, sondern wollte auch gern mithören, was die da oben so miteinander beredeten.

Die Männer am Tisch schauten sie finster an, sie wollten mit dem Mahl beginnen.

»Ich bin nicht zum Essen hergekommen«, sagte Emin. »Ich wollte Sie nur daran erinnern, daß alle Rechnungen der Arbeiterkontrolle vorgelegt werden müssen.« Ihr Gatte hielt sich in diesem Moment für den mächtigsten Mann der Welt. Nadira hätte ihm am liebsten vors Schienbein getreten.

»Weißt du, Emin, Idealismus ist schlimmer als jede Krankheit«, murmelte der Direktor. »Paß dich doch der Zeit an, in der du lebst, bald ist es zu spät dazu. Aus Idealen kocht man keine nahrhafte Suppe.«

258

›Wenn du nur wüßtest, wie nahe du an der Wahrheit bist‹, dachte Nadira. In diesem Moment haßte sie ihren Mann und die Selbstzufriedenheit in seinem Gesicht.

»Ich wünsche guten Appetit«, sagte er und grüßte die Versammlung.

Sie setzten sich an einen anderen Tisch und bestellten Tee mit Rum.

»Ich weiß nicht, wann ich mich zum letzten Mal an Fleisch satt gegessen habe. Bei uns ist alles streng eingeteilt. Hast du gesehen, wie rosig der Braten war?« Nadira redete, als sei sie kurz vorm Verhungern.

»Sollen wir eine Portion bestellen?« Ihn packte plötzlich Spendierlaune. Sie verstand nicht, warum ihr Gatte so siegesgewiß grinste.

»Jetzt ist mir der Posten des Personalchefs sicher«, erklärte er. Sie begriff nicht.

Er setzte ihr auseinander, daß das Toupet alles unternehmen würde, um ihn aus der Arbeiterkontrolle zu entfernen, weil er ihn störe … Bei ihnen konnte man es weiter bringen, wenn sie einen fürchteten, als wenn man vor ihnen kuschte. Er hatte ein Gesuch eingereicht und gute Aussichten auf Erfolg, weil ihn sein Vorgesetzter loswerden wolle. Als Personalchef durfte er nicht mehr in der Arbeiterkontrolle sitzen.

›Jeder hat seine Art, zum Ziel zu kommen‹, fand Nadira. ›Aber zum Abendessen gibt's bei uns wieder Gemüsepfanne.‹

Für die Preisverleihung bereitete sie eine Rede vor, und ihre ganze Neugier richtete sich auf den Wunsch, neue intellektuelle Freundschaften zu schließen. Deshalb vergaß sie, über angemessene Kleidung nachzudenken, bis zu dem Morgen, an dem sie nach Kreševo mußte. Sie streifte ihre Alltagsklamotten über und schaute in den Spiegel. ›Ich sollte heute anders aussehen‹, fiel ihr ein. Aus dem Glas guckte ihr eine bleiche Frau mit vielen grauen Haaren entgegen. »Die sind vom übermäßigen Nachdenken«, sagte ihr Mann. ›Die sind von den übermäßigen Sorgen‹, dachte sie. Sie schaute in den Schrank, eine Katastrophe. Zwei handgestrickte Pullover, ein paar Blusen, vier Röcke. ›Kein Kostüm, kein Blazer, kein Sakko … Und Schuhe, die vom Flohmarkt stammen könnten. Frisur? Fehlanzeige. Aber jetzt ist es eh' zu spät. Egal. Wie sagt meine Schwiegermutter, die wahre Dame erkennt man nicht an den Kleidern.‹

Der Trost büßte seine Wirkung ein, als sie am Ort des für sie großen Ereignisses eintraf. Sie sah hübsch herausgeputzte, geschminkte und elegante Teilnehmerinnen und wollte kehrtmachen und wegrennen. ›Ich schau aus, als sollte ich ihnen aufwarten. Die sehen gleich, daß ich aus Hintertupfingen komme‹, verspottete sie sich ohnmächtig selbst. ›Warum habe ich nicht an Zineta gedacht, wie sie sich bemüht hat, mich auszustaffieren, als ich im Gymnasium den Preis bekommen habe. Vielleicht hat Emin recht, ich verliere langsam den Bezug zur Wirklichkeit.‹

Die Gedanken trieben ihr die Röte ins Gesicht, sie ging zur Toilette und blieb dort, bis sich ihr Unbehagen legte. Als sie zurückkehrte, saßen in der ersten Reihe die üblichen Titokämpfer und ein paar politische Lokalgrößen. Sie erinnerte sich, daß sie sie einst an ihre Tante Zada, den Pfropfopa und ihren Vater erinnerten. Jetzt wirkten sie wie versteinerte Reste eines vergangenen Zeitalters. Obwohl wieder ein Chor auf der Bühne Tito besang, die Freiheit und die Partei, konnte Nadira das Gefühl, sich in eine fossile Welt verirrt zu haben, nicht abschütteln.

Im Saal waren ein paar jüngere Leute, sie erkannte zwei von Sretens Schützlingen, den Dichter und den Maler. Die alte Poetenriege saß auf der anderen Seite, dort taten sich lachend zwei Dichterinnen hervor, deren Namen bekannt waren. Sie stand irgendwo dazwischen mit dem Gefühl, nirgendwo dazuzugehören.

Ein elegant gekleideter Mann trat auf sie zu und stellte sich als Vorsitzender der Jury Vaso Deklić vor. Sie hoffte, er würde sie mit einigen der Anwesenden bekannt machen, aber er tat es nicht, so daß sie allein blieb. Sie sah sich um, ob sie nicht wenigstens ein bekanntes Gesicht fand. Sie kannte die stellvertretende Vorsitzende der Jury vom Sehen; diese lief von Gruppe zu Gruppe und fing allerorten ein Gespräch an. Sie fiel sofort auf, besonders wegen ihrer hochtoupierten, aufgeplusterten Frisur. ›Wäre ich so ein Pluster, hätten sie mich sicher beachtet‹, dachte Nadira. Die Frau trug Hosen wie für Reiter, eine bunte Bluse mit Puffärmeln, große Ohrringe, ähnlich denen der Zigeunerinnen, um den Hals mehrere dicke Ketten, auf den Lippen ein kräftiges Karminrot und um die Augen dicke schwarze Striche. ›Mutig und avantgardistisch‹, unkte Nadira und weidete sich an der imposanten Erscheinung. ›Eine solche Verpackung läßt unmittelbar auf den besonderen Inhalt schließen.‹

Aber aufgrund einer unerklärlichen Abneigung mochte Nadira sie nicht länger betrachten. Sie suchte weiter nach einem vertrauten Gesicht. Ein Mann mit asketischen Zügen und gestutztem Bart fiel ihr auf. Er kam auf sie zu und lächelte, so daß sie krampfhaft überlegte, woher sie ihn kannte.

Das klärte sich erst mit Beginn der Veranstaltung, als die Geladenen vorgestellt wurden. Das Gesicht gehörte ihrem ehemaligen Lehrer Bernard Jurišić, der Seelborger. Aber als sein Name genannt wurde, befand sie sich am gegenüberliegenden Ende des Saales, sie konnte ihm nicht zurufen: ›Professor, ich bin Nadira Smajić. Erinnern Sie sich? Sehen Sie, ich habe wieder einen Literaturpreis bekommen.‹

Der Leiter der Veranstaltung setzte die Vorstellung fort, Nadira spitzte die Ohren, weil er bekannte muslimische Intellektuelle nannte. ›Ich wußte, daß sie hier sein würden. Sicher werden sie sich wundern, wenn sie sehen, daß eine Frau so etwas erreicht hat. Sie können mich nicht länger übersehen, müssen sich mindestens fragen, wer ich bin, wo ich lebe und was ich mache.‹

Sie irrte nicht zum ersten Mal. Ja, man rief sie auf die Bühne, händigte ihr eine Plakette und einen Umschlag aus, Vorsitzender Deklić gratulierte noch einmal. Drei Leute im Saal klatschten Beifall. Als sie an ihren Platz zurückging, sagte einer von Sretens Schützlingen so laut, daß sie es hören mußte: »Die Tante soll diesen Preis verdient haben? Auf mich wirkt sie wie ein Heimchen am Herd.« Der junge Autor bekam seinen Teil des Preises, in Nadiras Ohren dröhnten donnernder Applaus und aufmunternde Zurufe.

Sie beschloß, nach der Veranstaltung sofort heimzugehen. Das hätte sie auch getan, wenn Professor Jurišić sie nicht aufgehalten hätte. Er folgte ihr und holte sie in der Garderobe ein, während sie auf ihren Mantel wartete.

»Nadira, mein liebes Mädchen, wie lang hast du gebraucht, um dich zu melden?« rief er und umarmte sie fest. »Wo bist du abgeblieben?«

Sie konnte nicht antworten, der Pluster kam breit lächelnd hinzu. Nadira hoffte vergebens, daß das Lächeln ihr gälte.

»Professor Jurišić, mit wem werden Sie speisen. Wenn Sie niemand haben, der Sie begleitet, können Sie auf mich zählen.«

Abscheu spiegelte sich im Gesicht des Professors.

»Sie kommen zu spät, eben habe ich meine Begleitung unserer neuen Erzählerin angeboten. Wir kennen uns von früher, ich habe sie im Gymnasium unterrichtet und sie in die Anfangsgründe des Schreibens eingewiesen. Aber wenn Sie wollen, können Sie sich uns anschließen.«

Das Essen wurde im Restaurant ›Zum Mühlrad‹ ausgerichtet, und sie begaben sich zu dritt dorthin. Aber der Weg war zu schmal. Nadira hatte den Eindruck, als sei sie auf einer Rennbahn, denn der Pluster hängte sich an den Professor und ging mit ihm voran. Ihr blieb nichts anderes übrig, als hinterherzulaufen und ihr Gespräch mitanzuhören. ›Gib gut acht, von der kannst du was lernen‹, nahm sich Nadira vor, denn so ein Betragen war ihr gänzlich unbekannt. Die Frau wandte die Taktik des Schmeichelns und Bittens an, für Nadira mit ihrem eindeutigen Bekenntnis zur geistigen Selbständigkeit und Unabhängigkeit ein unvorstellbares Verhalten. Der Pluster pries Texte des Professors, bat ihn dann, einen Blick in ihre Dissertation zu werfen.

»Wissen Sie, ich habe zwar einen Doktorvater, aber kein Vertrauen zu ihm. Nur Sie können wirklich einschätzen, ob alle Segmente ...«

›Blablabla‹, spottete Nadira für sich.

Dem Professor blieb nichts übrig, als zuzustimmen, um sie endlich zum Schweigen zu bringen. Mit schiefem Lächeln sah er Nadira an, als bitte er sie um Entschuldigung.

Während des Essens saßen andere beim Professor, so daß sie

nicht ein Wort mit ihm wechseln konnte. Er schien ein sehr wichtiger Mann zu sein, man suchte seinen Rat zu allen möglichen Fragen sprachlicher Natur. Sie bedauerte, daß sie nur Gesprächsfetzen verstand, denn sie schnappte Bruchstücke wie ›Serbisierung der Sprache‹ oder ›unterschiedliche serbokroatische Lexik‹ auf.

›Es wäre ein Fehler gewesen zu gehen‹, dachte sie jetzt. ›Ich habe ja keine Ahnung, was vorgeht, ich bin ganz ausgeschlossen von allem. Der Junge hat recht, ich bin ein Heimchen am Herd, das ab und zu längst vergangene Lebensgeschichten aufmischt. Wie diese aufgeplusterte Dame hervorsticht. Klar, wer nicht kämpft verliert. Ich muß mein Verhalten ändern. Bei den Klamotten werde ich anfangen. Morgen nehme ich einen Kredit auf … Aber was soll ich kaufen. Einer Mutter von zwei erwachsenen Töchtern steht es nicht gut an, wie eine Vogelscheuche herumzulaufen. Ich muß auf das hören, was Nermina sagt, sie versteht was von Mode.‹

Nach dem Essen ging man zum Franziskanerkloster, es war vorgesehen, daß die Gäste deren neues Museum sahen. Nadira gelang es wieder nicht, neben Professor Jurišić zu gehen, diesmal verdrängte sie einer der Schützlinge von Sreten.

Die Ausstellung besichtigte sie mit großem Interesse. Die Franziskaner waren um den Nachweis bemüht, daß sie tiefe Wurzeln in Bosnien hatten. Sie präsentierten Dokumente zur Eröffnung der ersten Bergwerke in den Abhängen Bosniens und über ihre Missionstätigkeit. Eine Sammlung von Erzen und Handwerksgeräten aus dem Umfeld war zu sehen. Nach all dem Gerede, dem Lärm und der geistigen Anspannung lockerte sich Nadira in der frisch renovierten Kirche und lauschte zufrieden einem Orgelkonzert. Allerdings brachte ihr die Musik auch das Gefühl völliger geistiger Einsamkeit.

Professor Jurišić sah sie bei der Verabschiedung noch einmal. Sie hatten Zeit, einige Sätze zu wechseln.

»Nadira, ich wollte mit dir reden, aber hier geht es nicht. Ich denke, es ist wichtig für dich, daß du etwas begreifst.« Er vergewisserte sich, daß ihnen niemand lauschte. »Das ist kein Ort für eine solche Unterhaltung. Nur soviel, du bist an die falsche Adresse geraten, dich unterstützen die falschen Leute, sie schaden dir ...«

»Ich weiß nicht, was Sie meinen!?«

»Nein, hier ist nicht der Ort. An der Fakultät können wir uns auch nicht sehen. Gib mir deine Telefonnummer, ich rufe dich an, und wir treffen uns irgendwo in der Stadt. Du mußt mir alles erzählen.« Noch eine väterliche Umarmung, und er war im Auto verschwunden. Auch die Plusterfrau saß darin.

Nadira wandte sich, einsam und niedergedrückt, der Bushaltestelle zu. Der Junge, mit dem sie den Preis teilte, gesellte sich zu ihr.

»Jetzt sind wir keinem mehr wichtig, nicht wahr«, sagte er, und sie lachten beide.

Ein paar Tage später schickte Nadira ihr Manuskript an die Adresse des Verlages, der ihr einst, als sie noch in die Grundschule ging, ihren ersten Preis verliehen hatte. Nun hieß es Warten. ›Wie sich die Zeiten ändern‹, dachte sie. ›Jetzt fürchte ich mich nicht mehr vor Vater Dervo, sterbe aber aus Angst vor Unbekannten, die mein Buch lesen und dem Verlag empfehlen oder nicht. Was sind das für Leute, werden sie die Weitherzigkeit haben und sagen, das ist eine Anfängerin, aber wir lassen es durchgehen, vielleicht wächst sie zu einem literarischen Baum heran. Oder werden sie mir aus einer Laune heraus die Wurzel durchhacken.‹

Ein paar der Gutachter waren Freunde von Sreten, er versprach, ihre Aufmerksamkeit auf Nadiras Manuskript zu lenken.

Die ganze Zeit, während sie die fertige Handschrift abtippte, herrschte zwischen Emin und ihr eine Spannung. Sie hielt an, nachdem sie das Manuskript abgeschickt hatte. Nadira war beleidigt, weil er nicht verstand, wie schwer ihr das Warten fiel, eine Zeit voller Hoffnung und Zweifel bis hin zur Verzweiflung. Statt sie zu fragen, wie sie sich fühle, was ihr unentbehrlich war, trug er nur seine apodiktische Forderung vor, sie solle diesen Winter nicht einmal in die Nähe ihres Schreibtisches kommen.

»Ich möchte wenigstens ein paar Monate mit meiner Frau verbringen. Das Geklapper von der Schreibmaschine reicht mir langsam und dein Zombiblick. Du siehst mich nicht mal.«

In diesem Moment spürte sie Zorn gegen ihren Mann. War sie sein Kind oder sein Eigentum, daß er ihr befehlen konnte, was sie zu tun und zu lassen hatte? Ohne sich um eine Antwort zu bemühen, ging sie von der Küche, in der sie das Gespräch führten, ins Wohnzimmer und nahm ein Buch. Ihn erzürnte ihr Schweigen, er folgte ihr und befahl, sofort die Schreibmaschine wegzupacken. Dann verlangte er den Schlüssel zum Abstellraum auf dem Dachboden, er wollte sie dort verstauen. Sie murmelte mit eigenartiger Stimme, er übertreibe.

»Ich sperr sie nicht weg, wenn du mir versprichst, daß du eine Pause machst.«

Seine Miene war derart hart, daß sie erschrak. Sie kannte ihn; diese Härte ging einer Explosion seiner Aggressivität voraus. Bisher war sie immer klug genug gewesen, rechtzeitig den Rückzug anzutreten, denn sie fürchtete, er könne die Kontrolle über sich verlieren und am Ende die Hand gegen sie erheben. Diesmal konnte sie nicht einmal die Angst zum Schweigen bringen.

»Ich leg eine Pause ein, wenn du mir erklären kannst, warum dich mein Schreiben so stört. Ich vernachlässige niemals meine Pflichten, ich hasse es zu kochen und koche doch jeden Tag. Immer hast du gebügelte Hemden ...« Während sie das aussprach, wurde sie noch zorniger. Sie mußte sich dafür rechtfertigen, weil sie zuviel arbeitete, er mußte sich nicht dafür rechtfertigen, daß er nichts tat.

»Wieviel Zeit hast du noch für mich? Auch wenn du dich meiner erbarmst, wir sind nie allein, ich weiß nie, welche von deinen Figuren bei dir ist, welche Frau an deiner Stelle redet.«

»Du hast kein Recht, so zu reden. Du wußtest, daß ich schreibe, bevor wir geheiratet haben.«

»Ja, das wußte ich, aber ich wußte nicht, daß es dein Lebensinhalt ist, so sehr, daß dir deine eigenen Kinder auf die Nerven gehen. Frau, begreif endlich, daß du das nur machen kannst, weil ich tolerant bin und deine Macken ertrage. Warum bist du nicht bei Muftić geblieben?«

»Hundertmal habe ich dir gesagt, daß du mich nicht Frau nennen und meinen ehemaligen Mann nicht erwähnen sollst!«

»Weißt du, Frau«, er sah sie herausfordernd an, »deine Figuren kannst du befehlen, was sie sagen sollen, mir nicht!«

Es war ihr heftigster Streit, seit sie verheiratet waren. An diesem Punkt entgleiste die Auseinandersetzung, sie und er warfen sich gegenseitig an den Kopf, was sie in den Jahren ihres Zusammenlebens belastete und sie bisher verschwiegen und vertuscht hatten. Sie war seiner Meinung nach verrückt, krank vor Ehrgeiz, bereit, alles aufs Spiel zu setzen und zu vergeuden, nur damit ihr Geschreibsel gedruckt würde. Sie entgegnete, das habe wenigstens noch einen Zweck, zumindest würden ihre Worte irgendwo geschrieben stehen. Er würde nur Gott den lieben Tag stehlen, mit seinem Hintern ein Loch in den Sessel sitzen, Fußball gucken und alles und jedes um sich herum kritisieren. Und das sei das Leichteste, was man sich vorstellen könnte, in halbliegender Stellung anderer Leute Arbeit zu kritisieren. Ihm zufolge hatte es keinen Sinn, etwas zu schaffen, denn er habe ohnehin keine Kinder. Sie hatte schon lange darauf gewartet, aber nicht damit gerechnet, daß er ihr gerade jetzt vorwerfen würde, daß sie kein Kind mit ihm hatte. Sie hatte sich vor der unerwünschten Schwangerschaft mit einer Spirale geschützt, von der er nichts wußte. Sie hatten nie über gemeinsame Kinder gesprochen, aber sie ahnte, daß er immerzu hoffte, daß sie schwanger würde, denn er paßte nicht auf.

»Natürlich fällt es dir gar nicht ein, Kinder zu bekommen, denn du bist keine gute Mutter, auch denen nicht, die du schon hast. Und du bist auch keine gute Tochter, deine Mutter besuchst du höchstens zweimal im Jahr.«

»Meinen Kindern fehlt nichts, und ich kann nicht gleichzeitig eine gute Tochter und eine gute Schwiegertochter sein. Wenn ich meine Mutter oft besuchen würde, wer würde deine bedienen und sich anhören, welche Wehwehchen sie gerade hat.«

»Lüg doch nicht, mit ihr redest du doch nur, wenn es dir in den Kram paßt!«

»Wenn ich schon so eine Hexe bin, warum lebst du dann überhaupt mit mir?«

»Weil das meine Wohnung ist und ich sie nicht einfach so verlassen kann.« Er betonte seine Worte mit einem lauten, zynischen Lachen.

Damit hatte er gewonnen, das Wort ›Wohnung‹ brachte ihm den Sieg. Auch wenn er sie ohne Familie sicher nicht bekommen hätte, stellte er die Sache so dar, als gehöre das Wohnrecht allein ihm. Nadira ging ins Zimmer ihrer Töchter, die nicht zu Hause waren, setzte sich ans Fenster und starrte hinaus, bis es dämmerte. Da kamen die beiden heim, jung, fröhlich, lachend, und ihre gute Laune verstärkte nur Nadiras Verzweiflung.

»Was hast du, Mutti, haben sie dein Manuskript abgelehnt?« fragte Azra, während Nermina ihre Linsen herausnahm. Nadira sah ihr zu, wie sie die befreiten Augen rieb und die Gläser in die Reinigungsflüssigkeit legte.

»Heute hat die rechte Linse den ganzen Tag weh getan, da muß sich Staub drunter gesammelt haben«, sagte sie, setzte ihre Brille auf und betrachtete die Mutter genauer. Nadira bemühte sich, ihre Aufregung zu verbergen, und umarmte beide lachend. Sie glaubten ihr nicht und wollten wissen, was passiert war.

»Nichts Schlimmes.« Sie schluckte ihre Tränen hinunter. »So wie es aussieht, müssen wir uns eine neue Wohnung suchen.«

»Nadira!« riefen beide geschockt, damit hatten sie nicht gerechnet. Sie schwiegen mehrere Minuten, Nadira fürchtete, sie würde doch noch losheulen.

»Ist das nicht unsere Wohnung?« fragte Nermina. Nadira versuchte, sich vorzustellen, was auf sie zukam, wenn sie diese Wohnung verließ. Ins Elternhaus konnte sie nicht zurück, dort war es so schon zu eng, der Bruder hatte drei Kinder, und die Schwägerin hatte ihre Schwester zu sich geholt, damit sie ihr half. Außerdem gehörte ihr dort nichts, der Vater hatte alles seinem Sohn vererbt. Eine Wohnung konnte sie höchstens in einem Privathaus finden, und diese Häuser gehörten in Pale Leuten, die vom Dorf kamen. Die Miete war sicher in Deutschen Mark zu zahlen, damit sie nicht von der Inflation aufgefressen wurde. ›Und ich hätte bloß sagen müssen, daß ich einverstanden bin, ich brauche ohnehin eine Pause. Dann müßte ich mir jetzt nicht den Kopf zerbrechen, wo ich mit den Kindern hingehen soll.‹ Sie bedauerte, ihnen einen solchen Abend beschert zu haben.

»Wir könnten eine Wohnung in der Stadt suchen«, sagte Nermina in dem Versuch, aus dem Übel etwas Gutes zu machen.

»Töchter, in der Stadt gibt es keine, nur an der Peripherie, wieder unter Bauern. Laßt uns jetzt schlafen, und dann sehen wir weiter.«

Sie nächtigte in der Küche auf dem Behelfsbett und kümmerte sich morgens nicht ums Essen. Auch wenn ihr der Gedanke, eine neue Wohnung suchen zu müssen, sehr hart ankam, war sie doch zu stolz, um Verzeihung zu bitten. Sie nahm den frühen Bus, um dem gemeinsamen Frühstück und einem Gespräch aus dem Weg zu gehen. Im Büro konnte sie sich den ganzen Tag vor Arbeit kaum retten, die Zeit verflog. Sie mußte wieder nach Hause und die gestern begonnene Trennung weiterführen. War sie dazu bereit? Sie hatte bereits als Geschiedene gelebt, der Status hatte wenig Anziehendes. In dem Bedürfnis, mit jemandem über ihre Probleme zu reden, rief sie Nada an. Die Freundin hatte anscheinend den Seitensprung ihres Mannes überwunden, oder sie war an Treuebruch und Täuschung gewöhnt. Sie lud Nadira ein, mit ihr am nächsten Tag in der Mittagspause in ein Café zu gehen, und Nadira stimmte zu.

Im Bus überlegte sie, was im Streit alles gesagt wurde. ›Vielleicht kann man das wieder kitten, aber trotzdem, wir sind ganz verschiedene Persönlichkeiten. Früher oder später wird es wieder zu Auseinandersetzungen kommen. Ist es besser, mit der Drohung oder allein zu leben?‹

Auf diese Frage fand sie keine Antwort, beschloß aber, die Wohnung nicht zu verlassen. Wenn Emin sie lossein wollte, dann mußte er für sie eine andere Unterkunft finden, er konnte sie nicht einfach auf die Straße setzen.

Emin quälte sich mit keinerlei Problemen; als sie heimkam,

hatte er Nerminas Essen schon verputzt. Die Tochter hatte diese Woche vormittags Schule und war bemüht, das nachzuholen, was die Mutter versäumt hatte.

»Mama, willst du erst duschen oder erst essen?« fragte sie. Die Stimmung zwischen Emin und den Töchtern war ganz normal. Azra unterhielt sich lebhaft mit ihm über ihre schulischen Erfolge.

»Weißt du, Emin, ich werde bestimmt Schüler des Jahres«, behauptete das Mädchen und zählte all ihre Preise in verschiedenen Wettbewerben auf, sie konnte eine erkleckliche Punktzahl vorweisen. Emin widersprach, Preise allein reichten nicht.

»Ich habe ausgezeichnete Zensuren!« entgegnete sie heftig, aber er blieb hartnäckig, all das reichte nicht.

»Du hast nicht den richtigen Namen!« erklärte er lachend.

»Wieso? Meinst du, weil ich nicht Otaš, sondern Muftić heiße? Weil du nicht mein Vater bist?«

»Nein, Muftić oder Otaš, das ist egal.«

Auch Nadira begriff nicht recht, was er meinte. Sie setzte sich an den Tisch, die Tochter servierte ihr Kartoffeln und Schnitzel, der Hunger vergrößerte sich. Sie bedankte sich und küßte Nermina auf die Wange.

Azra bemühte sich noch immer um den Beweis, daß sie Schüler des Jahres werden müsse.

»Hör damit auf! Du wirst es nicht, ebensowenig wie ich. In meinem Jahrgang war ich die Beste, aber Jagoda Borić bekam den Preis, weil sie bei dem Wettbewerb ›Titos Weg zur Revolution‹ gewonnen hat«, erklärte ihre Schwester.

»Nicht deswegen, sondern weil ihr muslimische Kinder seit, und die kriegen in Pale keine solche Anerkennung«, sagte Emin und sah dann zu Nadira hinüber. »Ich denke, wir müssen es ihnen sagen, sie sollen es wissen.«

»Jetzt verratet ihr mir das, und ihr habt mich angehalten, hier in die Mittelschule zu gehen.«

›Wovon reden sie, ich sitze hier und höre zu, als hätte ich keine anderen Sorgen. Gestern hat sich eine Katastrophe ereignet, und heute sieht es aus, als wäre nichts gewesen.‹

Sie beendeten das Mittagessen, Nadira räumte den Tisch ab. Die Töchter gingen hinaus, sie blieb mit ihrem Mann allein. Er sagte, daß im Supermarkt in Koran noch Lebensmittel zu alten Preisen angeboten würden. Die Frauen aus seinem Büro hatten sich dort mit Toilettenpapier, Zahnpasta und Waschmittel eingedeckt.

»Warum erzählst du mir das jetzt?« Nadira zitterte. »Emin, du weißt, daß es nicht einfach ist, eine Wohnung zu finden«, fing sie tapfer an, aber ihre Stimme schwankte.

»Wohnung?« rätselte er. Er sah, daß in ihren Augen Tränen standen, und lachte. »Komm, Frau, laß gut sein, wir haben beide ein bißchen übertrieben.« Er nahm ihre Hand. »Zieh dich schnell an, unsere Vorräte sind ziemlich zusammengeschmolzen. Bei den neuen Preisen können wir uns den Hintern mit Zeitungen abputzen.«

Die Töchter hatten Emins Worte gehört, ihr Lachen füllte die ganze Wohnung. Auch Nadira grinste und holte Einkaufstüten. Wenn es so billig war, würden sie größere Mengen kaufen und mit einem Scheck bezahlen. ›Dieses Chaos mit alten und neuen Preisen, Inflation, es macht einen verrückt‹, dachte sie. ›Na ja, Emins und meine Eheprobleme können so schlimm nicht sein, wenn man sie mit einer Rolle billigen Toilettenpapiers wegwischen kann.‹

Am folgenden Tag sah sie wie verabredet Nada. Das Treffen mit der Freundin verlief anders, als sie es erwartet hatte. Sie brachte nicht ein Wort über den Zusammenstoß mit Emin heraus, weil sie befürchtete, daß sie damit all ihre Unzufriedenheit bloßlegen würde. Derzeit konnte und wollte sie sich nicht deren zerstörerischer Kraft aussetzen. Statt dessen führte sie mit Nada ein Streitgespräch über die Frage, ob die Zeit für eine feministische Zeitschrift reif sei. Nada war der Ansicht, es sei zu früh, Nadira hielt dagegen, daß man durch Zögern nichts gewinnen würde.

Die Abstinenz vom Schreibtisch hielt sie gewissenhaft ein, sie gewöhnte sich an die damit eintretende Ruhe. Sie beschäftigte sich mit der Hausarbeit und mit Lesen, bereitete Mahlzeiten

270

vor und fror sie ein, kochte Ajvar und strickte für jeden einen Pulli. Mit dem für Nermina hatte sie viel Arbeit, weil die ältere Tochter sich ein kompliziertes Modell ausgesucht hatte, sie wollte immer etwas Besonderes haben. Die Preisverleihung war in den Hintergrund getreten, das Manuskript vergaß sie fast. Aber ihr ehemaliger Lehrer Jurišić dachte an sie, er tauchte unangemeldet in ihrem Büro auf. Auch dieser Ort war nicht geeignet für ein vertrauliches Gespräch, so vereinbarten sie ein Treffen im Stadt-café.

›Was hat er mir nur so Wichtiges zu sagen, daß er nicht mal sein Versprechen vergessen hat‹, grübelte Nadira, nachdem er wieder fort war. ›Welche Sorgen hat der Herr Professor Doktor wegen einer Nadira Otaš?‹

Er kam nicht direkt darauf zu sprechen. Zunächst redeten sie über die vergangenen Zeiten, er war damals von ihrer Heirat unangenehm überrascht worden.

»Kind, wie konntest du so was nur tun?!« Selbst nach so vielen Jahren war er ihr gegenüber nicht gleichgültig.

»Erinnern Sie mich nicht daran. Es ist vorbei, es hat mich viel Mühe gekostet, aber ich habe mich herausgewunden. Mein Bedürfnis zu schreiben, hat auch das überlebt. Ich bekomme sogar Preise!« warf sie sich in die Brust.

Damit waren sie bei dem Thema, über das der Professor mit ihr hatte reden wollen. Er holte weit aus, er freue sich, daß sie schreibe, veröffentliche, er verlieh seiner Zufriedenheit Ausdruck, als er hörte, daß sie ihr Manuskript an einen Verlag geschickt hatte.

»Warum reden Sie dann in diesem Ton?« wunderte sich Nadira. Sie hatte trotz allem den Eindruck, daß er ihre Arbeit nicht wirklich schätzte.

»Ich habe ein paar Gerüchte gehört und mich dann erkundigt. Liebes Kind, du konzentrierst dich offenbar zu sehr auf die Gegenwart, warum gräbst du nicht ein bißchen in der Vergangenheit.« Ohne es zu merken, verfiel er in die Haltung des Dozenten.

»Nicht die Vergangenheit, ich bitte Sie. Diesen Buckel habe

ich wirklich abgestreift. Nadira Otaš hat sich von der Vergangenheit befreit.«

»Falsch. Wäre sie noch da, würdest du sicher direkt merken, daß dich die falschen Leute unterstützen. Sie manipulieren dich, verstehst du!«

Sie blickte ihn an, verwirrt, aber auch beleidigt.

»Nein, ich denke nichts Böses, ich will dir nur ein paar Dinge zeigen, die du vielleicht nicht siehst, weil du dich mitten im Geschehen befindest ... Sollen wir etwas Stärkeres als Kaffee bestellen?«

»Nein, ich gestatte nicht, daß Sie mich ködern, bevor Sie ihre Enthüllung abgeschlossen haben. Erklären Sie mir diese Manipulation. Wie kommen Sie darauf?«

Er redete zuerst über das Unbehagen, mit dem er die Preisverleihung verfolgt habe. Ob sie sich erinnere, daß niemand applaudierte. Ob sie sich je gefragt habe, warum das so gewesen sei. Sie erläuterte, daß das Vertrauen in die literarischen Fähigkeiten von Frauen hier noch unterentwickelt sei.

»Diesmal hast du nicht recht«, schnitt er ihr kategorisch das Wort ab. »Deswegen sage ich, daß dich die falschen Leute unterstützen. Deswegen hat Deklić darauf bestanden, daß ausgerechnet du den ersten Preis bekommst.«

Nadira war so aufgeregt, daß sie kaum denken konnte. Sie erwiderte, daß sie den Mann vorher nicht gekannt, nicht einmal gesehen habe. Der Wettbewerb sei anonym gewesen, die persönlichen Angaben in Kuverts verschlossen.

»Das heißt nichts. Der Mann, der dich fördert, ist ein guter Freund von Deklić.«

»Das wußte ich nicht.« Sie hatte den Eindruck, daß sich ihre Beziehung zu den Eheleuten Klubera zu einer finsteren Macht über ihr entwickelte.

»So gehen sie vor, meine liebe, naive Nadira. Sie verführen junge muslimische Intellektuelle mit Möglichkeiten, die ihnen ihr eigenes Volk nicht bietet. Jugend und Unerfahrenheit bewirken das Ihre, sie denken nicht darüber nach, wohin es führt.«

272

»Ich habe mich so über den Preis gefreut, ich habe nicht gewußt, daß meine Erzählung nichts taugt.«

»Ich habe nicht gesagt, daß die Erzählung nichts taugt, sie ist
hervorragend, der erste Preis hätte dir allein gebührt!«

»Das verstehe ich nicht, wenn ich den Preis verdient habe,
warum ist dann so wichtig, wer ihn mir verschafft hat?«

»Nadira, du überraschst mich mit deiner Unlogik. Wer hätte
einer Nadira Otaš einen so bedeutsamen Preis verliehen, wenn
nicht jemand dahinter stünde.« Er legte ihr ganz ruhig, Wort für
Wort, den verwickelten Gedanken dar. »Klubera, das muß ich
zugeben, ist ein sehr geschickter Mann, als sein Bruder verjagt
wurde, fand er eine Möglichkeit, sich zu halten. Aber glaub mir,
er ist gefährlicher als sein Bruder, der offen agiert, er ist heim-
tückisch. Ich habe mit einiger Mühe seine Mechanismen durch-
schaut. Er tut so, als biete er jungen muslimischen Talenten eine
Chance. In Wirklichkeit treibt er sie ins Belgrader Netz, sobald
sie reif genug sind. So etwas darf man nicht zulassen, die Muslime
sind traditionell mit Zagreb verbunden.«

Nadira saß da wie betäubt.

»Professor Jurišić, mich interessiert weder der Blick auf Zagreb noch der auf Belgrad. Und ich glaube nicht, daß sich dort
jemand für meine ›Frauengeschichten‹, wie sie mein Gatte nennen würde, interessiert.«

»Meine Liebe, du hast nicht recht, ein solches Talent würde
ich mir auch für das kroatische Volk wünschen. In deiner Prosa
ist soviel Leben, verstehst du, unser richtiges Leben. Das ist nicht
wenig, unsere zeitgenössischen Schriftsteller verstehen sich nicht
darauf.«

Sie schwieg, Professor Jurišićs Sätze überstiegen ihr Verständnis.

»Ein Freund von mir arbeitet für den Verlag, dem du dein
Manuskript geschickt hast. Ich werde mit ihm reden«, sagte er.

Nadira sah auf die Uhr, sie mußte sich eilen, um den nächsten Bus zu erreichen.

»Lassen Sie mir Zeit, um über das nachzudenken, was Sie
gesagt haben. Ich muß mich jetzt entschuldigen.«

»Hier hast du meine Telefonnummer, melde dich, wenn du es dir überlegt hast. Es hat mich sehr gefreut, mich mit dir zu unterhalten. Ich habe das Gefühl, daß ich dich gerettet habe.«

Sie widersprach nicht, warum hätte sie ihm die Freude verderben sollen. Sie verabschiedeten sich, und sie hastete die Sarači-Straße bis zum ›Egipat‹ hinauf. Dort hielt sie inne. Spontan trat sie ein und bestellte ein Paar Tulumbi, die sie früher einmal dort mit Zineta gegessen hatte.

›Ach, mein lieber Komet, offenbar waren viele deiner Lehren falsch. Nach dem, was du mir gesagt hast, habe ich geglaubt, daß die Muslime nur darauf warten, daß so ein angeblich talentierter Narr wie ich auftaucht. Wie gern würde ich mit dir über all das reden, was passiert ist. Von deinen Muslimen hat keiner wahrgenommen, daß ich etwas geschrieben habe. Aber dadurch habe ich die freie Auswahl, ob ich mich nach Zagreb oder nach Belgrad ziehen lassen. Und es gibt niemand, den ich um Rat fragen könnte, was besser ist.‹

Darüber konnte sie auch nicht mit Emin reden, vor ihm durfte sie nicht einmal das Gespräch mit Professor Jurišić erwähnen. Sie glaubte, es würde seine Ablehnung gegenüber der Sache verstärken, die für sie die wichtigste Nebensache auf der Welt war.

In diesen fünf, sechs Monaten Pause versuchte Nadira das Versäumte nachzuholen. Sie besuchte ihre Mutter, aber es gefiel ihr nicht besonders zu Hause, denn im Elternhaus spielte sich das alte Drama mit vertauschten Rollen ab. Ihre Mutter wollte den Haushalt nicht aus der Hand geben und der Schwiegertochter überlassen. Nadira wunderte sich, daß sie ganz vergessen hatte, wie es ihr ergangen war, solange sie unter der Fuchtel der Schwiegermutter gestanden hatte. Nadiras vorsichtige Erinnerung daran brachte sie in Rage und zum Weinen, alle Schleusen des mütterlichen Jammers öffneten sich: Keiner verstehe sie, nicht einmal die eigene Tochter. Das sei ihr Haus, sie habe in dieses Haus und sein Wohl ihr Leben gesteckt, ihre Kraft, und sie könne nicht zulassen, daß ihr Sohn und die Schwiegertochter ihr alles aus der Hand rissen und sich in dem breitmachten, was sie geschaffen hatte. »Mama!« Nadira hätte aus der Haut fahren mögen. »Niemand nimmt dir etwas weg, du bist hier doch zu Hause. Aber warum kümmert es dich, wie die Schwiegertochter die Wäsche macht?« »Das geht mich eine ganze Menge an, wenn sie zuviel Pulver nimmt, gehen die Kleider kaputt, und man muß dauernd neue kaufen. Das ist reine Verschwendung. Wenn ich es so gemacht hätte, hätten wir all das nie erreicht. Nur durch Sparsamkeit kommt man zu etwas.«

Das Gespräch endete damit, daß die Mutter ihr sagte, sie solle nicht mehr herkommen, sie habe sich ja gegen sie gewandt. Nadira hatte auch in ihrer eigenen Wohnung keine Ruhe, die Schwiegermutter Alja löste wieder einmal die Eheprobleme ihrer Tochter Selveta und stritt sich mit dem Schwiegersohn, dem Klempner Musta Ahmetović.

Nadira war sich nie ganz sicher, welchem Menschenschlag dieser gebürtige Sarajever und Kleinunternehmer angehörte. Nie konnte man vorhersagen, wann das nächste Drama stattfand. Häufig betrank er sich und schlief seinen Rausch aus, überstand seinen Kater, ohne daß etwas passierte. Aber manchmal drehte er durch, prügelte Frau und Kinder, zerschlug das Mobiliar und ging in die Stadt. Von dort schickte er Nachricht, er bleibe bei seiner Mutter und verlange die Scheidung. Ein, zwei Wochen blieb er tatsächlich dort, dann kam er zurück, reumütig, sanft wie Wolle, kaufte Emins Schwester Kostüme oder Schmuck, den Kindern alles, was sie wollten, und bis zum nächsten Krach lebten sie mehr oder weniger glücklich und verliebt. Für Selveta war es am schwersten, wenn er ein teures Kleid zerriß; bei späteren Auseinandersetzungen erwähnte sie nie, daß er sie schlug, sondern nur ihre zerstörten Fummel. So zerbrach diese Ehe unzählige Male und wurde wieder gekittet, Emins Schwester zerfloß bald vor Zärtlichkeit und Liebe zu ihrem Gemahl, bald schimpfte sie ihn Landstreicher, Sarajever Barbar und Faulenzer. Der jüngste Zusammenstoß war heftiger als die früheren, er wollte das gemeinsam angeschaffte Haus verkaufen. Emins Schwester ließ das nicht zu, darum hielt die Mißstimmung länger als sonst an. Nadiras Schwiegermutter verfolgte das mit der

Einseitigkeit einer Mutter und redete von nichts anderem als dem verfluchten Schwiegersohn.

›Da siehst du's‹, dachte Nadira, während sie beim Nachmittagskaffee den Brüchen in der Ehe der Schwägerin lauschte. ›Kaum habe ich mich entschlossen, wie Emin sagt, in diese Welt zurückzukehren, überhäufen sie mich mit ihrem Müll. Ich habe genug eigene Probleme. Nein, stimmt nicht, meine Probleme lassen sich mit einer Rolle Klopapier wegwischen.‹

Jetzt sorgte sich Nadira noch stärker, ob ihr Manuskript gedruckt würde. Wenn man es ablehnte, hätte Emin alle Beweise für die Unsinnigkeit ihrer Schriftstellerei auf seiner Seite. Wenn man es annähme, könnte sie weiter Material sammeln für ihren ersten Roman. Ungeduld erfaßte sie, sie wollte wieder an den Schreibtisch.

Die Geschichte mit ihrem Preis war noch nicht abgeschlossen. Als sie ihn verliehen bekam, geschah das mit der Versicherung, ihre Erzählung würde in einer Kulturzeitschrift veröffentlicht. Der Text des Jungen war schon in der übernächsten Nummer erschienen, Nadiras immer noch nicht. Sie überlegte, was zu tun sei. Sollte sie den Vorsitzenden der Jury anrufen oder die ganze Angelegenheit vergessen? Sie hätte es gern vergessen, aber es wurmte sie doch, daß ihr Manuskript nicht genommen wurde. Am Schluß telefonierte sie mit der Redaktion der Zeitschrift, man gab ihr die Privatnummer des für Prosa Zuständigen, der nicht festangestellt war. Nadira kannte den Namen, sie hatte sich einmal mit Nada und Sreten über ihn unterhalten. Er hieß Ishak Kahvić und wurde in literarischen Kreisen hochgeschätzt, meist lobte man ihn für seine Interpretationen längst verstorbener Denker. Nadira hatte seine Veröffentlichungen gelesen, seine Prosa verstand sie nicht. Aber in seinen essayistischen Texten drängte und schubste sich so viel Detailwissen, daß sie sich fast wie eine Analphabetin vorkam. Das hatte sie ihren Freunden damals gesagt und wurde getröstet: alles peu à peu angelesen, uninspirierte Kabinettstückchen. ›Hätte ich nur auch so ein paar Kabinettstückchen auf Lager‹, dachte sie.

Nadira schob den Anruf bei Kahvić vor sich her, sie ahnte,

daß er ungern gestört wurde. Zwei, drei Tage lang bereitete sie sich seelisch vor und redete sich gut zu, daß sie nur ihr gutes Recht verlange. ›Lieber will ich wissen, warum sie es nicht veröffentlichen, als mich tagelang mit Vermutungen herumzuschlagen. Vielleicht denkt er ja auch, daß ich von den falschen Leuten unterstützt werde.‹

Das Telefon klingelte lange, gerade als sie überzeugt war, daß sich niemand melden würde, wurde der Hörer abgenommen, und eine vom Rauchen dunkle Stimme murmelte »hallo«. Sie stellte sich vor, sagte, warum sie anrufe, dann folgte langes Schweigen.

»Nadira Otaš will eine Erzählung veröffentlicht haben.« Er hatte ihr wohl gar nicht zugehört.

»Zu den Richtlinien des Wettbewerbs gehört, daß der prämierte Text veröffentlicht wird«, antwortete sie, während ihr der Schweiß ausbrach. ›Was ist das bloß für ein Typ?‹

»Was habe ich damit zu tun, was die versprechen. Wie war der Titel? ›Der australische Fink!‹ Ha, ha, Frau, warum bei Gott findest du nicht einen bosnischen Vogel?!«

›Das ist ein bosnischer Vogel, keine Sorge, wenn du es liest, wirst du schon sehen, daß es ein ganz gewöhnlicher bosnischer Scheißvogel ist.‹

»So einen Titel auszuzeichnen! Die Jury hat von nichts eine Ahnung.«

»Lesen Sie die Erzählung doch erst mal, Sie werden schon sehen. Woher wollen Sie wissen, daß sie nichts taugt.«

»Aus Erfahrung. Wie heißt du nochmal? Nadira Otaš … Wart mal, den Namen kenne ich. Jetzt fällt es mir ein. Ich soll dein Manuskript beurteilen. Bei Gott, Frau, warum hast du's nicht mit einer Erzählung gut sein lassen, wer soll das alles lesen.«

»Warum haben Sie es nicht bei einem Text belassen.« Ihr Mund war trocken, sie brachte die Worte kaum heraus.

»Ach so ist das, du glaubst, du hättest etwas zu sagen.«

»Das Manuskript liegt bei Ihnen, lesen Sie es!« ›Möge der verrecken, der es dir anvertraut hat.‹

»Weißt du, ich habe Wichtigeres zu tun, als Anfängergeschreibsel zu lesen.«

»Warum haben Sie das Manuskript dann angenommen?« Es fehlte nicht viel und sie hätte die Kontrolle über sich verloren.

»Weil es bezahlt wird. Aber gut, wir wollen uns nicht streiten. Was haben wir heute? Kommen Sie Freitag um elf Uhr zur Akademie der darstellenden Künste. Dort ist die Generalprobe von meinem neuen Stück. Bis dahin blätter ich ein bißchen im Manuskript.«

Sie verabschiedeten sich, Nadira spürte ein Kribbeln im Arm. Sie sah in den Spiegel, im ganzen Gesicht hatte sie rote Flecken. ›Wofür nur?‹ fragte sie sich, der Verzweiflung nahe.

Am Freitag, als sie zur Akademie der darstellenden Künste ging, war wunderschönes Frühlingswetter, die Kastanien standen in voller Blüte. Trotz der warmen Sonne schüttelte sie sich vor Kälte. Als sie auf die Obala-Straße trat, sah sie die Plusterfrau. Groß, schlank, mit hohen Stöckelschuhen, hochtoupierten Haaren, einem luftigen, geschlitzten Rock, die Dame war wirklich eine imposante Erscheinung. Nadira grüßte, aber jene tat, als kenne sie sie nicht. Nada hatte ihr einmal gesagt, daß die Plusterfrau eine Stelle als Lektorin für ausländische Literatur beim größten Verlag hier bekommen hatte. ›Wer steht hinter ihr, Ehemann, Liebhaber, Familie? Ich werde schon selbst böse. Warum sollte sie es nicht durch eigene Fähigkeiten geschafft haben? Hätte ich wenigstens so eine Figur wie sie, dann könnte ich mit meinem Aussehen zeigen, daß ich etwas Besonderes bin. Aber mich hat die Natur mit slawischer Plumpheit geschlagen, Schminke wirkt an mir wie eine Unterhose am Frosch … Aber wo wollte ich hin? Zur Generalprobe.‹

Sie trat ins Akademiegebäude und stieg in den Keller, in dem sich die Bühne befand. Nach einem Bild aus der Zeitung erkannte sie Kahvić, er saß in der ersten Reihe und rief einem Mann auf der Bühne etwas zu.

»Es interessiert mich nicht, ob ihr soweit seid oder nicht!« Kahvić war fürchterlich wütend. »Ich bin von Dobrinje hergekommen, um die Generalprobe zu sehen. Ich werde keinerlei Veränderungen am Text akzeptieren, das ist mein Recht als Autor ... bei Gott, ihr führt das Stück so auf, wie ich es geschrieben habe.«

Nadira merkte, daß man ihm besser nicht zu nahe kam, und setzte sich auf einen Stuhl am Ende der Reihe. Sie war neugierig, was nun geschehen würde. Der Mann auf der Bühne verschwand, und Kahvić nutzte die Pause, um seine Pfeife zu stopfen. Er füllte sie so aufmerksam mit Tabak, als gäbe es auf der Welt keine wichtigere Arbeit. Für einen Augenblick sah er zu ihr hinüber, ihn störte ihre Anwesenheit.

»Wer sind Sie, was wollen Sie.«

»Nadira Otaš, Sie haben mich gebeten zu kommen.«

»Ja, stimmt, entschuldige. Komm her.«

Sie setzten sich nebeneinander, Nadira störte der dichte Qualm.

»Wir zwei haben einen gemeinsamen Bekannten. Sreten Klubera hat mir gesagt, du seist verheiratet, hättest Kinder. Ich frage mich, was du trotz einer wohlgeordneten Ehe in der Kunst suchst. Es gibt dort nichts zu holen, meine Gute, nur Betrug.«

Der Regisseur trat auf die Bühne und fragte Kahvić, ob er mit den Schauspielern sprechen wolle.

›Warum sitze ich hier wie eine Schülerin und warte darauf, was er sagen wird?‹ fragte sie sich, während er brüllte, er wolle die Generalprobe sehen und sonst nichts.

»Wo waren wir stehengeblieben?« wandte er sich wieder ihr zu. »Liebe Kollegin, ich habe dein Manuskript gelesen. Ich muß zugeben, mit Interesse. Mein Mädchen war bei mir. Während ich arbeitete, nahm sie etwas vom Tisch und hat mich volle zwei Stunden in Ruhe gelassen. Als ich wieder zu mir kam, sah ich, daß sie ins Lesen vertieft war. Und stell dir vor, was sie zu mir sagte: Wart, bis ich fertig bin. Dein Scheißvögelchen hat sie mehr gereizt als meine Zärtlichkeiten. Das hat mich bewogen, mich ein bißchen in den Text zu vertiefen.«

Nadira konnte nicht einschätzen, ob er sich lustig machte oder es ernst meinte. Er sagte ihr, sie solle sich keine Sorgen machen, er würde das Buch empfehlen.

Die Neuigkeit nahm sie schweigend auf, sie wußte nicht, ob sie sich bedanken sollte oder grüßen und fortgehen.

»Worauf wartest du noch?« fragte er. »Mein ›aber‹ … Du hast recht, es gibt ein Aber …« Er überlegte kurze Zeit, der Rauch aus seiner Pfeife wurde immer dicker.

Seiner Meinung nach beschäftigte sie sich zu sehr mit der Gegenwart, sie öffnete nicht ein Blatt der Vergangenheit. Er erzählte, wie trunken, von seinen Erfahrungen. Es gebe nichts Besseres für einen Schriftsteller als mit Hilfe der Vergangenheit die Gegenwart zu erklären. Da sei der Kopf frei von jeder Selbstzensur oder Ideologie.

»Verzeihen Sie, aber welche Rolle spielen die Frauen in Ihrer Vergangenheit, wie viele haben da Karriere gemacht. Was haben sie getan? Ihre Hauptaufgabe war es doch, Söhne zu gebären, Kanonenfutter.«

»Du übertreibst! Es gab hier sogar eine Königin!« rief er.

»Ja, es gab im Mittelalter die böse Königin Jelena, die Frau eines Despoten … Und die verfluchte Jerina, die Festungen und Städte bauen ließ. Sie wurden schon von Männern beschrieben, beides Frauen, die von jungen Manneskräften zehrten. Abends lockten sie die Jünglinge in ihre Gemächer, und morgens schickten sie sie in den Tod. So mancher Liebhaber kam unter die Räder, eingemauert in Türme, geviertelt.« Nadira war sich ihrer Aufregung und des erhobenen Tones nicht bewußt. Auch nicht, daß sie soweit gegangen war in ihrem Nachdenken über bosnische Frauen.

»Bist du Feministin, gestattest du nicht, daß man Frauen sich so vorstellt?« lachte er. »Ich habe dir nur gesagt, wo man meiner Meinung nach die besten Themen findet.«

»Danke, ich habe dort nichts zu suchen, ich bleibe in der Gegenwart.«

Auf der Bühne zeigten sich Schauspieler in merkwürdigen Kostümen, ihre grünlichen Umhänge schleiften über den Boden, auf den Köpfen funkelten lächerliche, bootsähnliche Kappen. Nur der König war rot gekleidet und trug eine mächtige Krone. Kahvić ging zu ihnen, der Autor und der König begannen, einander anzuschreien. Seine Exzellenz lehnte es ab, mit der Probe zu beginnen, solange man einen bestimmten Punkt nicht klärte. Der Autor verwies ihn an den Regisseur, er sei für die Einweisung der Schauspieler zuständig.

»Ich will eine Erläuterung des Textes«, brüllte der König. »Warum trampeln wir zu zehnt über die Bühne, wenn im Text nur zwei Personen auftreten.« Er war so aufgeregt, daß er mit dem Zepter gegen den Kopf des Autors zielte. »Mann, mir ist nicht klar, wie du mich definierst.«

»Als König, du bist der König, der den Untertanen den Kopf abschneidet, weil …«

»Das weiß ich, aber im Stück sind alle Untertanen gleich, sie reden dasselbe, reagieren identisch, benehmen sich gleich. Aber Menschen sind unterschiedlich, selbst wenn sie Untertanen sind.«

»Aber du beherrschst eine Masse, deswegen sind sie gleich. Eine verführbare Masse! Hast du nicht genug Phantasie, um dir das vorzustellen?«

Nadira bedauerte, daß sie gehen mußte, sie hätte gern erlebt, ob der König den Autor überwand. Aber ihre Pause war schon lange vorbei. Sie ging hinaus und fragte sich, ob sie an diesem Tag die Plusterfrau getroffen und die blühenden Kastanien gesehen hatte. ›Was hat Kahvić gesagt, bei den Themen hab ich versagt, aber er befürwortet das Buch. Es ist mir egal, was er von meinen Themen hält, wichtig ist, daß er mein Manuskript nicht zerrissen hat. Eine schöne Neuigkeit habe ich heute beim Kaffee zu erzählen! Emin wird sicher enttäuscht sein, er will, daß seine Frau die unergiebige Arbeit bleiben läßt und nur zu ihm gehört. Wer ist der zweite Gutachter? Vielleicht weiß Sreten etwas darüber. Wenn er etwas wüßte, hätte er es mir sicher gesagt. Ich denke einfach nicht über das nach, was mir Professor Jurišić gesagt hat. Bei uns ist alles möglich, sogar, daß er die Wahrheit sagt. Jetzt hat die Veröffentlichung meines ersten Buches Priorität. Und wer mich unterstützt, warum und wie, interessiert mich nicht. Ich habe um nichts gebeten. Was hat der Professor gesagt?

Er würde sich freuen, wenn das kroatische Volk ein solches Talent hervorbrächte. Ich bedauere, werter Herr, da herrschen andere Gesetzmäßigkeiten. Zineta meinte, daß Gott blindlings austeilt, er hat das Talent weder einer Beg-Tochter noch der eines hohen Herrn gegeben, sondern dem Kind des Analphabeten Dervo, dem Maurer. Warum gerade ihm? Aber Zineta hatte nicht oft recht. Ich habe noch keinen Muslim getroffen, der sich darüber gefreut hätte. Ishak Kahvić ist Muslim, die Plusterfrau ist Muslimin. Keiner der beiden hat sich bemüht, mir ein aufmunterndes Wort zu sagen.‹

Sie ging nicht zu ihrem Arbeitsplatz, sondern wandte sich unbewußt der Titostraße zu und stand plötzlich vor Sretens Büro. ›Ich schau mal nach, ob er da ist, ich will es ihm sagen‹, dachte sie und lief rasch die Stufen hinauf. Sreten hatte ein großes, schönes Büro im ersten Stock des Städtischen Kulturzentrums.

Er sprang auf, als sie hereinplatzte.

»Nadira, ich habe schon dreimal versucht, dich anzurufen. Warte, warte, erst will ich ein Lachen von einem Ohr zum anderen sehen und dann sage ich, worum es geht.«

Nadira blieb stehen und starrte auf seinen Schnurrbart und das Gebiß. Er spannte sie noch ein bißchen auf die Folter, ging zum Schrank und holte einen Kognak zum Anstoßen, schenkte ihn in Gläser, alles ganz langsam, wie in Zeitlupe.

»Die Gutachten?« hauchte sie.

»Geduld, nicht so stürmisch.«

Sie stießen an, sie wußte nicht worauf. Der Kognak schmeckte, obwohl er in der Kehle brannte.

»Hast du von dem Schriftsteller Vitomir Topić gehört?«

»Gehört ja, aber ich kenne ihn nicht.«

»Unwichtig. Er hat mich gestern angerufen und mir ein Märchen erzählt von einer Autorin, die eben erst herauskomme. Und er hat eine Lobeshymne als Gutachten zu ihrem ersten Buch verfaßt. Na, rätst du, um welche Frau es sich handelt?«

Nadira setzte sich auf die Ledercouch, sie wollte noch ein bißchen Kognak haben, kippte aber dank ihrer zitternden Hand den Alkohol auf ihre Bluse. Sreten gab ihr ein Taschentuch zum Abwischen.

»Das hatte ich für die Freudentränen bereitgehalten, aber du verschüttest nur meinen Kognak. Was wird dein Mann sagen, wenn du so verlottert heimkommst.«

Nadira betrachtete seinen Arm, auf dem sich noch die Spuren der Fingernägel abzeichneten. Er umarmte sie mit einer Leichtigkeit, die nicht zu seinen breiten Schultern paßte. Sein Anzug roch nach Lavendel, und das erinnerte Nadira daran, daß er Nadas Gatte war. Um ihn herum verbreitete sich der Duft der Wässerchen seiner Frau, zubereitet aus Lavendelblättern und Alkohol. ›Auch dieser Sreten ist als Mann unerträglich‹, dachte Nadira. ›Aber er hat mir nie gesagt, bleib mit deinem Weiberkopf bei einer Erzählung.‹ Ohne Nadas Duftwasser hätte sie sich an seine Brust sinken lassen. Zum ersten Mal in ihrem Leben fühlte sie eine solche Schwäche, daß ihr sogar die Brust eines Mannes als ein Ort des Trostes und der Ruhe erschien. ›Er ist zu nah, ich muß zurücktreten‹, dachte sie und hätte sich gern näher an ihn geschmiegt. ›Geh zurück, Nada behaftet ihn mit diesem Parfum, um andere Frauen zu vertreiben. Zieh dich zurück, bevor es zu spät ist.‹

»Du siehst aber komisch aus, freust du dich nicht? Jetzt mußt du dir keine Sorgen mehr machen. Der andere Gutachter ist Ishak Kahvić, mit ihm kann ich das regeln. Ich habe ihm geholfen, als ihn andere schon abgeschrieben hatten.«

Nadira befreite sich aus seiner Umarmung und rückte ans andere Ende der Couch. Sie sah ihm direkt in die Augen.

»Sreten, ich wollte dich schon lange mal was fragen. Es ist ein bißchen dumm, aber ich muß es dich fragen. Es ist mir wichtig … bitte, sag mir die Wahrheit.«

»Wenn es mir möglich ist.«

»Warum hast du mir geholfen?«

Sie sah, daß seine Augen feucht wurden, ein Zittern lief durch seinen Körper. Sie fürchtete, jetzt käme diese banale Antwort von einer heimlichen Verliebtheit, bereute schon, daß sie gefragt hatte. ›Nur das nicht, ich könnte es nicht ertragen.‹

»Du willst eine aufrichtige Antwort, aber vielleicht glaubst du mir nicht. Ich sage es dir dennoch. Ich habe dir geholfen, weil ich in dir eine Begabung sehe.« Seine Stimme war fest und klar. »Ich schätze, daß dein Talent all das, was das Schicksal bereitet hat, überstand. Du kannst Nada fragen, wir haben oft darüber gesprochen. Als du zu uns kamst, haben wir uns erst über deine Aufmachung gewundert und dann befürchtet, daß wir dich verlieren. Ich freue mich, wenn dir unsere Ermutigung dabei geholfen hat, die ersten, schwersten Schritte zu gehen. Aber wenn du etwas aus dem machen willst, was dir deine Gene mitgegeben haben, dann liegt viel Arbeit vor dir. Ich weiß nicht, ob dir das bei den Umständen, in denen du lebst, überhaupt möglich ist. Vielleicht, wenn du an dich glaubst. Und das ist das Allerschwerste, für eine Frau in unserem Klima das Allerschwerste.«

»Schau, selbst in dieser Stadt leben Männer, die ihre Frau zitieren.«

»Laß die feministische Propaganda …« Er lachte, aber ohne Fröhlichkeit.

Sie stand schon an der Tür, als er sie zurückhielt.

»Nadira, ich muß dich um etwas bitten. Ich möchte meine Prachtausgabe des Korans verkaufen, ich brauche das Geld, weil mein Wagen kaputt ist. Ich habe sonst nichts zum Verkaufen. Wenn du jemand kennst, der viel Geld hat …«

Diese Frage hatte sie nicht erwartet, sie konnte ihre Gedanken nicht so schnell auf etwas ihren eigenen Sorgen, Hoffnungen und Befürchtungen so Fernes richten.

»Mal sehen, ich hör mich um«, antwortete sie und lief die Treppe hinunter.

Zurück auf der Arbeit bekam sie von ›Frau Leutnant‹ Rajka Vorwürfe zu hören, man habe schon die Unfallstation anrufen wollen, ob sie dort eingeliefert worden sei. Der Dekan habe drei Mal nach ihr verlangt, sie solle ihm besser jetzt nicht unter die Augen treten, er koche vor Zorn.

Nadira berührte das nicht. Sie setzte sich an den Schreibtisch, stützte die Stirn in die Handflächen und wollte bloß ihre Ruhe und einen leeren Kopf.

284

Epilog

Ein paar Monate später erschien ihr Buch endlich. Zu ihrer großen Enttäuschung war der Einband dünn, blau, mit schwarzen Punkten gesprenkelt, die an Tränen erinnerten. Im Verlag bekam sie ihre Exemplare von einer freundlichen Sekretärin; Lektor und Direktor hatten keine Zeit, sie zu empfangen. Sie hatte sich eine Rede zurechtgelegt, wollte erzählen, wie sie ihr vor langer Zeit, noch in der Grundschule, ihren ersten Preis verliehen und einen Aufenthalt am Meer ermöglicht hatten. Aber keiner wollte ihren Dank hören. Den Wein, den sie zum Anstoßen mitgebracht hatte, nahm die Sekretärin. Sie wünschte ihr noch viele so gute Bücher. Nadira verfiel in Selbstmitleid, das sie so bald nicht wieder verließ. Es begleitete sie monatelang. Wann immer sie die Auslagen der Buchhandlungen betrachtete und ihr Buch fand, bedauerte sie sich selbst. Natürlich lag es direkt nach seinem Erscheinen in den Schaufenstern, blieb dort zehn, fünfzehn Tage lang und verschwand dann. Wohin, wußte Nadira nicht. Einmal trat sie in eine Buchhandlung und erblickte neben einer Säule einen Stapel ihres Buches. Später wagte sie nicht zu fragen, ob auch nur ein Exemplar verkauft wurde. Eine Besprechung erschien in der Zeitschrift ›Über Kunst‹, die auch ihre erste Erzählung veröffentlicht hatte. Der Junge, der mit ihr den Preis geteilt hatte, war der Verfasser. Er führte in dem kurzen Text aus, warum sich ihr Buch seiner Meinung nach von der ›Frauenliteratur‹ unterschied, an die man bislang gewöhnt war. Bewußt oder unbewußt verübelte er ihr, daß sie von der ersten bis zur letzten Seite alle romantischen Illusionen und das Vertrauen in den Prinz auf seinem weißen Pferd zertrümmerte und so die Welt der Frauen verwüstete.

»Warum schreibst du nicht?« erkundigte sich Emin boshaft. »Du weißt nicht, für wen. Darauf warte ich, wann begreifst du, daß es niemanden gibt, für den du schreibst.«

Sie wollte nicht mit ihm streiten, hatte auch keine Argumente, die ihn überzeugt hätten.

›Wenn ich nur für einen Moment in die Jugend zurückkönnte, als Zineta noch lebte und der Onkel seine jungmuslimischen Ideale hochhielt‹, dachte Nadira. Sie kaufte Sreten seine Prachtausgabe des Korans ab, ihr Freund brauchte dringend Geld und senkte den Preis. Sie beschloß, den Onkel zu besuchen und ihm das Buch zu schenken. Sie traute sich nicht, ihm auch ihren Erzählband zu schenken. ›Er könnte das nicht verstehen, so etwas will er nicht lesen. Ich mische orthodoxe, muslimische und katholische Namen, ich glaube, das würde ihn schockieren. Ich wollte Jugoslawin werden. Es ist mir nicht geglückt, weil es niemandem etwas bedeutet. Mein Fehler, ich habe mich Themen gebeugt, die sich mir aufgedrängt haben. Vielleicht weil mich die Probleme von Frauen in unserer Gesellschaft direkt betreffen. Das hat mein Denken ausgerenkt und gesprengt. Umsonst die ganze Arbeit, ich stehe wieder ganz am Anfang. Ich werde den Onkel bitten, mir sein Manuskript der bosnischen Geschichte und die Übersetzungen zu leihen, vielleicht finde ich darin etwas Material für mich. Ich werde ihn bitten, mir alles nochmal zu erzählen, von allem, denn da liegen meine Wurzeln, dort muß ich meine geistige Nahrung suchen. Sreten und Nada können mir nicht weiterhelfen, ich muß alleine weitergehen. Aber wohin, wie?‹

Sie glaubte, daß sie in des Onkels Nähe die Antwort finden würde.

Die Straße, in der sie einst wohnte, erreichte sie auf verschlungenen Wegen, bloß um nicht an Muftićs Haus vorbei zu müssem. Die große Hoftür war unlängst gestrichen worden, das Auge, das sie damals um ein Astloch gemalt hatte, war verschwunden. Die Hofmauer war dunkel, fast schwarz, das Haus wirkte kleiner, als sie es in Erinnerung hatte. ›Was suche ich hier, was kann ich hier finden? Ich weiß es nicht. Wenn es etwas für mich gibt, wird es sich von selbst zeigen und an mich heften. Laß es mich versuchen.‹ Sie klopfte mit dem Eisenring, drückte dann die Klinke nieder, das Tor war unverschlossen. Sie trat in den Hof, alles war wie früher, nur die Kirsche am Rand des Gartens gefällt, ein flacher Stumpf war übrig. Der Wein an der Wand hatte sich stark verzweigt, die Trauben waren durch eine Krankheit verhutzelt.

»Wer ist da?« fragte der Onkel aus dem Haus, seine Stimme klang greisenhaft. Einen Augenblick später stand er in Pyjama, Hausmantel und Pantoffeln auf der Veranda. Er sah zu Nadira hin und lauschte.

»Wer ist da?« fragte er, als fürchte er sich.

»Ich bin's, Onkel.« Sie trat aus dem Schatten in die Sonne, damit er sie sehen konnte.

»Allah verzeihe mir, tobe stakvirulah, in letzter Zeit erscheint mir alles mögliche. Immer wieder Frauenstimmen. Immer wieder ein weiblicher Teufel?« Er ging ein paar Schritte auf sie zu. »Keine Erscheinung, da steht jemand. Komm näher, damit ich dich sehen kann.«

Nadira kam näher, aber er erkannte sie nicht, erst, als sie ihren Namen nannte.

»Woher kommst du, mein Kind?« Er war überrascht, aber nicht erfreut von ihrem Besuch. Physisch wirkte er wie früher, nur die Falte zwischen den Brauen war tiefer, und er ging gebeugt.

»Onkel, wie geht es dir?« fragte sie, etwas anderes fiel ihr nicht ein.

»Komm rein.« Er zögerte, sie ins Haus einzuladen. »Faketa ist nicht da, sie ist nach Mirhivod gegangen, um einen Tehvid abzuhalten. Vielleicht weißt du es nicht, sie hat eine Ausbildung zur Bula gemacht, sie leitet religiöse Zeremonien für die Frauen, man schätzt sie sehr und ruft sie überall hin.«

›Hat sie den Titel Hexen-Bula bekommen‹, dachte Nadira. Es war ein Fehler gewesen hierherzukommen. Das war nicht mehr das Haus, auch nicht mehr der Hof, von dem aus die Welt eine Bühne war, riesig, schön und voller Wissen.

»Ja, meine Nadira, wie lange haben wir uns nicht gesehen? Die Jahre fliegen dahin, und der Mensch altert immer schneller.« Sie ging mit ihm ins Wohnzimmer, das wie früher eingerichtet war. Sein Schritt war unsicher, mit den Händen vergewisserte er sich, wo der Sessel stand. Sie setzte sich ihm gegenüber und holte, um das Eis zwischen ihnen zu brechen, das wertvolle Geschenk aus der Tasche. Sie fragte ihn nach den Söhnen, er entgegnete, sie seien erwachsen und fänden sich in der Stadt gut zurecht. Der Ältere betrieb einen Kebabgrill, der Jüngere war gelernter Friseur und arbeitete in dem berühmten Salon ›Bei Adi‹. Sie erwiderte, sie sei nie dort gewesen, der Salon zu berühmt und die Preise dreimal so hoch wie sonst.

»Deine Mutter erzählte, daß du noch immer schreibst. Hast außer diesem Hörspiel noch etwas veröffentlicht?« Ohne ihre Antwort abzuwarten, fuhr er fort: »Ich war sehr böse auf dich. Soviel ich mich erinnere, hast du in dem Hörspiel schlecht über die Muslime geschrieben.«

Nadira hielt ihm das Geschenk hin, er nahm das Buch, befühlte es von allen Seiten, brachte es dann dicht unter die Augen. Nadira sah, wie er sich anstrengte, Berbers Bilder wenigstens ein bißchen zu erfassen. Es erschütterte sie, sie konnte sich gar nicht vorstellen, wie er ohne seine Bücher und Studieren lebte.

»Dank dir, danke, daß du an mich gedacht hast«, sagte er, aber sie bedauerte ihn, weil er die Schönheit des teuren Exemplars nicht sehen konnte.

»Onkel, bitte sag mir etwas. Wer war dieser ›er‹, ich meine, der Mann, von dem Zineta immer erzählt hat.«

»Das fragst du?«

»Ich brauche es … Ich brauche jemanden, der mir gute Ratschläge geben kann, einen, der versteht, was Schöpfertum ist.«

»Nein«, unterbrach er sie. »Er kann dir nicht raten, er ist schon lange tot, ist fünf, sechs Jahre nach Zineta gestorben. Ich habe nie mit ihm gesprochen. Aber seit wir ihn verloren haben, haben wir keinen mehr, der uns schützt.«

›Ich bin umsonst gekommen‹, dachte sie, niedergeschlagen von der Enttäuschung und einer weiteren zerstörten Hoffnung.

»Worüber schreibst du jetzt?«

»In mir ist ein Chaos. Ich möchte einen Roman anfangen. Aber in meinem Kopf geht alles drunter und drüber. Ich schreibe nicht, daß die Muslime schlecht sind, sondern beschreibe ihre Verschiedenheit. Zum Beispiel vergleiche ich dich mit jenem Avdić aus Pale, der dich um den Kurban-Bock betrogen hat. Diese Themen drängen sich mir auf, die Gegensätzlichkeit von euren Charakteren.«

Der Onkel erhob sich langsam aus dem Sessel und umfaßte mit der Hand seinen Stock.

»Schande über dich, Nadira! Schäm dich, daß du uns so in Verruf bringst! Wen geht es etwas an, daß mich Avdić betrogen hat, selbst wenn, er ist mein Glaubensbruder, lieber lasse ich mich von ihm betrügen als von anderen belohnen. Und ihr Schriftsteller, wenn ihr so etwas schreibt, liefert ihr unseren Feinden Munition, gebt ihnen die Waffe gegen uns in die Hand, mit der sie uns dann schlagen können. Ich verbiete dir, das zu erwähnen. Hörst du, du darfst mich niemals erwähnen, weder im guten noch im bösen.«

›Was habe ich heute hier nur gesucht?‹ fragte sie sich, während sie zum Hoftor lief.

»Untersteh’ dich, darüber zu schreiben!« hörte sie den Onkel hinter ihr her schreien.

›Entschuldige, Onkel, ich habe es nicht absichtlich getan. All das gehört zu dem Chaos, aus dem ich mich nicht befreien kann.‹

Sie ging die Titostraße hinunter, drängelte sich durch die Menge. Fast ohne es zu merken, stand sie vor der Buchhandlung des Verlages, bei dem ihr Buch erschienen war.

›Ich geh hinein und frage … Nein, heute habe ich genug durchgemacht mit diesem Besuch in der Vergangenheit. Aber warum, letzten Endes muß ich mich doch damit auseinandersetzen. Besser, ich lasse jetzt alle Illusionen platzen.‹

Sie näherte sich der Eingangstür, konnte sich aber nicht dazu durchringen, sie zu öffnen. ›Moment, erst schließe ich eine Wette mit mir selbst. Es wurden fünf Exemplare verkauft, nein, das ist zu ehrgeizig, drei, ich bin zufrieden, wenn drei Exemplare verkauft wurden.‹

Sie atmete tief durch, als wolle sie eine längere Strecke tauchen, und betrat den Laden. Sie suchte alle Regale ringsum ab, nirgends sah sie das Blau ihres Buches. ›Sie haben es weggeworfen, alle! Unmöglich! Warum tun sie mir das an?!‹

»Guten Tag«, grüßte sie der große, weißhaarige, in ganz Sarajevo bekannte Buchhändler.

»Ich suche ein Buch, es ist vor vier, fünf Monaten herausgekommen. Es lag da, neben der Säule, ein ganzer Stapel, ich habe es selbst gesehen. Wo haben Sie die Exemplare hingeräumt? Nadira Otaš … Erzählungen …«

»Ja, wir hatten den Erzählband, leider haben wir ihn nicht mehr, vor einer Woche wurde das letzte Exemplar verkauft. Wir haben beim Verlag neue angefordert, aber die Auflage ist vergriffen.«

»Sind Sie sicher, daß wir von demselben Titel sprechen?«

»Ganz sicher. Wie könnte ich dieses Wunder vergessen, es kommt nicht alle Tage vor, daß sich ein Autor so gut verkauft.«

Nadira starrte die Lippen des Buchhändlers an, als verstünde sie seine Worte nicht. Er wiederholte die Worte in anderer Reihenfolge.

›Verkauft … Meine Bücher sind verkauft. Nicht drei, nicht fünf, alle … Es gibt keine mehr! Die Auflage vergriffen. Ich weiß nicht, was passiert ist, wer bin ich. Nadira Smajić Otaš, Tochter von Dervo, dem Maurer, Ehefrau von Emin Otaš, Mutter von Azra und Nermina. So würde mein Mann sagen. Schützling von Sreten und Nada Klubera, würde mein ehemaliger Lehrer Jurišić sagen. Aber ich weiß, ich bin mehr als das!‹

Sie erfaßte eine unerklärliche Aufregung, hastig ging sie in eine andere Ecke der Buchhandlung. Der Mann sah verwundert, wie sie ein paar Tränen wegwischte. ›Ich bin die Autorin, deren Buch sich verkauft, aber nicht beachtet wird. Die Menschen waren neugierig, was eine Fatima so Wichtiges mitzuteilen hat, und gaben ihr die Möglichkeit, ein Buch zu veröffentlichen. Es ist mir egal, was sie denken, ich weiß, daß ich mich mit meinen Themen nicht vergriffen habe, ich will und muß über das schreiben, worüber andere, sogar Frauen, schweigen. Das, was ich schreibe, gehört nicht dem Onkel, nicht ›ihm‹, nicht Nada, nicht Sreten, es ist meins, nur meins!‹

Die Tür der Buchhandlung schlug krachend hinter ihr zu.

Dieses Buch wurde mit Unterstützung des Ministeriums für Stadtentwicklung, Kultur und Sport des Landes Nordrhein-Westfalen und der Stuttgarter Schriftstellerhauses geschrieben.

Alle Ereignisse und Figuren sind frei erfunden, Ähnlichkeiten mit lebenden Personen zufällig.

S.O., Velbert/Wuppertal/Stuttgart, 1994-1997

Inhalt

Bücher von Safeta Obhodjaš

Hana

Mit allem Leid und allen Schönheiten entsteht vor unseren Augen das Leben in einer ländlichen Region Bosniens, das so unwiderbringlich verloren ist. Eine junge Frau, Hana, ist, obwohl nach 1945 geboren, unentrinnbar in muslimischen Traditionen gefangen. Nach einem tragischen Zwischenfall berichtet sie der Ärztin in der örtlichen Ambulanz von ihrem Schicksal. Sie beginnt mir ihrer glücklichen Jugend und erzählt bis zu dem jüngsten Vorfall. – Es ist faszinierend zu sehen, daß die Autorin ihre Heldin bei aller Sympathie keineswegs als Person ohne Fehl und Tadel darstellt. Sie beschreibt eine Frau, die Umstände und eigene Stärken und Schwächen in eine verzweifelte Situation treiben, aus der es keinen Ausweg gibt.

»Gnadenlos poetisch« *Cosmopolitan 4/96*

Das Geheimnis – die Frau

9 Erzählungen aus Bosnien

In diesem Band sind kurze Geschichten der Autorin zusammengetragen, die sie zwischen 1979 und 1990 geschrieben und zum größten Teil mit erheblicher Resonanz im Vorkriegs-Jugoslawien veröffentlicht hat. In immer neuen Facetten beleuchten sie das Leben heutiger bosnischer Frauen, die sich ihren Weg im Dickicht zwischen Tradition und Emanzipation bahnen. Zwischen all ihren Beschäftigungen – Familie, Arbeit, Kindererziehung, Haushalt, gesellschaftlichen Verpflichtungen – suchen sie Liebe und Verständnis. Aber eine gewalterprobte Gesellschaft hält herbe Enttäuschungen für sie bereit. In der letzten Erzählung mit dem

294

im Melina-Verlag

bezeichnenden Titel ›Der Abgrund‹, geschrieben 1990, ahnt man bereits die bevorstehende Katastrophe. Unter den anderen Geschichten befinden sich folgende Titel: ›Der australische Fink‹, ›Zugluft‹ und ›Die Wurzel der giftigen Pflanze‹ – für die Leserin und den Leser des Romans ›Scheherezade im Winterland‹ sicher von besonderem Interesse …

»Lakonisch und poetisch – vielleicht ist es gerade diese Mischung, die sie als Autorin glaubwürdig und populär macht: Auch wenn ihre weiblichen Figuren unter der männlichen Lust an Macht und Zerstörung leiden, ergehen sie sich nicht in Rührseligkeiten.« *Westdeutsche Allgemeine Zeitung 30.9.97*

Rache und Illusion

Ein bosnisches Gastmahl

»Die bosnische Gesellschaft als tektonische Zone, Gefahrenstufe 3, überall Risse, Verwerfungen, Spannungen. Ländlich hierarchische Familienstrukturen und eine sozialistisch verordnete egalitäre Gesellschaft, verdrängte moslemische Religionsrituale und Parteiideologie knallen aufeinander. Dazwischen die Frau als Prestigeobjekt, als Verschiebekapital, als Streittrophäe von Hahnenkämpfen. Die ›Gockel‹ nennen es Schutz und meinen Beute; was Eindruck macht, ist Gewalt.

In ihrem noch in Pale fertiggestellten und 1996 erschienenen Roman *Rache und Illusion. Ein bosnisches Gastmahl* wird dieses ihr Thema zum finster überzeichneten Gemälde …« *Hiltrud Häntzschel, Süddeutsche Zeitung 3./4.1.1998*

»Meisterhaft entwirft S. Obhodjaš ein Bild der bosnischen Gesellschaft in ihrer bedrückenden Ausweglosigkeit.« *Dagmar Härter, ekz-Informationsdienst*